W0285669

L'HÉRITIER TRAHI

Cet ouvrage a été imprimé sur un papier issu de forêts
gérées durablement, de sources contrôlées.

Copyright texte original © Holly Black, 2023
Traduction française © Rageot Éditeur, 2023
Illustration de couverture © Sean Freeman, 2023
Graphisme de couverture : Karina Grande
Couverture © Hachette Book Group, Inc., 2023
Branches : Unsplash © Alexander Schimmeck et Freepik.com
Carte © Kathleen Jennings
Illustrations feuillages, oiseaux, dague : Shutterstock © Mariarangs,
© AlsuSh et © DragonTiger8

L'édition originale de cet ouvrage a paru en 2023 en langue anglaise
chez Little, Brown and Company (New York, États-Unis)
sous le titre THE STOLEN HEIR

« The Changeling » © 1916, in *The Farmer's Bride*, Charlotte Mew,
traduction libre de Leslie Damant-Jeandel
Conte du Genévrier © Traduction anonyme, 1812

La présente édition est publiée avec l'aimable autorisation de l'autrice,
c/o BAROR INTERNATIONAL, INC. Armonk, New York, U.S.A.

ISBN : 978-2-7002-8011-1
Loi n° 49-956 du 16-07-1949 sur les publications destinées à la jeunesse

© RAGEOT-ÉDITEUR – PARIS, 2023

HOLLY BLACK

L'HÉRITIER TRAHI

Traduit de l'anglais (États-Unis)
par Leslie Damant-Jeandel

RAGEOT

Pour Robin Wasserman, qui a le malheur
(et la chance) d'être dotée de la Vraie Vue

Carte
des
terres de mortels
traversées
dans ce récit
cour
des
Crocs
forêt
de
Pierre
marché
Nonsec
cour
des
Termites
Îles mouvantes
de Domelfe
Solclair
bois
de Wren
cour des
Papillons
de nuit

Un soir, aussi, dans la chambre des tout-petits,
Alors que nous étions rassemblés, immobiles devant la flambée,
Un vent plus fort se mit à souffler.
Sur le rebord de la fenêtre, un grattement retentit ;
Un visage brun et rabougri regarda à l'intérieur. Je frissonnai ;
Les autres ne l'entendirent ni ne le virent.
La créature agita les bras ; ses ailes frémirent.
Oh ! Elle venait pour moi, je le savais !
Certains, jusqu'au bout, sont mauvais !
Toute la nuit, elles dansèrent sous la pluie,
Firent la ronde, chaîne ruisselante ; puis, sur les carreaux,
Jetèrent leurs chapeaux,
Tentèrent de m'arracher un cri,
Avant d'éparpiller mes couvertures et mes draps.
Je comptais rester au lit cette nuit-là ;
Si seulement vous aviez laissé une lumière luire,
Jamais ils n'auraient réussi à me faire sortir !

Charlotte Mew,
« Le Changelin »

Prologue

Une passante trouva la petite assise sur le béton glacé d'une ruelle. Elle jouait avec l'emballage d'une boîte de nourriture pour chat. Le temps d'arriver à l'hôpital, elle était bleue de froid. Le bout de chou rabougri n'avait que la peau sur les os, ses membres si maigres qu'on aurait dit des brindilles.

Elle ne connaissait qu'un seul mot. Son prénom : Wren.

En grandissant, elle conserva un teint bleuté qui rappelait le lait écrémé. Ses parents adoptifs l'emmitouflaient dans des manteaux et des blousons, couvraient ses mains de mitaines et de gants, alors que, contrairement à sa sœur, elle n'avait jamais froid. Ses lèvres changeaient de couleur comme une bague d'humeur. Elles restaient bleuâtres, voire violettes, même en plein été, et ne devenaient roses qu'à proximité d'un feu. Elle pouvait jouer dans la neige pendant des heures, à creuser des tunnels compliqués et se battre pour de faux contre des stalactites, ne rentrant à la maison que lorsqu'on l'appelait.

Malgré sa maigreur et son air anémique, elle avait de la force. À huit ans, elle était capable de soulever des sacs de courses que sa mère adoptive avait du mal à porter.

À neuf ans, elle disparut.

Enfant, Wren lisait beaucoup de contes de fées. C'est pourquoi, quand les monstres vinrent, elle sut que c'était parce qu'elle avait été vilaine.

Ils s'introduisirent dans sa chambre par la fenêtre à guillotine. Ils remontèrent la partie basse du châssis et lacérèrent la moustiquaire si discrètement qu'elle continua à dormir, blottie contre son renard en peluche préféré. Elle ne se réveilla que lorsqu'elle sentit des griffes sur ses chevilles.

Avant qu'elle puisse crier, des doigts lui couvrirent la bouche. Avant qu'elle puisse donner un coup de pied, ses jambes furent immobilisées.

– Je vais te relâcher, déclara une voix dure avec un accent qu'elle ne connaissait pas. Mais, si tu réveilles quelqu'un dans cette maison, je te garantis que tu le regretteras.

Étant donné que, ça aussi, ça ressemblait à un conte de fées, Wren veilla à bien respecter la consigne. Elle ne bougea pas et ne fit pas le moindre bruit, même lorsqu'ils la libérèrent, et même si son cœur battait si vite et surtout si fort que sa mère risquait d'en être alertée.

Une part d'elle, égoïste, aurait aimé que celle-ci accoure, allume le plafonnier et fasse fuir les monstres. Ce ne serait pas comme d'enfreindre les règles, si quelqu'un se réveillait juste à cause des battements affolés de son cœur, non ?

– Assieds-toi, lui ordonna l'un des monstres.

Docile, elle obéit. De ses doigts tremblants, elle enfouit son renard en peluche sous les couvertures.

À la vue des trois créatures à côté de son lit, elle fut prise de tremblements incontrôlables. Deux d'entre elles étaient grandes, élégantes, avec une peau grise comme la pierre. La première, une dame à la longue chevelure pâle retenue par une couronne dentelée en obsidienne, était vêtue d'une robe confectionnée dans un tissu argenté qui bouffait autour d'elle. Elle était belle, mais le dessin cruel de sa bouche avertit Wren qu'il ne fallait pas lui faire confiance. Le monsieur ressemblait à la dame comme s'ils étaient les pièces d'un jeu d'échecs : il portait une couronne et des habits taillés dans la même étoffe que la robe de la dame.

À leurs côtés se dressait une gigantesque créature à la silhouette grêle. Sa peau avait la pâleur d'un champignon et sa tête était surmontée d'une masse de cheveux noirs indisciplinés. Toutefois, l'élément le plus remarquable chez elle était ses longs doigts semblables à des serres.

– Tu es notre fille, annonça l'un des monstres au teint gris.

– Tu nous appartiens, ajouta l'autre d'une voix rauque. C'est nous qui t'avons créée.

Wren savait qu'il existait des « parents biologiques ». Sa sœur en avait ; c'étaient des gens sympathiques qui lui ressemblaient physiquement. Quand ils lui rendaient visite, ils venaient parfois avec des donuts ou des cadeaux, voire avec des grands-parents.

Wren avait souvent fait le vœu d'avoir des parents à elle, mais elle n'aurait jamais cru que ce souhait ferait naître un cauchemar comme celui qu'elle vivait en cet instant.

– Eh bien, s'impatienta la dame couronnée. N'as-tu rien à dire ? Est-ce notre apparence majestueuse qui te laisse sans voix ?

La créature aux doigts griffus émit un petit rire grossier.

– Sans doute, dit le monsieur. Tu verras, bientôt, tu nous seras reconnaissante de t'avoir arrachée à tout ça, petit changelin ! Allez, debout. Presse-toi.

– Où allons-nous ? demanda Wren.

Terrorisée, elle noua ses doigts dans ses draps comme si elle pouvait s'accrocher à la vie qu'elle avait menée jusque-là, à condition qu'elle s'y agrippe assez fort.

– À Terrafæ, où tu seras reine, répondit la dame dans un grognement, là où elle aurait dû avoir recours aux cajoleries. N'as-tu jamais rêvé qu'on te dise que tu n'es pas une enfant mortelle, mais une enfant faite de magie ? N'as-tu jamais rêvé d'être libérée de ta petite existence pathétique pour mener une vie glorieuse ?

Wren ne pouvait le nier. Elle acquiesça. Des larmes brûlèrent le fond de sa gorge. Oui, elle y avait songé. Elle était méchante. Voilà la faute qu'on avait découverte dans son cœur.

– Je ne le ferai plus, chuchota-t-elle.

– Que dis-tu ? demanda le monsieur.

– Si je promets de ne plus jamais souhaiter ce genre de chose, je pourrai rester ? s'enquit-elle d'une voix tremblante. S'il vous plaît ?

La dame lui assena une gifle si violente qu'elle claqua comme l'impact d'un éclair. La joue de Wren palpita. Les larmes lui piquèrent les yeux, mais elle était trop stupéfaite et trop en colère pour les laisser couler. C'était la première fois qu'on la frappait.

– Tu t'appelles Suren, déclara le monsieur. Nous sommes tes géniteurs. Ton père et ta mère. Je suis le seigneur Jarel et voici dame Nore. Celle qui nous accompagne se nomme Bogdana, la sorcière des tempêtes. Maintenant que tu connais ton vrai nom, je vais te montrer ton vrai visage.

Le bras tendu vers elle, il fit onduler sa main. Aussitôt, la nature monstrueuse de Wren refit surface et se refléta dans le miroir au-dessus de sa commode : son teint lait écrémé prit une nuance bleu pâle rappelant la couleur des veines affleurant sous la peau. Lorsqu'elle entrouvrit les lèvres, elle remarqua qu'elle avait de petites dents aiguisées comme celles d'un requin. Seuls ses yeux étaient toujours du même vert couleur de mousse. Elle les écarquilla, horrifiée.

Je ne m'appelle pas Suren ! aurait-elle voulu protester. *Et tout ça, c'est une illusion. Ce n'est pas moi !* Alors même qu'elle formulait ces pensées, elle se rendit compte combien Suren était proche de son prénom. *Suren*. Ren. Wren. Un surnom d'enfant.

Petit changelin.

– Lève-toi, ordonna la gigantesque créature aux ongles longs comme des couteaux.

Bogdana.

– Ta place n'est pas ici, ajouta-t-elle.

Wren écouta les bruits de la maison : le bourdonnement du climatiseur, le cliquetis lointain des pattes griffues du chien de la famille qui pédalait dans son sommeil, pourchassant ses proies en rêve. Elle tenta d'enregistrer chaque son. Le regard brouillé de larmes, elle tâcha de mémoriser sa chambre dans les moindres détails, du titre des livres posés sur ses étagères aux yeux de verre de ses poupées.

En cachette, elle caressa une dernière fois la fourrure synthétique de son renard, qu'elle enfonça davantage sous les couvertures. S'il restait là, il ne craignait rien. Avec un frisson, elle se glissa hors de son lit.

– S'il vous plaît, répéta-t-elle.

Le seigneur Jarel esquissa un sourire cruel.

– Les mortels ne veulent plus de toi.

Wren nia de la tête, car c'était forcément un mensonge. Ses parents adoptifs l'aimaient. Sa mère retirait la croûte du pain de ses sandwichs et l'embrassait sur le bout du nez pour la faire rire. Son père et elle se blottissaient l'un contre l'autre pour regarder des films et, quand elle s'endormait sur le canapé, il la portait pour la mettre au lit. Elle savait qu'ils l'aimaient. Pourtant, le seigneur Jarel avait dit cela avec une telle assurance qu'elle en oublia presque sa terreur.

– S'ils disent vouloir te garder avec eux, intervint dame Nore, alors tu pourras rester.

Pour la première fois, elle avait parlé d'une voix douce.

Le cœur affolé, Wren s'engagea dans le couloir à pas feutrés et se précipita dans la chambre de ses parents comme si elle venait de faire un cauchemar. Ils furent réveillés par le bruit de ses pas et sa respiration haletante. Son père se redressa puis sursauta. Il tendit un bras protecteur devant sa mère, qui se mit à hurler en voyant Wren.

– N'ayez pas peur, les rassura la fillette en se rapprochant du lit, les couvertures serrées dans ses petits poings. C'est moi, Wren ! Ils m'ont transformée !

– Va-t'en, monstre ! lui intima son père.

Il avait l'air si terrifié que Wren recula jusqu'à la commode. Elle ne l'avait jamais entendu crier ainsi, et surtout pas après elle.

Des larmes coulèrent sur ses joues.

– C'est moi, répéta-t-elle, la voix brisée. Votre fille ! Vous m'aimez !

La chambre était exactement comme avant : les murs beige clair, l'immense lit recouvert d'une couette blanche parsemée de poils de chien marron. La serviette de toilette qui gisait à côté du panier à linge, comme si quelqu'un avait raté son coup en la lançant. L'odeur de la chaudière et celle, un peu chimique, d'une crème démaquillante. Mais c'était une version cauchemardesque, dans laquelle tous ces détails étaient devenus affreux.

Au rez-de-chaussée, le chien aboya, cherchant à tout prix à avertir la maisonnée.

– Qu'est-ce que vous attendez ? Emmenez donc cette créature ! grogna son père en regardant dame Nore et le seigneur Jarel comme s'il voyait en eux des figures humaines ayant autorité, et non ce qu'ils étaient réellement.

Réveillée par les cris, la sœur de Wren apparut dans le couloir en se frottant les yeux. Rebecca l'aiderait, elle qui veillait toujours à ce que personne ne l'embête à l'école ; elle qui l'emmenait à la foire même si les petites sœurs des autres n'avaient pas le droit d'y aller. Mais, à la vue de Wren, Rebecca bondit sur le lit de ses parents avec un glapissement horrifié et se blottit contre sa mère.

– Rebecca… souffla Wren.

Sa sœur ne fit qu'enfouir davantage son visage dans la chemise de nuit de sa mère.

– Maman ! supplia Wren, des larmes étouffant sa voix.

Mais sa mère refusait de la regarder. Les sanglots secouèrent les épaules de l'enfant.

– Elle, c'est notre fille ! affirma son père en prenant Rebecca contre lui, comme si Wren voulait lui tendre un piège.

Rebecca avait été adoptée, elle aussi. Elle était leur fille au même titre que Wren.

La fillette grimpa sur le lit, pleurant si fort qu'elle pouvait à peine à parler. *Je vous en supplie, laissez-moi rester. Je serai sage ! Je suis tellement, tellement désolée pour ce que j'ai fait, mais ne les laissez pas m'emmener ! Maman maman maman, je t'aime, s'il te plaît, maman !*

Son père essaya de la repousser en pressant son pied contre son cou. Malgré tout, elle réussit à l'atteindre, sa voix se muant en un cri perçant.

Lorsque ses petits doigts touchèrent le mollet de son père, celui-ci lui décocha un coup de pied dans l'épaule, la projetant au sol. Elle ne fit que grimper à nouveau, pleurant, implorant, plongée dans une tristesse infinie.

– Ça suffit, trancha Bogdana d'une voix rauque.

D'un coup sec, elle attira Wren contre elle et fit courir un de ses longs ongles sur sa joue, dans un geste presque empreint de douceur.

– Viens, petite. Je vais te porter.

– Non ! protesta Wren, s'agrippant aux draps. Non. Non. Non !

– Les humains ne devraient pas te traiter avec tant de violence, toi qui es à nous, jugea le seigneur Jarel.

– C'est à nous de te faire du mal, renchérit dame Nore. À nous de te punir. Jamais à eux.

– Méritent-ils de mourir pour cette offense ? demanda le seigneur Jarel à Wren.

À l'exception des sanglots de Wren, le silence s'abattit sur la chambre.

– Devons-nous les tuer, Suren ? répéta le seigneur Jarel d'une voix plus forte. Faire venir leur chien et l'ensorceler pour qu'il se retourne contre eux et les égorge ?

À ces mots, les pleurs de Wren s'interrompirent.

– Non ! hurla-t-elle, effarée.

Elle était au-delà de tout contrôle.

– Alors écoute bien et cesse donc de pleurer, exigea le seigneur Jarel. Tu vas venir avec nous de ton plein gré, sinon je massacre tous ceux qui sont sur ce lit. D'abord l'enfant, puis les autres.

Rebecca laissa échapper un sanglot terrorisé. Les parents adoptifs de Wren la dévisagèrent avec un regain d'épouvante.

– Je m'en vais, capitula-t-elle, la voix toujours pleine de sanglots – des sanglots impossibles à réprimer. Puisque personne ne m'aime, je m'en vais.

La sorcière des tempêtes la prit dans ses bras, et ils s'en allèrent.

Deux ans plus tard, Wren apparut dans le faisceau des phares d'une voiture de police alors qu'elle marchait le long de la voie rapide. Les semelles de ses chaussures étaient usées comme si elle avait dansé inlassablement. Ses vêtements étaient raides de sel marin. Des cicatrices barraient ses poignets et ses joues.

Quand le policier lui demanda ce qui s'était passé, elle ne voulut pas répondre ou ne fut pas en mesure de le faire. Elle grogna après tous ceux qui s'approchaient trop, se terra derrière le lit de camp de la pièce où ils l'avaient emmenée et refusa de dire à l'inconnue qu'ils avaient fait venir où elle habitait et comment elle s'appelait.

Leurs sourires lui faisaient mal. Tout lui faisait mal.

Dès qu'ils eurent le dos tourné, elle se volatilisa.

Chapitre 1

D'après la position de la lune, je sais qu'il est vingt-deux heures trente quand ma non-sœur sort par la porte de derrière. Elle est en deuxième année de fac et a des horaires irréguliers. Tapie dans l'ombre, je la regarde poser un bol sur la marche supérieure de la vieille terrasse en bois pleine d'échardes et y verser du lait. Elle en met un peu à côté. Accroupie, les yeux fixés sur la limite des arbres, elle fronce les sourcils.

Pendant un instant irréel, j'ai l'impression qu'elle m'observe.

Je recule pour m'enfoncer dans l'obscurité.

L'air est chargé de l'odeur des aiguilles de pin mêlée à celle des feuilles en décomposition et de la mousse écrasée entre mes orteils nus. La brise charrie les relents des résidus collants, douceâtres et putrides du bac à verre et de la poubelle vide du tout-venant ; les effluves chimiques et sucrés du parfum de ma non-sœur.

Je l'épie avec avidité.

C'est pour un chat du quartier que Bex laisse le bol de lait, mais j'aime bien faire comme si c'était pour moi. Sa sœur oubliée.

Elle s'attarde quelques minutes, dans le vrombissement aigu des moustiques, entourée d'un halo de papillons de nuit. Ce n'est que lorsqu'elle retourne dans la maison que je m'approche discrètement de la fenêtre. Ma non-mère est occupée à tricoter devant la télévision. Dans le coin repas, mon non-père répond à des mails sur son ordinateur portable. Il pose une main sur ses yeux, fourbu.

À la cour des Crocs, on me punissait si j'appelais « mère » et « père » les humains qui m'ont élevée. *Les humains sont des animaux*, crachait le seigneur Jarel, ses remontrances accompagnées de coups si violents que j'en avais le souffle coupé. *D'immondes animaux. Tu n'as aucun lien de sang avec eux.*

J'ai appris à les appeler « non-mère » et « non-père » pour éviter de m'attirer ses foudres. J'ai gardé cette habitude pour me rappeler ce que ces gens ont été pour moi, et ce qu'ils ne seront plus jamais. Pour me rappeler que je n'ai de place nulle part et que je n'appartiens à personne.

Sentant des picotements sur ma nuque, je me retourne. Perchée sur une haute branche, une chouette m'observe en faisant pivoter sa tête. À bien la regarder, ce n'en est pas vraiment une.

Je ramasse un caillou et le lance sur elle.

Elle redevient à moitié farfadet puis, avec un cri perçant, s'envole dans le ciel en battant des ailes. Après avoir décrit un large cercle, elle s'éloigne vers la lune d'un mouvement fluide.

Je ne me suis liée d'amitié avec personne parmi les créatures du Peuple qui vivent dans les environs. C'est un choix de ma part.

Une raison de plus pour laquelle je ne suis personne et de nulle part.

Résistant à l'envie de m'attarder davantage près du jardin où je jouais autrefois, je prends la direction de l'aubépine, dans le cimetière en périphérie de la ville. Cantonnée à la pénombre des bois, je traverse la nuit pieds nus. À l'entrée du cimetière, je m'arrête.

L'arbre gigantesque, chargé de fleurs blanches en ce début de printemps, domine les pierres tombales et autres monuments funéraires. Des habitants de la ville, adolescents pour la plupart, viennent nouer leurs souhaits dans ses branches.

J'en avais entendu parler quand j'étais petite. On l'appelle l'Arbre du Diable. Venez trois fois, formulez trois fois votre vœu et le diable est censé apparaître. Il exaucera votre souhait et, en échange, il prendra ce qu'il désire.

En vérité, ce n'est pas le diable qui apparaît. Maintenant que j'ai vécu parmi le Peuple, je sais que la créature qui propose ces marchés est une glaistig : une Fæ avec des pattes de chèvre, ayant un goût prononcé pour le sang humain.

Je grimpe dans les branches enchevêtrées et j'attends. Des pétales tombent autour de moi quand l'arbre agite ses membres. La joue plaquée contre son écorce rêche, j'écoute les feuilles bruisser. Dans ce lieu de repos, les pierres tombales proches de l'arbre, érodées et blanchies par le temps, ont plus de cent ans. Plus personne ne vient s'y recueillir, ce qui en fait un endroit idéal pour les êtres désespérés qui ne veulent pas être vus.

Quelques étoiles brillent au-dessus de moi à travers la voûte fleurie. À la cour des Crocs, il y avait un nisse qui établissait des cartes du ciel pour déterminer les dates les plus propices aux actes de torture, meurtres et trahisons.

Je contemple les étoiles. Quelles que soient les énigmes qu'elles recèlent, je ne sais pas les décrypter. L'instruction que j'ai reçue à Terrafæ était médiocre, celle que j'ai eue chez les humains, parcellaire.

La glaistig arrive peu après minuit dans un bruit de sabots. Elle est vêtue d'un long manteau bordeaux qui lui descend jusqu'aux genoux, conçu pour dévoiler ses pattes de chèvre. Ses cheveux marron comme l'écorce sont relevés et tressés en une natte serrée.

À ses côtés vole une sprite à la peau vert sauterelle et aux ailes assorties. À peine plus grosse qu'un colibri, elle bourdonne fébrilement dans l'air.

La glaistig se tourne vers la Fæ ailée.

– Le prince de Domelfe ? Intéressant de savoir qu'un membre de la famille royale est dans les parages…

Mon cœur bat plus fort à la mention du mot « prince ».

– Gâté, à ce qu'il paraît, pépie la sprite. Et indiscipliné. Bien trop irresponsable pour monter sur le trône…

Cette description ne correspond pas au garçon que j'ai connu. Cela dit, durant les quatre années qui se sont écoulées depuis la dernière fois que je l'ai vu, on a dû l'initier aux délices de la Haute Cour et lui présenter profusion de plaisirs. Les lèche-bottes et flagorneurs en tout genre doivent être si affairés à se disputer son attention que, désormais, on ne me laisserait pas l'approcher, même pour embrasser le bas de sa cape.

La sprite file sans demander son reste. Par chance, elle ne zigzague pas dans les branches de l'arbre où je suis accroupie. Je m'installe pour observer ce qui suit.

Cette nuit, ils sont trois à venir formuler des vœux. Le premier est un jeune homme aux cheveux blond-roux avec qui j'étais à l'école l'année qui a précédé mon enlèvement. Ses doigts tremblent lorsqu'il accroche son petit papier à une branche avec un bout de ficelle. Puis une femme âgée apparaît. Le dos voûté, elle ne cesse d'essuyer ses yeux mouillés. Le temps qu'elle attache son papier, il est éclaboussé de larmes. Enfin arrive un homme aux épaules larges, à la peau constellée de taches de rousseur. Son visage est à moitié caché par la casquette de baseball vissée sur son crâne.

C'est la troisième fois qu'il vient ici. Dès qu'il arrive, la glaistig émerge de l'ombre. L'homme gémit de peur. Comme tous les mortels ou presque, il s'est prêté au jeu sans y croire. Chaque fois, leur réaction, leur terreur, leurs couinements sont gênants.

La glaistig lui demande quel est son souhait alors qu'il l'a écrit sur trois bouts de papier. À mon avis, elle ne prend même pas la peine de les lire.

Moi, je les lis. Cet homme a besoin d'argent à cause d'une affaire commerciale qui a mal tourné. S'il ne l'obtient pas, il perdra sa maison, puis sa femme le quittera. C'est ce qu'il chuchote à la glaistig en tripotant son alliance. En contrepartie, elle lui expose ses conditions : toutes les nuits, pendant sept mois et sept jours, il devra lui apporter un dé de chair humaine. De la chair fraîche, qu'il pourra prélever au choix sur lui-même ou sur quelqu'un d'autre.

Aux abois, l'homme accepte bêtement et laisse la glaistig nouer à son poignet une lanière de cuir ensorcelée.

– J'ai fabriqué ce bracelet avec ma propre peau, explique-t-elle. Il me permettra de te retrouver même si tu te caches pour m'échapper. Aucun couteau fabriqué par un mortel ne peut le trancher. Si tu ne tiens pas ta promesse, il se resserrera jusqu'à t'entailler les veines.

Pour la première fois, l'homme a l'air paniqué. Il aurait dû l'être dès le départ. C'est trop tard et, au fond de lui, il le sait. Mais, sitôt qu'il a aperçu la vérité, il se ressaisit.

Certaines choses sont trop horribles pour être envisagées. Bientôt, l'homme saura que le pire qu'il puisse imaginer n'est que le début de ce qu'ils sont prêts à lui faire subir. Je n'ai pas oublié le moment où j'en ai fait moi-même la douloureuse expérience – ce que j'espère lui éviter.

La glaistig lui donne ensuite pour consigne de ramasser des feuilles et d'en faire un tas. Pour chacune d'elles, il aura un billet de vingt dollars tout neuf. Il disposera de trois jours pour dépenser l'argent avant que celui-ci disparaisse.

Sur les papiers que l'homme a attachés à l'arbre, il a écrit avoir besoin de quarante mille dollars, soit deux mille feuilles. Il se précipite pour rassembler un tas suffisamment gros, ce qui n'est pas facile dans ce cimetière bien entretenu. Il en récupère sous les arbres qui le bordent et en arrache des poignées aux quelques branches à sa portée. En voyant ce qu'il a accumulé, je pense à ce jeu dans les foires qui consiste à estimer le nombre de bonbons en gelée contenu dans un bocal.

Je n'étais pas bonne à ce jeu-là, et j'ai peur que l'homme ne soit pas meilleur que moi.

D'un geste blasé de la main, la glaistig ensorcelle les feuilles, les faisant passer pour des billets. Aussitôt, l'homme s'affaire à les fourrer dans ses poches et court après ceux qui s'envolent vers la route, emportés par le vent.

La scène semble amuser la glaistig, mais elle a le bon sens de ne pas s'attarder pour se moquer de sa victime. Mieux vaut que l'homme ne réalise pas à quel point il vient de se faire avoir. Elle disparaît dans la nuit, enveloppée dans sa magie.

Une fois ses poches gonflées de billets, l'homme en glisse d'autres dans sa chemise où ils s'entassent au niveau de son ventre, lui faisant une fausse bedaine.

Alors qu'il quitte le cimetière, je me laisse tomber de l'arbre en silence.

Je suis l'homme sur plusieurs centaines de mètres jusqu'à ce que l'occasion se présente. Alors, j'accélère le pas et je lui saisis le poignet. En me voyant, il hurle.

Il hurle, exactement comme mes non-parents avant lui.

Le cri me fait sursauter, pourtant sa réaction ne devrait pas me surprendre. Je sais à quoi je ressemble.

Ma peau a la pâleur bleutée d'un cadavre. Ma robe est maculée de boue et de mousse. Mes dents sont faites pour déchirer la viande sur l'os. J'ai aussi les oreilles pointues, cachées sous mes cheveux sales et emmêlés d'un bleu à peine plus foncé que mon teint. Je ne suis pas une pixie dotée de jolies ailes de papillon de nuit. Je ne suis pas comme ces nobles, dont la beauté rend les mortels fous de désir, prêts à commettre les pires idioties. Je ne suis même pas une glaistig qui, si elle portait des jupes suffisamment longues, n'aurait pas vraiment besoin de s'ensorceler pour changer son apparence.

L'homme tente de s'écarter de moi, mais j'ai beaucoup de force. En un coup de mes dents acérées, je casse le bracelet de la glaistig et romps l'enchantement. Je n'ai jamais appris à m'ensorceler correctement pour ne pas effrayer les mortels, mais à la cour des Crocs j'étais douée pour briser les malédictions. J'en ai été suffisamment victime pour que ça devienne une nécessité.

Je fourre un bout de papier dans sa paume. C'est le sien : son vœu est écrit d'un côté. Sur l'autre, j'ai griffonné avec un des feutres de Bex : *Fuyez avec votre famille. Avant que vous leur fassiez du mal. Ce qui arrivera forcément*.

Il me regarde fixement partir en courant, comme si c'était moi le monstre.

J'ai déjà vu les dégâts de ce marché, et je sais comment ça se passe. Au début, ils se disent tous qu'ils paieront la glaistig eux-mêmes. Mais sept mois et sept jours, c'est long, et un dé de chair, ça fait beaucoup à prélever sur son propre corps chaque nuit. La douleur, intense, empire à chaque nouveau prélèvement. Bientôt, le fait de vouloir prendre un morceau à un proche se justifie. Après tout, c'est pour eux que vous avez accepté ce marché. À partir de là, c'est la dégringolade.

Je frissonne en repensant aux membres de ma non-famille me dévisageant avec horreur et dégoût, alors que je croyais qu'ils m'aimeraient toujours. Il m'a fallu presque un an pour découvrir que le seigneur Jarel les avait envoûtés afin de me priver de leur amour ; pour comprendre que son sortilège était la raison pour laquelle il était si convaincu qu'ils me rejetteraient.

Aujourd'hui encore, j'ignore si l'enchantement a été levé.

J'ignore aussi si le seigneur Jarel a amplifié et exploité l'horreur que je leur inspirais, ou si c'est lui qui a généré ces émotions avec sa magie.

Ma façon à moi de me venger de Terrafæ, c'est ça : je défais les sortilèges de la glaistig, je lève toutes les malédictions sur lesquelles je tombe. Je libère tous ceux qui sont pris au piège. Peu importe que l'homme aux taches de rousseur apprécie ou non mon geste, je tire satisfaction du fait que la glaistig sera frustrée de voir un être humain de plus échapper à ses filets.

Je ne peux leur venir en aide à tous, ni les empêcher d'accepter ses propositions et d'en payer le prix. De plus, la glaistig est loin d'être la seule Fæ à passer des marchés avec eux. Mais je fais de mon mieux.

Le temps que je retourne à la maison de mon enfance, ma non-famille est allée se coucher.

Je soulève le loquet et m'introduis à l'intérieur. Je vois assez bien dans le noir pour me promener d'une pièce à l'autre sans avoir besoin d'allumer. Je vais vers le canapé et colle sur ma joue le pull à moitié tricoté de ma non-mère pour sentir la douceur de la laine, humer son parfum familier. Penser à sa voix quand, assise au bout de mon lit, elle me chantait une chanson.

Twinkle, twinkle, little star... Brille, brille, petite étoile...

J'ouvre la poubelle et en exhume les restes de leur dîner. Des morceaux de steak caoutchouteux et des blocs de purée parsemés d'ingrédients qui ont dû composer une salade. Tout est mélangé avec des mouchoirs en papier froissés, des emballages plastique, des épluchures de légumes. En guise de dessert, je mange une prune trop molle d'un côté et termine le peu de confiture qui tapisse encore le fond d'un pot, dans le bac à verre.

J'engloutis la nourriture en essayant de m'imaginer à table avec eux. En essayant d'imaginer que je suis à nouveau leur fille, et non ce qui reste d'elle.

Un oisillon qui essaie de retourner dans son œuf.

Certains humains ont tout de suite senti que j'étais fondamentalement mauvaise, dès que j'ai posé un pied dans le monde des mortels. C'était juste après la bataille du Serpent, la dissolution de la cour des Crocs et la fuite de dame Nore. N'ayant nulle part où aller, je suis revenue dans mon quartier. La première nuit, j'ai été découverte dans un parc par un groupe d'enfants. Ils avaient ramassé des bâtons pour me chasser. Quand l'un des plus grands m'a donné un petit coup avec, je lui ai couru après et j'ai enfoncé mes dents pointues dans le gras de son bras. J'ai ouvert ses chairs comme une boîte de conserve.

Je ne sais pas ce que je ferais à ma non-famille si elle me rejetait à nouveau. Je ne suis pas quelqu'un d'inoffensif. Je ne suis plus une enfant, mais un monstre adulte, semblable à ceux qui sont venus me chercher à l'époque.

Je suis pourtant tentée de lever l'enchantement, de révéler ma présence à ma non-famille. Chaque fois, l'envie est là. Mais, quand je pense à reprendre contact, je pense aussi à la sorcière des tempêtes. Par deux fois, elle m'a retrouvée dans les bois en périphérie de la ville, et par deux fois elle a suspendu le corps écorché d'un mortel au-dessus de mon campement. Selon elle, l'un d'eux en savait trop sur le Peuple. Je ne veux pas lui donner de raison de choisir un membre de ma non-famille comme prochaine victime.

J'entends une porte s'ouvrir à l'étage. Je me pétrifie. Je remonte mes genoux contre moi et les entoure de mes bras pour me faire aussi petite que possible. Un peu plus tard, la chasse d'eau des toilettes se déclenche. Je m'autorise à respirer normalement.

Je n'aurais pas dû venir. Je ne le fais pas toujours. Certaines nuits, j'arrive à me tenir à l'écart. Je mange de la mousse ou des insectes, et bois l'eau de ruisseaux pollués. Je fouille les poubelles à l'arrière des restaurants. Je lève des sortilèges pour me donner l'illusion que je ne suis pas comme eux.

Mais je ne peux m'empêcher de revenir, encore et toujours. Parfois, je fais la vaisselle qui traîne dans l'évier ou je mets le linge mouillé au sèche-linge, comme le ferait un brownie. Parfois, je vole des couteaux. Quand je suis particulièrement en colère, je réduis en lambeaux quelques-unes de leurs affaires. Parfois, je somnole derrière le canapé en attendant qu'ils partent au travail ou en cours, que je puisse m'extirper de ma cachette. J'inspecte les pièces, à la recherche de traces de moi : bulletins scolaires, travaux manuels. Photos de famille sur lesquelles je figure sous mon apparence humaine, avec mes cheveux pâles, mon menton pointu et mes grands yeux avides. Je cherche des preuves que mes souvenirs sont bien réels. Dans un carton marqué *Rebecca*, je trouve mon vieux renard en peluche. Je me demande quelles explications ils ont données lorsqu'ils ont dû vider entièrement ma chambre.

Depuis son entrée à la fac, Rebecca se fait appeler Bex. Un nouveau nom pour un nouveau départ. Même si elle doit se présenter comme une fille unique, elle est liée à presque tous mes bons souvenirs d'enfance. Bex buvant du chocolat chaud devant la télévision, écrasant des chamallows jusqu'à avoir les doigts tout collants. Bex et moi échangeant des coups de pied dans la voiture jusqu'à ce que maman nous crie d'arrêter. Bex et moi assises dans son placard, jouant avec des figurines, elle tenant Batman pour qu'il embrasse Iron Man. *On dirait qu'ils se marieraient et qu'après ils adopteraient des chats et vivraient heureux pour toujours*. M'imaginer gommée de ces souvenirs me fait grincer des dents et renforce mon impression de n'être qu'un fantôme.

Si j'avais grandi dans le monde des mortels, Bex et moi serions peut-être allées dans les mêmes écoles. Ou j'aurais voyagé, fait des petits boulots, découvert de nouvelles choses. Cette Wren-là aurait considéré sa place dans le monde comme acquise. Mais je ne peux plus imaginer comment j'aurais réagi si j'avais été elle.

Parfois, je m'assois sur le toit pour regarder les chauves-souris virevolter dans le clair de lune. Ou j'observe ma non-famille en train de dormir, une main audacieuse tout près des cheveux de ma non-mère. Mais, cette nuit, je ne fais que manger.

Lorsque j'ai terminé d'explorer les poubelles, je penche la tête sous le robinet de l'évier pour boire l'eau claire, délicieuse. Ma soif étanchée, je m'essuie la bouche du dos de la main et sors sur la terrasse. Je bois le lait que ma non-sœur a laissé sur la marche supérieure. Un insecte tombé dedans tourne à la surface. Je l'avale aussi.

Je m'apprête à retourner furtivement dans les bois quand une ombre longiligne apparaît dans le jardin sur le côté de la maison, les doigts comme de longues brindilles.

Le cœur affolé, je descends les marches à pas de loup et me glisse sous le porche. Je réussis à me mettre hors de la vue de Bogdana juste au moment où elle contourne l'angle de la maison à grandes enjambées. Elle est aussi immense et terrifiante que la première fois que je l'ai rencontrée – pire, même, car désormais je sais de quoi elle est capable.

Je retiens mon souffle. Je dois me mordre l'intérieur des joues pour rester immobile et silencieuse.

Bogdana laisse courir ses griffes le long du mur de la maison. Ses doigts sont aussi longs que des tiges de fleur, ses membres aussi grêles que des branches de bouleau. Devant son visage pâle comme un champignon pendent des mèches de cheveux noirs et raides qui cachent à moitié ses petits yeux brillants de malveillance.

Elle regarde par une fenêtre. Il lui serait si facile de la soulever, de s'introduire dans la maison, d'égorger les membres de ma non-famille dans leur sommeil puis de les écorcher !

C'est ma faute. Si j'avais pu me tenir à distance, elle n'aurait pas flairé ma piste jusqu'ici. Elle ne serait pas venue. *C'est ma faute.*

À présent, j'ai deux options. Je peux rester où je suis et les écouter mourir, ou je peux éloigner Bogdana de la maison. Ce n'est pas vraiment un choix ; la peur me guide. Elle est ma compagne de toujours depuis qu'on m'a enlevée au monde des mortels. La terreur est profondément ancrée dans ma moelle.

Ce qui prime sur mon besoin de sécurité, c'est le désir que ma non-famille vive. Même si je n'en fais plus partie, il faut que je la sauve. Si elle disparaissait, les derniers restes de ce que j'étais disparaîtraient avec elle, et je partirais à la dérive.

Après avoir pris une grande inspiration tremblante, je surgis de sous le porche et m'élance en direction de la route, loin du couvert des bois où Bogdana me rattraperait facilement. Je traverse la pelouse sans aucune précaution, sans tenir compte des brindilles qui craquent dans l'air nocturne sous mes pieds nus.

Je ne jette pas un regard en arrière, mais je sais que Bogdana a dû m'entendre. Elle a dû se retourner, narines palpitantes, pour humer la brise. Le mouvement attire l'œil des prédateurs, réveille leur instinct de chasseur.

Arrivée sur le trottoir, je cligne des yeux, éblouie par les phares des voitures. Des feuilles sont prises dans mes cheveux emmêlés et boueux. Ma robe naguère blanche est maintenant ternie et tachée, comme on s'attendrait à le voir sur une revenante. J'ignore si mes pupilles brillent comme celles d'un animal. Ce n'est pas impossible.

La sorcière des tempêtes se lance à ma poursuite, aussi rapide qu'un oiseau de proie et aussi sûre que la mort.

J'accélère encore.

Des graviers pointus et des morceaux de verre s'enfoncent dans mes plantes de pieds. Je grimace et trébuche légèrement. J'ai l'impression de sentir le souffle de la sorcière sur ma nuque. La terreur me donne la force de repartir de plus belle.

Maintenant que j'ai éloigné Bogdana de la maison, il me faut la semer. Si je parviens à la distraire ne serait-ce qu'une ou deux secondes, je pourrai me cacher. Je suis devenue très bonne à ce jeu, à la cour des Crocs.

Je tourne dans une ruelle qui débouche sur une grille fermée par une chaîne. J'y repère un interstice suffisamment large pour m'y faufiler. Je cours, dérapant dans la boue et les ordures, percute la grille et me glisse dans l'ouverture. Le métal m'égratigne la peau ; l'air est imprégné d'une horrible odeur de fer.

Alors que je reprends ma course, j'entends la grille remuer pendant qu'on l'escalade.

– Arrête-toi, espèce d'idiote ! me crie la sorcière des tempêtes.

La panique m'empêche de réfléchir. Bogdana est trop rapide, trop sûre d'elle. Elle tue les mortels comme les Fæs depuis bien avant ma naissance. Si elle invoque les éclairs, je suis fichue.

Mon instinct me pousse à rejoindre la zone boisée que je connais bien ; à me terrer dans ma grotte, un dôme que je me suis fabriqué avec des branches de saule pleureur. À m'allonger sur le sol de galets polis que j'ai enfoncés dans la boue après une pluie torrentielle, jusqu'à former une surface assez plane pour que je puisse y dormir. À me blottir dans mes trois couvertures, même si elles sont tachées, rongées par les mites et roussies par le feu.

Dans mon abri de fortune, j'ai un couteau à viande. Il n'est pas plus long qu'un des doigts de la sorcière, mais il est affûté. Plus que toutes les petites lames que je porte sur moi.

Je dévie de ma trajectoire et me dirige vers une résidence, courant dans le halo des lampadaires. Je traverse des rues et une aire de jeux. Le grincement des chaînes des balançoires résonne à mes oreilles.

Je suis plus douée pour défaire les enchantements que pour les créer mais, depuis la dernière visite de Bogdana, j'ai protégé mon repaire pour que quiconque s'en approche soit pris de frayeur. Les mortels s'en tiennent à l'écart, et même les gens du Peuple sont mal à l'aise lorsqu'ils se trouvent dans les parages.

J'ai peu d'espoir que ça l'incite à renoncer, mais suffisamment.

Bogdana était le seul être que le seigneur Jarel et dame Nore redoutaient. Une sorcière âgée de plusieurs siècles, capable de déclencher des tempêtes, qui connaît mieux la magie que la plupart des êtres vivants. À la cour des Crocs, je l'ai vue ouvrir en deux des humains puis les dévorer ; éventrer des Fæs avec ses longs doigts pour punir ce qui avait été perçu comme une insulte. J'ai vu son agacement déclencher des éclairs. C'est elle qui a aidé le seigneur Jarel et dame Nore lorsqu'ils ont eu l'idée de concevoir un enfant puis de le cacher chez les mortels. Bien des fois, elle a été témoin des tourments que je subissais à la cour des Crocs.

Malgré mon titre de reine, le seigneur Jarel et dame Nore faisaient en sorte que je n'oublie jamais que je leur appartenais. Lui prenait du plaisir à me tenir en laisse et à me promener comme un animal. Dame Nore me punissait avec sauvagerie pour des affronts imaginaires, jusqu'à faire de moi une bête enragée, griffant, mordant… ne ressentant rien d'autre que de la douleur.

Un jour, dame Nore m'a jetée dehors, dans la vaste étendue de neige balayée par les vents hurlants, et a fermé les portes du château pour m'empêcher d'entrer.

Si être reine ne te convient pas, petite bonne à rien, alors mets-toi en quête de ta propre fortune, m'avait-elle lancé.

J'ai marché pendant des jours. Je n'avais rien à manger à part de la neige et je n'entendais que le vent glacé qui soufflait autour de moi. Quand je pleurais, mes larmes se figeaient sur mes joues. Mais j'ai continué à avancer, espérant malgré tout trouver de l'aide ou un moyen de fuir cet endroit. Le septième jour, j'ai compris que je n'avais fait que tourner en rond.

C'est Bogdana qui m'a enveloppée d'une cape et portée à l'intérieur, après que je me suis effondrée dans la neige.

Une fois dans ma chambre aux murs de glace, elle m'a posée sur les peaux qui recouvraient mon lit. Elle a touché mon front de ses doigts deux fois plus longs que la normale, m'a regardée avec ses yeux noirs avant de secouer sa tête pleine de cheveux décoiffés par la tempête.

– Tu ne seras pas toujours aussi chétive ou aussi apeurée, m'a-t-elle dit. Tu es une reine.

Le ton qu'elle a employé m'a incitée à relever la tête. Dans sa bouche, ce titre était quelque chose dont j'aurais dû être fière.

Lorsque la cour des Crocs s'est aventurée dans le Sud pour engager la guerre contre Domelfe, Bogdana n'est pas venue avec nous. Je pensais ne plus jamais la revoir et j'en éprouvais une certaine tristesse. Si quelqu'un pouvait veiller sur moi, c'était elle.

Quelque part, c'est encore pire que ce soit elle qui soit à mes trousses, elle qui me pourchasse dans les rues.

Quand j'entends le bruit de ses pas se rapprocher, je serre les dents et tente d'accélérer encore plus. J'ai déjà les muscles endoloris et les poumons en feu.

Peut-être, me dis-je, *peut-être que je pourrais la raisonner. Peut-être qu'elle me pourchasse uniquement parce que je la fuis.*

Je commets l'erreur de jeter un coup d'œil en arrière, ce qui me fait perdre un peu de vitesse. Je chancelle en voyant la sorcière tendre vers moi ses longs doigts, ses griffes coupantes prêtes à me lacérer.

Non, je ne crois pas que je puisse la raisonner.

Il ne me reste qu'une chose à faire. Je pivote et croque le vide en me rappelant la sensation de mes dents qui se plantent dans la chair. En me rappelant comme je trouvais agréable, autrefois, de blesser quelqu'un qui me faisait peur.

Hélas, je ne suis pas plus forte que Bogdana. Ni plus rapide ni plus rusée. Toutefois, il est possible que je sois plus désespérée. Moi, je tiens à la vie.

La sorcière est tout près. À la vue de mon expression féroce, elle fait un pas vers moi. Je feule. Il y a quelque chose dans son visage, quelque chose qui brille dans ses yeux noirs et que je ne comprends pas. Comme une sorte de triomphe. Je prends une des petites lames que je garde sous ma robe, regrettant une fois de plus de ne pas avoir le couteau à viande à portée de main.

Celui que je sors possède une lame rétractable et j'ai du mal à l'ouvrir.

J'entends deux sabots fouler le sol. Bizarre. Ce doit être la glaistig qui vient assister à ma défaite. Qui vient jubiler. C'est sans doute elle qui a prévenu Bogdana de ce que je faisais. C'est sans doute à cause d'elle que je suis en si mauvaise posture.

Mais ce n'est pas la glaistig qui émerge des bois sombres. Un jeune homme apparaît dans une flaque de lumière, non loin d'un immeuble. Protégé par une cotte de mailles dorée, une rapière à la main, il a des cornes de chèvre et des sabots à la place des pieds. Son visage n'exprime rien, comme dans un rêve.

Je remarque les boucles de ses cheveux d'un blond fauve retenues derrière ses oreilles pointues, la cape grenat rejetée sur ses larges épaules, la cicatrice qui barre le côté de sa gorge, le bandeau royal qui ceint son front. Lorsqu'il se déplace, on dirait qu'il s'attend à ce que le monde se plie à sa volonté.

Au-dessus de nous, des nuages s'amoncellent. Il désigne Bogdana de la pointe de son épée.

Puis il me regarde.

– On peut dire que tu nous as tous fait courir…

Ses yeux ambrés brillent comme ceux d'un renard, mais ils n'ont rien de chaleureux.

J'aurais pu le prévenir qu'il ne fallait pas quitter Bogdana des yeux. Profitant de l'occasion, la sorcière se rue sur lui, griffes en avant, pour lui lacérer la poitrine.

Une autre épée arrête l'assaillante avant que l'inconnu cornu ait besoin de se défendre. La lame est tenue par la main gantée d'un chevalier. Son corps est protégé d'une armure en cuir marron, gravée, assemblée par de larges bandes de métal argenté. Ses cheveux courts ont la couleur des mûres et ses yeux noirs sont méfiants.

– Sorcière des tempêtes, déclare-t-il.

– Ôte-toi de mon chemin, roquet, lui ordonne-t-elle. Sinon je ferai en sorte que la foudre s'abatte exactement là où tu es.

– Les cieux t'obéissent peut-être, réplique le premier Fæ, celui à la cotte de mailles dorée, mais ici, hélas, nous sommes sur la terre. Va-t'en, ou mon ami t'embrochera avant que tu aies pu invoquer ne serait-ce qu'un crachin.

Bogdana plisse les yeux puis se tourne vers moi.

– Je reviendrai te chercher, petite, promet-elle. À ce moment-là, je te conseille de ne pas t'enfuir.

Là-dessus, elle se retire dans l'ombre. Aussitôt, j'essaie de filer en passant à côté de l'homme cornu, bien résolue à m'échapper.

Il me retient par le bras. Il est plus fort que je le croyais.

– Dame Suren, dit-il.

Un grognement résonne dans ma gorge. Je lui griffe la joue. Mes ongles ne sont pas aussi longs ni aussi pointus que ceux de Bogdana, mais ils le font saigner quand même.

Il réprime un cri de douleur sans me lâcher. Au contraire, il me tord les poignets dans le dos et les tient solidement malgré mes rugissements et mes coups de pied. Pire : la lumière tombe sur son visage sous un angle différent, et je comprends enfin à qui appartient la peau que j'ai sous les ongles.

Le prince Chêne, héritier de Domelfe. Fils du grand général, ce traître, et frère de la Grande Reine mortelle. Chêne, à qui j'ai été fiancée à une époque, qui a été mon ami autrefois – même si, apparemment, il ne s'en souvient pas.

Comment la sprite l'a-t-elle qualifié tout à l'heure ? Elle a dit de lui qu'il était « gâté », « irresponsable » et « indiscipliné ». Je veux bien le croire. Sous son armure luisante, il est si peu rompu au combat à l'épée qu'il n'a même pas essayé de parer mon coup.

Très vite, une autre pensée me vient à l'esprit : j'ai *agressé* le prince de Domelfe.

Quelque chose me dit que je vais avoir des ennuis.

– Tout sera beaucoup plus simple si, à partir de maintenant, tu fais exactement ce qu'on te dit, fille de traîtres, m'informe le chevalier aux yeux noirs et en armure de cuir.

Il est affublé d'un long nez et semble plus à l'aise avec le salut militaire qu'avec les sourires.

J'ouvre la bouche pour demander ce qu'ils me veulent, mais ma voix est rauque à force de silence. Mes propos sont confus et les mots ne sortent pas comme je le voudrais.

– Qu'est-ce qui lui prend ? s'étonne le chevalier.

Il me regarde d'un air perplexe, comme si j'étais une sorte d'insecte.

– C'est le retour à la vie sauvage, j'imagine, répond le prince. La vie en solitaire.

– Elle pouvait quand même parler toute seule, non ? demande le chevalier en haussant les sourcils.

Je recommence à gronder.

Chêne porte ses doigts à sa joue meurtrie et les retire avec une grimace. Sa chair est barrée de trois griffures, d'où le sang s'écoule lentement.

Quand son regard se pose de nouveau sur moi, quelque chose dans l'expression de son visage me fait penser à son père, Madoc, qui n'était jamais plus heureux que lorsqu'il partait à la guerre.

– Je t'avais prévenu que la cour des Crocs ne produisait jamais rien de bon, déplore le chevalier en secouant la tête.

Sur ces mots, il prend une corde et m'attache en la faisant passer entre mes poignets pour sécuriser le nœud. Il ne me perce pas la chair à la manière du seigneur Jarel, qui me tenait en laisse en passant une aiguille enfilée avec une chaîne d'argent entre les os de mes poignets. Je ne souffre pas encore.

Mais ça viendra sans doute.

Chapitre 2

Tout en cheminant péniblement dans les bois, je réfléchis à un moyen de m'échapper. Je ne me fais pas d'illusion : je serai punie. J'ai *agressé le prince*. Et s'ils savaient que je lève certaines malédictions, ils seraient encore plus furieux.

– La prochaine fois, souviens-toi qu'il ne faut jamais baisser la garde, rappelle le chevalier à Chêne en observant sa joue balafrée.

– C'est surtout mon orgueil qui en a pris un coup, rétorque ce dernier.

– Orgueil que tu tires de ton joli minois…

– La beauté est trop rare en ce monde, c'est un fait, répond le prince d'un ton léger. Mais ce n'est pas de là que me vient ma plus grande fierté.

Qu'ils soient apparus vêtus d'une armure et prêts à combattre à peu près au moment où Bogdana rôdait autour de la maison de ma non-famille n'a rien d'une coïncidence. Ils me cherchaient, tous, et quelle qu'en soit la raison, elle me déplaira forcément.

Je hume l'odeur familière de l'écorce mouillée et des feuilles en décomposition. Dans le clair de lune, les fougères brillent d'un éclat argenté, les bois sont peuplés d'ombres mouvantes.

Comme je l'ai souvent fait, je tortille mes poignets pour tenter de me libérer. Hélas, je suis bien attachée. Je plie les doigts et essaie d'en glisser un sous le lien. Les nœuds sont trop serrés pour que j'y parvienne.

Le chevalier ricane.

– Je ne suis pas certain que le début de notre quête bénéficie d'un sort favorable. Si le farfadet n'avait pas repéré ta petite reine, à l'heure qu'il est, la sorcière serait déjà parée d'un manteau fait avec sa peau.

Le farfadet à la tête de chouette. Ignorant si je dois me sentir redevable, je grimace : je n'ai aucune idée de ce qu'ils comptent faire de moi.

– Pourtant, n'est-ce pas la définition même d'un sort favorable ? Arriver à temps ? demande Chêne.

Il me lance un regard espiègle, comme si j'étais un animal sauvage qu'il serait amusant d'apprivoiser.

Je le revois à la Haute Cour, quand j'allais recevoir la sentence pour mes crimes en tant que souveraine traîtresse de la cour des Crocs. J'avais dix ans et lui à peine neuf. À l'époque, j'étais entravée, comme je le suis aujourd'hui. Je le revois aussi à treize ans, lorsqu'il m'avait retrouvée dans les bois et que je l'avais renvoyé d'où il venait.

Maintenant âgé de dix-sept ans, il me domine largement de sa haute taille, son corps souple arborant une musculature harmonieuse. Le clair de lune se reflète dans ses cheveux d'une teinte chaude et dorée, striée de platine. Deux petites cornes de chèvre séparent sa frange. Ses yeux sont d'une couleur ambre prononcée, et une constellation de taches de rousseur parsème son nez. Il a la bouche farceuse et la démarche arrogante de quelqu'un qui a l'habitude qu'on cède à ses exigences.

La beauté des Fæs n'est pas la même que celle des mortels. Elle est extravagante, liée aux éléments. À Terrafæ, certaines créatures sont si magnifiques que les contempler est douloureux. Elles sont si charmantes que les mortels pleurent en les voyant ou sont subjugués, obsédés par le désir de les revoir ne serait-ce qu'une seule fois. Ils peuvent même mourir sur place.

À Terrafæ, la laideur est tout aussi incroyable. Parmi le Peuple, certains sont si repoussants que, face à eux, tout être vivant ne peut qu'avoir un mouvement de recul horrifié. Pourtant, d'autres ont un physique si exagérément et voluptueusement grotesque qu'ils en deviennent beaux.

Ce n'est pas que les mortels ne soient pas agréables à l'œil (nombre d'entre eux le sont), mais leur beauté n'a pas de quoi vous sidérer. Personnellement, je me sens un peu sidérée par la beauté de Chêne.

Si je le regarde trop longtemps, j'ai envie de le croquer, littéralement.

Je baisse les yeux sur mes pieds boueux, égratignés et douloureux, puis sur les sabots de Chêne. Je me souviens d'avoir vu dans un manuel de sciences volé à l'école que les sabots sont faits de kératine, comme les ongles. Au-dessus, sa fourrure est de la même couleur que ses cheveux et disparaît dans des revers qui lui arrivent sous le genou, dévoilant la moitié inférieure de ses jambes à l'étrange courbure. Un pantalon près du corps recouvre ses cuisses.

Me retenir de lutter contre mes liens requiert une telle volonté que j'en frissonne.

– Tu as froid ? me demande-t-il en me proposant sa cape de velours.

Elle est brodée de motifs de glands, feuilles et branches. Les points, superbes, semblent complètement incongrus ici, si loin de Domelfe.

C'est une attitude que je connais bien : faire preuve de galanterie tout en me maintenant prisonnière, comme si le froid était mon plus grand souci. Mais j'imagine que c'est ce qu'on attend d'un prince – noblesse oblige, etc.

Comme j'ai les mains attachées, je ne vois pas comment je pourrais mettre sa cape. Puisque je ne réponds pas, il la drape sur mes épaules puis l'attache sur ma gorge. Je le laisse faire, bien que je ne craigne pas le froid. Mieux vaut avoir quelque chose sur le dos que rien du tout, et en plus, elle est douce.

L'autre avantage, c'est qu'elle me cache les mains. Autrement dit, si je parviens à me libérer, ils ne le comprendront que trop tard.

C'est la deuxième fois que le prince commet une erreur de débutant.

J'essaie de me concentrer sur un moyen de fuir et m'efforce de ne pas me laisser gagner par le désespoir. Si j'avais les mains libres, il me faudrait quand même m'enfuir. Si je réussis, je pense pouvoir les empêcher de remonter ma piste. Il se peut que le chevalier sache comment suivre des traces, mais de mon côté j'ai passé des années à dissimuler les miennes.

Je ne sais pas quelles sont les compétences de Chêne en dehors de celles d'être un petit seigneur. Il n'est pas impossible que, malgré ses beaux discours et son illustre lignée, le prince ait jugé bon de se faire escorter d'un chevalier pour que celui-ci veille à ce qu'il ne finisse pas embroché sur sa luxueuse épée après avoir trébuché.

S'ils me laissent tranquille un instant, je pourrai passer mes jambes entre mes bras tendus pour avoir mes poignets ligotés devant moi et non dans mon dos. À ce moment-là, je pourrai ronger la corde.

Je ne vois pas pourquoi ils m'en laisseraient la possibilité. Malgré tout, sous le couvert de la cape de Chêne, je tripote mes liens pour tenter de les détendre au maximum.

Après avoir quitté les bois, nous nous engageons dans une rue que je ne connais pas. Les maisons sont plus éloignées les unes des autres que dans le quartier de ma non-famille. Elles sont aussi moins bien entretenues, et leur pelouse est envahie par les mauvaises herbes. Un chien aboie au loin.

On me guide ensuite vers un chemin de terre. Tout au bout se dresse une maison déserte, aux fenêtres condamnées par des planches. L'herbe est si haute qu'elle ferait caler une tondeuse à gazon. À l'extérieur se trouvent deux montures fæs blanches comme de l'os, leur encolure légèrement courbée plus longue que celle des chevaux du monde des mortels.

– Ici ?

Malgré ma voix encore rauque, j'ai articulé ce mot clairement.

– C'est trop boueux pour Votre Altesse ? ironise le chevalier en me regardant, les sourcils relevés, comme si je n'avais pas conscience de ma robe maculée de terre et de mes pieds sales.

Comme si j'ignorais que je n'étais plus reine. Comme si j'avais oublié que la sœur de Chêne avait dissous ma cour.

Je rentre la tête dans les épaules. J'ai l'habitude de ces joutes verbales, où il n'y a jamais de réponse juste et où toute mauvaise réponse engendre une punition. Je me tais, mon regard se posant sur la joue du prince. Moi aussi, j'ai déjà commis assez d'erreurs comme ça.

– Ne fais pas attention à Tiernan. Il n'est pas si désagréable, au fond, me rassure Chêne en m'adressant un sourire de courtisan censé vous convaincre que tout va bien, vous pouvez baisser la garde.

Je me raidis davantage. J'ai appris à craindre ces sourires-là.

– Nous allons t'expliquer la nécessité de notre terrible impolitesse, poursuit-il avec un signe de la main.

Impolitesse. Voilà une drôle de façon de qualifier le fait de m'avoir attachée.

Le chevalier – *Tiernan* – ouvre la porte en la poussant de l'épaule. Nous entrons, Chêne me suit pour que je n'aie aucune chance de m'échapper. Le parquet aux lames gondolées grince sous ses sabots.

À l'évidence, cette maison est abandonnée depuis longtemps. Le papier peint floral est couvert de graffitis. Sous l'évier, le placard a été arraché, sûrement pour récupérer les tuyaux de cuivre. Tiernan m'entraîne dans un coin de la cuisine, vers une table en plastique craquelé entourée de chaises éraflées.

Sur l'une d'elles est assis un soldat doté d'une aile à la place d'un bras. Il a la peau marron clair et de longs cheveux acajou. Ses yeux sont du violet étonnant de l'aconit. Je ne le connais pas, mais je crois savoir quelle malédiction l'accable. Après la bataille du Serpent, la sœur de Chêne, la Grande Reine, a fait transformer en faucons les soldats non repentants qui avaient suivi Madoc. S'ils voulaient retrouver leur apparence d'origine, ils ne devaient pas chasser pendant un an et un jour et se nourrir de ce qu'on leur donnait. Je ne sais pas comment interpréter le fait que celui-ci semble désormais *à moitié* maudit. En plissant les yeux, je remarque que des fils de magie l'entourent, s'entortillant comme des racines qui tenteraient de repousser.

Un sortilège difficile à lever.

Aux coins de sa bouche, je repère les minces bandes de cuir aux fixations dorées d'une bride. J'ai un frisson en reconnaissant l'objet. Il m'est familier, lui aussi.

Il a été créé par le maître forgeron Grimsen, qui l'a donné à mes parents.

Le seigneur Jarel m'a entravée avec cette bride il y a longtemps, quand ma volonté était un désagrément qu'il fallait faire disparaître aussi simplement qu'on balaie une toile d'araignée. La vue de cette bride me renvoie à toute la panique, la terreur et le désespoir que j'éprouvais quand les lanières s'enfonçaient lentement dans ma peau.

Plus tard, le seigneur Jarel a tenté de s'en servir pour piéger le Grand Roi et la Grande Reine. Il a échoué et la bride est tombée entre leurs mains, mais je suis horrifiée que Chêne ait contraint un prisonnier à la porter, avec désinvolture, comme si ce n'était pas si grave.

– Tiernan l'a capturé à l'extérieur de la citadelle de ta mère. Nous devions savoir quels étaient ses projets, et il nous a été d'une aide extrêmement précieuse. Hélas, il est aussi extrêmement dangereux.

Chêne a beau me parler, il m'est difficile de me concentrer sur autre chose que cette bride.

– Dame Nore dispose d'un groupe hétéroclite de vassaux. Et elle a volé quelque chose…

– Plus que « quelque chose », rectifie l'ancien faucon bridé.

Tiernan décoche un coup de pied dans sa chaise. Le soldat se contente de lui sourire. Avec cette bride, ils peuvent lui faire faire et lui faire dire ce qu'ils veulent. Il est piégé à l'intérieur de lui-même de manière bien plus sûre qu'en étant attaché avec une corde. J'admire son air de défi, même si ça ne le mènera à rien.

Je répète les propos de Chêne d'une voix enrouée :

– Des vassaux ?

– Elle a repris possession de la Citadelle de la cour des Crocs, et puisque cette cour n'existe plus, elle en a fondé une autre, raconte Chêne en haussant les sourcils. De plus, elle a désormais des pouvoirs magiques anciens. Elle est capable de créer des êtres. D'après ce que nous avons compris, ce sont pour la plupart des créatures faites de brindilles, de bouts de bois, mais aussi de morceaux de cadavres.

Je demande, horrifiée :

– Comment s'y prend-elle ?

– Est-ce important ? Tu étais censée la garder sous contrôle, me reproche Tiernan.

J'espère qu'il voit la haine brûler dans mes yeux. Ce n'est pas parce que, après la bataille, la Grande Reine a obligé dame Nore à me prêter allégeance, me donnant tout pouvoir sur elle, que je savais quoi en faire pour autant.

– Elle n'était qu'une enfant, Tiernan, tempère Chêne – ce qui me surprend. Comme moi à l'époque.

Quelques braises rougeoient dans l'âtre. Le chevalier soupire et s'agenouille devant. Il y ajoute des bûches qu'il prend sur un tas, ainsi que des pages roulées en boule qu'il a arrachées à un livre de recettes déjà déchiré. Le bord d'une des feuilles s'enflamme.

– Il faudrait être idiot pour faire confiance à l'ancienne reine de la cour des Crocs, décrète-t-il.

– Parce que toi, tu es sûr de savoir faire la différence entre nos alliés et nos ennemis ? lui demande Chêne en prenant une longue brindille sur le tas de bois, assez fine pour servir d'allume-feu.

Il la tient dans la flamme jusqu'à ce que l'extrémité s'embrase, puis s'en sert pour allumer les bougies disposées un peu partout dans la pièce. Bientôt, des halos d'une lumière chaleureuse vacillent, rendant les ombres mouvantes.

Le regard de Tiernan s'attarde sur le soldat entravé par la bride. Il y reste un long moment avant de se poser sur moi.

– Tu as faim, petite reine ?

Je proteste d'une voix rauque :

– Ne m'appelle pas comme ça.

– C'est qu'on est grognon ! raille Tiernan. Et comment ton humble serviteur doit-il t'appeler ?

– Wren, dis-je en ignorant ses sarcasmes.

Chêne écoute notre échange d'un air blasé. Je serais bien incapable de deviner à quoi il pense.

– Désires-tu une collation ? s'enquiert-il.

Je refuse de la tête. Sceptique, le chevalier hausse les sourcils. Au bout d'un moment, il se détourne et prend une bouilloire métallique déjà noircie par le feu, qu'il remplit au robinet du lavabo, dans la salle de bains. Il l'accroche ensuite à un support qu'ils ont dû installer eux-mêmes, fait de bouts de bois. Il n'y a pas d'électricité dans la maison, mais il y a quand même l'eau courante.

Pour la première fois depuis très longtemps, je songe à prendre une douche. Je me rappelle la sensation des cheveux peignés et démêlés ; de mon cuir chevelu débarrassé des démangeaisons provoquées par la boue sèche.

Chêne se rapproche de ma chaise. Mes poignets liés dans mon dos m'obligent à redresser les épaules.

– Dame Wren, commence-t-il, plantant dans mes yeux ses iris ambrés semblables à ceux d'un renard, si je défais tes liens, peux-tu m'assurer que tu ne tenteras ni de t'échapper ni d'attaquer l'un de nous pendant que nous serons dans cette maison ?

Je hoche la tête une fois.

Il m'adresse un petit sourire complice. Mes lèvres me trahissent en le lui rendant. Ça me rappelle combien, enfant, il était déjà charmant.

Je me demande dans quelle mesure j'ai mal interprété la situation. Se peut-il que nous soyons dans le même camp ?

Il sort un couteau d'un étui à son poignet, caché sous sa chemise de lin blanc, et le pose sur la corde dans mon dos.

– Ne coupe pas la corde, le prévient le chevalier. On en aura besoin si on doit l'attacher à nouveau.

Je me raidis, m'attendant à ce que Chêne soit fâché qu'on lui dise quoi faire. C'est un membre de la royauté. Quelqu'un d'un statut inférieur n'est pas censé lui donner des consignes. Mais le prince se contente de secouer la tête.

– Ne t'en fais pas. Je me sers de la pointe de ma lame juste pour détendre ses liens que tu as noués un peu trop efficacement.

J'observe Tiernan dans la lumière diffuse de la flambée. Difficile de deviner l'âge des gens du Peuple, mais je dirais qu'il est à peine plus vieux que Chêne. Ses cheveux couleur de mûre sont ébouriffés. Une de ses oreilles pointues est percée d'une unique boucle d'argent.

Les mains ramenées sur mes genoux, je frotte les marques que la corde a laissées sur ma peau. Elles n'auraient pas été aussi profondes si je n'avais pas autant tiré dessus.

– Dame Suren, Domelfe a besoin de ton aide, m'annonce Chêne avec une grande solennité, après avoir rangé son couteau.

Tiernan lève les yeux de la flambée mais ne dit rien.

Je ne sais pas quoi répondre. Je n'ai pas l'habitude d'être au centre de l'attention, et je suis troublée que celle de Chêne soit focalisée sur moi.

Je parviens à coasser :

– J'ai déjà prêté allégeance à ta sœur.

Si je ne l'avais pas fait, je serais morte. Puis j'ajoute :

– Je ferai ce qu'elle demande.

Il fronce les sourcils.

– Laisse-moi t'expliquer. Quelques mois avant la bataille du Serpent, dame Nore a réussi à provoquer une explosion sous le château.

Je jette un coup d'œil à l'ancien faucon. A-t-il joué un rôle dans cette affaire ? Devrais-je me rappeler qui il est ? Certains de mes souvenirs de cette époque sont particulièrement précis tandis que d'autres sont flous comme de l'encre qui aurait bavé.

– À ce moment-là, on pensait que cette attaque visait les espions de Domelfe et que c'était un hasard si le lieu où repose la reine Mab avait été dérangé.

Chêne marque une pause et me regarde comme s'il se demandait si je suivais.

– Chez la plupart des Fæs, reprend-il, le corps se décompose en racines et en fleurs, mais pas celui de Mab. Ses restes, de sa cage thoracique aux os de ses doigts, étaient imprégnés d'un pouvoir qui les empêchait de se désagréger – un pouvoir capable de ramener les choses à la vie. C'est ce que dame Nore a volé, et c'est de là qu'elle tire sa nouvelle puissance.

D'un geste de la main, il désigne le soldat entravé avant de poursuivre :

– Dame Nore tente de rallier d'autres gens du Peuple à sa cause. À ceux qui ont été transformés en faucons, elle a proposé le marché suivant : s'ils venaient à la Citadelle, elle les nourrirait de sa main pendant un an et un jour, délai pendant lequel ils n'ont pas le droit de chasser. Et, lorsqu'ils retrouveront leur apparence, elle exige qu'ils lui soient fidèles. Entre ces individus, les membres de sa propre cour qui lui sont restés loyaux et les monstres qu'elle crée, ses projets de vengeance contre Domelfe semblent bien partis pour aboutir.

Je regarde le prisonnier. La Grande Reine a accordé la grâce aux soldats repentants, qui reniaient tout ce qu'ils avaient fait et lui promettaient fidélité. Mais celui-là a refusé.

Je me revois face à elle la nuit où Chêne était intervenu en ma faveur. *Tu te souviens, quand tu disais qu'on ne pouvait pas l'aider ? Maintenant, c'est possible.* Je me rappelle la pitié dans sa voix.

Je m'étais vantée auprès de la Grande Reine de tout connaître des secrets de dame Nore et du seigneur Jarel, espérant me rendre utile, pensant que, puisqu'ils avaient parlé de moi avec si peu de considération, me traitant comme un animal stupide et pas comme une petite fille, ils ne m'auraient rien dissimulé. Pourtant, ils n'avaient jamais parlé de Mab.

– Je ne me souviens pas de les avoir entendus mentionner ces ossements.

Chêne me regarde avec insistance.

– Tu as vécu plus d'un an à la Citadelle de l'Aiguille de glace. Tu dois donc connaître les lieux, en plus d'avoir le pouvoir de commander dame Nore. Tu es son plus gros point faible. Quels que soient ses projets, elle a une bonne raison de vouloir t'éliminer.

À cette idée, je frissonne, car j'aurais dû y penser plus tôt. Je me souviens des longs ongles de Bogdana, de ma panique quand elle m'a pourchassée dans les rues.

– Tu dois l'empêcher d'agir, insiste Chêne. Et tu as besoin de notre aide pour te défendre contre la créature qu'elle a envoyée te tuer.

Ça me contrarie beaucoup qu'il ait raison.

– As-tu fait promettre à dame Nore quoi que ce soit avant qu'elle quitte Domelfe ? me demande Tiernan avec une lueur d'espoir.

Honteuse, je réponds « non » de la tête, détournant le regard. Dès qu'elle en a eu l'occasion, dame Nore s'est volatilisée. Je n'ai jamais rien pu lui dire. Et, lorsque je me suis rendu compte de son absence, la première chose que j'ai ressentie a été du soulagement.

Je pense à la promesse que dame Nore a faite à la demande de la Grande Reine, me jurant ainsi fidélité : *Moi, dame Nore de la cour des Crocs, je fais le serment de suivre Suren et d'obéir à ses ordres*. En revanche, rien sur l'interdiction de me planter un couteau dans le dos ou d'envoyer une sorcière des tempêtes à mes trousses.

Tiernan fronce les sourcils, comme si mon aveu de n'avoir jamais donné de consignes à dame Nore lui donnait raison de se méfier de moi. Il se tourne vers Chêne.

– Tu sais que dame Nore en veut à Madoc, que ce soit justifié ou non. Qui te dit qu'elle ne cherchera pas à se venger ? demande-t-il en parlant de moi.

– Laissons mon père en dehors de ça pour l'instant, rétorque le prince.

Madoc, le traître qui a marché sur Domelfe avec la cour des Crocs. Avant cela, le grand général responsable du massacre de la plupart des membres de la famille royale. Et le père adoptif de Chêne.

Madoc projetait de placer Chêne sur le trône, pensant ainsi régner à travers lui. Même si la couronne avait été posée sur la tête de Chêne, tous les pouvoirs auraient été concentrés entre les mains du bonnet-rouge – du moins jusqu'au jour où le seigneur Jarel et dame Nore l'auraient piégé pour le renverser.

Je sais combien il est précaire d'être une reine privée de pouvoir, soumise à l'autorité d'un tiers et totalement avilie. Chêne aurait pu connaître ce destin, lui aussi. Mais, s'il en veut à son père, il n'en montre rien.

À l'aide d'un tisonnier, Tiernan se penche pour prendre la bouilloire d'où s'échappe de la vapeur et la pose avec précaution sur un torchon plié. Il prend ensuite dans un placard de la cuisine des boîtes de ramen instantané et un paquet de thé à la menthe déjà entamé. Voyant que je l'observe, il hoche la tête à l'intention de Chêne.

– C'est le prince qui m'a initié aux spécialités gastronomiques du monde des mortels. La haute teneur en sel fout en l'air ta magie pendant un certain temps, mais je ne peux pas nier que ça rend accro.

L'odeur me rappelle le plaisir que c'est d'avoir quelque chose de brûlant dans la bouche ; quelque chose qui sorte tout droit d'un four, qui ne soit pas un bloc de gras solidifié dans une poubelle.

Je décline les nouilles, mais j'accepte le mug de thé que Chêne me tend. En scrutant le fond, je remarque un dépôt. *Du sucre*, me dirait-il si je l'interrogeais, et ce serait sûrement en partie vrai. Mais comment savoir si le reste n'est pas de la drogue ou du poison ?

Je tente de me rassurer. *Leur but n'est pas que je meure. Ils ont besoin de moi.*

Moi aussi, j'ai besoin d'eux pour survivre. Si dame Nore me traque avec l'aide de Bogdana, le prince et son compagnon sont mon seul espoir de leur échapper.

– Alors, qu'attendez-vous de moi ?

Je suis fière d'avoir réussi à prononcer une phrase entière sans que ma voix déraille.

– Viens avec moi dans le Nord, répond Chêne, assis sur la chaise en plastique à côté de la mienne. Exige que dame Nore noue un gros ruban autour de sa tête et se livre en cadeau à Domelfe. Nous récupérerons les ossements de Mab et mettrons un terme aux menaces de…

– Tu veux que je vienne avec toi ?

Je le regarde fixement, sûre d'avoir mal compris. Les princes vivent dans des palais, s'amusent dans des fêtes, s'adonnent à la débauche et autres plaisirs. Leur vie est trop précieuse pour qu'ils la mettent en péril.

– Oui, et avec mon ami, le courageux Tiernan.

Il désigne d'un signe de tête le chevalier, qui lève les yeux au ciel.

– Ensemble, poursuit-il, nous quatre – en comptant Hyacinthe –, nous prendrons la Citadelle et mettrons un terme aux menaces qui pèsent sur Domelfe.

Hyacinthe. C'est donc ainsi que se nomme le soldat ensorcelé.

– Une fois notre mission accomplie, tu pourras me demander une faveur. Si c'est en mon pouvoir et que tu ne me demandes rien de trop horrible, je te l'accorderai.

Pourquoi fait-il cela ? Par ambition ? En livrant dame Nore, il pourrait à son tour formuler une requête auprès du Grand Roi et asseoir sa position en tant qu'héritier de la couronne, coiffant ainsi au poteau tout futur enfant dans la ligne de succession.

Je suppose qu'un prince serait prêt à tout ou presque pour accéder directement au trône. Un trône qui, aux dires de certains, aurait dû lui revenir dès le début.

Malgré tout, je ne peux m'empêcher de songer à la sprite qui disait que Chêne serait incapable de régner. Trop gâté. Trop indomptable.

Évidemment, puisqu'elle est une amie de la glaistig et que la glaistig est affreuse, je ne devrais peut-être pas tenir compte de son opinion.

Tiernan sort d'un étui à parchemin en bois, gravé d'un motif de plantes grimpantes, une carte qu'il déroule sur la table. En guise de presse-papiers, Chêne pose sur les bords des tasses, des cuillères et une brique que quelqu'un a dû lancer au travers d'une vitre de la maison.

– D'abord, dit-il, nous devrons aller vers le sud rendre visite à une sorcière pour obtenir une information qui, je l'espère, nous aidera à piéger dame Nore. Ensuite, nous remonterons vers le nord et l'est. Nous naviguerons en mer, franchirons le col des Hurlements et traverserons la forêt de Pierre pour rejoindre la Citadelle.

– Nous progresserons plus vite en comité restreint, intervient Tiernan. Et il sera plus facile de nous cacher – même si je reste convaincu que seul un idiot suggérerait de passer par la forêt de Pierre.

D'un doigt, Chêne suit le tracé de l'itinéraire jusqu'à la côte puis nous adresse un sourire espiègle.

– C'est moi l'idiot en question.

Ni l'un ni l'autre ne semblent enclins à m'en dire davantage sur la sorcière ou sur la ruse qu'elle est censée nous dévoiler.

Je regarde fixement le trajet et la destination : la Citadelle de l'Aiguille de glace. J'imagine que l'édifice est toujours là, brillant sous le soleil comme s'il était fait de sucre filé. De verre fondu.

C'est vrai que la forêt de Pierre est réputée dangereuse. Les trolls qui la peuplent ne reconnaissent d'autre autorité que la leur. En plus, les arbres bougent tout seuls. De toute façon, où que j'aille, le danger est partout.

Mon regard se pose sur Hyacinthe, son aile d'oiseau et la bride qui s'enfonce dans ses joues. Si Chêne la lui laisse trop longtemps, elle finira par faire partie de lui, invisible et impossible à retirer. Le soldat restera à jamais son esclave.

La dernière fois que je l'ai portée, si dame Nore et le seigneur Jarel ont tranché les lanières incrustées dans ma peau, c'était uniquement parce qu'ils complotaient contre la Haute Cour. La bride m'a laissé sur les pommettes des cicatrices encore visibles aujourd'hui. Histoire que je n'oublie pas les sévices qu'on me ferait subir si je désobéissais.

Puis ils m'ont présentée à la Grande Reine pour proposer que j'épouse son frère et héritier, le prince Chêne.

Pas facile de décrire la violence de l'espoir qui m'animait alors.

Je pensais que Jude accepterait. Chêne a au moins deux sœurs humaines. Même si je savais que c'était stupide, je ne pouvais pas m'empêcher de me dire que, puisqu'elles étaient mortelles, elles seraient gentilles. Peut-être qu'une alliance aurait satisfait tous les partis, et cela m'aurait permis d'échapper à la cour des Crocs. J'avais gardé un visage aussi neutre que possible. Si dame Nore et le seigneur Jarel s'étaient doutés que cette perspective me réjouissait, ils auraient trouvé le moyen d'en faire une source de souffrance.

Chêne était à moitié vautré sur un coussin aux pieds de sa sœur. Apparemment, personne n'attendait de lui qu'il se comporte avec un minimum de bienséance. À la mention du mot « mariage », il avait levé les yeux vers moi et tressailli.

Jude avait légèrement retroussé la lèvre, comme si elle trouvait répugnante la simple idée que je m'approche de son petit frère. *Chêne ne devrait pas être mêlé à ces gens ni à leur fille bizarre à faire peur*. Voilà ce qu'elle avait dit.

À cet instant, j'avais haï le jeune prince pour être si précieux aux yeux de sa famille ; pour être choyé et traité comme s'il méritait d'être protégé, alors que, de mon côté, je ne l'étais d'aucune façon.

Ma haine n'a peut-être pas encore complètement disparu. Cela dit, Chêne était gentil quand nous étions enfants. Il n'est pas impossible qu'une part de lui le soit encore.

Il pourrait toujours ôter la bride à Hyacinthe. Il le fera peut-être s'il décide de me la passer à moi. Puisque je suis le plus gros point faible de dame Nore, il pourrait me considérer comme une arme trop précieuse pour qu'on la laisse filer.

Il est dangereux de croire que ce prince, aussi bienveillant soit-il, ne ferait jamais une chose pareille.

Même s'il n'a pas recours à la bride pour me soumettre, même s'il n'évoque pas l'autorité de sa sœur, je n'ai pas d'autre choix que de remonter vers le nord pour affronter dame Nore. Si je ne le fais pas, elle renverra la sorcière des tempêtes ou un autre monstre à mes trousses, précipitant ma fin. Sans Chêne et Tiernan, je ne survivrai pas assez longtemps pour l'arrêter. C'est uniquement grâce à eux que je pourrai m'approcher suffisamment d'elle pour lui imposer un ordre.

– D'accord. J'irai avec vous, dis-je, comme si j'avais pu répondre autre chose.

Cette fois, ma voix ne se brise pas.

Après tout, dame Nore a anéanti tout ce qui m'était cher. Je me ferai un plaisir de lui rendre la monnaie de sa pièce.

Pour autant, j'ai conscience que, malgré les égards que Chêne et le chevalier ont envers moi, je suis leur prisonnière, au même titre que le soldat ailé. Je peux donner des ordres à dame Nore, mais le prince de Domelfe a le pouvoir de me donner des ordres, à moi.

Chapitre 3

La nuit venue, après que les négociations de Madoc, dame Nore et le seigneur Jarel eurent échoué à déboucher sur notre mariage, Chêne rejoignit discrètement la limite du campement de l'armée traîtresse de Madoc et de la cour des Crocs. Là, il me trouva attachée à un piquet, comme une chèvre.

Il devait avoir neuf ans. J'en avais dix. J'avais grogné à son approche. Ça, je m'en souviens bien.

Je croyais qu'il cherchait son père et je le prenais pour un imbécile. Madoc me paraissait du genre à faire rôtir son fils au-dessus des flammes, à consommer sa chair et à appeler ça de l'amour. À ce moment-là, je m'étais habituée à ce genre d'amour.

En me voyant, Chêne eut l'air bouleversé. On aurait dû lui apprendre à mieux cacher ses émotions. Au lieu de quoi, supposant que les autres se soucieraient de ses états d'âme, il ne prenait pas la peine de les dissimuler.

Je m'étais demandé ce qui se passerait si je le plaquais au sol une fois qu'il serait assez proche de moi. Le seigneur Jarel et dame Nore me récompenseraient-ils, si je le battais à mort ? Les probabilités que je sois punie me paraissaient égales.

En plus, je n'avais pas envie de lui faire de mal. Il était le premier enfant que je rencontrais depuis mon arrivée à Terrafæ. J'étais curieuse.

– J'ai apporté à manger, au cas où tu aurais faim, annonça-t-il en s'approchant, montrant un paquet qu'il avait jeté sur son épaule.

La faim me tenaillait constamment. Ici, au campement, je devais me contenter essentiellement de mousse et parfois de terre pour me remplir le ventre.

Il déplia à même le sol une serviette brodée, confectionnée dans une soie d'araignée de meilleure qualité que tout ce que j'aurais pu porter, dévoilant un poulet rôti et des prunes. Puis il s'éloigna afin de me laisser de l'espace pour manger, comme s'il ne voulait pas m'effaroucher alors que j'étais celle qui faisait peur.

Je jetai un coup d'œil vers les bois et les tentes à proximité ; vers le feu couvert à deux ou trois mètres de là, dont les braises rougeoyaient encore. Des voix résonnaient, mais elles étaient lointaines, et je savais grâce à ma longue expérience qu'en l'absence du seigneur Jarel et de dame Nore personne ne viendrait me voir, même si je me mettais à hurler.

Mon estomac gargouillait. J'aurais voulu me jeter sur la nourriture, même si la bonté du jeune prince m'ébranlait, m'incitant à m'interroger sur ce qu'il réclamerait en échange. J'étais habituée aux pièges, aux jeux.

En le regardant, je remarquai son corps robuste, solide : on voyait qu'il mangeait à sa faim et qu'il courait au grand air. J'observai ses drôles de petites cornes de chèvre qui dépassaient de ses cheveux bouclés bronze et or. L'étrange teinte ambrée de ses yeux. L'aisance avec laquelle il s'installa, croisant les pattes de faune qu'il avait à la place des jambes. Ses sabots aux extrémités ornées d'or martelé.

Sa cape de laine d'un vert profond, fixée sous sa gorge, était assez longue pour qu'il puisse s'asseoir dessus. En dessous, il portait une tunique marron avec des boutons dorés et un pantalon qui lui descendait aux genoux, s'arrêtant juste avant ses pattes de chèvre légèrement incurvées. Je ne voyais pas du tout ce que j'avais qu'il aurait pu convoiter.

– Ce n'est pas du poison, me rassura-t-il, comme si c'était l'objet de mon inquiétude.

La tentation était trop forte. J'attrapai une aile de poulet, en déchirai la chair. J'avalai tout jusqu'à l'os, que je cassai pour en sucer la moelle. Il m'observa, fasciné.

– Mes sœurs se sont raconté des contes de fées, déclara-t-il. Elles se sont endormies. Pas moi.

Cette explication ne justifiait aucunement sa présence ici, mais elle réveilla une étrange et vive douleur dans ma poitrine. Au bout d'un moment, je compris que c'était de la jalousie. Je l'enviais d'avoir des sœurs. D'avoir des histoires.

– Est-ce que tu parles ? s'enquit-il.

Je me rendis compte que je gardais le silence depuis très longtemps. Dans le monde des mortels, j'avais été une enfant timide et, à Terrafæ, quand j'ouvrais la bouche, il n'arrivait jamais rien de bon.

– Pas souvent, avouai-je.

Il me sourit. Je l'imitai.

– Ça te dirait de jouer à un jeu ? proposa-t-il.

Il se rapprocha de moi, les yeux brillants, puis glissa une main dans sa poche. Il en sortit trois figurines. Trois renards en argent reposaient au creux de sa paume calleuse, des éclats de péridot scintillant à la place des yeux.

Je le considérai d'un air perplexe. Avait-il réellement fait tout ce chemin pour s'asseoir par terre et me montrer ses jouets ? Peut-être que lui non plus n'avait pas vu d'autres enfants depuis longtemps.

Je pris un des renards pour l'examiner. Les détails étaient magnifiques.

– Comment on y joue ? demandai-je.

– On les lance.

Il forma une cage avec ses mains, les renards à l'intérieur, et les secoua avant de les jeter dans l'herbe.

– S'ils atterrissent debout, ça fait dix points. Sur le dos, c'est cinq points. Et sur le côté, c'est zéro point.

À la suite de son lancer, deux gisaient sur le flanc et un sur le dos.

Je tendis la main avec impatience. J'avais envie de tenir ces renards, de les sentir tomber de mes doigts.

Lorsque je les lançai à mon tour et que deux renards atterrirent sur le dos, je glapis de plaisir.

Nous recommençâmes, marquant nos scores dans la terre.

Pendant un certain temps, seule importait la joie de m'échapper de l'endroit où j'étais, de m'échapper de moi-même. Puis je me souvins que, même si Chêne n'attendait rien de moi, j'avais pour ma part de nombreux besoins.

– Et si on jouait pour gagner quelque chose ? suggérai-je.

Il parut intrigué.

– Qu'est-ce que tu veux parier ?

Je n'étais pas assez bête pour décider d'un enjeu trop important dès le premier essai.

– Si tu perds, tu devras me dire un secret, proposai-je. N'importe lequel. Si je perds, ce sera pareil pour moi.

Nous jouâmes, je perdis.

Il se pencha vers moi, assez près pour que je puisse sentir le parfum de sauge et de romarin qui enveloppait ses vêtements ; assez près pour que je le morde à la gorge et lui en arrache un morceau.

– J'ai grandi dans le monde des mortels, confiai-je.

– Moi aussi, j'ai été là-bas.

Apparemment, le fait que nous ayons un point commun l'amusait.

– Et j'ai déjà mangé de la pizza, ajouta-t-il.

J'avais du mal à imaginer un prince de Terrafæ faisant le trajet vers le monde des humains autrement qu'avec de mauvaises intentions, mais je devais reconnaître que manger de la pizza n'avait rien de spécialement malveillant.

Nous rejouâmes. Cette fois, ce fut à son tour de perdre. Son sourire s'effaça et il chuchota :

– Je vais te dire un vrai secret. Tu ne dois le répéter à personne. Quand j'étais petit, j'ai ensorcelé ma sœur mortelle. Je l'ai obligée à se frapper, plein de fois, vraiment plein, et j'ai ri pendant qu'elle le faisait. C'était affreux de ma part, et je ne lui ai jamais dit que je regrettais d'avoir agi ainsi. J'ai peur que ça lui rafraîchisse la mémoire. Elle pourrait se mettre très en colère.

Je me demandai laquelle de ses sœurs il avait ensorcelée. J'espérais que ce n'était pas celle qui siégeait sur le trône ; celle qui avait le pouvoir de vie ou de mort sur lui.

Cette confession était comme un retour à la réalité : peu importait son âge et son air doux, ce garçon était capable d'actes de cruauté, comme les autres. Mais, qu'il soit cruel ou non, je pouvais quand même obtenir son aide. Mes yeux se posèrent sur le piquet auquel j'étais attachée.

– Cette fois, dis-je, si je gagne, tu couperas la corde et tu me libéreras. Si c'est toi qui gagnes, tu pourras… me demander quelque chose. Ce que tu veux. Je le ferai.

C'était un marché désespéré en ce qui me concernait, mais l'espoir me rendait imprudente.

Chêne fronça les sourcils.

– Si je te libère, que se passera-t-il ?

Il devait se demander si on m'avait attachée parce que j'étais dangereuse. Il craignait peut-être que, une fois libre, je me rue sur lui pour lui faire du mal. Après tout, sans doute n'était-il pas si stupide. Cependant, s'il voulait que je lui promette de me mettre à son service, je ne le pourrais pas.

Toutes les cours prêtent allégeance à leur souverain, et le souverain prête lui-même allégeance à la Haute Cour. Lorsque le Grand Roi Cardan était monté sur le trône, comme j'étais cachée, je n'avais pu lui jurer fidélité en tant que reine de la Cour des Crocs, raison pour laquelle dame Nore et le seigneur Jarel avaient pu le trahir. Ces deux-là m'auraient tuée sur-le-champ si je m'étais déclarée loyale envers qui que ce soit, car ce faisant je ne leur aurais été d'aucune utilité.

– On pourrait aller au palais, et tu me montrerais tes jeux, suggérai-je.

Je m'y cacherais aussi longtemps que possible, peut-être assez pour échapper à mes bourreaux.

Il acquiesça.

– À ton tour de lancer.

Je pris les renards dans ma main et leur chuchotai :

– Je vous en supplie…

Ils tombèrent, l'un sur le dos, l'un debout et l'autre sur le flanc. Quinze points au total. Un bon score, sans plus.

Chêne récupéra les renards, les secoua et les lança. Ils retombèrent tous sur leurs pattes. Trente points.

Il rit et frappa dans ses mains.

– Maintenant, tu vas devoir faire ce que je veux ! s'exclama-t-il.

Pensant à ce qu'il avait fait faire à sa sœur rien que pour s'amuser, je frissonnai. Tout à coup, le secret qu'il m'avait confié ressemblait plus à une menace qu'à une confession.

– Alors ? grondai-je.

Il fronça les sourcils, en pleine réflexion. Puis son front se dérida. Je redoutai ce qui m'attendait.

– Chante une chanson, ordonna-t-il avec un sourire malicieux.

Paniquée, je jetai un coup d'œil vers le campement.

– Ils vont m'entendre, protestai-je.

Il secoua la tête en continuant à sourire.

– Tu peux chanter tout bas. Et on discute depuis tout à l'heure. Tu n'es pas obligée de chanter plus fort que ça.

Aucune idée de chanson ne me vint. À peine un an auparavant, ma non-sœur et moi dansions dans la maison sur des airs de dessins animés qui parlaient de princesses courageuses ; pourtant, à cet instant, j'en avais complètement oublié les paroles. Tout ce que j'avais en tête, c'étaient les ballades sanglantes de la cour des Crocs. Lorsque j'ouvris la bouche, la mélodie qui en sortit fut une comptine que ma non-mère me chantait en me bordant le soir. Et les paroles furent un mélange des deux.

– *Chantez une chanson de six sous, la poche pleine de graines. Si on me coupe la tête, fini les migraines !* chantonnai-je.

Chêne se mit à rire comme si ma chanson était vraiment drôle et n'était pas un mélange de vers de mirliton glauques et bizarres. Mais, même si ma performance était médiocre, j'avais respecté ma part du marché. Autrement dit, il me restait encore une chance de gagner ma liberté.

Je ramassai les renards pour rejouer avant que Chêne ait le temps de penser à un autre gage.

À la suite de mon lancer, un des renards atterrit debout et les deux autres tombèrent sur le flanc. Seulement cinq petits points de rien du tout ! Avec ça, gagner était presque impossible. J'aurais voulu donner un coup de pied dans les figurines ou les jeter sur Chêne. J'allais devoir me plier deux fois de suite à sa volonté sans rien obtenir en retour. Je sentis la brûlure familière des larmes derrière mes paupières ; le goût du sel dans ma bouche. J'étais une enfant malchanceuse, au destin funeste, et…

Chêne lança les renards. Ils retombèrent tous sur le flanc. Zéro point.

Je retins mon souffle, les yeux rivés sur lui. J'avais gagné. *Gagné !*

Il ne parut pas déçu de récolter un gage. Il se leva avec un sourire et sortit un couteau d'un étui que je n'avais pas remarqué, caché dans la manche de sa chemise. C'était une petite lame en forme de feuille, à la poignée ciselée d'or.

Hélas, malgré son bord affûté, elle parvint à peine à entailler les fibres de la lourde corde qui m'entravait. Chacune d'elles nécessita plusieurs minutes d'acharnement. J'avais moi-même essayé de trancher la corde avec mes dents, en vain. Jusque-là, je n'avais pas réalisé à quel point elle était solide.

– Elle est ensorcelée, j'ai l'impression, déclara Chêne, frustré.

– Dépêche-toi, le pressai-je, ce qui me valut un regard agacé.

La tension de l'attente me donnait des fourmillements dans les doigts. Avant que Chêne ait coupé un quart de l'épaisse corde, je compris en entendant le martèlement des sabots des chevaux et le bruit de ferraille d'un carrosse que ma victoire arrivait trop tard. Dame Nore et le seigneur Jarel revenaient au campement et ne manqueraient pas de s'assurer que j'étais toujours là où ils m'avaient laissée. Frénétique, Chêne redoubla d'efforts, mais je savais que m'enfuir serait impossible.

– Va-t'en, dis-je, la bouche pleine d'un amer désespoir.

Il m'attrapa la main et glissa un des renards d'argent au creux de ma paume.

– Je reviendrai demain. Promis.

Je retins mon souffle en l'entendant prononcer ce serment avec autant de légèreté. Les Fæs ne pouvant rompre une promesse, je n'avais pas d'autre choix que de le croire.

Le lendemain soir, toute la cour des Crocs se préparait à ce qui devait être une fête. Le seigneur Jarel l'avait annoncé avec une arrogante suffisance. La Grande Reine mortelle avait accepté leur bride ainsi que la trêve qu'ils avaient proposée. Comme on m'avait donné une robe que j'avais ordre de ne pas salir, plutôt que de m'asseoir par terre, je préférai rester debout.

Je m'inquiétais que Chêne n'arrive pas à temps pour m'éviter d'aller à la fête. J'étais en train d'imaginer diverses manières de le supplier quand j'arriverais au palais lorsqu'il émergea des bois. Il traînait derrière lui une épée trop longue pour qu'il la porte au côté. Cela me rappela qu'il avait bondi devant sa mère pour s'interposer entre elle et le roi-serpent lorsque celui-ci avait fondu sur elle. On aurait dit un prince de conte de fées prêt à pourfendre un dragon. Il avait beau être doux et adoré des siens, il savait aussi se montrer courageux.

Il me fit un clin d'œil. Je me demandai si sa bravoure venait du fait qu'il était inconscient du danger qu'il courait.

Je jetai un coup d'œil vers le campement avant de revenir à Chêne, que j'essayai d'alerter en lui faisant de gros yeux. Malgré tout, il me rejoignit, dégaina l'épée et se remit à trancher mes liens.

– Cette épée s'appelle Crépuscule, chuchota-t-il. C'est celle de Jude.

Sa sœur. La Grande Reine. Nous avions des façons si différentes de vivre notre appartenance à la royauté ! Lui pouvait considérer sa famille à l'aune des relations qu'il entretenait avec elle plutôt qu'en fonction de ses titres. Une famille dont il ne craignait pas de voler les armes.

La lame, coupante, devait être de bonne facture, car elle trancha la corde ensorcelée bien plus vite que le petit couteau de la veille.

– Le père humain de Jude était forgeron, m'expliqua Chêne. C'est lui qui a fabriqué cette épée avant la naissance de ma sœur.

– Et où est-il, maintenant ?

La Grande Reine avait-elle une non-famille quelque part, elle aussi ?

– Madoc l'a tué.

Je compris à son ton que Chêne faisait comme s'il savait que c'était mal, mais pas au point que sa sœur puisse en vouloir à Madoc. Je ne sais pas à quoi j'aurais dû m'attendre : ses sœurs étaient peut-être à part et la pizza lui avait peut-être plu, ça ne voulait pas dire pour autant que Chêne faisait grand cas de la vie des mortels.

Mon regard se tourna vers le campement principal, où devait se trouver la tente de Madoc, dans laquelle il se préparait pour le banquet. Il s'apprêtait aussi à piéger Jude, sa fille adoptive, à qui appartenait cette épée et dont il avait assassiné le père. Chêne semblait agir en pensant que Madoc l'aimait suffisamment pour qu'il ne risque rien si jamais on le surprenait. Pour ma part, je me permettais d'en douter.

La dernière fibre tranchée, je fus libérée, même si la corde était encore attachée à ma jambe.

– Ils vont se mettre en route pour le banquet, soufflai-je. On risque de se faire repérer.

Le prince me prit par la main et m'entraîna vers les bois.

– Alors dépêchons-nous. On pourra se cacher dans ma chambre !

Ensemble, nous courûmes dans la forêt moussue, passant devant des arbres au tronc blanc et au feuillage rouge et des ruisseaux abritant des nixes qui nous observèrent de leurs yeux pâles.

Dans une certaine mesure, tout ceci ressemblait à un des jeux de dame Nore et du seigneur Jarel. Parfois, ils se comportaient comme si je leur inspirais de l'affection, puis leur attitude changeait comme s'ils n'avaient jamais rien éprouvé d'autre que du dégoût. Ils laissaient quelque chose que je convoitais désespérément (un peu de nourriture, la clé d'une pièce de la Citadelle dans laquelle je pourrais me cacher, un livre de contes avec lequel m'éclipser) puis ils me punissaient pour l'avoir pris.

Malgré tout, je courus. Je m'accrochai aux doigts de mon sauveur comme s'il pouvait m'entraîner dans un monde où il était possible de jouer à d'autres sortes de jeux. L'espoir illuminait mon cœur.

Nous ralentissions quand nous remarquions quelqu'un du Peuple. À cette distance du campement de la cour des Crocs, les soldats que nous évitions étaient ceux de Domelfe. Mais ça ne me rassurait pas vraiment. Ils ne feraient aucun mal à Chêne, mais moi, ils pouvaient m'enfermer dans leurs cachots ou m'emmener dans la Tour de l'Oubli.

Au palais, nous passâmes devant une première faction de gardes. Ils saluèrent Chêne en s'inclinant, et s'ils s'étonnèrent de le voir avec un autre enfant traînant un bout de corde sale, ils n'en montrèrent rien. Le palais de Domelfe était un tertre recouvert d'herbe, percé de fenêtres. À l'intérieur, il y avait des murs de pierre partiellement enduits de plâtre ou de pisé. Rien à voir avec les salles froides de la Citadelle, sculptées dans la glace. Nous grimpâmes une volée de marches, puis une autre, lorsqu'une chevaleresse se planta devant nous.

Vêtue de vert, elle portait une armure en forme de feuilles habilement façonnée. Ses cheveux de la couleur du céleri étaient tirés en arrière, révélant un visage anguleux qui évoquait celui d'un insecte.

– Mon prince, déclara-t-elle, ta mère te cherche. Elle voulait être certaine que tu n'étais pas en danger.

Chêne hocha la tête avec raideur.

– Tu peux l'informer que je suis rentré.

– Et que dois-je lui dire de l'endroit d'où tu viens ?

La chevaleresse m'observa puis regarda l'épée volée. À voir l'éclat dans ses yeux, je craignis qu'elle l'ait reconnue.

– Dis-lui que c'était bien, répondit le prince, faisant comme s'il ne comprenait pas sa question.

– Mais quel nom dois-je… commença la chevaleresse, tentant d'en savoir plus tout en respectant son rang.

Apparemment, la patience de Chêne avait ses limites.

– Appelle-nous comme tu veux ! lui lança-t-il avant de reprendre ma main.

Nous gravîmes l'escalier en courant pour rejoindre sa chambre, où nous claquâmes la porte, derrière laquelle nous nous affalâmes.

Il souriait. En le voyant, j'eus l'étrange envie de rire.

La pièce était spacieuse, peinte d'un blanc lumineux. Une fenêtre ronde laissait entrer la lumière des lampes à l'extérieur. J'entendis quelques accords de musique venant sûrement du banquet, qui allait bientôt commencer. Un lit recouvert d'un édredon rouge était calé contre un mur. Au-dessus, un tableau représentait un cerf mangeant des pommes dans une forêt.

– C'est ta chambre ? demandai-je.

Elle était plutôt impersonnelle à l'exception des quelques livres de poche posés sur une petite table et des cartes à jouer éparpillées à côté d'un fauteuil.

Chêne acquiesça tout en affichant un air prudent.

– Ça ne fait pas longtemps que je suis revenu aux îles de Domelfe. Avant, j'habitais chez une de mes sœurs dans le monde des mortels – comme je te l'ai dit hier soir.

Ce n'était pas exactement ce qu'il m'avait raconté. Je pensais qu'il était seulement allé y faire un tour, pas qu'il avait vécu là-bas, et encore moins jusqu'à très récemment.

Je regardai par la fenêtre. Il avait vue sur les bois et la mer au-delà : les eaux noires ondoyaient sous le clair de lune.

– Tu vas y retourner ? m'enquis-je.

– J'imagine.

Il s'agenouilla et ouvrit le tiroir d'une commode qui contenait quelques jeux ainsi que des blocs de construction.

– Je n'ai pas pu ramener grand-chose, se justifia-t-il.

Je suppose qu'il vivait dans l'incertitude, puisque sa sœur ne parviendrait peut-être pas à conserver sa couronne, vu le nombre d'ennemis qui complotaient contre elle.

– Tu as un *Uno* ! m'exclamai-je en prenant le jeu de cartes.

Je le contemplai comme si c'était la relique d'une cité en ruine.

Il sourit, ravi que je sache ce que c'était.

– J'ai aussi le jeu du moulin, *Sorry !* et le *Monopoly*, mais les parties durent une éternité.

– J'ai déjà joué à certains de ces jeux.

Maintenant que nous étions au palais, sur son territoire, j'étais intimidée. Combien de temps allait-il me permettre de rester ?

– Tu n'as qu'à en choisir un, me proposa-t-il. Je vais voir ce que je peux voler dans les cuisines. Il doit y avoir un tas de choses, étant donné la quantité de nourriture que les cuisiniers ont préparée pour ce soir !

Après son départ, je sortis le *Sorry !* de sa boîte et fis glisser mes doigts sur les pions en plastique. Je repensai à la fois où, un soir, alors qu'on y jouait avec ma non-famille, Rebecca m'avait renvoyée trois fois de suite à la case départ, ce qui l'avait beaucoup amusée. À l'époque, j'ignorais encore que j'avais tant à perdre et je m'étais mise à pleurer. Mon non-père avait dit à Rebecca qu'il était aussi important d'être bon gagnant que bon perdant.

Je voulais que Chêne me donne l'occasion d'être bonne gagnante.

Il revint avec une tarte aux myrtilles et un pichet de crème. Comme il avait oublié les cuillères, les assiettes et les tasses, nous dûmes prendre la pâte et les baies à pleines mains et boire directement dans la cruche. Nos doigts en furent tachés et par conséquent les cartes aussi.

Absorbée dans la joie de l'instant, j'avais oublié le danger jusqu'à ce que la poignée de la porte pivote. J'eus à peine le temps de rouler sous le lit de Chêne, plaquant sur ma bouche mes doigts noircis et collants, qu'Oriana entrait dans la chambre.

J'essayai de rester aussi immobile que possible. L'épouse de Madoc était restée avec nous au campement quand nous étions dans le Nord. Si elle me voyait, elle me reconnaîtrait aussitôt.

Un instant, j'eus même l'idée de l'implorer. J'aurais peut-être été utile en tant qu'otage. Si Oriana me livrait à la Grande Reine, celle-ci se montrerait peut-être clémente envers moi. En tout cas, je n'avais pas entendu dire qu'elle était cruelle.

Mais, s'il devait y avoir une trêve, on me rendrait au seigneur Jarel et à dame Nore. La Grande Reine serait prête à leur accorder toutes les requêtes faciles qu'ils formuleraient pour se laisser la possibilité de leur refuser les plus délicates.

De plus, je n'étais pas certaine de savoir dans quel camp exactement Oriana se situait.

– Où étais-tu ? demanda-t-elle à Chêne d'un ton brusque. Est-ce là ce que Vivi et cette Heather te laissaient faire dans le monde des mortels ? T'enfuir on ne sait où, sans prévenir personne ?

– Va-t'en, répliqua Chêne.

– D'après les gardes, quelqu'un t'accompagnait. Il paraît que l'enfant-monstre de la cour des Crocs a disparu.

Il la considéra d'un œil blasé.

– Je t'interdis de t'approcher d'elle quand tu es seul, poursuivit-elle.

– Je suis le prince, rétorqua-t-il. J'ai le droit de faire ce qui me plaît.

Oriana eut l'air surprise, puis blessée.

– J'ai abandonné Madoc pour toi.

– Et alors ?

Chêne ne semblait pas du tout désolé.

– Je n'ai pas à t'écouter ni à t'obéir, renchérit-il. Et je ne suis pas obligé de te dire quoi que ce soit.

Je m'attendais à ce qu'elle le gifle ou appelle les gardes pour qu'ils le fassent à sa place, mais je réalisai aussitôt qu'ils exécuteraient les ordres du prince avant les siens. Il était celui que ses sœurs adoraient et ils avaient tous les pouvoirs, désormais.

Toutefois, je n'aurais jamais pu deviner qu'Oriana s'approcherait, lui toucherait le front et repousserait ses cheveux or foncé pour dégager ses cornes.

– Je sais, dit-elle. Je ne peux pas non plus espérer qu'un camp l'emporte sur l'autre. Il m'est arrivé de regretter que Madoc soit allé chercher ces petites filles. Aujourd'hui, tout ce que je souhaite, c'est que nous soyons de nouveau ensemble, comme avant.

Malgré les paroles dures qu'il avait eues pour sa mère, Chêne laissa sa tête reposer contre sa main et ferma les yeux. À cet instant, je compris que je ne savais presque rien d'eux. Cependant, je n'eus aucun mal à reconnaître l'amour, et j'enviai la douceur des mains d'Oriana qui effleuraient les cheveux du jeune prince.

Elle soupira.

– Ne sors pas de ta chambre ce soir. Si tu ne le fais pas pour moi, fais-le parce que tu vas t'ennuyer au banquet et que ta sœur a autre chose à faire que te surveiller.

Sur ce, elle l'embrassa sur le front et partit.

Le bruit de la porte qui se refermait me rappela combien ma situation était périlleuse. Je devais trouver le moyen de convaincre Chêne de me garder au palais ; une raison pour qu'il défende ma cause auprès de sa mère et ses sœurs. J'étais sûre que je connaissais mieux que lui les jeux des humains, même s'il était revenu du monde des mortels plus récemment que moi. De plus, je savais comment tricher. Je pouvais compter les taches de myrtilles sur les cartes, ou mélanger le paquet pour que les premières me soient favorables. Rebecca le faisait tout le temps.

– Et si on jouait à la pêche ?

Il parut soulagé que je ne lui pose pas de questions sur sa mère, par exemple pourquoi il était fâché après elle ou pourquoi elle s'était montrée si gentille malgré son attitude hostile. Une fois de plus, je me demandai si ce n'était pas Madoc que Chêne cherchait lorsqu'il était tombé sur moi, la veille.

– Il y avait quoi d'autre, aux cuisines ? l'interrogeai-je.

Je voulais détourner son attention pendant que je mélangeais les cartes, pour qu'il ne remarque pas mon manège. Il fronça légèrement les sourcils, ce qui me rendit nerveuse, jusqu'à ce que je me rende compte qu'en fait il réfléchissait.

– Du faisan, répondit-il. Des gâteaux à la farine de gland. Oh, et j'ai des sucettes quelque part par ici. Je les ai eues à Halloween en faisant du porte-à-porte pour réclamer des bonbons. J'étais déguisé en moi-même.

Je trouvais assez épouvantable qu'il ait eu un culot pareil, mais, au fond de moi, je regrettais de ne pas avoir pu en faire autant.

Je distribuai les cartes en lui donnant celles du dessous et en gardant pour moi celles du dessus, où j'avais pris soin de rassembler plusieurs paires. Il gagna quand même une fois. Mais, moi, je l'emportai deux fois.

Il me laissa me cacher sous son lit, ce jour-là ainsi que le lendemain, après que j'eus appris qu'il n'avait pas du tout été question de trêve, que la cour des Crocs avait perdu la guerre et que le seigneur Jarel, mon père, avait été tué.

Ce fut la première fois depuis un an que je dormis toute la nuit et jusque tard dans l'après-midi sans me réveiller une seule fois.

Pour cela, je lui en serai toujours reconnaissante. Même si, trois jours plus tard, des gardes m'enchaînèrent et me traînèrent hors de sa chambre. Même si la Grande Reine me renvoya de Domelfe et que Chêne ne dit pas un mot pour l'en empêcher.

Chapitre 4

Derrière la maison abandonnée, deux chevaux fæs broutent des pissenlits en attendant leurs cavaliers. Leurs corps minces émettant un discret halo, ils glissent entre les arbres comme des fantômes.

Chêne va voir le premier d'entre eux, une jument. Sa robe est d'un gris doux et sa crinière tressée ornée de perles d'or évoque une sorte de filet. Des sacoches de selle en cuir ouvragé reposent contre ses flancs. Elle salue le prince d'un petit coup de naseaux dans sa paume.

– Es-tu déjà montée à cheval ? me demande-t-il.

Je lui réponds avec le regard qu'il mérite.

À la cour des Crocs, on ne m'a pratiquement rien enseigné de ce que doit savoir un enfant de la royauté. C'est à peine si on m'a appris comment utiliser mes propres pouvoirs, Résultat : mes sortilèges sont faibles, mon savoir-vivre laisse à désirer et je n'ai jamais côtoyé de chevaux fæs.

– Non ? enchaîne le prince. Pourtant, avoir les cheveux dans le vent t'irait drôlement bien. Tu serais sauvage comme le Peuple d'autrefois.

Je sens les vrilles de la gêne se resserrer autour de mes tripes. Il n'avait peut-être pas l'intention de se moquer de moi, mais ses propos m'embarrassent autant qu'ils me font plaisir.

Tiernan guide Hyacinthe dans l'herbe, une main posée dans son dos. Étrange façon de traiter un prisonnier.

– Chaque fois que tu tombes sur un serpent, dit-il à Chêne, tu ne peux pas t'empêcher de le charmer, peu importe sa détermination ou sa dangerosité. Laisse-la donc tranquille.

J'ai envie de montrer les crocs, mais j'ai l'impression que cette réaction ne ferait que lui donner raison.

– Voilà un conseil que tu aurais dû suivre toi-même il y a des années, rétorque Chêne sans réel agacement.

À l'expression du visage de Tiernan, il a tapé dans le mille.

Chêne se frotte le visage d'une main. À cet instant, il semble épuisé. Je cligne des yeux, et ses traits se modifient. Maintenant, il a l'air légèrement amusé. J'en viens à me demander si je n'ai pas tout imaginé.

– Avoir des conversations agréables avec ses compagnons rend le voyage moins pénible, je trouve, déclare-t-il.

– Ah oui ? rebondit Tiernan en imitant l'intonation traînante du prince. Eh bien, dans ce cas, je t'en prie… poursuis donc.

– Oh, c'est bien mon intention, rétorque Chêne.

Désormais, ils sont manifestement tous les deux agacés l'un par l'autre, même si j'ignore pourquoi.

Dans le long silence qui s'ensuit, je demande :

– Comment s'appelle ton cheval ?

Ma voix n'est plus aussi rauque. Chêne caresse le flanc soyeux de sa monture, s'efforçant de chasser sa mauvaise humeur.

– Quand on était petits, ma sœur Taryn l'appelait Damoiselle Vole. Ça lui est resté. Je vais t'aider à monter.

– N'est-ce pas charmant ? intervient Hyacinthe.

C'est la première fois que je l'entends parler.

– Partir au combat en chevauchant la jument de sa sœur… N'as-tu pas ta propre monture, mon prince ? Ne disposes-tu que des rebuts laissés par tes sœurs ?

– Allez, lui dit Tiernan d'un ton bourru. En selle.

– Comme tu voudras, se soumet le soldat ensorcelé. Donner des ordres, tu adores ça, non ?

– À toi, oui, rétorque Tiernan en grimpant derrière lui.

Un instant plus tard, il semble prendre conscience de ce qu'il vient de dire et ses joues rosissent. Je ne pense pas que Hyacinthe puisse le voir, mais moi si.

– Lui, il appelle son cheval Guenilles, continue Chêne comme s'il n'avait rien entendu, et même si cela doit être difficile d'ignorer les deux autres.

Tiernan me surprend à le regarder. Je comprends à son regard que, si ça ne tenait qu'à lui, il m'aurait ligotée, bâillonnée et traînée derrière lui.

Je les informe :

– Il faut que j'aille récupérer mes affaires. À mon campement.

Chêne et Tiernan échangent un coup d'œil indéchiffrable.

– Bien sûr, finit par dire le prince. Montre-nous le chemin, dame Wren.

Sur ces mots, il joint ses doigts pour créer une marche, m'aidant à enfourcher la jument – ce que je fais avec maladresse. Il grimpe ensuite devant moi. Je ne sais pas où mettre mes mains.

– Accroche-toi, me conseille-t-il.

Je n'ai d'autre choix que d'enfoncer mes ongles dans la chair de ses hanches, juste sous sa cotte de mailles en écailles, et d'essayer de ne pas tomber. Sa peau est brûlante à travers le fin tissu qu'il porte sous ses plates d'or. Je suis si gênée que sa chaleur se diffuse jusque dans mes joues. Les chevaux fæs, naturellement véloces, galopent si vite qu'on a l'impression de voler. Je tente d'indiquer à l'oreille de Chêne quelle direction prendre, mais la moitié de ce que je dis doit être emportée par le vent.

Alors que nous approchons de ma hutte en saule tressé, notre monture ralentit l'allure et passe au trot. Un frisson secoue le prince, frappé par le sortilège que j'ai tissé pour protéger cet endroit. Il se retourne, me jette un coup d'œil accusateur puis tend la main et balaie ma protection d'un simple geste, comme si ce n'était qu'une toile d'araignée.

Croit-il que je comptais là-dessus pour m'échapper ? Pour lui faire du mal ? Quand la jument s'arrête, je me laisse glisser au sol avec soulagement, les jambes flageolantes. D'habitude, c'est l'heure à laquelle je me couche, et c'est éreintée que j'avance d'un pas chancelant vers mon modeste foyer.

Je sens le regard circonspect que Chêne pose sur moi. Je ne peux pas m'empêcher de voir cet endroit avec ses yeux : on dirait la tanière d'un animal.

Les dents serrées, je rampe dans la hutte. Là, je cherche mon vieux sac à dos récupéré dans une benne à ordures. J'y fourre divers objets sans trop savoir de quoi j'aurai besoin. La moins tachée de mes trois couvertures. Une cuillère prise dans un tiroir de la cuisine de mes non-parents. Un sac plastique contenant sept bonbons à la gelée goût réglisse. Une pomme talée que je gardais pour plus tard. Une écharpe que ma mère n'avait pas fini de tricoter quand je l'ai volée.

Chêne pénètre dans un cercle de champignons à proximité. Il me regarde faire mon sac.

– Est-ce ici que tu as vécu depuis la dernière fois qu'on s'est vus ? m'interroge-t-il.

Même s'il n'a pas l'air spécialement dégoûté, j'essaie de ne pas imaginer que sa question un peu trop neutre dissimule ce qu'il pense.

Il y a quatre ans, il m'était plus facile de cacher jusqu'où j'étais tombée.

Je réponds :

– Plus ou moins.

– Seule ?

Pas complètement. À douze ans, j'ai sympathisé avec une humaine. Nous nous sommes rencontrées alors que je fouillais les poubelles derrière une librairie, à la recherche de livres de poche dont on avait arraché la couverture. Elle m'avait verni les ongles de pied avec un bleu vif à paillettes. Mais, un jour, je l'ai vue discuter avec ma non-sœur, et je me suis cachée pour qu'elle ne me retrouve pas.

Quelques mois plus tard, c'est Bogdana qui est venue accrocher une peau humaine au-dessus de mon campement et m'avertir de ne pas révéler nos secrets. Pendant un an après ça, je me suis tenue à l'écart des mortels.

Il y a aussi eu un garçon que j'ai sauvé de la glaistig quand j'avais quatorze ans et lui dix-sept. Nous nous étions assis au bord d'un étang à quelques kilomètres d'ici. J'avais pris soin d'éviter de lui dire quoi que ce soit qui aurait pu contrarier la sorcière des tempêtes. Je pense qu'il devait croire à moitié qu'il m'avait fait apparaître avec sa cigarette électronique, comme si j'étais une amie imaginaire. Il aimait bien allumer des feux, et j'aimais bien le regarder faire. Puis il a décrété que, comme je n'étais pas vraiment réelle, ce qu'il me faisait subir n'avait pas d'importance.

Je lui ai donc prouvé que j'étais bien réelle. Et que mes dents l'étaient aussi.

Après ça, la sorcière des tempêtes est revenue avec une autre peau et un autre avertissement à propos des mortels. Mais à ce moment-là je n'avais plus vraiment besoin qu'on me mette en garde.

Il m'est arrivé aussi d'aller rendre visite à une banshee à la chevelure argentée. Comme c'était une sluagh, les autres Fæs des environs préféraient l'éviter. Elle et moi pouvions rester assises ensemble des heures pendant qu'elle pleurait.

Mais, lorsque je songe à raconter tout ça à Chêne, je me rends compte que ma vie n'en paraîtra pas vraiment sous un jour meilleur.

Je lui fais la même réponse :

– Plus ou moins.

Je prends des objets avant de me raviser. J'aimerais bien les emporter, mais je sais que tout ne rentrera pas dans mon sac. Un mug ébréché. Une boucle d'oreille que j'avais accrochée à une branche. Un gros recueil de poésie de cinquième avec *REBECCA* écrit dessus au feutre épais. Le couteau à viande dérobé dans la cuisine de ma non-famille, que Tiernan observe d'un œil sceptique.

Je me contente des deux petits couteaux que je porte sur moi.

Il y a une dernière chose que je récupère d'un geste rapide pour que personne ne le voie : un minuscule renard d'argent aux yeux en péridot.

– La cour des Papillons de nuit est un endroit rude et dangereux, même pour un prince de Domelfe, dit Tiernan à Chêne.

Assis sur un tronc d'arbre, le chevalier ôte l'écorce d'une branche avec une petite lame acérée. Quelque chose me dit que ce n'est pas la première fois qu'ils ont cette conversation.

– Bien sûr, enchaîne-t-il, les vassaux qui la composent sont soumis à ta sœur, mais ils sont aussi violents que des vautours. Une fois lassée d'eux, la reine Annet mange ses amants.

Hyacinthe s'agenouille pour s'abreuver à un filet d'eau qui s'échappe d'un ruisseau à proximité. N'ayant qu'une main sur laquelle s'appuyer et aucune autre pour boire, il pose sa bouche directement dans l'eau et avale ce qu'il peut. Entendant les propos de Tiernan, il relève la tête – intéressé, peut-être, par la possibilité de s'enfuir.

– Nous devons juste aller voir la Sorcière-Chardon, lui rappelle Chêne. La reine Annet nous donnera bien l'autorisation de parcourir ses marais pour la trouver. La cour des Papillons de nuit n'est qu'à une grosse journée de trajet à cheval, en partant vers le sud puis l'est, près de la côte. On n'y restera pas plus longtemps que nécessaire. On ne peut pas se le permettre.

– La Sorcière-Chardon, répète Tiernan. Elle a vu mourir deux reines de la cour des Termites et, à ce qu'on raconte, elle n'y serait pas pour rien. Qui sait ce qu'elle trame, désormais ?

– Elle était déjà là sous le règne de Mab, déclare Chêne.

– Elle était déjà *vieille* sous le règne de Mab, nuance Tiernan, comme si cet argument renforçait sa démonstration. Elle est dangereuse.

– Avec sa baguette de sourcier, on peut tout retrouver.

Je perçois une profonde angoisse derrière ces échanges. Je connais trop bien cette sensation pour ne pas la deviner. Ce prince lancé dans sa première quête, chevauchant la jolie jument de sa sœur, serait-il plus effrayé qu'il n'y paraît ?

– Et ensuite ? s'enquiert le chevalier. La manœuvre que tu envisages n'est pas sans risque.

En guise de réponse, Chêne pousse un profond soupir. Sa réaction m'incite à m'interroger de nouveau sur ses motivations. Quelle partie de son plan a-t-il omis de mentionner qui nécessite l'aide d'une sorcière pour trouver quelque chose ?

Tiernan reprend l'écorçage de sa branche et s'abstient de toute mise en garde supplémentaire.

Empêcher Chêne d'aller au-devant des ennuis n'est sans doute pas une mince affaire, et je me demande si Tiernan le fait par amitié pour le prince ou par loyauté envers Domelfe. Si Chêne est la lumière du soleil qui filtre à travers les arbres, dans les bois, tout en ombres et taches d'or mouvantes, Tiernan semble être ces mêmes bois en hiver, avec leurs branches nues et froides.

Alors que j'allais me relever, je remarque une tache blanche sur le bord de ma hutte, inséré dans le tressage. Un papier roulé en boule, sans la moindre trace de terre dessus. Pendant que le prince et le chevalier devisent, je le lisse pour le lire.

Tu ne peux pas échapper au destin.

Je reconnais l'écriture en pattes de mouche de Bogdana. L'idée qu'elle s'est introduite dans ma tanière provoque en moi un profond malaise, et le mot lui-même me met en colère. C'est une provocation, pour me faire comprendre qu'elle n'a pas renoncé à me poursuivre. Comme si elle me donnait de l'avance dans un match qu'elle est persuadée de remporter.

Je froisse le message et le fourre dans mon sac à dos, à côté du petit renard en argent.

– Tu as tout ce qu'il te faut ? me demande Chêne.

Je me redresse, prise en faute, et jette mon sac sur mon épaule.

Un coup de vent soulève ma robe élimée, dont l'ourlet est plus sale que jamais.

– Si tu trouves qu'on allait vite tout à l'heure... commence-t-il à dire avec un sourire malicieux.

À contrecœur, je me dirige vers sa jument et me résigne à l'enfourcher de nouveau.

C'est à ce moment-là que des flèches volent, tirées depuis l'obscurité.

L'une d'elles passe juste au-dessus de ma tête et frappe le tronc d'un érable proche. Une autre se plante dans le flanc de la jument du chevalier, lui arrachant un hennissement atroce. Malgré ma panique, je remarque que les traits, taillés dans un bois grossier, irrégulier, sont empennés de plumes de corbeau.

– Des créatures brindilles ! s'exclame le soldat ailé.

Tiernan lui jette un regard où couve la fureur, comme si c'était sa faute.

– En selle ! braille le chevalier.

Chêne me prend la main et m'attire sur Damoiselle, de sorte que je me retrouve assise devant lui, le dos contre sa poitrine caparaçonnée. J'empoigne la crinière de la jument et nous voilà partis au galop, le martèlement des sabots de notre monture tonnant dans la nuit, des flèches fendant l'air en sifflant derrière nous.

Les créatures brindilles apparaissent : ce sont des bêtes faites de branchettes et de sarments. Certaines ont la forme d'un loup immense, d'autres ressemblent à des araignées. L'une d'elles, comme jamais je n'en ai vu auparavant, a le corps surmonté de trois têtes qui cherchent à mordre. Quelques-unes, dont la silhouette est vaguement humaine, sont armées d'arcs. Toutes sont recouvertes de mousse et de plantes grimpantes. Leur tronc est rempli de pierres et de mottes de terre. Le pire, c'est que, parmi ces bouts de bois, je distingue ce qui ressemble à des doigts humains à la pâleur cireuse, des lambeaux de peau et des yeux de mortels vitreux.

La terreur me submerge comme une vague.

Je jette un regard paniqué à la jument qui, derrière nous, porte Tiernan et Hyacinthe. Ses flancs sont tachés de sang et sa démarche est désordonnée. Même si elle se déplace vite, les créatures tressées sont plus rapides encore.

Chêne doit l'avoir remarqué, lui aussi, car il tire sur les rênes pour faire tourner bride à Damoiselle, la plaçant face à nos assaillants.

– Pourrais-tu te mettre derrière moi ? me demande-t-il.

– Bien sûr que non !

Je peine déjà bien assez à rester en selle en serrant mes cuisses aussi fort que possible sur les flancs de la jument et en m'accrochant à son encolure, les doigts dans sa crinière.

Le prince me ceint la taille d'un bras et me plaque contre lui.

– Alors baisse-toi autant que tu le peux !

De son autre main, il sort d'une des sacoches de selle une petite arbalète dans laquelle il insère un carreau avec ses dents.

Il tire et manque complètement sa cible. Le carreau se fiche dans la terre entre Tiernan et les montures des hommes tressés. Le prince n'a pas le temps de recharger son arme et n'essaie pas de le faire. Il se contente d'inspirer un bon coup et d'attendre.

Le désespoir me guette. Je regrette énormément de n'avoir pas d'autre talent que celui qui consiste à lever les sortilèges. Si j'avais les pouvoirs de la sorcière des tempêtes, je pourrais invoquer la foudre et réduire nos adversaires en cendre. Si je savais mieux contrôler ma propre magie, je pourrais peut-être nous cacher derrière un voile d'illusion.

Soudain, le carreau lancé par Chêne explose en un feu bleu scintillant. Je comprends alors qu'il n'a pas du tout raté son coup. Plusieurs de nos assaillants flambent et tombent à bas de leurs montures brindilles. Une des créatures semblables à une araignée, dévorée par les flammes, s'enfuit précipitamment dans les bois.

Quand nous repartons au galop, le cheval de Tiernan nous a presque rattrapés. Sentant Chêne se tendre derrière moi, je me retourne mais, comme il agite la tête, je me concentre sur le fait de m'accrocher.

C'était une chose d'entendre parler des pouvoirs de dame Nore. À présent, j'ai vu de mes yeux les créatures brindilles et leurs morceaux de chair. Cela m'a fait comprendre trop clairement la facilité avec laquelle elle doit récupérer des parties de corps humains en ville, comme elle irait chercher des pierres dans une carrière, créant ainsi des armées à partir du bois des forêts. Domelfe a du souci à se faire. Le monde des mortels devrait avoir peur. La situation est plus grave que je le pensais.

Les chevaux émergent enfin des bois. Nous nous retrouvons sur des routes en périphérie de la ville puis traversons une voie rapide. Vu l'heure tardive, la circulation est réduite. L'ensorcellement de Tiernan nous enveloppe. Ce n'est pas exactement un déguisement, plutôt une façon de détourner l'attention. Les mortels voient quelque chose du coin de l'œil, mais ce n'est pas nous. Un étalon blanc, peut-être, ou un gros chien.

Quelque chose qui n'a rien de trop surprenant, qui cadre avec leur monde. À cause de la magie, mes épaules me démangent.

Nous continuons à chevaucher pendant ce qui me paraît des heures.

– Chêne ? appelle le chevalier lorsque nous arrivons à un carrefour.

Son regard se pose sur moi.

– Le prince a-t-il été touché ? me demande-t-il.

Je réalise que le poids que j'ai dans le dos s'est encore alourdi, comme si Chêne était affaissé sur moi. Bien qu'il ait laissé sa main autour de ma taille, sa prise sur les rênes s'est relâchée. Quand je me retourne sur la selle, je remarque qu'il a les yeux fermés. Ses cils effleurent ses joues et ses membres sont tout mous.

– Je n'avais pas vu que…

Tiernan m'interrompt :

– Espèce d'idiote, marmonne-t-il.

J'essaie tant bien que mal de retenir le prince pour qu'il ne chute pas. Il se laisse aller contre moi, grand et chaud dans mes bras, si lourd dans son armure que je ne suis pas certaine d'y parvenir. J'enfonce mes doigts dans sa chair, espérant l'empêcher de glisser, même si je vois déjà son corps gisant dans la boue.

– Halte, ordonne Tiernan en ralentissant son cheval.

Damoiselle ralentit également l'allure, avançant au même rythme que la monture du chevalier.

– Descends, dit celui-ci à Hyacinthe avant de le pousser légèrement dans le dos.

Le soldat ailé se laisse glisser à bas de la jument avec l'aisance d'un cavalier aguerri.

– C'est donc lui que tu sers ? lance-t-il au chevalier d'un ton maussade en regardant le prince inconscient d'un œil noir.

À son tour, Tiernan met pied à terre.

– Quoi, tu préférerais que je me rallie à ces *choses* ?

Hyacinthe ne va pas plus loin. Il m'observe comme s'il se demandait si je pouvais rejoindre son camp. Il n'en est pas question, et j'espère que mon visage n'exprime aucune ambiguïté à ce sujet.

Tiernan s'approche de Damoiselle. Il lève les bras et prend Chêne pour l'allonger sur le tapis de feuilles.

Je me laisse glisser de la selle sans aucune grâce, atterrissant lourdement avant de vaciller et de poser un genou à terre.

Des traces de sang montrent qu'une flèche a atteint Chêne juste au-dessus de l'omoplate. Heureusement, elle a été stoppée par les écailles de son armure dorée. Seul le bout de la pointe a perforé la chair.

La flèche était sans doute empoisonnée.

– Est-ce qu'il est… ?

Je remarque que son torse se lève et s'abaisse. Il n'est pas mort, mais le poison n'a peut-être pas encore fini de se diffuser dans ses veines. Le prince vit peut-être ses derniers instants.

Je ne veux pas envisager cette possibilité. Je ne veux pas me dire que, si j'avais été assise derrière lui, c'est moi qui aurais reçu le trait.

Après avoir vérifié le pouls de Chêne, Tiernan se penche et hume l'air, comme s'il essayait d'identifier une odeur. Il prend un peu de sang sur son doigt et le goûte.

– De la mort-douce, conclut-il. Selon la quantité qu'on a dans l'organisme, cette substance peut faire dormir pendant des centaines d'années.

Je tempère :

– Il ne pouvait pas y en avoir tant que ça sur la pointe…

J'aimerais qu'il le confirme, mais il fait mine de ne pas m'avoir entendue. Fouillant dans une bourse à sa ceinture, il en sort une herbe qu'il écrase sous le nez du prince puis applique sur sa langue. Quand le chevalier met ses doigts dans la bouche de Chêne, celui-ci est encore suffisamment conscient pour détourner la tête brusquement.

Je demande :

– Ça va le guérir ?

– Espérons-le, répond Tiernan en essuyant sa main sur son pantalon. Il faut qu'on trouve un endroit où le mettre à l'abri pour la nuit. Chez les mortels, où les créatures brindilles de dame Nore n'auront pas l'idée de chercher.

Je hoche la tête.

– Il ne faudrait pas non plus que le trajet à pied dure trop longtemps, ajoute le chevalier en soulevant Chêne pour l'installer en travers de sa jument.

Sur ces mots, nous nous mettons en route. Tiernan mène Damoiselle Vole. Hyacinthe marche derrière lui, et je suis chargée de guider la monture du chevalier.

La tache sur le flanc de Guenilles s'est élargie et elle boite sérieusement. Je remarque également le bout de projectile toujours fiché dans sa chair.

– Cette flèche-là était empoisonnée, elle aussi ?

Tiernan acquiesce.

– Mais pas assez pour venir à bout de cette robuste bête, répond-il sèchement.

Je glisse une main dans mon sac à dos pour en sortir la pomme que j'ai emportée. Après avoir mordu dedans, j'en donne des morceaux aux deux chevaux qui les reniflent doucement dans ma paume.

Je caresse les naseaux de Guenilles. Comme sa blessure n'a pas l'air de la faire trop souffrir, je choisis de croire qu'elle va s'en sortir.

– Il serait peut-être préférable qu'il dorme réellement pendant cent ans, commente Tiernan comme s'il se parlait à lui-même. Dame Nore va nous traquer aussi sûrement que nous la traquons. Être endormi vaut mieux qu'être mort.

– Pourquoi Chêne fait-il ça, en réalité ?

Le chevalier me jette un regard dur.

– Quoi donc ?

– Cette mission est indigne de lui.

Je ne vois pas comment le formuler autrement. À la cour des Crocs, dame Nore m'a fait comprendre qu'elle s'octroyait le droit de me transpercer la peau pour m'y passer une laisse en fil d'argent ; de me faire souffrir au point que mes pensées soient celles d'un animal. Toutefois, si un roturier s'avisait de me manquer de respect, il était puni de mort. Car être de sang royal n'est pas anodin.

Même dans la pire des situations, la Grande Reine ne peut pas attacher moins d'importance au prince que dame Nore m'en accordait. Jude aurait dû envoyer une dizaine de chevaliers à la place de son frère. De plus, il n'est escorté que d'un seul garde, ce qui constitue une maigre protection.

– Il y a sans doute une dame qu'il souhaite impressionner par son héroïsme, suggère le chevalier.

– Sa sœur, je suppose.

Ma suggestion le fait rire.

– Ou dame Violet, avec ses lèvres carmin et la couronne de papillons vivants qu'elle héberge dans ses cheveux, d'après un poème qu'on a écrit sur elle. Chêne a passé trois jours dans son lit avant qu'apparaisse un amant jaloux qui a fait une scène, un poignard à la main. Il y avait aussi une certaine dame Sibi, qui se plaît à raconter avec emphase à quiconque l'écoute que Chêne l'a rendue folle de passion, et qu'une fois lassé d'elle il a fait voler son cœur en éclats. En fait, maintenant que j'y pense, il vaudrait mieux qu'il n'impressionne pas davantage Sibi. Mais il y a encore une vingtaine de beautés à Domelfe, toutes parfaitement disposées à se laisser éblouir par son héroïsme.

Je me mords l'intérieur de la joue.

– C'est une raison ridicule.

– Certaines personnes *sont* ridicules, rétorque Tiernan en jetant un coup d'œil au revêche Hyacinthe qui, entravé par sa bride, avance d'un pas traînant. Surtout quand il est question d'amour.

Ce n'est pas une critique très élogieuse de Chêne, mais celui-ci est actuellement jeté en travers d'un cheval. Il a aussi probablement sauvé la vie du chevalier. Et la mienne avec.

– C'est vraiment ce que tu crois ?

– Quoi, que c'est pour une fille ? s'enquiert Tiernan. Oh, ça, j'en suis sûr ! C'est toujours le cas. Cela dit, je suis tout aussi sûr que le courage est une qualité souhaitable chez un prince.

On raconte que Cardan n'a jamais voulu monter sur le trône ; qu'il cédera volontiers sa place à Chêne on ne sait trop quand. Mais, quand je songe au Grand Roi Cardan avec ses cheveux noirs bouclés et sa bouche cruelle, à son comportement à la fois idiot et menaçant, j'ai du mal à croire qu'il renoncera un jour au pouvoir. En revanche, il pourrait avoir convaincu Chêne de se lancer dans une quête dont il ne reviendra jamais. Il pourrait lui avoir monté la tête avec des histoires d'honneur et de bravoure.

– Si le Grand Roi et la Grande Reine l'ont laissé partir avec toi pour seule escorte, c'est que quelqu'un souhaite sa mort.

Tiernan hausse les sourcils.

– Tu vois le mal partout.

– Tu peux parler, toi qui es l'amant d'un traître…

Au début, je n'étais pas tout à fait sûre d'avoir raison, puis je l'ai vu regarder Hyacinthe en parlant d'amour, et je me suis souvenue de ce que Chêne lui a dit sur les alliés et les ennemis.

J'éprouve une certaine satisfaction à voir que j'ai visé juste.

Ébahi, Tiernan me dévisage, bouche bée, comme s'il ne lui était jamais venu à l'esprit que, parce que j'ai la voix rauque faute de l'utiliser, parce que je ressemble plus à une bête qu'à une jeune femme, je ne fais pas attention à ce qui se passe autour de moi.

Hyacinthe part d'un rire caverneux.

– Tu penses que le Grand Roi cherche à se débarrasser de Chêne par mon intermédiaire ? m'interroge le chevalier.

Je hausse les épaules.

– Je pense que, même si tu es prêt à braver tous les dangers pour lui, tu es seul. Et je trouve louche que la famille royale ait autorisé un prince à risquer sa vie pour la gloire.

Le chevalier détourne les yeux sans répondre.

Nous avons parcouru plus d'un kilomètre quand Chêne, avec un gémissement rauque, essaie de s'asseoir.

– *Jude*, marmonne-t-il. *Jude, on ne peut pas le laisser mourir.*

– Ça va aller, le rassure Tiernan en posant une main sur son épaule. On les a semés.

Le prince ouvre ses yeux de renard couleur fauve et observe les alentours. Lorsqu'il me repère, il s'affale à nouveau, comme s'il était soulagé de voir que je suis toujours là.

À l'approche de l'aube, nous arrivons sur une plage balayée par le vent.

– Attends ici avec le prince, m'ordonne Tiernan alors que nous nous approchons d'une jetée de pierre noire. Hyacinthe, les ordres sont les mêmes. Mes ennemis sont aussi les tiens. Protège Suren si nécessaire.

Le prisonnier sourit de ses lèvres minces.

– Ce n'est pas moi qui ai oublié tout ce à quoi je m'étais engagé solennellement.

Comme je ne vois pas le visage de Tiernan, je ne saurais dire si l'amertume de Hyacinthe le contrarie.

L'air sent les embruns. Je passe ma langue sur ma lèvre supérieure et regarde Tiernan guider son cheval blessé sur le sable. De ses sabots, Guenilles touche la crête d'une vague. Sentant l'écume l'effleurer, elle rejette sa crinière en arrière et pousse un hennissement qui me donne la chair de poule.

Hyacinthe se tourne vers moi. Avec le clapotis des vagues, Tiernan ne peut pas l'entendre, ce qui n'empêche pas le soldat de baisser la voix.

– Si je n'étais pas entravé par cette bride, je pourrais te dire des choses qui t'intéressent. Libère-moi et je t'aiderai.

Je ne dis rien. J'ai pitié de lui, maltraité par cet instrument de torture, mais il n'est pas mon allié pour autant.

– Je t'en supplie, insiste-t-il. Je refuse de vivre ainsi. Quand j'ai été attrapé, Chêne a levé le sortilège, mais il n'a pas assez de pouvoirs pour le faire disparaître définitivement. D'abord mon bras, et ensuite quoi ? Perdre à nouveau mon apparence aussi lentement est pire que d'être transformé d'un coup en faucon.

– Que ce soit bien clair : je hais dame Nore, dis-je avec un grondement dans la voix, car je n'ai pas envie de l'écouter.

Je ne veux pas avoir plus de compassion pour lui que j'en ai déjà. J'ajoute :

– Et, si tu lui as juré fidélité, je te hais, toi aussi.

– Moi, je suivais Madoc, précise-t-il. Désormais, me voilà prisonnier de son fils. En un sens, je suis puni de ma constance. Puni d'avoir été plus loyal que mon amant, qui s'est fait mener par le bout du nez par un autre et qui m'a renié. Dame Nore m'a promis de lever la malédiction de tous les faucons qui accepteraient de la rejoindre, mais je ne lui ai jamais prêté allégeance. Tu peux me faire confiance, jeune dame. Contrairement aux autres, je ne te trahirai pas.

Au loin, la jument de Tiernan se précipite dans les eaux noires sans se soucier des vagues qui se fracassent sur elle.

Plus fidèle que mon amant, qui s'est fait mener par le bout du nez par un autre et qui m'a renié.

Je demande :

– Est-ce que Guenilles est en train de se noyer ?

Hyacinthe secoue la tête.

– Le peuple de la mer va la ramener à Domelfe, où elle sera bien.

Je soupire. Mon regard se porte sur Chêne, dont la joue repose contre le flanc de Damoiselle. Sur le clair de lune qui se reflète sur son armure. Sur ses cils qui frémissent. Sur ses mains calleuses.

Je rappelle à Hyacinthe :

– Retirer la bride n'aura aucun effet sur la malédiction, en bien ou en mal.

– Ne succombe pas au charme de Chêne, me prévient-il tandis que le chevalier revient vers nous en marchant sur les rochers. Il n'est pas celui qu'il paraît être.

J'ai plusieurs questions au bout de la langue, mais je n'ai pas le temps de les lui poser. Alors que Tiernan nous rejoint, je contemple la mer. Guenilles a disparu. Je ne vois même plus sa tête au-dessus des flots.

– Il ne nous reste plus qu'une monture, déclare Tiernan.

Et nous n'avons nulle part où nous reposer. J'examine l'espace dans l'ombre sous la promenade en bois. Nous pourrions nous blottir sur le sable doux et frais sans que personne ne vienne nous déranger. Cette simple perspective me rappelle combien je suis épuisée.

Le chevalier pointe un doigt vers la route.

– Il y a un motel par-là. J'ai vu l'enseigne depuis le rivage.

Il prend les rênes de Damoiselle et lui fait monter la butte. Je le suis. Le soldat ailé ferme la marche. Je remarque que les deux hommes sont aussi empruntés l'un que l'autre et qu'ils prennent garde à rester éloignés, comme des aimants qui doivent être tenus à distance l'un de l'autre au risque de se percuter violemment.

Nous marchons, les étoiles s'éteignant peu à peu au-dessus de nous. Mes compagnons de voyage sont-ils incommodés par les bruits de la circulation ou l'odeur du fer ? Pour ma part, j'y suis habituée. Tant que nous restons ici, je suis en terrain connu. Une fois à la cour des Papillons de nuit, nous serons suffisamment enfoncés en territoire fæ pour que les choses prennent un caractère hasardeux.

À cette perspective, je donne un coup de pied dans un gobelet froissé et l'envoie dans le caniveau.

Quelques centaines de mètres plus loin, nous arrivons au motel. L'herbe pousse dans les fissures du parking. Plusieurs voitures en mauvais état sont stationnées près du bâtiment de plain-pied, en stuc, surmonté d'une enseigne qui promet des chambres libres, la télévision par câble et pas grand-chose d'autre.

Le prince tente à nouveau de s'asseoir.

– Ne bouge pas, lui conseille Tiernan. On revient avec les clés.

– Ça va bien, le rassure Chêne en se laissant glisser du cheval.

Il s'effondre aussitôt sur l'asphalte.

– Ça va « bien » ? répète le chevalier en haussant les sourcils.

– Je ne pourrais pas le dire si ce n'était pas vrai, se justifie le prince.

Il parvient à se relever en chancelant et s'appuie lourdement sur une voiture.

– Hyacinthe, dit Tiernan en le désignant de l'index. Aide-le à tenir debout. Wren, tu viens avec moi.

– Et pourtant, je rêve de voir s'effondrer une personnalité aussi importante, raille Hyacinthe. Sinon, à quoi bon rêver ?

– Voler, voilà tout ce à quoi tu devrais rêver, faucon, décrète Chêne avec une certaine brusquerie, si bien que je me demande s'il a entendu notre conversation.

Hyacinthe tressaille.

– Wren, répète Tiernan en me faisant signe de le suivre vers le motel.

Je l'avertis :

– Je suis nulle en sortilèges.

– Dans ce cas, nous nous en passerons.

Malgré l'écriteau INTERDICTION DE FUMER sur la porte, une affreuse odeur de tabac froid règne à la réception. Derrière le bureau, une femme à l'air épuisé joue sur son téléphone.

Elle nous jette un coup d'œil. Aussitôt, ses yeux s'écarquillent et elle ouvre la bouche pour hurler.

– Vous avez devant vous des personnes tout à fait quelconques qui sont ici pour des raisons tout à fait quelconques, lui dit Tiernan.

Sous mes yeux, la réceptionniste se calme, ses traits s'adoucissent et son regard devient vitreux.

– Nous voudrions deux chambres voisines, ajoute le chevalier.

Ça me rappelle mes non-parents quand ils étaient envoûtés, et je déteste ça, même si le chevalier ne demande rien d'affreux à cette femme. Pour l'instant.

– Bien sûr, réplique-t-elle. Les touristes sont rares à cette époque de l'année. On a beaucoup de chambres libres.

Tiernan lui adresse un vague signe de tête pendant qu'elle fourre une clé magnétique dans la machine à coder.

Elle parle aussi d'une carte de crédit dont elle aurait besoin pour les éventuels frais annexes, mais quelques mots plus tard elle a déjà tout oublié. Tiernan règle la note avec des billets qui ne présentent pas l'aspect neuf et suspect des feuilles ensorcelées. Je lui jette un regard interrogateur avant de prendre une pochette d'allumettes.

Dehors, le seul cheval qui nous reste luit doucement et broute des pissenlits sur un carré de mauvaises herbes. Personne ne semble jamais avoir le cœur d'entraver Damoiselle.

Assis sur le pare-chocs d'une voiture, Chêne semble aller un peu mieux. Hyacinthe est appuyé contre un mur sale.

– Cet argent, dis-je, c'est du vrai ?

– Oh, oui, confirme le prince. Ma sœur serait courroucée, sinon.

– « Courroucée ».

Je répète ce mot désuet, même si je sais que ça veut dire « furax ».

– *Méga* courroucée, renchérit Chêne avec un sourire.

En général, soit les Fæs n'ont aucune considération pour les mortels, soit ils les voient comme une source de distraction. Cela dit, j'imagine que Jude n'entre dans aucune de ces deux catégories. Bien des gens du Peuple doivent la détester pour cela.

Tiernan nous conduit à nos chambres, 131 et 132. Il ouvre la première, dans laquelle il nous fait tous entrer. Elle est meublée de lits jumeaux recouverts d'un couvre-lit qui doit gratter. Une télévision est accrochée au mur, au-dessus d'un bureau affaissé qui a été boulonné au sol. Autour des fixations, la moquette est tachée de petits cercles de rouille. Le chauffage fonctionne et ça sent vaguement la poussière brûlée.

Hyacinthe se plante à côté de la porte, son aile refermée dans son dos. Il me suit des yeux, peut-être pour éviter de regarder Tiernan.

Chêne grimpe sur le lit le plus proche sans toutefois fermer les yeux. Au lieu de quoi, il sourit au plafond.

– Le positif, c'est qu'on en sait plus sur ce dont dame Nore est capable, se réjouit-il.

– Et tu voudrais que je te dise que ça valait le coup qu'on t'empoisonne ? ironise Tiernan.

– On essaie constamment de m'empoisonner. Hélas, cette fois, ce n'était pas de l'amanite rougissante, commente le prince de manière absurde.

Tiernan me désigne du menton.

– Cette fille te croit stupide du simple fait que tu t'es lancé dans cette quête.

Je lui jette un regard noir, car ce n'est pas ce que j'ai voulu dire.

– Ah, dame Wren, soupire Chêne avec un sourire paresseux. Voilà qui est vexant.

Je doute d'avoir blessé son ego. Par contre, sa joue est toujours barrée de la griffure que je lui ai infligée. Trois lignes de sang séché, aux bords rosés. Chêne a beau ne jamais mentir, chacun de ses mots est une énigme.

Tiernan s'agenouille auprès de lui et entreprend de défaire les attaches sur les côtés de son armure.

– Donne-moi un coup de main, tu veux ? me dit-il.

Je m'accroupis de l'autre côté du lit, stressée à l'idée de mal m'y prendre. Chêne me regarde de biais pendant que, de mes doigts hésitants, je le redresse et essaie de dégager la cotte de mailles collée à sa blessure. Il émet un petit soupir de douleur. Je comprends aux contours blanchis de ses lèvres qu'il les serre pour réprimer les plaintes qui lui viennent.

Sous la cotte, sa chemise de lin tachée est relevée au-dessus de son ventre plat et de l'os de sa hanche. Sa sueur sent l'herbe écrasée, mais l'odeur qu'il dégage est surtout celle du sang. Il m'observe, les paupières mi-closes.

Sans son armure dorée, il ressemble presque au petit garçon de mes souvenirs.

Tiernan se redresse pour rassembler des serviettes.

– Comment dame Nore a-t-elle su que vous veniez me chercher ?

En posant cette question, j'essaie de prendre de la distance avec l'étrange intimité de cet instant ; avec la chaleur et la proximité du corps de Chêne.

Si dame Nore nous a envoyé à la fois Bogdana et les créatures brindilles, elle doit vouloir me récupérer coûte que coûte alors qu'elle a passé plus de huit ans à m'ignorer.

En voulant remonter sur les oreillers, Chêne grimace, les joues rouges et l'air fiévreux.

– Elle a probablement réalisé que te demander de m'accompagner serait la chose la plus intelligente à faire, répond-il. Ou peut-être avait-elle des espions qui ont vu quelle direction nous avons empruntée en quittant Domelfe.

Tiernan désigne Hyacinthe d'un signe de tête depuis la salle de bains, où il passe des linges sous l'eau fumante du robinet.

– Des espions comme lui, j'imagine, commente-t-il.

Les sourcils froncés, je regarde l'ancien faucon entravé.

– Les oiseaux n'ont pas grand-chose à faire là-bas, réplique ce dernier en levant la main dans un geste défensif. Et ce n'est pas *toi* que j'espionnais.

Tiernan apporte les serviettes et en prend une avec l'intention de nettoyer la blessure du prince. Avant qu'il en ait le temps, Chêne la récupère et l'applique lui-même sur son épaule, les yeux fermés pour mieux endurer la douleur. L'eau goutte le long de son dos, tachant les draps de rose.

– Nous ne sommes qu'à quelques jours de trajet de la cour des Papillons de nuit, mais n'avons plus qu'une monture, déplore Tiernan.

– Je marchanderai pour en avoir une autre, le rassure Chêne distraitement.

Pas sûr qu'il sache que, dans le monde des mortels, les chevaux ne sont pas un produit qu'on trouve au marché du coin.

Quand le prince commence à panser sa blessure, Tiernan me fait un signe de la tête.

– Viens, dit-il en m'entraînant hors de la chambre. Laissons-le rêver à tout ce qu'il fera demain.

– Comme rédiger un décret royal t'interdisant de te moquer de moi parce que j'ai été empoisonné, intervient Chêne.

– C'est ça, continue de rêver, le taquine Tiernan.

Je jette un coup d'œil en arrière à Hyacinthe car, contrairement à ce qu'il affirme, je n'ai pas l'impression que le chevalier soit sous la coupe du prince. Ils me paraissent plutôt être amis de longue date. Mais l'ancien faucon, occupé à se curer les ongles avec un poignard, ne fait pas attention à nous.

Tiernan utilise sa deuxième carte magnétique pour ouvrir la porte d'un espace quasiment identique au premier. Deux lits, une télévision. Des taches de rouille aux points de contact des boulons et de la moquette. Un couvre-lit en polyester probablement imperméable.

Là, le chevalier me passe une corde autour de la cheville et m'attache au lit, laissant suffisamment de mou pour que je puisse m'allonger et même rouler sur le côté. Je feule après lui lorsqu'il tire sur mes liens.

– Peut-être que le prince a confiance en toi, déclare Tiernan, mais en ce qui me concerne je ne me fie à aucun membre de la cour des Crocs.

Il prononce ensuite quelques mots en direction du nœud. C'est un petit sortilège que je suis presque certaine de pouvoir lever, grâce à mon entraînement sur ceux de la glaistig.

– Dors bien, me lance le chevalier avant de sortir en claquant la porte.

Il a laissé ses affaires derrière lui. Je parie qu'il projette de revenir dormir ici, où il pourra m'avoir à l'œil – évitant par la même occasion d'être soumis aux sentiments que lui inspire Hyacinthe, quels qu'ils soient.

C'est mesquin, mais je me lève pour verrouiller la porte, la corde tendue au maximum.

L'aube laisse la place au jour. Partout autour du motel, le monde des mortels se réveille. Un moteur de voiture vrombit. Deux personnes se disputent près d'un distributeur automatique. Une porte claque dans la chambre voisine de la mienne. Je jette un coup d'œil par la fenêtre, m'imaginant m'éclipser dans le matin et disparaître. Visualisant la tête de Tiernan à son retour lorsqu'il s'apercevra de mon absence.

Ce serait tout de même idiot de ma part d'essayer d'affronter seule la sorcière des tempêtes ou dame Nore. J'aurais pu être touchée par le même poison qui a frappé le prince, sauf que, sans armure, la flèche aurait pénétré plus profondément dans ma chair. Et personne n'aurait été là pour m'administrer un antidote ou me transporter à cheval.

Malgré tout, je n'ai pas envie d'être traînée comme un animal, d'être entravée par une laisse.

Si je ne peux pas être respectée, s'ils ne me traitent pas comme leur égale, je voudrais au moins que Chêne voie que j'ai autant de droits que lui dans cette quête, plus de raisons que lui de haïr dame Nore, et le pouvoir de l'arrêter.

Difficile cependant d'imaginer comment les convaincre, avec une cheville attachée au pied du lit. En plus, je suis si fatiguée que mes pensées sont cotonneuses. Après avoir récupéré la couverture dans mon sac, je me glisse sous le lit, dans la poussière, où je me blottis. La présence des lattes du sommier au-dessus de moi et l'odeur familière de la forêt dégagée par ma couverture me réconfortent.

Mes bras en guise d'oreiller, j'essaie de trouver une position confortable. Je devrais avoir du mal à m'endormir dans ce lieu inconnu, bruissant de sons étranges. J'ai les cuisses en feu après ma chevauchée et les pieds meurtris après cette longue marche. Mais, tandis que le soleil chaud et pâle pénètre dans la chambre comme le jaune s'échappe d'un œuf cassé, mes paupières se ferment peu à peu. Je ne rêve même pas.

À mon réveil, le ciel est noir. Je rampe pour sortir de sous le lit, le ventre tenaillé par la faim.

Tiernan a dû entrer et sortir sans que je le remarque, car le verrou a été ouvert et ses affaires ont disparu. Je viens rapidement à bout de son stupide nœud enchanté, puis je me rends dans la salle de bains et remplis d'eau le gobelet en plastique que j'y trouve. J'y bois, le remplis une seconde fois et bois à nouveau.

Quand je lève les yeux, je tressaille en apercevant mon reflet. Sans l'illusion de l'ensorcellement, ma peau est du même bleu-gris pâle que les fleurs d'hortensias. J'ai une trace de boue sur la joue et le nez. Il y a tant de feuilles, de brindilles et de terre dans mes cheveux qu'il est presque impossible de voir qu'en réalité ils sont d'un bleu plus foncé. J'ai le même menton pointu qu'à l'époque où je croyais être une mortelle. Un visage maigre, de grands yeux et l'air surpris, comme si je m'attendais à voir quelqu'un d'autre dans le miroir.

Au moins, mes yeux d'un vert foncé profond pourraient passer pour ceux d'une humaine.

J'esquisse un sourire qui dévoile mes horribles dents pointues. Une bouche bordée de couteaux. Même les gens du Peuple ont un mouvement de recul en les voyant.

Mon regard se pose sur la baignoire. J'imagine ce que Chêne a dû penser de moi en me revoyant, maintenant que nous avons grandi. J'ouvre le robinet et laisse l'eau chaude couler sur ma main. Une fois qu'elle est rincée, je remarque que ma peau prend une teinte bleutée plus légère, plus chaleureuse.

Mais je ne suis pas une dame de la cour aux lèvres carmin et aux cheveux ornés de papillons. Je suis une brindille ; un insecte tout maigrichon.

Je baisse la bonde de la baignoire et la laisse se remplir. Puis, lentement, je m'immerge. La chaleur est à peine supportable. Malgré tout, je frotte ma peau de mes ongles abîmés. En quelques minutes, l'eau est devenue si sale que je dois la changer. Puis je recommence. J'enfonce mes doigts dans mes cheveux, j'essaie de les démêler. C'est douloureux, et vider dessus le minuscule flacon d'après-shampooing ne fait pas de miracle. Quand je sors de l'eau, malgré la fine couche de crasse collée à la baignoire, je ne suis toujours pas vraiment propre.

Maintenant que je me suis lavée, ma robe me paraît encore plus crasseuse qu'avant. Par endroits, le tissu décoloré à la fois par le soleil et la boue est si élimé qu'il est devenu tout fin. Comme je n'ai rien d'autre à me mettre, je la frictionne doucement avec du savon en priant pour qu'elle ne se déchire pas et la rince au robinet du lavabo. Enfin, je la drape sur la barre du rideau de douche et la passe au sèche-cheveux. Elle est encore humide quand je la récupère.

Je commence à l'enfiler par les pieds quand je remarque une ombre qui bouge derrière la fenêtre.

Je m'accroupis au sol, mais j'ai pu voir les doigts démesurément longs. J'ai à peine le temps de ramper nue sous le lit que j'entends des ongles griffer le carreau. Je me prépare à ce que Bogdana casse la vitre ou défonce la porte d'un coup de pied.

Il ne se passe rien.

Je prends une inspiration. Puis une autre.

Quelques minutes plus tard, on frappe à la porte. Je reste immobile.

La voix insistante de Chêne m'appelle de l'autre côté du battant.

– Wren, ouvre !

Je crie :

– Non !

Je sors de sous le lit pour m'habiller maladroitement.

J'entends un pas traînant suivi d'un coup sourd, puis un objet métallique est inséré dans la fente entre la porte et le montant. Le battant s'ouvre.

– Je pensais que tu étais…

J'ai commencé à parler, mais je ne suis pas sûre qu'il m'écoute : il range l'objet qu'il a utilisé pour forcer la serrure et récupère un grand sac en papier ainsi qu'un porte-gobelets en carton dans lequel sont calés des cafés.

Lorsqu'il lève les yeux, il se pétrifie un instant, une expression indéchiffrable sur le visage. Puis son regard bifurque sur un point situé juste au-dessus de mon épaule.

Je baisse les yeux sur le tissu humide de ma robe qui me colle au corps et je tressaille. On voit carrément mes seins, même mes tétons ! Croit-il que je l'aie fait exprès, pour attirer son attention ? La honte me brûle les joues avant de gagner mon cou.

Il passe à côté de moi pour poser le sac sur le lit. Ses boucles dorées sont à peine décoiffées ; sa chemise de lin, d'un blanc immaculé, n'est pas froissée, comme s'il n'avait jamais été empoisonné, comme s'il n'avait jamais reçu de flèche et n'était jamais tombé de cheval. En tout cas, il n'a pas nettoyé ses vêtements au lavabo. Et l'amusement qu'exprime son petit sourire est insupportable.

Je m'enroule dans le couvre-lit.

– Je ne savais pas trop ce que tu aimes, dit-il.

Il sort une mangue, trois pommes vertes, une poignée de figues sèches, un sachet de biscuits apéritifs en forme de poissons, des mini-pizzas surgelées et quatre hot-dogs enveloppés de papier aluminium. Tout ça sans me regarder.

– On dirait de la viande, mais ça n'en est pas, précise-t-il.

J'ai tellement faim que je suis prête à avaler ses hot-dogs véganes bizarres.

Je m'étonne :

– Tu ne manges pas de viande ? Ça ne doit pas plaire à ton père !

Il hausse les épaules. Quelque chose dans son visage me dit que c'est un sujet qu'ils ont déjà abordé.

– Ça en fait plus pour lui.

Rapidement, la nourriture m'accapare. J'engloutis trois des quatre hot-dogs à une telle vitesse que, lorsque je m'arrête, je remarque que Chêne a placé une main protectrice sur le dernier. Je prends une figue que j'essaie de manger moins vite.

Abandonnant le reste de la nourriture sur le matelas, le prince se dirige vers la porte.

– Tiernan m'a dit que je devrais t'être reconnaissant d'avoir veillé à ce que je ne tombe pas sur la tête, même si ça ne t'aurait pas déplu, dit-il. On écrira des ballades sur ce geste.

– Qu'est-ce qui te fait dire que ça ne m'aurait pas déplu ?

Apparemment, je n'arrive pas à me débarrasser du grondement dans ma voix.

– Bien des gens auraient été tentés. Ça doit être ma tête qui ne leur revient pas.

Il me sourit. Je repense à l'amant jaloux de dame Violet brandissant son couteau.

– Ou peut-être que tu les entraînes dans des quêtes dont ils ne veulent pas, dis-je.

Mon trait d'esprit le fait rire.

– Je ne pensais pas qu'on se reverrait dans ces circonstances.

Pour me rappeler que nous sommes aux antipodes dans la vie, je rectifie :

– Tu pensais sûrement qu'on ne se reverrait *plus jamais*.

Son sourire s'efface.

– Il semblerait que ce soit ce que tu aurais voulu.

J'aurais préféré rester indifférente en le voyant perdre son sourire, mais ça me contrarie.

La porte s'ouvre. De l'autre côté, Tiernan nous regarde d'un œil noir.

– Il est temps de lever le camp. Une longue route nous attend.

Dehors, je remarque que nous disposons d'un nouveau cheval. Noir comme de l'encre, il dégage une odeur d'eau de mer. La jument fæ de Chêne fait un écart et renâcle, paniquée, les naseaux palpitants.

La nouvelle monture accroche mon regard avec avidité. Je comprends alors à quoi j'ai affaire. Cette créature du Peuple solitaire est un dévoreur de chairs. Un kelpie.

Chapitre 5

– Allez, grimpe, s'impatiente Tiernan en désignant le kelpie d'un signe de tête.

Cette chose n'est même pas équipée d'une selle, et encore moins de rênes. Je regarde Damoiselle avec envie. Est-ce parce que le chevalier me déteste qu'il me force à monter sur un monstre carnivore ?

Étonnamment, Chêne va voir la bête sans réticence. Après lui avoir tapoté distraitement le flanc, il l'enfourche et me tend la main. Il a revêtu son armure d'or. Le petit garçon qui était mon ami a disparu, remplacé par un homme que je ne connais pas.

Le chevalier me hisse derrière le prince. Quand mes mains se posent sur la taille de Chêne, j'ai conscience de la chaleur de sa peau malgré l'épaisseur de l'armure d'écailles ; de son corps pressé entre mes cuisses. Même si la cape qu'il m'a prêtée recouvre ma robe fine, elle ne peut pas me protéger de ce contact.

– J'espère que tu te sens reposé après ta dose de mort-douce, dit Tiernan au prince, car nous sommes très en retard sur notre programme.

Vu le regard que Chêne lui lance, j'en viens à penser qu'il va enfin lui demander des comptes pour la familiarité dont le chevalier fait preuve envers lui. Mais, si c'est son intention, ce n'est pas le moment.

Je me demande dans quelle mesure le kelpie va résister à l'envie de se précipiter droit dans un étang pour nous y noyer, Chêne et moi. Toutefois, en tant que Fæ solitaire, il a très probablement prêté allégeance à Domelfe. J'ai à peine le temps de passer mes bras autour de la taille de Chêne pour essayer de ne pas tomber que nous voilà partis dans un galop effréné, sans jamais faire de pause.

Nous fendons les bois de Pine Barrens, emplis d'un parfum de sève, puis nous traversons des voies rapides envahies de phares éblouissants. Mes cheveux volent derrière moi. Quand Chêne jette un coup d'œil en arrière, je dois détourner la tête. Avec le bandeau royal qui ceint son front, son épée à sa ceinture et sa cotte de mailles étincelantes, il ressemble à un chevalier de conte de fées, sorti tout droit de l'imagination d'un enfant.

Le jour teinte le ciel de rose et d'or. Lorsqu'enfin nous nous arrêtons, le soleil est déjà haut. À force d'avoir serré les flancs du kelpie entre mes cuisses, elles me font encore plus mal que la veille, et je ressens la fatigue jusque dans mes os. Quant à mes cheveux, ils n'ont jamais été aussi emmêlés.

Nous établissons notre campement au cœur d'une forêt tranquille. Le bourdonnement des axes routiers indique que nous n'en sommes pas très éloignés mais, si je n'y prête pas trop attention, je pourrais le confondre avec le clapotis d'un ruisseau. Chêne sort des couvertures et les déroule pendant que Tiernan démarre un feu. Hyacinthe les observe comme s'il les mettait au défi d'oser lui demander un coup de main.

Je m'éclipse avant de revenir avec des poignées de kakis, deux champignons (des polypores écailleux aussi larges que des casques), de l'ail des ours et des brindilles de laurier benzoin. Tiernan va jusqu'à se dire impressionné par mes trouvailles – même si, à mon avis, il est contrarié que Chêne m'ait autorisée à vadrouiller.

Le prince se contente d'ignorer son protecteur et trouve le moyen d'accommoder les champignons. Ils ont apporté du fromage et du bon pain noir. Pendant que nous mangeons, Chêne nous raconte des anecdotes de la cour. Il nous parle des fêtes ridicules organisées par le Grand Roi, des farces dont il était l'instigateur et pour lesquelles il a été puni. Il ne mentionne pas ses amantes, mais se remémore une histoire d'amour tragi-comique qui était toujours en cours au moment de son départ, impliquant un puck, une pixie et un conseiller du roi.

Même Tiernan semble différent à la lueur des flammes. Lorsqu'il prépare une infusion à Hyacinthe, il y ajoute du miel sans le lui demander, comme s'il avait accompli ce geste de nombreuses fois. Et, quand il la lui tend et que leurs doigts se touchent, son visage exprime la vive douleur engendrée par les regrets, l'envie réprimée de demander ce qui, il le sait, lui sera refusé. Il s'empresse de le cacher, mais pas assez vite pour que cela m'échappe.

Les anecdotes épuisées, je demande :

– Allez-vous me dire ce que la sorcière de la cour des Papillons de nuit est censée retrouver pour nous ?

La réponse m'intéresse vraiment, mais j'aimerais surtout savoir s'ils me font assez confiance pour me mettre dans la confidence.

Tiernan observe Chêne. Ce dernier me regarde droit dans les yeux.

– Les limites des pouvoirs de dame Nore, j'espère. La Sorcière-Chardon vivait déjà à l'époque de Mab et, si j'ai bien compris, les ossements de Mab ont été ensorcelés.

– Vous ne cherchez donc pas un objet ? m'enquiers-je en songeant à leur conversation dans les bois.

Chêne hausse les épaules.

– Cela dépendra de ce qu'elle nous dira.

Je réfléchis à cette réponse en me couchant dans l'une de ses couvertures. Elles sentent les parfums de Domelfe. Pour les bloquer, je remonte ma couverture boueuse sur mon nez.

Cet après-midi-là, nous enfourchons à nouveau nos montures pour une longue et épuisante chevauchée, ne faisant qu'une brève halte pour manger. Quand nous nous arrêtons enfin, je suis à deux doigts de tomber à bas du kelpie, et tant pis s'il commence à me grignoter.

Non loin de là, une large rivière à l'eau saumâtre bouillonne autour d'un amas de rochers. De minces et hauts palmiers de Floride forment des îlots constitués de cailloux et de racines. Sur une pente raide se dresse une unique façade en béton de quatre étages. On dirait un château découpé dans du carton, tout plat au lieu d'être en trois dimensions.

– L'accès à la cour des Papillons de nuit est censé se trouver quelque part par-là, nous informe Tiernan.

Je me laisse glisser à bas du kelpie et m'allonge dans l'herbe pendant que le prince et le chevalier débattent de l'emplacement de l'entrée du tertre. Je respire la fine brume qui émane de l'eau, l'odeur du terreau et des plantes aquatiques foisonnantes.

Lorsque j'ouvre les yeux, il y a un jeune homme à la place du kelpie. Ses cheveux marron ont la teinte boueuse du lit des rivières et ses yeux sont du même vert trouble que les eaux stagnantes. Je sursaute puis recule, cherchant à récupérer mon couteau dans mon sac.

– Bonjour, me salue-t-il en s'inclinant. Tu dois vouloir connaître le nom de celui qui t'a portée sur son dos et qui a si fidèlement aidé un jeune prince dans le besoin, avant que commence son règne véritable et que…

Je l'interromps :

– Pourquoi pas, oui.

– Je suis Jack des Lacs, se présente-t-il avec un sourire menaçant. Une créature joyeuse. Et à qui ai-je l'honneur ? s'enquiert-il en me regardant.

– Je m'appelle Wren, dis-je en le regrettant aussitôt.

Ce n'est pas mon vrai nom, mais tous les noms recèlent un pouvoir.

– Tu as une drôle de voix rauque, constate Jack. Ça a son charme, en fait.

– J'ai abîmé mes cordes vocales il y a longtemps. À force de hurler.

Chêne s'interpose entre nous, m'offrant un répit bienvenu.

– Quel gentleman tu fais, Jack.

Celui-ci se tourne vers le prince et retrouve son sourire sinistre.

– Chêne et Wren. Wren et Chêne. L'oiseau troglodyte et l'arbre majestueux. Délicieux ! Des prénoms de choix pour des créatures des bois, mais aucun de vous n'est aussi simple. En tout cas, vous êtes loin d'être aussi simples que ces deux-là, ajoute-t-il en jetant un coup d'œil à Tiernan et Hyacinthe.

– Ça suffit, tranche le chevalier.

Jack continue à fixer Chêne du regard.

– Accepteras-tu de faire des cabrioles pour le bon plaisir de la reine des Papillons de nuit ? Car c'est une souveraine sombre dont il est difficile de gagner les faveurs. Non pas que tu aies à te soucier de devoir impressionner qui que ce soit, mon prince.

Je n'aime pas ce qu'il dit.

– Faire des cabrioles ne me dérange pas, répond Chêne.

– Assez d'effronterie, intervient Tiernan.

Avec ses épaules redressées et ses bras croisés, il est l'image de l'officier de l'armée de Madoc qu'il a dû être naguère.

– Tu as eu le privilège de porter le prince un certain temps et ça s'arrête là, poursuit-il. Quelle que soit la récompense que nous estimons devoir t'octroyer, que ce soit une pièce de monnaie ou un coup de pied dans les dents, tu t'en contenteras et tu en seras reconnaissant.

Offensé, Jack des Lacs renifle.

Les yeux de Hyacinthe brûlent de colère, comme si c'était lui que le chevalier avait réprimandé.

– Allons, assez de sottises, tempère Chêne avant de se tourner vers Jack. Tes sabots étaient rapides et sûrs. Viens avec nous à la cour, mets tes jambes au repos et offre-toi un rafraîchissement.

Il pose une main sur l'épaule de Tiernan et poursuit :

– C'est plutôt nous qui devrions être reconnaissants, n'est-ce pas ?

Le chevalier l'ignore ostensiblement, à l'évidence insensible à l'admiration qu'est censé provoquer Chêne et qu'il attend pourtant de Jack des Lacs.

– Par ici, dit le prince, nous invitant à longer la rive.

Je le suis tout en m'efforçant de ne pas glisser dans la boue humide.

– Vois par toi-même comment ils m'ont remercié de mes services, ironise Hyacinthe à l'intention du kelpie, touchant la lanière de cuir de sa bride. Je te conseille d'éviter qu'ils se sentent trop redevables.

Tiernan lève les yeux au ciel.

Notre chemin est bloqué par un mur de béton, avec d'un côté la rivière et de l'autre une colline recouverte de mancenilliers, ces petits arbres hautement toxiques. Il n'y a plus de porte dans les ruines de l'ancienne construction, uniquement de grandes fenêtres au travers desquelles on aperçoit un paysage encore plus marécageux et hostile. Je sens pourtant l'immobilité de l'air, la présence crépitante de la magie. Chêne s'arrête, les sourcils froncés. Je suis sûre qu'il la perçoit, lui aussi.

Comme s'il essayait d'en trouver la source, il plaque sa main contre le béton.

Jack des Lacs patauge dans l'eau avec l'air d'avoir grande envie d'y entraîner quelqu'un.

Hyacinthe se rapproche de moi, serrant sa main libre comme s'il lui manquait quelque chose. Je me demande quelle était son arme de prédilection quand il était soldat.

– Je parie que tu considères que vous êtes tous de grands amis, à présent, commente-t-il.

Me remémorant notre discussion au bord de la mer, je murmure d'une voix rauque :

– Personne ne m'a envoûtée.

Son regard se pose sur le prince, perché sur un rebord de fenêtre, avant de revenir à moi.

– On a l'impression de lire en lui comme dans un livre ouvert, dit-il, mais c'est justement ce qu'il aime faire croire. Il cache de nombreux secrets. Par exemple, sais-tu qu'il a reçu un message de dame Nore ?

– Un message ?

Hyacinthe sourit, satisfait de mon étonnement.

Avant que je puisse obtenir plus de détails, Chêne se tourne vers nous avec un sourire auquel nul ne peut résister.

– Venez voir, déclare-t-il.

De l'autre côté de la fenêtre s'étend une incroyable prairie fleurie. Là, il n'y a pas de rivière, pas de broussailles ni de boue. Rien que des fleurs à perte de vue, et parmi elles des ossements disséminés, aussi blancs que des pétales.

Chêne saute dans la prairie, ses sabots s'enfonçant dans les fleurs, puis il tend les mains vers moi.

Ne succombe pas à son charme.

Je tâche de me rappeler que j'ai connu Chêne enfant, que nos ennemis sont les mêmes. Qu'il n'a aucune raison de me trahir. Malgré tout, en repensant aux propos du prisonnier, je refuse son aide d'un signe de tête et descends par mes propres moyens.

– C'est beau, non ? demande-t-il, un petit sourire aux lèvres, un éclat brillant dans ses yeux de renard.

Bien sûr que ça l'est. Tout Terrafæ est ainsi : magnifique. Mais il suffit de creuser juste un peu, et l'horreur n'est jamais loin.

– Je suis sûre que la reine des Papillons de nuit sera ravie que le prince héritier soit de cet avis, dis-je.

– Tu es d'une humeur piquante, me fait-il remarquer.

Comme si je n'avais pas passé tout mon temps au milieu des ronces.

Nous avançons dans un paysage où ni soleil ni lune ne brille au-dessus de nous, jusqu'à arriver à un lopin de terre bordé d'un profond fossé à moitié dissimulé par des volutes de brouillard. Là, découpé dans la terre, un escalier en colimaçon descend dans le noir.

– La cour des Papillons de nuit, déclare Jack des Lacs dans un souffle.

Je jette un dernier regard en arrière vers le champ. Les ossements, autant de signes de mort éparpillés sur un tapis de fleurs, me dérangent. Je regrette que nous soyons venus ici. J'éprouve une appréhension qui s'apparente à un mauvais pressentiment.

Je remarque que Chêne garde sa main sur son épée pour amorcer la descente.

Nous lui emboîtons le pas, Tiernan derrière lui, puis moi et Jack. Hyacinthe ferme la marche, la bride serrée sur ses joues. Tenant mon couteau contre mon ventre, respirant le riche parfum de l'humus, je me remémore toutes les fois où j'ai levé des malédictions ; tous les tours que j'ai joués au Peuple.

Nous pénétrons dans un long couloir de terre battue. Des racines claires forment une sorte de treillis au plafond. Des cristaux scintillants éclairent de temps à autre notre chemin. Plus nous nous enfonçons sous la colline, plus mon malaise s'accroît. Je sens le poids de la terre au-dessus de moi, comme si le tunnel pouvait s'effondrer à tout moment et nous ensevelir tous. Je me mords la lèvre et continue d'avancer.

Enfin, nous entrons dans une caverne haute de plafond, aux parois incrustées de micas chatoyants.

Une troll à la peau verte y monte la garde. Ses joues sont trouées de piercings et deux cornes noires jaillissent de sa tête. Des sabres pendent à chacune de ses hanches. Elle porte une armure de cuir finement ouvragée, et sa cuirasse est ornée d'une dizaine de bouches ouvertes sur un cri.

En nous voyant, elle prend un air renfrogné.

– Je protège l'entrée de la cour des Papillons de nuit, déclare-t-elle. Déclinez votre identité ainsi que le motif de votre visite. Après quoi, il y a de fortes chances que je vous tue.

Le visage de Tiernan se ferme.

– Ne reconnais-tu pas ton propre souverain ? Voici le prince Chêne, héritier de Domelfe.

La troll regarde Chêne comme si elle pensait pouvoir n'en faire qu'une bouchée, puis finit par s'incliner légèrement et à contrecœur.

– Tu nous fais honneur, le salue-t-elle.

En ce qui le concerne, le prince paraît sincèrement ravi de faire sa connaissance et ne semble nullement effrayé, ce qui témoigne d'une arrogance folle ou d'une bêtise crasse – voire les deux.

– L'honneur est pour nous, réplique-t-il.

On le croirait prêt à baiser la main de la troll si elle la lui tendait. Comment peut-il être aussi sûr d'être le bienvenu ici ?

Rien que d'y penser, j'en ai mal au ventre.

– Nous souhaitons voir la Sorcière-Chardon qui vit sur les terres de la reine Annet, l'informe Chêne. Il paraît que, sans autorisation préalable, les solliciteurs finissent par se perdre dans ses marécages pendant cent ans.

La troll incline la tête comme pour estimer le goût qu'il peut avoir.

– Certains n'en reviennent même jamais, précise-t-elle.

Chêne hoche la tête comme si elle confirmait ses soupçons.

– Hélas, déplore-t-il, nous n'avons pas le temps, ni pour l'un ni pour l'autre.

Malgré elle, la troll esquisse un sourire face à l'absurdité de cette réplique.

– Et tes compagnons, qui sont-ils ?

– Je suis le sire Tiernan, répond le chevalier en se désignant. Voici Jack des Lacs, dame Wren, et Hyacinthe, notre prisonnier.

Le regard de la troll glisse sur Hyacinthe et Jack avant de se poser sur moi, si longuement que j'en suis incommodée. Par réflexe, j'ourle mes lèvres, dévoilant mes dents pointues.

Loin de paraître gênée, la troll m'octroie un signe de tête, comme si elle appréciait le tranchant de mes dents autant que ma méfiance.

– La reine Annet souhaitera vous saluer en personne, dit-elle en donnant trois coups de pied dans le mur derrière elle. Elle honorera volontiers votre venue dans sa grande salle et tout le tintouin. J'ai appelé un domestique qui vous mènera à vos chambres. Vous pourrez vous y rafraîchir et vous changer pour la fête de ce soir. Nous garderons même ton prisonnier en cellule pour la nuit.

– C'est inutile, l'informe Chêne.

La troll sourit.

– Et pourtant, c'est ce que nous ferons.

Hyacinthe jette un coup d'œil à Tiernan, dans l'espoir peut-être que son ancien amant parle en son nom. Je sens un piège se refermer sur moi ; pourtant je ne pense pas être celle qui soit concernée.

– Nous serions enchantés de profiter de l'hospitalité de la cour des Papillons de nuit, déclare Chêne.

Pour obtenir ce qu'il est venu chercher, il n'y a pas d'autre réponse possible.

La troll lui adresse un immense sourire.

– Parfait. Dvort va vous accompagner.

Suivant son regard, je me retourne. J'ai la surprise de voir qu'un page fæ a surgi discrètement derrière nous. Sa peau et sa barbe ont la même couleur que les racines qui s'entortillent au plafond, et il a les yeux roses, comme injectés de sang. Ses longues oreilles sont semblables à celles d'un lapin. On dirait que ses vêtements sont recouverts d'une couche de mousse, plus épaisse au niveau des épaules. Il ne dit rien et s'incline seulement, avant de tourner les talons pour nous guider dans la galerie en traînant les pieds.

Hyacinthe me donne un petit coup d'épaule.

– Avant qu'on m'emmène, laisse-moi t'apporter la preuve de ce que je t'ai dit tout à l'heure avec cette information : la mère du prince était une gancanagh. Une enjôleuse. À la cour, on les surnommait les bouches-à-nectar.

Je secoue brièvement la tête, redoutant la suite.

– Tu n'as jamais entendu parler des enjôleurs ? Ils peuvent susciter un désir si violent chez les humains que ceux-ci en meurent. Et même si la passion n'est pas mortelle chez les gens du Peuple, ils la ressentent. La mère biologique de Chêne a charmé non seulement le Grand Roi Eldred, mais aussi son fils Dain, pour les attirer dans son lit. On raconte que le demi-frère de Chêne a eu pour amantes Jude *et* Taryn, sa jumelle, en plus d'avoir ravi à Cardan son ancienne fiancée. À ton avis, que pourrait faire le prince…

Il n'achève pas sa phrase, car nous voilà arrivés devant quatre portes en pierre, ornementées de ferronneries en spirales.

Je ne peux m'empêcher de la compléter moi-même : *À ton avis, que pourrait faire le prince… à quelqu'un comme toi ?* Un frisson me parcourt. Je prends conscience de l'existence d'un désir que j'aurais préféré ne pas éprouver.

Est-ce l'effet que Chêne produit sur tout le monde ? Pas étonnant qu'il y ait toujours eu une fille qui gravite autour de lui. Pas étonnant que Hyacinthe croie que Chêne mène Tiernan par le bout du nez.

Dvort s'incline de nouveau, désigne les chambres d'un geste puis pousse Hyacinthe pour l'inciter à se diriger vers l'une des trois autres galeries.

– Il reste avec nous, déclare le prince.

– Vous avez entendu *Son Altesse*.

Il y a du mépris dans la voix de Hyacinthe lorsqu'il dit cela, mais il est évident qu'il n'a pas envie qu'on l'emmène. Il tente de contourner le page pour se rapprocher du prince. Toutefois, le domestique silencieux lui barre le passage.

Chêne porte une main à la poignée de son épée.

– Ça suffit, intervient Tiernan en retenant son bras. Ils veulent que tu rompes leur hospitalité. Arrête. Hyacinthe ne verra sans doute pas d'inconvénient à rester une nuit dans les prisons de la reine. Je l'accompagne pour m'assurer qu'il soit suffisamment bien installé.

– Il faut juger un Unseelie à ses actes plutôt qu'à son apparence, commente Jack non sans délectation.

Je les regarde s'éloigner, sentant la panique monter maintenant que notre groupe est scindé en deux. Lorsqu'on me fait entrer seule dans ma chambre, mon malaise s'accroît.

C'est une pièce austère dont les murs ont été taillés dans la pierre et la terre. Elle est meublée dans un coin d'un lit rustique sur lequel sont entassés des couvertures et des coussins richement décorés. Chacune des tapisseries suspendues montre des créatures abattues qui se vident de leur sang dans des forêts au feuillage coloré, leur corps hérissé de flèches.

Un broc et sa bassine sont posés sur un meuble de toilette. Des crochets sont fixés au mur. Je fais le tour de la pièce, à la recherche de passages secrets, de dangers cachés et d'orifices par lesquels on pourrait m'espionner.

Cet endroit me donne des démangeaisons. Même si la température y est douce et que rien n'est taillé dans la glace, ça me rappelle trop la cour des Crocs. Je voudrais m'en aller.

Je m'assois sur le lit et compte jusqu'à cent, espérant que la sensation de panique s'estompe.

Alors que j'arrive à quatre-vingt-huit, Chêne ouvre la porte.

– Je t'ai arrangé un rendez-vous avec la couturière royale.

Mon regard descend sur le creux de sa gorge, juste au-dessus de son col. J'essaie d'éviter ses yeux.

Enjôleur.

– Je ne veux pas y aller.

Tout ce que je veux, c'est me rouler en boule dans un coin jusqu'à ce qu'on s'en aille.

Le prince affiche un air incrédule.

– Tu peux difficilement te rendre à la fête vêtue ainsi…

La honte me brûle les joues quand je le vois dans ses beaux habits.

Ce n'est pas juste. C'est la première fois depuis des semaines que je suis aussi propre. D'accord, ma robe est trouée, l'ourlet est en lambeaux, et le tissu est si élimé par endroits qu'il est près de la déchirure. Malgré tout, c'est *ma* robe.

Je me mets à gronder, espérant que Chêne cédera.

– Si tu crains d'être embarrassé par ma compagnie, tu n'as qu'à me laisser ici, dis-je.

– Si tu y vas telle que tu es, cela donnera l'impression que tu n'as aucune valeur pour Domelfe – ce qui est risqué à la cour des Papillons de nuit.

Peu disposée à me montrer raisonnable, je lui jette un regard noir.

Il soupire avant de repousser en arrière les cheveux qui tombent devant ses yeux de renard.

– Si tu restes dans cette chambre, poursuit-il, Tiernan devra y rester aussi pour te surveiller alors qu'il rêve de se délecter des vins sucrés de cette cour et d'entendre ses ballades. Maintenant, debout. Tu pourras remettre tes guenilles demain.

Humiliée, je me lève et le suis.

De l'autre côté de la porte de la couturière résonne une étrange petite chanson. Je sens la force de la magie émaner par vagues. Quelle que soit la créature qui se trouve derrière, elle a du pouvoir.

Je jette un regard à Chêne pour l'alerter, ce qui ne l'empêche pas de frapper.

La chanson s'arrête.

– Qui vient rendre visite à Habetrot ? chuinte une voix.

Chêne m'observe en haussant les sourcils, comme s'il s'attendait à ce que ce soit moi qui réponde.

Très bien, si c'est ce qu'il veut.

– Suren, dont la tenue a été jugée inadéquate par un prince exécrable, en dépit du fait que j'ai vu des gens se rendre à des fêtes complètement nus.

Au lieu de se sentir insulté, Chêne rit, l'air ravi.

La porte s'ouvre sur une femme à la peau verte comme une grenouille, affublée d'une épaisse lèvre inférieure et de sourcils broussailleux. Vêtue d'un habit noir suffisamment grand pour couvrir tout son corps, elle est tellement voûtée que ses doigts touchent presque le sol. Elle me regarde puis cligne de ses yeux noirs et brillants.

– Entre, entre, dit-elle.

– Je vous laisse.

Sur ces mots, Chêne nous salue en s'inclinant.

Je me mords la lèvre pour me retenir de gronder et suis la Fæ dans une galerie si basse de plafond que je dois baisser la tête.

Nous émergeons dans une pièce remplie de rouleaux de tissu posés sur des étagères dont les plus hautes se perdent dans le noir. Le peu de lumière qui éclaire les lieux provient de bougies fixées sur des appliques, protégées de globes en verre dépoli.

– Sais-tu ce qu'on dit de moi ? chuchote Habetrot. Qu'au lieu de coudre des vêtements, je les cueille dans les rêves. Jamais on n'avait vu avant, ni depuis, d'habits comme ceux que je crée. Alors, de quoi rêves-tu ?

Perplexe, je baisse les yeux sur ma robe en lambeaux.

– Fille de la forêt, voilà ce que tu étais ? s'enquiert-elle. Une Fæ solitaire amenée à la cour ?

J'acquiesce, car c'est proche de la vérité, en un sens.

– Peut-être aimerais-tu quelque chose fait d'écorce et de fourrures ? me propose-t-elle en marchant autour de moi, les yeux légèrement plissés comme si elle visualisait la tenue dont elle allait me vêtir.

Hésitante, je réponds :

– Si c'est approprié.

Elle m'attrape le bras, qu'elle mesure en l'entourant de ses doigts.

– Allons, un tel manque d'extravagance serait une insulte…

Je suis perdue. Même si elle était capable de voir dans mes rêves, elle ne trouverait aucune toilette comme celle qu'elle pense que j'imagine.

– Je ne sais pas ce que je veux, dis-je.

Cette confession, bien que prononcée du bout des lèvres, n'est que trop vraie.

– La destruction et la ruine, déclare-t-elle en faisant claquer sa langue. Je peux presque les sentir sur toi.

Je nie de la tête, mais je ne peux m'empêcher de penser à la satisfaction que j'ai éprouvée en gâchant les malédictions de la glaistig. J'ai parfois l'impression qu'il y a un nœud en moi et que, s'il se défaisait, ce qui en émergerait ne serait que crocs.

Habetrot m'observe de ses yeux en boutons de bottine. Elle ne sourit pas. Puis elle se met à fouiller dans ses rouleaux de tissu.

Naguère, mes haillons étaient une robe d'été fluide aux manches souples, d'un blanc diaphane, que je faisais tourner en pivotant sur moi-même. Je l'avais trouvée dans un magasin, un soir tard. Je m'étais débarrassée des vêtements qu'on m'avait donnés à la cour des Crocs, les abandonnant derrière moi, pour enfiler cette robe.

Je l'aimais tant que je m'étais tressé une couronne d'hellébores et que j'avais dansé dans la rue toute la nuit. J'avais contemplé mon reflet dans les flaques, convaincue que, tant que j'évitais de sourire, je pouvais même être jolie. Je sais que cette robe a beaucoup changé depuis, mais je ne m'imagine pas porter autre chose.

Dommage que Chêne ne l'ait pas vue à l'époque où elle était neuve… Cela étant dit, ça fait bien longtemps qu'elle ne ressemble plus à rien.

Quelques minutes plus tard, Habetrot revient avec un tissu en velours d'un gris profond et velouté qui, lorsqu'elle le tourne dans la lumière, semble passer du pourpre au bleu. Je tends les doigts vers l'étoffe pour la caresser. Elle est aussi douce que la cape que le prince a drapée sur mes épaules.

– Oui, oui, acquiesce la couturière. Ça fera l'affaire. Déploie tes bras, comme un oiseau. Là.

Tandis que je la laisse m'envelopper de tissu, mon regard dérive vers sa collection de boutons, de galons et d'étoffes. Vers le fuseau qui repose dans un coin et le fil qui brille dessus, aussi étincelant que les étoiles.

– Hé, m'interpelle Habetrot en m'enfonçant un doigt dans les côtes. Redresse les épaules. N'arrondis pas le dos comme un animal.

Je lui obéis tout en montrant les dents. Elle me montre les siennes en retour, émoussées et noires le long de ses gencives.

– J'ai vêtu des reines et des chevaliers, des géants et des sorcières, poursuit-elle. Je te vêtirai, toi, et te donnerai ce que tu as trop peur de demander.

Je ne vois pas comment c'est possible. Toutefois, je ne réponds rien et repense plutôt à notre arrivée ici. J'ai compté les tunnels. Je suis presque sûre que je saurais retrouver mon chemin jusqu'au trou dans le sol, caché par le brouillard. Je refais le trajet en pensée, plusieurs fois, pour l'imprimer dans ma mémoire au cas où je devrais m'enfuir. Au cas où nous devrions tous nous enfuir.

Une fois qu'elle a pris mes mesures, et peut-être la mesure de ma personne, Habetrot se dirige vers la table et commence à découper et coudre, me laissant me promener dans la pièce, admirer les rubans. Certains semblent faits de cheveux tissés, d'autres de peau de crapaud. J'empoche une paire de ciseaux affûtés dont la poignée est en forme de cygne. Ils sont plus légers que mes couteaux, et bien plus faciles à cacher.

Je ne peux pas nier que, même si j'évite de les côtoyer, les gens du Peuple me fascinent. Malgré leur fourberie et leur dangerosité.

Je remarque un bouton bronze, doré et brillant comme les cheveux de Chêne. Puis un autre du même violet que les yeux de Hyacinthe.

Je pense à lui, dans les cachots. Hyacinthe, affligé d'une demi-malédiction, affublé de cette horrible bride, si désespéré qu'il est prêt à demander de l'aide à n'importe qui, moi y compris

– Approche et essaie ça, m'ordonne Habetrot en m'arrachant à mes pensées.

– Mais il s'est écoulé à peine quelques minutes, dis-je, perplexe.

– La magie, me rappelle-t-elle avec un moulinet de la main avant de m'entraîner derrière un paravent. Donne-moi la robe que tu as sur le dos. Je veux la brûler.

J'ôte mes loques, que je laisse tomber à terre entre la couturière et moi, la regardant fixement comme pour la mettre au défi de m'en priver. Je me sens aussi vulnérable qu'une selkie qui aurait retiré sa peau.

Habetrot remet entre mes mains l'habit de velours d'un gris-bleu-violet. Je l'enfile avec précaution, sentant la doublure lisse glisser contre ma peau, le poids réconfortant du tissu.

C'est une robe comme je n'en ai jamais vu auparavant. Elle est faite principalement de l'étoffe qu'elle m'a montrée, mais elle est aussi striée de bandes d'autres matières, vaporeuses, satinées, certaines décorées de motifs d'ailes de papillons, d'autres en laine feutrée. Des fils pendent des bords déchiquetés et quelques coupons de tissu fin ont été rembourrés pour leur donner une nouvelle texture. Le patchwork tourbillonnant qu'Habetrot a créé est à la fois loqueteux et magnifique.

Face à cette toilette, je ne sais que penser. Se moque-t-elle de moi en choisissant de m'habiller de guenilles, même savamment assemblées ?

Peut-être a-t-elle estimé que c'est ce qui m'irait le mieux. Peut-être que l'idiot est Chêne, qui a attrapé une louve et qui croyait qu'en lui passant une robe, en lui parlant comme si c'était une jeune femme, elle en deviendrait une.

Au moins, la robe ne traîne pas au sol, c'est pratique. Je pourrai quand même courir avec, tout en hurlant à la lune.

– Allez, sors de là, m'enjoint Habetrot.

Je quitte le paravent en inspirant profondément. J'appréhende de me voir dans le miroir et de sentir la brûlure d'une humiliation supplémentaire.

La petite couturière me pousse vers un objet en bronze poli qui ressemble à un bouclier. Mon reflet m'observe.

Je suis plus grande que dans mon souvenir. Mes cheveux sont indisciplinés même après que je les ai lavés au motel, et malgré mes tentatives pour les démêler. Je ne suis pas arrivée à bout de tous les nœuds. Le col de la robe laisse voir mes clavicules. J'ai conscience que je suis trop maigre. Cela dit, la robe épouse ma poitrine et ma taille tandis qu'elle bouffe sur mes hanches. Ses ourlets déchirés lui confèrent une élégance troublante, comme si j'étais enveloppée dans les ombres du crépuscule. Je suis l'archétype de la courtisane mystérieuse, et non plus un être qui dort à même le sol.

Habetrot lâche une paire de bottes à côté de moi. Je me rends compte que ça fait un moment que je suis là, à me regarder. Une honte d'un autre genre me chauffe les joues.

J'entortille mes mains dans la jupe. Elle est même pourvue de poches.

– Je savais que je les avais gardées, dit Habetrot en indiquant les bottes. S'il s'éprend de toi ne serait-ce que moitié moins que tu l'es de toi-même, je suppose qu'il sera satisfait.

Je demande brusquement :

– Qui donc ?

Elle se contente de hausser les épaules avant de fourrer un peigne en os dans ma main.

– Arrange-moi ces cheveux, m'ordonne-t-elle avant de hausser les épaules une fois de plus. Ou rends-les encore plus fous. L'un ou l'autre, tu seras charmante.

– Que voudras-tu en échange de tout ça ?

Je songe à tous les marchés fæs dont j'ai été témoin ; à quel point j'aime ma nouvelle robe et combien les bottes me seraient utiles. Je comprends la tentation à laquelle sont soumis tous les imbéciles qui se retrouvent dans la forêt.

Elle m'étudie de ses yeux en boutons avant de secouer la tête.

– Je suis au service de la reine Annet. Elle m'a demandé d'accéder à toutes les requêtes du prince de Domelfe – tant qu'elles étaient de mon ressort.

Évidemment, quelqu'un a dû dire à Chêne où trouver Habetrot et lui a garanti que celle-ci accéderait à sa demande. Ce n'est donc pas à la couturière que je dois une faveur, mais à Chêne, lui-même redevable envers la reine Annet. J'ai le cœur en berne. À Terrafæ, il n'est pas facile de s'acquitter de ses dettes.

Dans ce cas précis, c'est aussi l'occasion pour la cour des Papillons de nuit de mettre en avant son sens de l'hospitalité.

– Cette robe est la plus belle chose que j'ai jamais vue, dis-je, étant dans l'incapacité d'exprimer autrement ma reconnaissance à Habetrot sans l'insulter.

Ce cadeau pourrait être empoisonné… mais cela fait si longtemps qu'on ne m'en avait pas offert. J'ajoute :

– On la croirait vraiment sortie tout droit d'un rêve.

Ce compliment fait rosir les joues de la Fæ.

– Tant mieux. Peut-être que tu reviendras me raconter si la Reine de la Nuit a plu au Prince du Soleil.

Gênée, je regagne le couloir. Comment peut-elle s'imaginer qu'une robe, même somptueuse, puisse me transformer en objet de désir ? Est-ce que tout le monde à la fête rira sous cape en pensant que je cherche à séduire le prince ?

Je remonte le couloir jusqu'à ma chambre. En poussant la porte, je tombe sur Chêne. Il se prélasse dans un fauteuil, tout à son aise, ses longues jambes écartées sans la moindre gêne. Une couronne de myrte repose juste au-dessus de ses cornes. Il porte une nouvelle chemise de lin blanc et un pantalon écarlate brodé de plantes grimpantes. Même ses sabots paraissent lustrés.

Il est l'incarnation parfaite du beau prince fæ aimé de tous. Sans doute que les lapins viennent lui manger dans la main et que les geais bleus lui offrent des vers destinés à leurs oisillons.

Il sourit, comme s'il n'était pas surpris de me voir dans cette jolie toilette. En fait, son regard glisse rapidement sur moi pour s'arrêter avec une étrange intensité sur mon visage.

– Saisissant, commente-t-il.

Pourtant, je ne vois pas comment il peut juger ma tenue étant donné le peu d'attention qu'il lui a accordée.

Je me sens à la fois timide et amère.

Le Prince du Soleil.

Je ne prends pas la peine de lui dire de quoi il a l'air. Je suis certaine qu'il le sait déjà.

Il passe une main dans ses boucles dorées.

– Annet nous a accordé une audience. Espérons que nous la convaincrons de nous envoyer sans délai auprès de la Sorcière-Chardon. En attendant, nous sommes invités à arpenter ses salles de bal et à festoyer à ses tables de banquet.

Je m'assois sur un tabouret, enfile mes nouvelles bottes et en noue les lacets.

J'interroge Chêne :

– Pourquoi a-t-elle fait emmener Hyacinthe, à ton avis ?

Il se frotte le visage d'une main.

– Pour nous montrer qu'elle en a le pouvoir, je suppose. Espérons que ça n'ira pas plus loin.

Je prends le peigne dans la poche de ma nouvelle robe, puis j'hésite. Si je commence à m'attaquer à mon auréole de nœuds, Chêne verra à quel point ma chevelure est emmêlée, et ça lui rappellera l'endroit où il m'a trouvée.

Il se lève.

Tant mieux. Il va s'en aller, ainsi je pourrais essayer de me coiffer en toute tranquillité.

Mais, au lieu de partir, il se poste derrière moi et me prend le peigne des mains.

– Laisse-moi faire, propose-t-il en attrapant une mèche entre ses doigts. Ils ont la couleur des primevères.

Mes épaules se raidissent. Je n'ai pas l'habitude qu'on me touche.

Je commence :

– Pas la peine de…

– Ça ne m'ennuie pas, m'interrompt-il. J'ai eu trois grandes sœurs qui brossaient et nattaient mes cheveux sans se soucier de l'intensité de mes cris. Pour me défendre, j'ai dû apprendre à coiffer les leurs. Et ma mère…

Il connaît son affaire : il retient chaque mèche à la base et en démêle lentement l'extrémité avant de remonter vers le cuir chevelu. Entre ses mains expertes, mes cheveux deviennent aussi soyeux que des rubans. Si je m'en étais occupée moi-même, j'en aurais arraché la moitié de frustration.

Pour l'inciter à poursuivre, je répète d'une voix à peine tremblante :

– Ta mère…

Il commence à me tresser des nattes épaisses qu'il relève de sorte qu'elles forment une sorte de diadème.

– Quand nous vivions dans le monde des mortels, loin de ses servantes, elle avait besoin d'aide pour se coiffer, raconte-t-il d'une voix douce.

Cette confession, les tiraillements inconfortables de mon cuir chevelu, ses doigts qui effleurent ma nuque lorsqu'il sépare des mèches, son air légèrement concentré… C'est trop. Je n'ai pas l'habitude d'une telle proximité.

Lorsque je lève les yeux vers lui, son sourire n'est qu'invitation.

Nous ne sommes plus des enfants qui jouent ou s'amusent à se cacher sous son lit. Pourtant, j'ai l'impression que nous avons commencé un nouveau jeu, un jeu dont les règles m'échappent.

Avec un frisson, je prends le miroir à main posé sur la commode. Ainsi apprêtée, je suis jolie. Comme les monstres dans les forêts, dont l'apparence trompeuse incite les mortels à danser jusqu'à ce qu'ils en meurent.

Chapitre 6

Des coups frappés à la porte annoncent une chevaleresse dont les cheveux ont la couleur de la végétation pourrissante et les yeux celle de l'onyx. Elle a pour nom Lupine et c'est elle qui nous emmènera à la fête prévue dans la grande salle du palais. Lorsqu'elle parle, je remarque que l'intérieur de sa bouche est aussi noir que ses yeux.

– La reine des Papillons de nuit vous attend, déclare-t-elle.

Apparemment, c'est une sluagh, ces gens du Peuple à demi morts. Les banshees, dont on dit qu'elles sont les âmes de ceux qui sont morts de chagrin, en font partie, de même que les fetches qui prennent le visage des mourants et annoncent leur fin prochaine. Si les nobles sont la preuve que les Fæs sont immortels et restent éternellement jeunes, les sluagh sont la preuve qu'ils pourraient continuer à vivre même au-delà. Je les trouve à la fois déconcertants et fascinants.

Tiernan et Jack se sont rendus présentables. Le kelpie a coiffé ses cheveux bruns en arrière et fixé une fleur juste sous le col de sa chemise. Tiernan porte un pourpoint de velours marron un peu froissé, qu'il a dû piocher dans l'un de ses sacs et qui est davantage celui d'un soldat que d'un courtisan. Il fronce les sourcils en nous voyant, Chêne et moi, sortir ensemble de ma chambre.

– On vous suit, dit Chêne à Lupine.

Après s'être légèrement inclinée, elle se met en marche, nous laissant lui emboîter le pas.

Les galeries de la cour des Papillons de nuit sentent la terre fraîchement remuée et l'eau de mer. C'est la cour la plus au sud sur le littoral. Il n'est donc peut-être pas étonnant que nous traversions des grottes marines aux parois incrustées de vieilles bernacles coupantes. On entend le fracas de l'eau. Un instant, j'imagine l'océan pénétrer dans cette grotte et nous noyer. Mais le bruit diminue, et je réalise que les flots doivent être suffisamment éloignés pour ne pas être une menace.

Un peu plus loin, nous arrivons dans un bosquet souterrain. Le taux d'humidité est tel que l'air en devient suffocant. Nous passons devant des kapokiers dont les troncs gris sont couverts d'épines plus épaisses que mes deux doigts. Des gousses blanches y sont suspendues, formant des nids laineux. Tandis que je les observe, quelques-unes d'entre elles s'agitent, comme si autre chose qu'une graine était piégé à l'intérieur et essayait d'éclore.

Dans la salle suivante se trouve un étang noir comme la nuit, immobile, dont la profondeur est impossible à deviner. Jack des Lacs s'en approche pour y tremper sa main. Tiernan le tire en arrière d'un geste brusque.

– Je te déconseille d'aller barboter là-dedans, kelpie.

– Crois-tu que cet étang est enchanté ? s'enquiert Jack, fasciné.

Accroupi, il observe son reflet.

– Je pense que c'est par là qu'entre le peuple de la mer, répond le chevalier d'un air sombre. Si tu nages trop loin, tu te retrouveras dans les Fonds marins, où l'on n'apprécie guère les habitants des lacs.

Je ramène mes jupes devant moi et enfonce mes mains dans mes poches pour tâter ce que j'y ai glissé : les ciseaux affûtés volés à Habetrot, la pochette d'allumettes, la figurine du renard et mon dernier bonbon à la gelée goût réglisse. Je n'aimais pas l'idée de laisser mes affaires dans la chambre pour que des servantes curieuses y mettent leur nez et en fassent l'inventaire pour la reine.

Trois virages plus loin, j'entends vaguement de la musique. Nous passons devant une poignée de gardes dont l'un m'observe en claquant ses lèvres.

Calant mon pas sur celui de Tiernan, je lui demande :

– As-tu eu l'autorisation de voir Hyacinthe ?

Je n'aime pas le fait que l'ancien faucon soit enfermé alors qu'il avait déjà si soif de liberté. Et les projets de la reine Annet m'inquiètent, tout comme ses caprices.

Tiernan semble surpris que je m'adresse à lui aussi directement.

– Il va assez bien, m'informe-t-il.

J'étudie ses traits tendus, ses épaules larges. Quelques poils naissants commencent à noircir sa mâchoire. Il ne s'est pas coiffé. Je me demande combien de temps il est resté dans les geôles, et si c'est parce qu'il s'y est attardé qu'il a dû s'habiller à la hâte.

– Que va-t-elle faire de lui, d'après toi ?

Il fronce les sourcils.

– Pas grand-chose. Le prince a promis…

Il n'achève pas sa phrase.

Je lui coule un regard en biais.

– Est-ce vrai que tu as tendu un piège à Hyacinthe pour le capturer ?

Il se tourne brusquement vers moi.

– C'est ce qu'il t'a dit ?

– Pourquoi, il n'aurait pas dû ? Te serais-tu servi de la bride pour l'empêcher de parler, si tu avais su ce qu'il allait me révéler ?

Je parle à voix basse, mais quelque chose dans mon ton incite Jack à me jeter un coup d'œil, un petit sourire sur les lèvres.

– Bien sûr que non ! s'insurge Tiernan. De toute façon, ce n'est pas à moi qu'il obéit.

C'est couper les cheveux en quatre, puisque Chêne a dû dire à Hyacinthe qu'il devait se soumettre au chevalier. Je l'ai entendu lui donner quantité d'ordres. Malgré tout, je déteste me rappeler que la bride est la propriété du prince. J'aimerais pouvoir l'apprécier. J'ai envie de croire qu'il ne ressemble en rien à Madoc.

Devant nous, Lupine s'entretient avec Chêne des structures cristallines et des salles incrustées de saphirs et de rubis adjacentes aux prisons. Elle désigne une porte voûtée au-delà de laquelle j'aperçois des marches qui descendent. Le prince se penche pour répondre, et le visage de la chevaleresse change : ses yeux prennent un aspect un peu vitreux.

Enjôleur.

La tête inclinée dans la direction montrée par Lupine, je demande :

– C'est là qu'il est emprisonné ?

Tiernan acquiesce.

– Tu me trouves horrible, n'est-ce pas ? Le père de Hyacinthe était un chevalier au service de dame Liriope, la mère biologique de Chêne. Lorsqu'elle a été empoisonnée, il s'est suicidé tant il avait honte de n'avoir pu lui éviter ça. Hyacinthe a juré de venger son père. Quand Madoc lui a prouvé que le prince Dain était le commanditaire de cet assassinat, il a déclaré qu'il serait fidèle au général qui provoquerait sa mort. Et il s'est montré d'une loyauté infaillible.

– C'est pour ça qu'il a préféré être puni plutôt que de se repentir ?

Tiernan exprime ses doutes par un geste.

– Hyacinthe avait entendu des choses affreuses sur le nouveau Grand Roi : on racontait par exemple qu'il arrachait les ailes de ceux qui refusaient de le saluer. De plus, le prince Dain était le frère de Cardan. Donc oui, c'est par loyauté envers Madoc que Hyacinthe a choisi de ne pas se repentir, mais pas seulement. Il ne peut renoncer à son désir de vengeance – même s'il ne sait plus exactement qui accuser.

– Est-ce pour cette raison qu'il porte la bride ?

Le chevalier fronce les sourcils.

– Il y a eu un incident. Ce châtiment était préférable aux autres.

C'est la première fois que Tiernan me parle autant, même si je le soupçonne de parler surtout pour lui-même.

Cela dit, s'il pense pouvoir me convaincre qu'il a entravé Hyacinthe pour son bien, ça va être difficile. À la cour des Crocs, tous les sévices que je subissais étaient censés être « pour mon bien ». Ils auraient sans doute été capables de me trancher la gorge et d'appeler ça une faveur.

Nous nous arrêtons juste avant de pénétrer dans la salle du trône.

– Acceptes-tu que je t'accompagne ? me demande Chêne en me tendant son bras.

Lupine soupire.

Hésitante, je place ma main sur celle du prince, comme cela se fait. Le contact de sa peau contre ma paume me paraît incroyablement intime. Je remarque les trois bagues en or qui ornent ses doigts, ainsi que la propreté de ses ongles. Les miens sont abîmés ou rongés.

J'ai peu fréquenté les cours fæs en temps de paix, pourtant je ne crois pas que ce soit seulement pour cette raison que je sens dans l'atmosphère des ondes de violence. Des Fæs tourbillonnent dans des rondes qui s'entremêlent. Certains vêtus de soie et de velours bondissent avec d'autres qui sont en robes d'écorce ou de feuilles cousues. Certains sont nus. Parmi les pétales, les herbes, les soies et les tissus brodés, il y a des vêtements humains : tee-shirts, blousons de cuir, jupes en tulle. Une ogresse porte une robe couverte de sequins argentés par-dessus un pantalon de cuir.

Des géants se déplacent avec assez de lenteur pour que la foule s'écarte sur leur passage. Quelques gobelins dansent. Une troll plante ses crocs dans ce qui ressemble à un foie de cerf. Un bonnet-rouge ajuste sa capuche imprégnée de sang. Des pixies volettent dans l'enchevêtrement de racines qui tapissent le plafond, et des nixes s'ébattent en rejetant en arrière leur chevelure encore trempée. Je remarque dans un coin trois lutins qui jouent avec des châtaignes, peut-être pour décider du sort d'une sprite que l'un d'eux garde dans une cage à oiseaux, ses pieds englués dans du miel.

À notre entrée, des gens du Peuple se tournent vers nous. Ils ne me regardent pas d'un air horrifié comme ils le faisaient à la cour des Crocs, où l'on m'exhibait souvent tandis que je tentais de mordre mes geôliers, tirant sur mes chaînes. Je vois dans les regards qui me suivent de la curiosité et même une pointe d'admiration – suscitée, je n'en doute pas, soit par ma robe, soit par le prince à mon bras.

L'air saturé du parfum sucré des fleurs et des fruits trop mûrs me donne le tournis quand j'en emplis mes poumons. De minuscules Fæs le traversent en vrombissant, semblables à des grains de poussière vivants.

De longues tables basses croulent sous les mets : du raisin aussi noir que de l'encre repose à côté de pommes dorées, de gâteaux saupoudrés de sucre et de pétales de roses érigés en pyramides. Des grenades déversent leurs graines rouges sur la nappe en soie claire dont les franges traînent sur le sol de terre battue. Des coupes d'argent sont posées à côté de trois carafes à vin : l'une verte comme l'herbe, la deuxième de la teinte des violettes et la dernière du même jaune que les boutons d'or.

Un peu partout dans le tertre, des violonistes et des flûtistes jouent des mélodies qui devraient être discordantes. Curieusement, les notes s'assemblent pour former un air entraînant et délirant qui fait chanter mon sang.

Non loin de là, des saltimbanques font leur numéro. Des jongleurs lancent des balles dorées qui se colorent d'argent avant qu'ils les rattrapent. Une acrobate cornue entre dans un cerceau recouvert de fleurs et cambre le dos tout en se contorsionnant, faisant tourbillonner le cerceau et arrachant au public des exclamations de ravissement. Les nobles sourient d'un air hautain.

Le spectacle, le bruit, les senteurs… Pour moi qui ai si souvent vécu seule, c'est comme si je me noyais dans un déluge de sensations.

Je replie les doigts de ma main libre, enfonçant mes ongles irréguliers dans le gras de mon pouce pour conserver un visage neutre. Ça fonctionne : la douleur m'éclaircit les idées.

Retiens-toi de crier, me dis-je. *Ne mords personne. Ne pleure pas.*

Notre guide nous indique une estrade sous le dais où la reine unseelie siège sur un trône de palétuvier. Les racines qui en sortent ressemblent aux tentacules d'une pieuvre géante. La souveraine porte une robe extravagante constituée pour moitié d'une armure de cuir, ce qui lui donne l'air d'être prête à aller se battre sur une scène de théâtre. Ses cheveux noirs et bouclés, pris dans une couronne de bougainvilliers magenta, tombent librement sur ses épaules. Elle attend un enfant : dans un geste protecteur, une de ses mains griffues repose sur son ventre arrondi.

J'ai tiré bien des enseignements de la vie dans les bois. Je pourrais vous parler du vol des corbeaux ou vous expliquer comment recueillir les gouttes d'eau sur les feuilles après un orage. Je pourrais vous dire comment lever les sortilèges de la demi-douzaine de gens du Peuple qui cherchent à piéger les mortels dans des marchés truqués. En revanche, je n'ai rien appris de la politique. J'ai pourtant la terrible impression que tout ce qu'Annet a entrepris depuis notre arrivée n'est que pur calcul.

Lorsque Chêne s'approche, elle se lève et le salue d'une révérence.

– Je t'en prie, ne te donne pas cette peine, dit le prince trop tardivement.

Lui-même s'incline, manifestement très surpris par son état. Les Fæs se reproduisent peu et difficilement. D'après les rumeurs, cela faisait des décennies que la reine Annet attendait une grossesse, en vain.

À mon tour, j'exécute une révérence, la tête basse. J'ignore quelles sont les règles de politesse en vigueur dans cette cour, mais j'ose espérer que, si je descends assez bas et que j'y reste assez longtemps, cela devrait suffire.

– En nous offrant le gîte et le couvert, ta bonté va au-delà de ce que nous aurions pu te demander, déclare Chêne.

Seul quelqu'un ayant appris les règles de la bienséance pourrait prononcer une phrase pareille, mais cette politesse apparente cache de nombreux sous-entendus.

– Et comment pourrions-nous te satisfaire davantage ? demande la reine Annet en reprenant sa place sur le trône avec l'aide d'un gobelin.

– J'ai entendu dire que la Sorcière-Chardon vivait sur tes terres, dans un marécage entouré de cyprès, répond Chêne. Nous savons que ceux qui désirent la voir le font à leurs risques et périls. Nous demandons un chemin dégagé jusqu'à elle, si tu veux bien nous l'accorder.

– Et pour quelle raison souhaites-tu lui rendre visite ?

À son regard, je comprends qu'une réponse évasive ne sera pas tolérée.

– On dit qu'elle a le pouvoir de retrouver les choses perdues, indique le prince. Voire de connaître l'avenir.

Mais ce que nous voulons, c'est en savoir plus sur le passé.

Le sourire de la reine m'inquiète.

– Je ne voudrais pas m'attirer les foudres de la Haute Cour en égarant son prince... Je pourrais te marquer les sabots et ils te mèneraient droit à travers le marécage.

Chêne ouvre la bouche, prêt à la remercier et à prendre congé.

– Cela dit, poursuit Annet, parlons un peu de tes compagnons de voyage. Un kelpie, un garde du corps et une reine déchue...

Ses yeux se posent sur moi.

– ... Ne crois pas que je ne t'ai pas reconnue, Suren, fille de la glace.

Nos regards se croisent. Le mien est hostile malgré moi.

– Il y a aussi Hyacinthe, précise Chêne, dont j'apprécierais qu'il nous soit rendu.

– Ton prisonnier ? demande la reine en haussant les sourcils. Nous veillerons à ce qu'il reste enfermé pour le moment, afin que tu n'aies pas à jouer les geôliers tant que tu es chez moi.

– Ce n'est pas une corvée, tempère Chêne. Quelle que soit l'idée que tu aies de moi, je connais mes devoirs envers l'ennemi capturé – d'autant plus que mon père a joué un rôle majeur dans la malédiction qui l'accable. C'est à moi de le surveiller.

Annet sourit.

– Parfois, les devoirs peuvent être une épreuve, réplique-t-elle. Tant que tout le monde se comporte correctement, il te reviendra sous peu. Ainsi, tu te diriges vers le nord ?

– Tout à fait, répond le prince d'un air méfiant.

– Et la Haute Cour refuse d'aller secourir ton père, n'est-ce pas ? s'enquiert Annet en regardant Chêne avec attention.

Il ne répond pas. Elle hoche la tête, jugeant son silence éloquent.

– C'est donc à toi qu'incombe la mission de sauver Madoc, conclut-elle en se penchant en avant. Ta sœur sait-elle seulement que tu t'es embarqué dans cette quête ?

Jude, on ne peut pas le laisser mourir. C'est ce que Chêne a dit quand il délirait, à demi inconscient.

Voilà pourquoi il a l'air fatigué et nerveux ; voilà pourquoi il se met en danger en n'ayant pour escorte qu'un seul chevalier. Voilà pourquoi Tiernan et lui restaient évasifs face à mes nombreuses questions. Parce que dame Nore a emprisonné Madoc. Et, puisque c'est un traître banni de Domelfe, personne ne lèvera le petit doigt pour aller le chercher.

– Quel garçon chevaleresque tu fais, commente la reine devant le mutisme du prince, dont la bouche forme une ligne dure.

Mon cœur se met à battre deux fois plus vite. Si Chêne m'a caché cette information, ce n'est sans doute pas pour rien. Peut-être pensait-il que j'avais une dent contre Madoc, à juste titre puisque celui-ci était l'allié de la cour des Crocs. Ou peut-être savait-il que nous serions en désaccord une fois à la Citadelle, moi souhaitant renverser dame Nore, lui cherchant à négocier avec elle.

– Il se peut que la Haute Cour m'en veuille de t'avoir prêté main-forte, déclare la reine Annet. Elle pourrait même me punir pour avoir participé à ton projet. Il semblerait que tu aies apporté les ennuis dans ma maisonnée, Chêne de Domelfe. Voilà une piètre façon de me remercier de ma générosité.

Ayant à présent compris le jeu auquel le prince joue avec moi, je comprends celui auquel Annet joue avec lui.

Chez les Fæs, les règles de l'hospitalité sont tout à fait particulières. Par exemple, c'est en invoquant les pourparlers que Madoc, accompagné du seigneur Jarel et de dame Nore, a réussi à obtenir l'autorisation de la Haute Cour de venir au cœur de Domelfe sans que personne ne le touche, alors même qu'il avait positionné une armée ennemie en limite d'une des îles.

En revanche, sitôt les règles de l'hospitalité rompues lorsqu'il a brandi une épée… les jeux étaient faits.

En acceptant de nous accueillir, la cour des Papillons de nuit est dans l'obligation de prendre soin de nous. Sauf si nous sommes de mauvais invités. Dans ce cas, elle est libre d'agir à sa guise.

Mais qu'attend la reine Annet de l'héritier de Domelfe ? Une faveur pour son enfant à naître ? La bride ? Sa tête ?

– Si ma sœur doit en vouloir à quelqu'un pour cela, répond Chêne, ce sera à moi, et à moi seul.

La souveraine réfléchit à cette réponse.

– Donne-moi ta main, finit-elle par dire.

Il s'exécute, la paume en l'air. Annet entaille le bout de son propre index avec un couteau qu'elle a sorti d'un étui à son poignet et dessine un symbole sur la peau du prince.

– Trace ceci à tes pieds, et tu sauras trouver ton chemin dans le marécage.

La rapidité avec laquelle elle a accédé à notre requête indique clairement qu'elle exigera quelque chose de nous plus tard. Quelque chose que nous refuserions de lui donner maintenant, si elle le demandait.

– Nous te sommes profondément reconnaissants, la remercie Chêne en inclinant la tête – me signalant ainsi que je dois saluer la reine d'une nouvelle révérence.

– Je prends mes obligations d'hôtesse très au sérieux, nous avertit-elle avant de gratifier Chêne d'un petit sourire étrange. Vous pourrez partir demain matin. Ce soir, amusez-vous dans mes salles. Vous aurez besoin d'un peu de chaleur, là où vous allez.

Quelque part non loin de nous, un nouveau groupe de musiciens entame une mélodie aux sonorités inquiétante.

Tandis que nous nous éloignons du dais, Tiernan pose une main sur le bras de Chêne.

– J'ai un mauvais pressentiment, dit-il.

Je m'enfonce dans la foule compacte. Mes pensées s'emmêlent. Je me souviens de Hyacinthe affirmant que dame Nore avait envoyé un message à Chêne. Elle y était obligée, si elle voulait qu'il sache qu'elle retenait son père. Quelles que soient ses intentions, quoi qu'il m'ait dit, libérer Madoc compte bien plus à ses yeux que mettre dame Nore hors d'état de nuire. Si j'étais sa sœur, je ne l'aurais pas envoyé vers le nord, leurs objectifs étant peut-être trop différents.

En tout cas, je suis presque sûre que ses objectifs à lui sont très différents des miens.

– « Domelfe a besoin de ton aide », dis-je, citant Chêne avec une grimace de mépris.

Il n'a pas l'air aussi coupable qu'il le devrait.

– J'aurais dû t'expliquer pour Madoc.

Je rétorque d'un ton ironique :

– Ça alors, je me demande pourquoi tu ne l'as pas fait !

Nos regards se croisent. Dans le sien, il y a toute l'arrogance de la royauté.

– Tout ce que je t'ai dit était vrai, affirme-t-il.

– Oui, sauf que ta spécialité est de tromper les gens avec des tours de passe-passe et des omissions, comme le font tous les Fæs. Ce n'est pas comme si tu pouvais mentir.

Je remarque du coin de l'œil que, pendant que nous nous disputons, Tiernan s'éloigne vers la table du banquet où se trouve le vin.

Chêne soupire. Enfin, je crois déceler dans sa voix une sorte de dépit.

– Wren, tu as de multiples raisons de ne pas me faire confiance, mais j'ai bien l'intention d'arrêter dame Nore. Je pense que nous en avons les moyens. Même si je prévois de ramener Madoc, nous rendrons aussi service à Domelfe, et ça, personne ne pourra le nier. Quels que soient les ennuis que cela me vaudra, toi, tu seras une héroïne.

Je doute que quelqu'un m'ait déjà considérée comme une héroïne – pas même les humains que j'ai sauvés.

– Et si je décide que nos chemins se séparent ici ? Vas-tu m'attacher les mains et m'entraîner de force ?

Il m'observe avec des yeux malicieux sous l'arc de ses sourcils dorés.

– Non, sauf si tu recommences à me griffer.

– Mais pourquoi tiens-tu tant que ça à aider Madoc ?

Après tout, le vieux général voulait se servir de lui pour accéder au pouvoir, et peut-être avait-il prévu pire encore.

– C'est mon père, répond Chêne comme si c'était un argument suffisant.

Je lui rappelle :

– Je remonte vers le nord dans l'unique but de détruire *ma mère*. Apparemment, tu n'as pas pensé un instant que j'hésiterais à le faire.

– Madoc n'est pas mon géniteur, mais il est celui qui m'a élevé. Je le considère comme mon père. Je reconnais volontiers que c'est quelqu'un de compliqué. Il a toujours eu soif de conquête. Ce n'est même pas le pouvoir qui l'intéresse vraiment, mais le combat en lui-même. Peut-être parce que c'est un bonnet-rouge, ou parce que c'est son caractère. En tout cas, chez lui, c'est un besoin irrépressible.

Pas sûr que voir cette attitude comme un besoin irrépressible rende la chose moins grave.

– À table, on parlait stratégie, ajoute Chêne. C'était un jeu. Ça prenait le pas sur tout. Dès l'instant où il a rencontré ma mère, lorsqu'elle lui a révélé l'identité de celui qui m'a engendré et qu'il a su que je pouvais être l'héritier de Domelfe, il n'a pas pu s'empêcher de comploter.

» Après son exil dans le monde des mortels, entravé par ce geis qui l'empêchait de prendre une arme, il était complètement perdu. Il a commencé à travailler à l'abattoir rien que pour sentir l'odeur du sang. Il m'a entraîné au combat, qu'il avait l'interdiction de pratiquer. Il s'est investi dans le syndicat de sa résidence. En à peine un mois, il a fait en sorte que tous ses voisins aient envie de s'entretuer. Aux dernières nouvelles, une dame âgée avait poignardé un jeune homme dans le cou avec un stylo.

Il secoue la tête, mais il est évident qu'il aime Madoc, tout en ayant conscience que c'est un monstre.

– C'est sa nature, l'excuse-t-il. Je ne peux pas nier qu'il a conduit une armée ennemie sur les rivages de Domelfe. À cause de lui, des gens du Peuple ont perdu la vie. Il est devenu un adversaire de la Haute Cour. Il aurait *assassiné* Cardan s'il en avait eu l'occasion. Aussi, en dépit de l'amour que ma sœur porte à notre père, elle ne peut pas demander à ses fidèles sujets d'aller l'aider. Ce serait terrible d'exiger qu'ils risquent leur vie pour lui alors qu'il les a mis en danger. Mais il faut bien que quelqu'un le fasse, sinon il va mourir.

À présent, je suis attentive à ce qu'il ne dit pas.

– T'a-t-elle *dit* qu'elle voulait que tu ailles l'aider ?

– Non, admet-il lentement.

– Et veut-elle que ce soit *toi* qui l'aides ?

Il est acculé et il le sait.

– Jude ignorait ce que j'avais prévu de faire. Si je devais deviner ce qu'elle ressent à cet instant, j'opterais pour la rage. Mais, si la situation avait été inversée, si c'était nous qui étions retenus en otage, Madoc serait venu nous chercher.

J'ai déjà vu la Grande Reine en colère. Quelle que soit la profondeur de son amour pour Chêne, je ne jurerais pas qu'elle lui pardonnerait d'avoir préféré son père à elle. Lorsqu'elle châtiera le prince, il y a de grandes chances qu'elle punisse aussi ceux qui l'ont aidé, même s'il s'y oppose.

Je prends la main qu'il me tend. Quand nos doigts se mêlent, j'éprouve un plaisir à la fois horrible et nerveux.

– Fais-moi confiance, Wren, dit-il. Aide-moi.

Enjôleur.

Conspirateur.

Mon regard se pose sur sa joue balafrée, encore à vif. Il ne m'a toujours pas reproché mon geste. Il est d'une nature secrète et il aime son père pour des raisons idiotes, mais ça me plaît.

– D'accord, j'irai avec toi. Pour le moment.

– J'en suis heureux.

Il observe la salle, les nobles de la cour des Papillons de nuit, les danses, la fête. Puis il m'adresse le petit sourire qui me donne l'impression que nous sommes deux amis complices.

– Puisque tu es d'humeur bienveillante, peut-être accepteras-tu aussi de danser avec moi, dit-il.

Ma surprise doit être évidente.

– Pourquoi ça ?

Son sourire s'élargit.

– Pour célébrer le fait que tu poursuis cette quête avec nous. Parce que nous sommes à une fête. Pour que la reine Annet pense que nous n'avons rien à cacher.

Je l'interroge :

– Avons-nous quelque chose à cacher ?

Sans cesser de sourire, il m'entraîne vers les convives.

– Toujours.

J'hésite, mais une part de moi a envie de le suivre.

– Je ne sais pas danser, dis-je.

– On m'a enseigné tous les arts de la cour, me rassure-t-il. Laisse-moi te montrer.

Je l'autorise à m'emmener dans la foule. Au lieu d'intégrer une ronde, il me guide en marge de l'une d'elles pour que nous ayons la place de nous exercer. Il me fait tourner entre ses bras et enchaîne avec quelques mouvements, attendant que je l'imite.

– Te demandes-tu parfois comment ce serait si tu étais à nouveau reine ? chuchote-t-il contre ma joue pendant que nous répétons les pas de danse.

Je m'écarte pour le fusiller du regard.

Il lève les mains en signe de reddition.

– Ce n'était pas une question piège, se défend-il.

Je lui rappelle :

– C'est toi qui vas régner.

– Non, réplique-t-il en regardant les autres danseurs. Je ne crois pas.

Je suppose qu'il a passé presque toute sa vie à éviter le trône. Je songe à notre cachette sous son lit, pendant la bataille du Serpent. Mais je chasse ce souvenir : je n'ai pas envie de repenser à cette époque. Tout comme je n'ai pas envie d'admettre que, malgré les mises en garde de Hyacinthe, me voilà prête à manger dans la main du prince, comme une colombe apprivoisée.

C'est trop facile. J'ai faim de gentillesse. D'attention. C'est ce que je veux, encore et encore.

Je propose :

– On devrait aller grignoter quelque chose. Un long trajet nous attend.

Chêne comprend forcément que c'est un prétexte. Malgré tout, il me libère.

Nous nous faufilons entre les invités jusqu'à une table recouverte de mets délicats. Chêne choisit une tartelette aux fruits fæs dorés et la coupe en deux pour m'en donner une moitié. Même si c'est moi qui ai suggéré de manger, je réalise que je suis affamée seulement après ma première bouchée. Timidement, je me verse un verre de l'eau destinée à être mélangée au vin et l'avale d'une traite.

Chêne se sert un verre de vin non dilué.

– Tu veux bien me raconter comment tu en es venue à vivre…

Il s'interrompt comme pour chercher les bons mots.

– … comme tu le faisais ?

Je me rappelle les précautions que j'avais prises pour qu'il ne se rende compte de rien. Comment expliquer la façon dont le temps paraissait me glisser entre les doigts ? Comment lui dire que je me suis détachée progressivement, chaque fois un peu moins capable de tendre la main pour prendre ce que je voulais ? Je ne tolérerai plus de lui inspirer encore de la pitié.

– Tu aurais pu venir me voir, poursuit-il, si tu avais besoin de quelque chose.

Ça me fait rire.

– Venir te voir, *toi* ?

Les sourcils froncés, il m'observe de ses yeux couleur d'ambre.

– Et pourquoi pas ?

Les raisons me paraissent si évidentes qu'elles me restent coincées dans la gorge. C'est un prince de Domelfe et je suis l'enfant de traîtres, en disgrâce. Il sympathise avec tout le monde, de la troll qui garde l'entrée à tous les courtisans dont Tiernan m'a parlé, tandis que moi, j'ai vécu des années seule dans les bois. Mais surtout il aurait pu demander à sa sœur que je puisse rester sur les Îles mouvantes, et il ne l'a pas fait.

– Peut-être que je voulais garder pour plus tard la faveur que tu me dois toujours, dis-je.

Ça le fait rire. L'idée qu'il m'apprécie est aussi idiote que si le soleil appréciait un orage. Cela dit, ça ne m'empêche pas de le désirer.

Moi, avec mes dents pointues et ma peau glacée. C'est absurde. Grotesque.

Pourtant, vu la façon dont il me regarde, on dirait presque que c'est possible. Ça doit faire partie de son plan. Il veut que je sois sous son charme pour que je reste à ses côtés et fasse ce qu'il me demande. Il croit sans aucun doute qu'un peu d'attention et quelques sourires de sa part suffiront. Il s'attend à ce que je sois aussi soumise que les dames de la cour.

Une grande part de moi aimerait céder, faire semblant que tout ça me rend folle de rage.

S'il veut me séduire, il faut que ça lui coûte, c'est le moins que je puisse faire. Je ne me contenterai pas de jolis sourires et d'une danse. Je vais le mettre au pied du mur. Je prouverai – à moi-même, à nous deux – que son flirt n'a rien de sincère. Je me penche vers lui, m'attendant à un mouvement de recul de sa part. Pensant qu'il sera écœuré. Mais il ne fait que me regarder avec curiosité.

Quand je me rapproche davantage, il écarquille un peu les yeux.

– Wren, chuchote-t-il.

J'ignore si c'est un avertissement. Ça me contrarie de ne pas le savoir.

Je crois qu'il va tressaillir et reculer incessamment lorsque je pose la main sur son épaule, me hisse sur la pointe des pieds et l'embrasse.

C'est ridicule. Grossier, même. Cela m'emplit d'une horrible satisfaction, comme si j'avais fracassé une coupe en cristal.

L'instant est très court. Ce n'est que ma bouche sèche qui se plaque sur ses lèvres. Une brève sensation de douceur, la chaleur d'un souffle, puis je m'éloigne, le cœur fou de peur, m'attendant forcément à une réaction dégoûtée, certaine que je l'ai bien puni pour avoir tenté de me séduire.

Étonnamment, au lieu d'avoir l'air inquiet, il me regarde avec attention, comme s'il essayait de comprendre.

Au bout d'un moment, il ferme les yeux, ses cils pâles effleurant ses joues, puis il se penche pour joindre à nouveau nos bouches. Il prend son temps, pose une main sur ma nuque. Un frisson me remonte le long du dos, je me sens rougir.

Lorsqu'il s'écarte, il n'arbore plus son sourire mystérieux habituel. Il a plutôt l'air de quelqu'un qui vient de se prendre une gifle. Je me demande si recevoir un baiser de moi, c'est comme être griffé sur la joue.

S'est-il forcé pour que je ne l'abandonne pas dans cette quête ? Pour son père et ses projets ?

Je croyais le punir, mais tout ce que j'ai réussi à faire, c'est me punir moi-même.

J'inspire un peu d'air avant d'expirer lentement. Détournant le regard, j'aperçois Tiernan qui nous rejoint. Quoi qu'il ait vu exactement, je n'ai aucune envie de l'entendre maintenant.

– Pardonne-moi, dis-je à Chêne, mais j'ai assez dansé. Je pense que je vais me retirer.

Les coins de sa bouche frémissent.

– Tu sais où me trouver, si tu changes d'avis.

Je déteste que ces mots me fassent rougir.

Je me faufile dans la foule, espérant qu'il me perdra de vue. M'injuriant pour avoir été si bête. L'injuriant pour m'avoir embrouillé l'esprit.

Pendant que mon regard survole les danseurs, je réalise que je dois parler à Hyacinthe.

Tant que tout le monde se comporte correctement, il te reviendra sous peu. Voilà ce qu'a dit la reine Annet, mais il n'est pas impossible que nous soyons déjà en tort. Notre présence ici contre l'avis de la Grande Reine pourrait être un prétexte pour garder le soldat enfermé.

Puisqu'il est emprisonné, ce serait l'occasion d'aller lui parler tout de suite sans que personne ne le sache. Il pourrait m'expliquer ses mises en garde et me confier tout ce qu'il sait.

Je prends une poignée de châtaignes rôties que je déguste lentement, laissant la peau tomber au sol en me dirigeant vers la sortie. Une Fæ à la tête de chat déchire un morceau de viande crue sur un plateau d'argent. Un ogre bicéphale boit dans une coupe qui, pincée entre ses doigts, pourrait être celle d'une poupée.

Je jette un regard vers Chêne. Il est entraîné dans une danse par une fille rieuse à la chevelure dorée, pourvue de bois de cerf. Je suppose que, dans ses bras, il va vite oublier notre baiser. Et, si l'idée me tord les tripes, elle me rappelle aussi que je dois rejoindre Hyacinthe.

Un mortel bondit sur une table près de moi. Il a de fines dreadlocks et un visage expressif. Son corps frêle et longiligne attire l'œil. Après avoir remonté ses lunettes sur son nez, il se met à jouer du violon.

Il entonne une chanson sur des lieux perdus et des maisons si éloignées qu'on ne peut plus dire qu'on y est chez soi. Il parle d'un amour si intense qu'on ne peut le distinguer de la haine ; de chaînes pareilles à des énigmes du temps jadis, qui ne le retiennent plus mais qui, pourtant, sont intactes.

Par réflexe, je cherche un ensorcellement et n'en trouve aucun. Cet homme semble être ici de son plein gré, même si je crains qu'il se trompe complètement sur son public. Malgré tout, la reine Annet se vante d'être une hôtesse juste. Tant qu'il observe les règles extravagantes de Terrafæ, il a des chances de se réveiller dans son lit demain matin, les poches remplies d'or.

Bien sûr, personne ne lui parlera de ces règles, donc s'il en enfreint une, il ne le saura pas.

À cette pensée, je me détourne et me fraie un chemin dans la foule aussi vite que je le peux.

Chapitre 7

Je passe à côté de gardes désœuvrés qui me jettent des regards avides. Je me félicite qu'ils ne me suivent pas – soit parce qu'ils ne sont pas autorisés à quitter leur poste, soit parce que j'ai l'air trop filandreuse pour constituer un repas décent.

Dès qu'ils sont hors de vue, je me mets à courir. Je repasse par les trois bifurcations où Lupine a parlé des pièces incrustées de gemmes, près des geôles, et manque de trébucher dans ma précipitation.

Mes pensées affluent aussi vite que mes pieds se déplacent. Avant Chêne, j'avais embrassé deux personnes. Il y avait ce garçon pyromane et, plus tard, quelqu'un du peuple des arbres. Aucun de ces deux baisers ne m'a paru aussi voué à l'échec que celui que j'ai échangé avec le prince, et pourtant ce serait peu dire qu'ils l'étaient.

C'est le problème quand on suit son instinct : on ne réfléchit pas.

Une odeur humide, minérale, règne au niveau inférieur. Entendant des gardes un peu plus loin, je m'attarde derrière l'angle d'un mur dans le couloir pour regarder de l'autre côté. Ils surveillent une gigantesque porte ornée de ferronneries en cuivre qui doit être l'entrée de la prison, puisqu'on y a gravé les mots *Que la souffrance ennoblisse*. L'un des deux gardes est une chevaleresse dont les cheveux ont la couleur des roses rouges. Il semblerait qu'elle soit en train de perdre à un jeu de dés avec un imposant bauchan aux grandes oreilles. Tous les deux portent une armure. Une épée longue pend à la hanche de la chevaleresse tandis que la lame du bauchan, incurvée, est fixée dans son dos.

J'ai l'habitude de pénétrer dans les forêts et d'en sortir sans me faire repérer. En revanche, ayant beaucoup moins d'expérience pour ce qui est d'embobiner les gens, je ne vois pas comment franchir l'obstacle des gardes. Malgré tout, je me prépare à avancer en croisant les doigts pour que ma langue ne me trahisse pas.

Soudain, je sens qu'on me tapote l'épaule. Je me retourne brusquement et réprime un cri en me retrouvant nez à nez avec Jack des Lacs.

– Laisse-moi deviner tes intentions, déclare-t-il d'un air à la fois malveillant et gourmand, comme quelqu'un qui serait tombé sur un délicieux ragot. Tu t'apprêtes à libérer Hyacinthe.

– Je veux juste lui poser quelques questions, dis-je.

– Tu ne veux donc pas l'extraire de sa geôle ? demande-t-il, un éclat sournois dans ses yeux verts.

J'aimerais le nier, mais c'est impossible. Comme tous les gens du Peuple, ma langue se fige quand je mens et, contrairement à Chêne, les paroles trompeuses ne me viennent pas facilement. Cela dit, ce n'est pas parce que je veux libérer Hyacinthe que je le ferai.

– Oooooooh, s'emballe Jack, prenant à juste titre mon silence pour un aveu. Est-ce ton amant ? Serions-nous dans une ballade ?

Je gronde :

– Une ballade horrifique, peut-être.

– Oui, à la fin, sûrement… Je me demande qui survivra pour la composer !

Je le questionne, frustrée :

– Pourquoi est-ce que tu m'as suivie ? Pour pavoiser ? Pour m'empêcher d'agir ?

J'ignore quels sont les pouvoirs des kelpies hors de l'eau et lorsqu'ils ont une forme humaine.

– Pour te surprendre, répond-il. Les surprises, n'est-ce pas merveilleux ?

Pendant un moment, je serre les dents sans rien dire. N'étant pas une bouche-à-nectar, je suis incapable de le charmer, mais la rancœur est un sentiment que je comprends.

– Tu dois être ulcéré par la manière dont Tiernan t'a parlé, dis-je.

Jack a beau être une créature joviale, il a aussi un côté mesquin.

Je poursuis :

– Ça ne te déplairait peut-être pas de le voir se ridiculiser devant le prince... Si leur prisonnier disparaissait, le noble chevalier censé l'avoir vu le dernier aurait l'air bien bête.

Je n'ai pas l'intention de libérer Hyacinthe. C'est sûrement au-delà de mon pouvoir, mais Jack n'a pas besoin de le savoir. Je dois aller dans son sens.

Pendant qu'il réfléchit à ce que je viens de dire, un sourire étire peu à peu ses lèvres.

– Et si je détournais l'attention des gardes ? propose-t-il. Ils abandonneraient leur poste pour aller voir ce qui se passe. Que me donnerais-tu en échange ?

– Que veux-tu ?

Je fouille mes poches et j'en sors les ciseaux en forme de cygne que j'ai volés chez Habetrot.

– Ces ciseaux ne sont-ils pas jolis ?

– Range-moi ça. Ce serait insultant de se faire poignarder avec, raille-t-il.

Continuant à fouiller, tâtant le mot de Bogdana et les allumettes du motel, je gronde :

– Alors ne provoque pas le destin.

Je n'ai pas pu glisser grand-chose dans mes poches, et ce n'est pas comme si j'avais grand-chose à y mettre de toute façon. Soudain, mes doigts se referment sur le renard d'argent aux yeux en péridot.

Je le sors en le tenant au creux de ma paume, réticente à l'idée de le lui montrer.

– Qu'est-ce que c'est ? s'enquiert-il.

J'ouvre la main.

– Il en existe seulement trois comme ça. C'est une pièce d'un jeu de la noblesse.

Je suis fière de ma réponse, qui est vraie tout en omettant le détail le plus important. Je commence à savoir parler comme eux.

– Tu ne l'as pas volée ? se méfie-t-il, songeant peut-être à l'apparence négligée que j'avais avant ce soir.

– Elle est à moi, dis-je. Personne ne pourrait le nier.

Il prend la figurine entre deux doigts.

– Très bien. Maintenant, je suppose qu'elle est à moi, puisque tu n'as rien de plus beau à m'offrir. En échange, je vais provoquer une joyeuse course-poursuite.

Je serre le poing pour me retenir de lui reprendre le petit renard. Mon geste ne lui échappe pas et le fait sourire. Je vois bien que l'objet lui plaît davantage maintenant qu'il sait que je n'ai pas envie de m'en séparer.

– À mon signal… ajoute-t-il. Planque-toi !

– Attends, dis-je – mais il s'éloigne déjà.

Le couloir est éclairé par des globes qui diffusent une lueur verdâtre, donnant l'impression qu'une couche de mousse recouvre les murs de pierre. Ces globes sont suffisamment espacés pour que je puisse me cacher dans les zones qu'ils n'éclairent pas – tant que personne ne regarde attentivement.

Je retiens mon souffle. Un martèlement de sabots résonne, puis un gloussement de joie puissant accompagné de braillements.

– Hé, c'est mon épée ! s'époumone la chevaleresse aux cheveux de roses.

Je vois alors Jack des Lacs qui a repris son apparence de cheval passer en trombe, hilare, une épée d'argent brillante entre les dents.

La chevaleresse surgit dans mon champ de vision.

– Quand je t'aurai attrapé, je te disséquerai comme une grenouille ! aboie-t-elle en s'élançant à la poursuite de Jack.

Le bauchan la suit de près, son épée au clair.

Dès que la voie est libre, j'émerge de l'obscurité et me précipite sur la porte ouvragée donnant accès aux geôles. Elle est encadrée de blocs de roche incrustés de cristaux qui brillent de mille feux dans la pierre grise et terne.

Je tourne la poignée et entre. Toutes les cellules ressemblent à des grottes. D'énormes stalactites et stalagmites font office de barreaux. C'est presque comme être face à une longue succession de bouches bordées d'horribles crocs.

Dans l'obscurité de certaines cellules, des silhouettes bougent pour m'observer en clignant des yeux.

Une main griffue jaillit et cherche à m'attraper le bras. Je m'écarte d'un bond puis tire d'un coup sec sur le pan de ma robe qu'elle a réussi à saisir, avant de poursuivre mon chemin en frissonnant.

La plupart des geôles sont désertes. Un merrow occupe l'une d'elles. Le sol de sa cellule est mouillé, mais pas assez pour lui : ses écailles ternes sont toutes sèches. Il me regarde de ses yeux pâles, ses pupilles à peine distinctes de ses iris et du blanc de son œil.

Un bruit retentit dans la cellule d'en face : une jeune fille assise lance un caillou en l'air et le rattrape. Un instant, j'ai l'impression que c'est une Fæ ensorcelée pour avoir l'apparence d'une mortelle, mais je me rends vite compte que c'est vraiment une humaine.

Elle semble avoir à peu près mon âge. Ses cheveux ont la couleur de la paille et sa joue est marquée d'un hématome.

– Je pourrais avoir de l'eau ? me demande-t-elle d'une voix tremblante. Tu veux bien me dire combien de temps je dois rester là ?

Je suis son regard jusqu'à un abreuvoir en bois dans un coin avec une louche en cuivre suspendue sur le côté, le manche strié de vert-de-gris. La fille pousse son bol en terre cuite entre les barreaux et lève vers moi des yeux suppliants.

Je l'interroge :

– Y a-t-il ici un homme qui a une aile à la place d'un bras ?

L'humaine se relève avec enthousiasme.

– Tu ne fais pas partie des gardes !

Je plonge la louche dans l'abreuvoir pour mettre de l'eau dans son bol. En face, le merrow émet un gémissement profond. Je plonge à nouveau la louche et l'arrose.

– Le type ailé ? chuchote l'humaine. Il est là-bas.

Elle pointe un doigt vers le bout du couloir.

– Tu vois ? Je peux t'aider, poursuit-elle. Fais-moi sortir et je te rendrai service.

C'est tragique qu'elle n'ait que moi à supplier. N'a-t-elle pas remarqué mes dents de prédateur ? Elle doit être terrifiée pour voir en moi une alliée potentielle.

J'asperge à nouveau le merrow. Il se laisse tomber sur le sol avec un soupir, agitant ses branchies.

Il faut que je trouve Hyacinthe, mais, en voyant cette fille, je ne peux m'empêcher de penser à Bex, ma non-sœur. Je l'imagine dans un endroit pareil, sans personne pour l'aider, sans issue possible.

– Comment as-tu atterri là ?

Je lui pose la question bien que je sache que j'aurai encore plus de scrupules à m'éloigner si j'en sais davantage sur elle.

– Mon petit ami, répond-elle. Il a été enlevé. J'ai rencontré une créature qui m'a dit que je pourrais récupérer Dario si je menaçais de creuser un trou jusqu'à leur…

Elle s'interrompt, peut-être en se souvenant que je suis l'un d'eux.

J'acquiesce, ce qui semble lui suffire pour reprendre son récit.

– … J'ai pris une pelle et je suis allée sur la colline hantée, où tout le monde raconte qu'il se passe des trucs bizarres.

Pendant qu'elle parle, j'observe les stalactites et les stalagmites de sa cellule. Quelqu'un de très fort pourrait éventuellement en casser une en lançant dessus quelque chose de très lourd mais, puisque ces geôles sont conçues pour accueillir même des ogres, cela me semble tout à fait impossible.

– Et puis on m'a attrapée, enchaîne la fille. Ces… choses ont dit qu'elles allaient m'amener devant leur reine et qu'elle me punirait. Elles ont commencé à énumérer ce qu'elle pourrait ordonner qu'on me fasse. À les entendre, je me serais crue dans *Saw*.

Elle émet un étrange gloussement qui m'incite à croire qu'elle est proche de l'hystérie puis reprend :

– Tu ne vois pas du tout de quoi je parle, hein ?

J'ai ma petite idée, puisque j'ai vécu dans le monde des mortels, mais le lui dire ne sert à rien. Mieux vaut qu'elle pense à autre chose qu'à ce qui pourrait lui arriver.

– Attends, je reviens, dis-je.

Elle se frotte le visage d'une main.

– Il faut que tu m'aides… insiste-t-elle.

Je trouve la cellule de Hyacinthe au bout de l'allée. Il est assis sur une litière de foin. Il y a un plateau plein d'oranges et de friandises à côté de lui, ainsi qu'un bol de vin posé sur le sol pour qu'il le lape comme le ferait un chien. Il me regarde, surpris, écarquillant ses yeux d'améthyste. Je suis aussi étonnée que lui : il ne porte plus sa bride.

Terrifiée à l'idée qu'elle soit en possession de la reine Annet, je demande tout de go :

– Où est-elle ?

– La bride ?

Il frotte sa joue contre son aile. Je remarque de nouvelles plumes sur sa gorge. La malédiction se répand lentement, mais elle se répand.

– Le prince craignait qu'elle tombe dans les mains de la cour des Papillons de nuit. Il a donc demandé à Tiernan de me l'enlever.

– C'est Chêne qui l'a ?

Est-ce réellement pour cette raison qu'il a préféré la lui ôter ? Qu'a-t-il l'intention de faire avec ?

Hyacinthe acquiesce.

– J'imagine. Tout ce que je sais, ajoute-t-il en soupirant, c'est que j'en suis débarrassé jusqu'à ce que nous quittions la cour des Papillons de nuit. Nous partons ? C'est pour ça que tu es là ?

Je démens de la tête et l'interroge :

– La reine Annet t'a-t-elle demandé quelque chose ?

Il se rapproche des barreaux.

– Je pense qu'elle a l'intention de retarder Chêne assez longtemps pour voir si le livrer à la Haute Cour présente un intérêt quelconque. Mais ce n'est que ce que j'ai entendu de la conversation des gardes.

– Tu crois que sa sœur veut qu'il revienne ?

Il hausse les épaules.

– Si c'est le cas, la reine Annet sera récompensée si elle le livre pieds et poings liés, mais il serait malvenu de contrarier Jude si elle et le Grand Roi soutiennent sa mission. Connaître leur position prend du temps, d'où la volonté de retarder Chêne.

Je hoche la tête et réfléchis :

– Si Domelfe veut nous arrêter…

Si la Haute Cour fait du prince un prisonnier, pour le protéger ou pour le châtier, alors qui arrêtera dame

Nore ? Serai-je retenue prisonnière, moi aussi ? Et sinon, de combien de temps disposerai-je avant que Bogdana me retrouve ?

– Je ne sais pas, répond Hyacinthe à l'une des questions, voire à toutes les questions que je ne pose pas.

Je baisse encore le ton :

– Dis-m'en plus sur les pouvoirs d'enjôleur du prince. Et sur le message de dame Nore. Tu n'es plus entravé par la bride.

– Libère-moi, réplique-t-il, le regard brûlant. Libère-moi et je te dirai tout ce que je sais.

Évidemment. Pour quelle autre raison m'appâterait-il avec les informations dont il est censé disposer ? Ce n'est pas pour me rendre service. Depuis le début, son objectif est de s'échapper.

Je devrais me concentrer sur mon propre sort. Ce n'est pas pour libérer Hyacinthe que je suis venue ici. En l'aidant, je peux être sûre que c'est moi qui finirai par porter la bride.

Malgré tout, je ne vois pas comment je pourrais le laisser là, dans sa cage. Ni Chêne ni Tiernan n'ont fait preuve de cruauté envers lui lorsqu'il était leur prisonnier, et pourtant cela m'horrifiait. La cour des Papillons de nuit risque de le traiter bien plus durement.

Mais, si je le laisse filer, Chêne ne me le pardonnera pas.

À moins qu'il ne sache jamais que je l'ai aidé à s'échapper. Personne ne m'a vue entrer ici à part Jack des Lacs. Et il ne pourra rien dire, étant donné qu'il est complice.

Peut-être pourrais-je garder cette affaire secrète, faire comme Chêne, qui est loin de m'avoir tout révélé.

– Jure-moi que tu ne diras rien à personne – surtout pas à dame Nore –, à propos de Chêne, Tiernan ou moi qui nous mettrait en danger ou dévoilerait nos plans.

Je tâche de me convaincre que cette manœuvre pourrait tourner à l'avantage du prince et qu'avoir au moins partiellement déjoué les projets d'Annet jouerait en sa faveur. Après tout, si Hyacinthe disparaissait de ses geôles après qu'elle a insisté pour le garder elle-même, elle pourrait difficilement se qualifier de bonne hôtesse.

Si Chêne apprend ce que j'ai fait, il ne sera pas de cet avis. Il pensera que je l'ai embrassé pour détourner son attention du couteau que je lui plantais dans le dos. Il croira tout ce que Tiernan lui a dit à mon sujet.

Mais, si je ne fais rien, la reine Annet risque de garder Hyacinthe pour retenir Chêne – ou comme appât pour que Chêne revienne le chercher. L'idée que quelqu'un puisse être retenu captif comme je l'étais, impuissant, m'est insupportable.

– Aide-moi à m'échapper et je ne dirai rien à personne – surtout pas à dame Nore –, à propos de toi, Chêne ou Tiernan qui vous mettrait en danger ou dévoilerait vos plans, promet Hyacinthe, exhaustif dans son serment.

La gravité de l'instant pèse lourd sur mes épaules.

– Bon, comment je fais pour te sortir de là ?

Je m'efforce de me concentrer sur le côté pratique plutôt que sur la terreur que je ressens soudain à la perspective de prendre en main mon destin et celui de

Hyacinthe. J'observe les stalagmites, à la recherche d'un point de jonction.

– Cette mâchoire doit bien s'ouvrir d'une façon ou d'une autre, mais je ne vois pas comment…

Hyacinthe passe ses doigts entre les barreaux si semblables à des crocs et montre le plafond.

– Quelque chose est écrit là-haut, dans la pierre. L'un des gardes a regardé cette marque en parlant comme s'il lisait un sortilège. Il s'est aussi positionné d'une certaine manière, comme s'il y avait un endroit précis où il fallait se tenir.

Incrédule, je demande :

– Et tu n'aurais pas entendu ce qu'il a dit, par hasard ?

Il secoue la tête.

– Ça doit faire partie de l'enchantement. J'ai vu ses lèvres remuer, mais aucun son n'en sortait.

Je plisse les yeux et remarque quelques lignes griffonnées dans la pierre. Je recule de deux pas et parviens à les déchiffrer. En revanche, ce n'est pas un mot de passe. C'est une énigme. En y regardant de plus près, je constate que chaque cellule a la sienne.

Je suppose que, si chacune d'elles requiert un mot ou une expression différente pour être ouverte ou fermée, il est sans doute pratique d'avoir un pense-bête, surtout si les gardes sont renouvelés régulièrement. On n'attend pas d'eux qu'ils aient tous une bonne mémoire. Et en cas d'oubli, le système d'ouverture serait bloqué pour toujours.

Je lis :

– « Fille du soleil. Pourtant faite pour la nuit, le feu la fait pleurer et, si elle meurt prématurément, tranchez-lui la tête pour la faire renaître. »

– Une devinette, bougonne Hyacinthe.

Je hoche la tête : le Peuple adore les jeux. Je me souviens avoir entendu Habetrot surnommer Chêne « le Prince du Soleil ». Je pense aux jeux de lettres auxquels on jouait, ma non-famille et moi : le *Scrabble*, *Bananagrams*. Aux poèmes que j'ai appris dans les manuels scolaires de Bex et que je récitais aux écureuils.

J'essaie de faire le vide en moi.

– La lune ?

Rien.

Baissant les yeux, je remarque un cercle gravé dans le sol, juste à côté de moi. Après m'être placée à l'intérieur, je répète :

– La lune.

Cette fois, les mâchoires grincent… sauf que, au lieu de s'ouvrir, la cellule rétrécit, comme si elle se refermait sur son prisonnier.

Paniqué, Hyacinthe cogne contre l'un des barreaux.

– Comment pourrait-on trancher la tête de la *lune* ? s'étrangle-t-il.

Épouvantée par mon erreur, je tente de me justifier :

– Elle est réduite à un mince croissant, mais elle revient… Et elle aurait pu être la fille du soleil. Elle reflète la lumière, tout ça, quoi !

Rien ne pourra changer le fait qu'à cause de moi le soldat a failli finir broyé. Même maintenant, alors que les mâchoires ne bougent plus, je crains toujours qu'elles se referment d'un coup et le réduisent en bouillie.

– Concentre-toi ! proteste-t-il à voix basse.

Je gronde :

– Tu n'as qu'à répondre à ma place !

Là-dessus, il ne dit plus rien.

Je continue à réfléchir. Une rose, peut-être ? Je me rappelle vaguement être allée avec ma non-mère chez l'une de ses amies. Je jouais dans le jardin pendant que l'amie taillait ses rosiers. Je me souviens l'avoir entendu dire qu'il fallait couper la tête des fleurs pour améliorer la floraison. La « fille du soleil »… Les plantes aiment le soleil, non ? Et elles n'aiment pas le feu. Et puis les roses, tout le monde trouve ça romantique, alors peut-être sont-elles faites pour la nuit, puisque les gens cherchent à se séduire plutôt la nuit…

Mon raisonnement est un peu tiré par les cheveux, mais je ne vois rien de mieux à proposer.

– J'ai une idée, dis-je d'un ton qui trahit mes doutes.

Hyacinthe me lance un regard méfiant avant de soupirer.

– Vas-y.

Je me place au bon endroit.

– Une rose.

Les crocs se referment davantage. Le plafond s'abaisse si vite que Hyacinthe se jette au sol pour éviter d'être heurté. J'entends un bruit qui ressemble à un rire dans la cellule du merrow. En revanche, un silence de mort règne dans celle du soldat ailé.

Je lui demande :

– Tu es blessé ?

– Pas encore, répond-il avec circonspection. Mais, à mon avis, à la prochaine erreur, je serai pulvérisé comme une coquille de noix.

C'était très différent de rester cachée à attendre la glaistig pour rompre ses sortilèges quand ce n'était que moi que je mettais en danger. Même chose lorsque je m'introduisais chez les mortels ou cherchais à fuir la sorcière. Mais avoir conscience que, par ma faute, une vie pourrait être mouchée comme une…

Fille du soleil. Faite pour la nuit. Tranchez-lui la tête pour la faire renaître.

– Bougie, dis-je tout de go.

La cellule en pierre se meut dans un grincement ; les barreaux s'écartent comme une immense bouche ou une plante carnivore géante. Nous nous regardons fixement, Hyacinthe et moi, puis il passe de la terreur à la jubilation. Il se lève d'un bond, se précipite vers moi et me fait tourner avec son bras valide avant de me planter un baiser sur le haut du crâne.

– Quelle fille formidable et délicieuse tu fais ! Tu as réussi !

Ces compliments me mettant mal à l'aise, je lui rappelle :

– Il reste l'obstacle des gardes.

– Tu m'as libéré de prison. Je nous libérerai de ce tertre, affirme-t-il avec une assurance qui ressemble à de la fierté.

– Dis-moi d'abord ce que tu sais sur Chêne. Et n'omets rien, cette fois.

Il fait la grimace.

– Je te dirai ça en chemin.

Je refuse de la tête.

– Maintenant.

– Qu'est-ce qu'il est censé te dire ? me lance la jeune humaine depuis sa geôle.

Hyacinthe me jette un regard exaspéré.

– Pas ici, insiste-t-il en me faisant les gros yeux pour me mettre en garde : *Cette fille peut nous entendre. Le merrow aussi.*

– On va les libérer, eux aussi, donc peu importe, dis-je.

Au point où j'en suis, ce n'est pas cela qui aggravera mon cas lorsque je serai découverte.

Hyacinthe me regarde avec stupéfaction.

– Voilà qui serait imprudent !

– Je m'appelle Gwen, lance la fille. Je vous en supplie ! Je vous jure de ne dire à personne ce que j'ai entendu. Si vous m'emmenez, je ferai tout ce que vous voudrez !

Je regarde ce qui est écrit au-dessus de sa cellule. Encore une devinette. *Elle dévore sans avoir de museau. Bien nourrie, elle grandit, rapide et forte. Mais donnez-lui à boire, et vous lui donnez la mort.*

Elle n'a pas de bouche, mais elle mange…

– Wren, tu as entendu ce que j'ai dit ? s'impatiente Hyacinthe.

Je réponds :

– Ce sont des témoins. Laisser des témoins derrière nous serait tout aussi imprudent.

– Dans ce cas, donne-moi ton couteau, rétorque-t-il en fronçant les sourcils. Je vais leur régler leur compte.

Gwen s'est rapprochée des stalagmites.

– Attendez ! implore-t-elle, au désespoir. Je peux vous aider ! Il y a un tas de choses que je sais faire.

Comme se repérer dans le monde des mortels. Je ne voudrais pas faire injure à Hyacinthe, mais cette fille pourrait l'emmener dans des endroits où le Peuple n'aurait pas l'idée de chercher. Ensemble, ils s'échapperaient plus facilement que chacun de leur côté.

– Le couteau, exige Hyacinthe, la main tendue vers moi, comme s'il s'attendait vraiment à ce que je le lui donne et le laisse faire.

Je me retourne, l'air sérieux.

– Tu ne m'as toujours rien dit d'utile sur le prince.

– Très bien, concède-t-il. Quand dame Nore a enlevé Madoc, elle a envoyé un message à la Haute Cour dans lequel elle demandait quelque chose en échange de la libération du vieux général. J'ignore ce que c'était ; je sais juste que le Grand Roi et la Grande Reine ont refusé d'accéder à sa requête.

Je hoche la tête. Chêne m'a dit qu'il voulait la défaite de dame Nore, mais leur échange de messages pourrait signifier qu'il souhaite plutôt l'amadouer. Un instant, je me demande si ce n'était pas moi, la requête de dame Nore. Dans ce cas, Chêne sait exactement où je suis, donc il n'aurait pas besoin d'aller voir la

Sorcière-Chardon. Et la Haute Cour me livrerait immédiatement à dame Nore.

Je demande :

– Chêne est un gancanagh. Comment ça se manifeste ?

Hyacinthe laisse échapper un soupir de frustration. Il est évident qu'il préférerait être ailleurs.

– Je vais te dire ce que je sais en deux mots. Il a hérité partiellement du pouvoir de Liriope, qui avait la capacité de provoquer des émotions fortes chez ceux qui la côtoyaient de près : la loyauté, le désir, l'adoration… J'ignore dans quelle mesure c'était conscient chez elle, et si, le reste du temps, c'était comme un mouvement de marée, emportant les imprudents qui s'aventuraient trop près du rivage. Chêne se servira de toi jusqu'à ce que tu ne lui sois plus utile. Il te manipulera jusqu'à ce que tu ne saches plus distinguer ce qui est réel de ce qui ne l'est pas.

Je me souviens de ce qu'a dit Tiernan sur le père de Hyacinthe, qui était au service de Liriope.

– Oublie cette quête, m'exhorte-t-il. Tu ne sauras jamais quelles intentions le prince cache derrière ses sourires. Tu es une monnaie d'échange et il fait partie de la royauté. C'est dans ses habitudes de dépenser l'or sans compter.

Je me concentre de nouveau sur l'énigme au-dessus de la porte de la cellule de Gwen, qui tout à coup me paraît bien plus facile à résoudre que mes autres problèmes.

Qu'est-ce qui mange mais ne boit pas ? Mon regard se pose sur l'eau, sur le vert-de-gris. Dévorer. Les bouches affamées.

Des bouches comme celles des barreaux de la cellule, prête à engloutir Gwen si je réponds à côté. J'ai eu droit à trois essais avec la geôle de Hyacinthe, mais celle de Gwen est plus basse. Il ne m'en reste peut-être que deux avant qu'elle soit écrasée.

Et, comme les gardes pourraient surgir à tout moment, peut-être que je n'ai de temps que pour un seul.

Je suis terrifiée à l'idée de me tromper et je crains tout autant que nous soyons pris. Ces deux perspectives me déconcentrent, créant une boucle de stress.

Donnez-lui à boire, et vous lui donnez la mort.

Je pense au merrow quand je l'ai arrosé avec l'eau. Je pense à la mer.

Je pense à la réponse à l'énigme précédente : la bougie. Elle dévore, mais en lui donnant à boire on l'éteindrait. Les deux énigmes pourraient-elles avoir la même réponse ? Toutes les geôles s'ouvrent-elles avec le même mot de passe ?

J'ouvre la bouche, prête à prononcer le mot, mais la prudence m'incite à me raviser. *Bien nourrie, elle grandit, rapide et forte.* Les bougies ne grandissent pas. Encore un peu et je donnais la mauvaise réponse, une fois de plus.

Non, ce n'est pas une bougie, mais quelque chose qui y ressemble. Une bougie ne grandit pas… Une flamme, si.

Je chuchote :

– La flamme.

La cellule de Gwen s'ouvre.

La jeune fille en sort, chancelante, puis regarde autour d'elle, comme si c'était un piège. Elle examine Hyacinthe avec circonspection, redoutant peut-être qu'il se décide finalement à faire usage de son couteau.

– C'est elle que tu vas emmener et non moi, dis-je au soldat.

Il me dévisage comme si j'avais perdu l'esprit.

– Et pourquoi le ferais-je ?

– Parce que je te le demande et que je t'ai sorti de prison, dis-je en le fixant d'un regard que j'espère intraitable.

Hélas, il n'a pas l'air impressionné.

– Tu n'as jamais dit que ton prix serait d'aider une stupide mortelle.

La panique me noue les tripes.

– Et si je te libérais de ta malédiction ?

– Impossible, tranche-t-il. Même Chêne n'a pas pu la lever complètement, et il fait partie de la Haute Cour.

Le prince n'a pas autant de pratique que moi en la matière… et peut-être ne souhaitait-il pas la lever tout à fait.

– Mais si moi, je le peux… dis-je de ma voix rauque.

Hyacinthe acquiesce à contrecœur.

Je me tourne vers Gwen et montre les dents, satisfaite de la voir tressaillir. Je lui ordonne :

– À toi de résoudre l'énigme de la cellule du merrow. Et ne te trompe pas.

Là-dessus, je pose la main sur l'aile de Hyacinthe.

Je sens la douceur de ses plumes sous mes doigts, la légèreté de ses os en dessous. Je sens aussi la malédiction qui se reforme en lui, comme quelque chose de vivant.

Puisant dans la magie, je suis surprise par l'épaisseur des nœuds à défaire. C'est comme entrer dans une toile d'araignée. Plus j'insiste, plus la malédiction se colle à moi pour essayer de me transformer, moi aussi. Je sens l'attraction de l'enchantement, son chatoiement et sa brûlure qui tirent sur quelque chose en moi.

– Qu'est-ce que tu fais ? m'interroge Hyacinthe.

Il retire son aile de sous ma main. J'ouvre les yeux, me rendant compte après coup que je les avais fermés.

Je demande :

– C'est douloureux ?

– Non… Je ne sais pas, se corrige-t-il. J'avais l'impression que… que tu me touchais sous la peau.

Après une inspiration, je me remets au travail. Mais, chaque fois que je tente de lever la malédiction, les fils de l'ensorcellement me glissent entre les doigts. Et je suis chaque fois un peu plus attirée en elle, jusqu'à avoir la sensation que les plumes m'étouffent. Que je me noie. Le nœud que j'ai à l'intérieur de moi, au centre de ma magie, est en train de se défaire.

– Arrête, m'ordonne Hyacinthe en me secouant l'épaule. Ça suffit.

Quand je reviens à moi, je suis à terre, le soldat agenouillé à mes côtés. Je n'arrive plus à respirer.

Les enchantements de la glaistig étaient simples comparés à cet enchevêtrement de sorts. Je serre les dents. Je suis peut-être assez bonne pour une Fæ solitaire qui vit dans le monde des mortels, mais me croire capable de détricoter la magie de la Haute Cour n'était que pure arrogance.

Un peu plus loin, Gwen et le merrow, désormais hors de sa geôle, regardent dans ma direction. Ce dernier cligne des yeux, sa troisième paupière se fermant à contretemps.

– Nous avons résolu l'énigme ensemble, m'informe Hyacinthe en regardant Gwen, les sourcils froncés. Maintenant, allons-y.

Je commence :

– Mais…

– Je vais emmener la fille mortelle, m'interrompt-il. Je les sortirai de là, elle et cette créature. Allez, lève-toi.

C'est ce qu'il faut que je fasse, mais je l'entends de très loin parce que je tente à nouveau d'atteindre la magie. Cette fois, au moment où elle essaie de m'attirer, c'est moi qui l'attire. Je la laisse m'emporter. Je m'empresse d'englober la malédiction dans son intégralité.

Tout s'arrête. Je n'ai plus d'air dans les poumons. Une douleur m'envahit la poitrine, comme si mon cœur avait cessé de battre. Comme si quelque chose se fendait en moi. Comme si j'allais me scinder en deux.

Lorsque j'ouvre les yeux, mes ongles abîmés sont plantés dans le bras de Hyacinthe. Son *bras*, qui n'est plus recouvert de plumes, qui n'a plus l'apparence d'une aile. Le soldat est encore à genoux. Moi, je tremble de la tête aux pieds. J'ai le tournis au point que je me souviens à peine où je suis.

– Tu as réussi. Tu as levé la malédiction ! s'exclame Hyacinthe, stupéfait. Ma dame, c'est à toi que je prête allégeance. À toi, et à toi seule.

Je ne réalise pas tout de suite ce qu'il raconte. Quand je comprends enfin, l'horreur me saisit.

Je parviens à protester d'une voix étouffée :

– Non !

Je ne veux pas de cette charge. J'ai vu ce que le pouvoir fait aux gens, et comment ceux qui jurent fidélité en viennent à regretter leur serment, voire à souhaiter l'anéantissement de celui ou celle auprès de qui ils se sont engagés. Je n'ai jamais été aussi peu libre que lorsque j'étais souveraine.

– Je te servirai pour toujours, dit-il sans se soucier de mon refus.

De ses lèvres sèches, il embrasse le dos de ma main. Ses cheveux bruns tombent devant son visage comme un rideau soyeux et m'effleurent le bras.

– J'obéirai à tous tes ordres, ajoute-t-il.

Je lève les yeux vers les trois prisonniers que j'ai libérés. Soudain, je me rends compte de la gravité de mon erreur. Je n'avais pas réalisé que j'avais autant changé ; que je ne suis plus la jeune fille terrifiée sans cesse en quête d'une cachette pour échapper à la cour des Crocs. Lever les sortilèges dont sont victimes les mortels a fait de moi une rebelle.

Un instant, cette constatation m'emplit de joie. Être en danger ne m'enchante pas particulièrement. Ce qui me fait du bien, c'est d'être celle qui provoque les événements et non plus celle qui les subit.

– Retire tes chaussures, dis-je à la fille d'une voix plus rauque que jamais.

Elle baisse les yeux sur ses baskets.

– Pourquoi ça ?

Un seul coup d'œil, et elle s'exécute.

Je me relève en essayant de me rappeler mon ébauche de plan. Me voyant vaciller, Hyacinthe m'attrape le bras. Par fierté, je suis tentée de le rembarrer, mais je lui suis trop reconnaissante pour ce geste.

J'explique à Gwen :

– C'est pour que tu te déplaces plus discrètement. Cachez-vous tous les trois derrière l'abreuvoir. Cet endroit est mal éclairé. Si vous vous accroupissez, personne ne vous verra.

– Et toi ? me demande Hyacinthe après un silence.

Je secoue la tête.

– Je t'ai dit que je ne venais pas. Je détournerai l'attention des gardes. Tu sauras trouver le chemin de la sortie ?

Il acquiesce brièvement. Après tout, il est soldat. On peut espérer qu'il a été formé pour des situations de ce genre. Puis il fronce les sourcils.

– Si tu restes ici, tu seras en grand danger, m'avertit-il.

– Je ne viens pas avec vous, dis-je.

– Il ne te pardonnera pas, réplique Hyacinthe.

Si Chêne découvre que c'est moi qui ai libéré son prisonnier, il a sûrement raison. Mais ça ne change rien au fait que je doive affronter dame Nore, sinon elle me pourchassera.

Même si ses propos ne font qu'amplifier mes craintes, je rappelle à Hyacinthe :

– Tu m'as juré fidélité il y a trois minutes. J'exige que Gwen et toi quittiez la cour des Papillons de nuit vivants. Et emmène le merrow jusqu'à la grotte marine. C'est sur ton chemin.

– Alors envoie-moi à la Citadelle chez dame Nore, insiste Hyacinthe en chuchotant presque. Si tu arrivais jusque là-bas, au moins tu aurais un allié.

– C'est précisément pour cette raison qu'il ne faut pas jurer d'obéir à qui que ce soit, dis-je, un grondement dans la voix. En général, ce qu'on te demande ne correspond pas à tes attentes.

– Je connais les Fæs et leurs marchés, intervient Gwen, comme une idiote. Toi aussi, tu vas me demander quelque chose, pas vrai ?

Je la regarde de la tête aux pieds. Je n'avais pas prévu d'exiger quoi que ce soit d'elle, mais j'aurais dû. Elle n'a sans doute pas grand-chose sur elle. Cela étant dit, avec ses vêtements et ses baskets, je pourrais me fondre plus facilement dans le monde des mortels en cas de besoin. Et ce n'est pas tout.

Je demande :

– Tu as un téléphone ?

– Je pensais que tu réclamerais un an de ma vie, un souvenir précieux ou ma voix, répond Gwen, visiblement surprise.

Que ferais-je de ce genre de choses ?

– Tu préférerais me donner un an de ta vie ?

– Non, concède-t-elle en plongeant la main dans sa poche pour en sortir son téléphone et un chargeur, qu'elle détache d'une chaînette pour porte-clés. On ne capte pas, ici.

– Quand Hyacinthe et toi serez à l'abri, faites-le-moi savoir, dis-je en prenant l'appareil.

L'objet est léger. Ça faisait longtemps que je n'en avais pas tenu un en main.

– J'allais appeler mon copain, m'informe-t-elle. Il a répondu une fois. J'entendais leur musique en fond sonore. S'il appelle…

Je la coupe :

– Je lui dirai de partir. Maintenant, allez vous cacher. À l'arrivée des gardes, vous filerez.

Hyacinthe me lance un regard de reproche lorsqu'il entraîne la mortelle vers l'obscurité.

Le merrow me prend la main. Sa peau est glacée.

– Dame de la terre, dit-il d'une voix plus rauque encore que la mienne. Le seul cadeau que je puisse te faire est celui de la connaissance. Une guerre se prépare sous les flots. La reine des Fonds marins s'est affaiblie et son enfant est plus faible encore. Quand le sang teintera l'eau, la terre ferait bien de ne pas s'en mêler. Cirein-Cròin arrive.

Là-dessus, il s'éloigne vers l'abreuvoir d'un pas hésitant.

De mon côté, je me dirige vers la porte ornée de cuivre et en tourne la poignée. Je suis encore essoufflée et j'ai toujours les jambes en coton, comme si je sortais d'une longue convalescence. C'est la première fois que je suis aussi fatiguée après avoir levé un sortilège, ce qui m'effraie.

Toutefois, ce qui m'effraie encore plus, ce sont le bauchan et la chevaleresse que je trouve de l'autre côté du battant. En me voyant, la garde aux cheveux rouges porte la main à son épée, qu'elle a donc récupérée – parce que Jack des Lacs a fini par la lâcher et non parce qu'il a été pris, j'espère.

– Comment as-tu… commence le bauchan.

Je l'interromps d'un ton le plus ferme possible :

– Le soldat maudit… Le prisonnier du prince… Il n'est plus dans sa cellule !

Ce n'est pas un mensonge, puisque c'est moi qui l'ai fait sortir.

– Ça n'explique pas ta présence alors que tu n'as rien à faire là, rétorque la chevaleresse.

Je me justifie :

– À mon arrivée tout à l'heure, personne ne gardait l'entrée.

Je laisse planer cette accusation dans l'air. La chevaleresse, agacée et les joues en feu, passe à côté de moi pour aller vérifier la cellule du fond, où Hyacinthe aurait dû être. Je la suis, évitant soigneusement de regarder vers les ombres.

– Eh bien ? dis-je, la main sur la hanche.

En voyant le regard paniqué des deux gardes, je comprends qu'Annet n'a pas volé sa réputation de reine tyrannique.

– La fille ! s'exclame la chevaleresse en s'apercevant que l'humaine a disparu, elle aussi.

– Et l'espion des Fonds marins…

Le bauchan prononce le mot qui permet d'ouvrir la cellule du merrow et en fait le tour. L'avantage d'avoir libéré tous les prisonniers, c'est que les gardes peinent à comprendre ce qui s'est passé.

– Et toi, tu n'as rien vu ? m'interroge la chevaleresse.

– Qu'y avait-il à voir ? Et vous, qu'avez-vous vu pour quitter ainsi votre poste ?

Le bauchan regarde sa collègue comme pour lui intimer de se taire. L'un et l'autre restent silencieux un moment.

– Ne raconte ça à personne, m'ordonne enfin la chevaleresse. Nous rattraperons les prisonniers. Ils ne doivent jamais quitter la cour des Papillons de nuit.

J'acquiesce lentement, comme si je réfléchissais à ce qu'elle venait de dire. Je garde la tête haute comme j'ai vu les nobles le faire, comme dame Nore le faisait. Je n'aurais pas pu tenir ce rôle vêtue de hardes et avec mes cheveux fous, mais je vois que les gardes me croient. Décidément, je me réjouis de porter cette robe, pas seulement parce qu'elle est belle.

– Je dois rejoindre le prince, dis-je. Je ne lui dirai rien pour l'instant mais, si vous ne retrouvez pas Hyacinthe avant que nous partions rendre visite à la Sorcière-Chardon à l'aube, vous ne pourrez plus cacher qu'il s'est volatilisé.

Le cœur battant, je sors dans le couloir puis rebrousse chemin jusqu'à la fête, mes mains plaquées sur ma poitrine pour les empêcher de trembler.

Je me dirige vers une table où je me sers une rasade de vin vert. Avec son odeur d'herbe écrasée, il me monte tout de suite à la tête, chassant le goût amer de l'adrénaline.

Je ne tarde pas à repérer Chêne, une bouteille de vin à la main, et à son bras la dame à la tête de chat que j'avais aperçue avant de quitter la fête. Pendant qu'ils dansent, elle caresse de ses griffes les boucles dorées du prince. Puis il y a un changement de partenaires, et la dame chatte est remplacée par une vieille sorcière.

Chêne dépose un baiser sur sa main flétrie. Lorsqu'elle se penche pour l'embrasser sur la gorge, il se contente de rire avant de l'emporter dans le rythme d'une gavotte, son sourire alcoolisé toujours aussi radieux.

Du moins jusqu'à ce que l'ogre qui danse avec la dame chatte la tire brusquement à l'extérieur du cercle tourbillonnant et la pousse sans ménagement à travers la foule vers un autre ogre.

Chêne cesse alors de danser, abandonne sa partenaire et traverse la salle d'un pas rapide pour les rejoindre.

Je le suis en mettant plus de temps : contrairement à ce qu'elle a fait pour lui, la foule ne s'écarte pas sur mon passage.

Lorsqu'enfin je me rapproche, Chêne s'est interposé entre les ogres et la dame chatte, qui feule.

– Rends-la-nous, ordonne l'un des ogres. C'est une petite voleuse, et je veux sa peau.

– Une voleuse ? Allons, peut-être ravit-elle les cœurs, tout au plus, tempère Chêne – ce qui fait sourire la dame chatte.

Elle porte une robe de soie à paniers, d'un rose très pâle. Des boucles d'oreilles en cristal pendent à ses oreilles recouvertes de fourrure. Elle a l'air trop riche pour avoir besoin de voler quoi que ce soit.

– Tu te crois meilleur que nous parce que du sang royal coule dans tes veines, dit l'ogre en appuyant un ongle effilé sur l'épaule du prince. Et tu as peut-être raison. La seule façon de le vérifier, c'est de goûter.

Je mesure le degré d'ébriété de Chêne quand je le vois vaciller en repoussant la main de l'ogre et lui répondre avec un mépris évident :

– La différence de goût serait trop subtile pour ton palais.

La dame chatte plaque un mouchoir sur sa bouche et s'éloigne discrètement, préférant ne pas voir comment Chêne sera récompensé de sa galanterie chevaleresque.

– À mon avis, je n'aurai pas de mal à te faire saigner pour voir ce qu'il en est, menace l'autre ogre, provoquant l'hilarité chez son congénère, qui se rapproche davantage. On parie ?

À ces mots, le prince recule un peu, mais le deuxième ogre se place juste derrière lui.

– Ce serait une erreur.

Chêne ne doit surtout pas leur montrer sa peur, l'odeur de la faiblesse étant plus enivrante encore que celle du sang.

À moins qu'il veuille justement qu'on le frappe.

S'il déclenche une bagarre, il enfreindra les règles de la bienséance en tant qu'invité. Mais, si c'est l'un des ogres qui le frappe en premier, alors ce sera l'hôte qui commettra la faute. Cela dit, à en juger par la taille des deux monstres, ils décolleraient la tête du prince d'un seul coup de poing.

Non seulement ils sont immenses, mais en plus ils ont l'air d'avoir l'habitude de se battre. Chêne, lui, n'a même pas été capable de bloquer ma main quand je l'ai griffé.

J'ai dû faire un mouvement involontaire, car son regard se pose sur moi. L'un des ogres se tourne dans ma direction et se met à glousser.

– Eh bien, eh bien, dit-il. Elle a l'air délicieuse. Elle est à toi ? Vu que tu as pris la défense d'une voleuse, peut-être qu'on devrait te montrer ce que ça fait, quand on te vole quelque chose.

La voix de Chêne se durcit.

– Tu es si bête que tu ne ferais pas la différence entre manger un caillou et manger une friandise jusqu'à ce que tes dents craquent, mais je te préviens : ne t'avise pas de la toucher.

– Qu'est-ce que tu as dit ? demande le deuxième ogre dans un grognement.

Chêne hausse les sourcils.

– L'art de la répartie n'est pas ton fort, hein ? J'essaie de faire comprendre à ton ami qu'il n'est qu'un idiot, un abruti, un crétin, un demeur…

L'ogre lui décoche un coup de poing sur la pommette, assez puissant pour le faire chanceler. Il le frappe une deuxième fois et du sang jaillit de sa bouche.

Un éclat étrange brille dans les yeux du prince.

Pourquoi ne se défend-il pas ? Même s'il voulait que les ogres l'attaquent en premier, voilà, c'est fait. Il aurait tout à fait le droit de riposter.

Espérant ramener l'ogre à la raison avant qu'il fasse encore plus de mal à Chêne, je crie :

– La reine Annet te punira pour avoir osé lever la main sur le prince héritier !

Sitôt qu'il m'a entendue, le deuxième ogre attrape l'épaule de son ami pour l'empêcher de frapper une troisième fois.

– C'est bon, le gamin a eu son compte.

– Tu en es sûr ? demande Chêne en s'essuyant la bouche du dos de la main.

Son sourire s'élargit. Il a les dents rouges.

Totalement incrédule, je me tourne vers lui.

Il redresse les épaules pour se tenir plus droit, sans se préoccuper de l'hématome qui bourgeonne sous son œil, et repousse la mèche de cheveux qui tombe devant son visage. Il a l'air un peu sonné.

– Frappe-moi encore, dit-il à son assaillant, le mettant au défi de continuer.

Les deux ogres échangent un regard. Celui qui l'a brutalisé serre le poing. Son compagnon paraît nerveux.

– Allez ! insiste Chêne.

Son sourire semble ne plus lui appartenir. Ce n'est pas celui qu'il adressait aux danseuses, ni à moi. Celui-là est menaçant. Et ses yeux brillent de l'éclat d'une lame aiguisée.

– *Frappe-moi*, ajoute-t-il.

– Stop ! Ça suffit !

J'ai crié si fort que des convives se tournent vers moi.

Chêne paraît déçu, comme si je ne m'adressais qu'à lui.

– Je te demande pardon, dit-il.

Les ogres le laissent me rejoindre d'un pas vacillant. Qu'il soit étourdi ou simplement ivre, je ne saurais le dire.

– Tu es blessé, dis-je.

Ce qui n'est pas très intelligent.

– Je t'ai perdue dans la foule, marmonne-t-il.

Ses taches de rousseur sont mouchetées de sang. Un bleu apparaît au coin de sa bouche.

Cette bouche que j'ai embrassée.

Je hoche la tête, trop abasourdie pour répondre. Mon cœur bat toujours aussi vite.

– Que dirais-tu de danser, pour mettre notre entraînement en pratique ? me propose-t-il.

– Danser ?

J'ai répété ce mot d'une voix un peu aiguë.

Son regard se porte vers les rondes des convives qui s'ébattent et sautillent. Chêne serait-il en état de choc ?

Venant juste de le trahir, je le suis peut-être un peu, moi aussi.

Comme subjuguée, je glisse ma main dans la sienne. Je ne sens que la chaleur de ses doigts contre ma peau froide. Je ne vois que ses yeux couleur d'ambre ; ses pupilles noires dilatées. Il se mord la lèvre comme s'il était stressé. Je caresse sa joue. Le sang et les taches de rousseur.

Il tremble légèrement. Si j'avais fait ce qu'il vient de faire, sans doute serais-je encore tremblante, moi aussi.

– Prince, déclare une voix.

Je lâche la main de Chêne. La chevaleresse aux cheveux rouges s'est frayée un chemin dans la foule. Elle est suivie de trois soldats en armure lourde qui arborent une expression lugubre.

J'ai comme une pierre dans l'estomac.

La chevaleresse s'incline.

– Prince, je m'appelle Revindra et je fais partie de la garde personnelle de la reine Annet. Je viens t'informer que... l'une des personnes qui t'accompagnent a pénétré sans autorisation dans notre prison et libéré l'espion de dame Nore, l'une des mortelles de la reine Annet ainsi qu'un merrow des Fonds marins.

Je ne dis rien. Je n'ai rien à dire.

– As-tu une preuve de ce que tu avances ? lui demande Chêne en me jetant un bref coup d'œil.

– J'ai l'aveu du kelpie qui l'a aidée. Voilà avec quoi elle l'a rétribué.

Revindra ouvre sa paume pour lui montrer le renard d'argent aux yeux en péridot.

Chêne serre les dents.

– Wren ?

Je ne sais pas comment justifier ce que j'ai fait.

Il récupère la figurine. Son visage s'assombrit.

– Je ne pensais pas la revoir un jour.

– Nous sommes là pour emmener Suren, explique Revindra. Et nous n'apprécierions pas que tu tentes de t'interposer.

Le regard en biais que Chêne me lance est aussi froid que celui qu'il a accordé aux ogres.

– Oh, dit-il. Il ne me viendrait pas à l'esprit de le faire.

Chapitre 8

À quatorze ans, j'appris à préparer des décoctions d'aiguilles d'épicéa et de fleurs de monarde en les faisant bouillir au-dessus d'une flamme.

– En voulez-vous une tasse, monsieur Renard ? proposai-je à ma peluche d'un ton prévenant, comme si nous étions très chics.

Il n'en voulait pas. Toutes les nuits, je dormais par terre, dans la mousse, et me lovais autour de lui. À force, sa fourrure en était devenue miteuse.

Il m'arrivait quelquefois de le laisser quand j'allais m'asseoir sous les fenêtres de l'école de Bex ou celles de l'institut universitaire local. Là, je répétais des poèmes et des bribes de cours d'histoire qui ne me serviraient sans doute à rien, ou je faisais des calculs en dessinant les chiffres dans le sable. Un soir, à mon retour, je découvris que M. Renard avait été attaqué par un écureuil. Cherchant de quoi faire son nid, il lui avait arraché presque tout son rembourrage.

Après cet épisode, je restai à mon campement pour lui lire un roman sur une gouvernante ruinée, que j'avais pris à la bibliothèque en même temps que *La Cueillette dans le Sud-Est des États-Unis*. Il y était beaucoup question de convalescence et d'engelures, alors je m'étais dit que ça pourrait aider M. Renard à aller mieux. C'est horrible à dire, mais il ressemblait aux peaux écorchées que Bogdana mettait à sécher après ses assassinats.

– On va trouver de quoi te remplir, lui promis-je. Des plumes, peut-être.

Là-dessus, je m'allongeai. Mon regard se posa sur un oiseau dans l'arbre au-dessus de nous. À force de vivre dans la nature, j'étais rapide et féroce. J'aurais pu attraper l'oiseau sans problème, mais comment être sûre que ses plumes seraient propres, dénuées de parasites ? Il me faudrait plutôt envisager d'éventrer un des oreillers de ma non-famille.

Dans les bois, je repensais souvent à nos jeux, à Rebecca et moi. Comme le jour où nous avions fait semblant d'être des princesses de contes de fées. Nous avions emporté nos accessoires dans une brouette : une hache rouillée que personne n'utilisait jamais, deux couronnes en papier que j'avais fabriquées et décorées de paillettes, et une pomme un peu talée mais encore brillante de cire.

– D'abord, on dirait que je serais un chasseur et que tu me supplierais de te laisser la vie sauve, m'avait dit Rebecca. Comme tu es triste et très jolie, je serais clémente. Du coup, à la place, je tuerais une biche.

Nous avions donc joué. Avec la hache, Rebecca coupait des herbes.

– Maintenant, on dirait que je serais la méchante reine, avais-je proposé. Et toi, on dirait que tu me donnerais…

– C'est moi, la méchante reine, avait insisté Rebecca. Et le prince. Et le bûcheron.

– C'est pas juste, m'étais-je plainte. C'est toi qui fais tout, et moi je ne fais que pleurer et dormir !

Rebecca pouvait se montrer très autoritaire, parfois.

– Oui mais, toi, tu vas pouvoir manger la pomme, me fit-elle remarquer. Et mettre une couronne. En plus, c'est toi qui as dit que tu voulais être la princesse. Et c'est ce que font les princesses.

Mordre dans la pomme empoisonnée. Dormir.

Pleurer.

Un jour où je repensais à cela, un bruissement me fit relever la tête.

– Suren ?

L'appel résonna dans les bois. Personne n'aurait dû m'appeler. Personne n'était même censé connaître mon nom.

– Reste ici, monsieur Renard, dis-je en rangeant ma peluche dans ma hutte.

Puis je me dirigeai vers la voix.

J'aperçus Chêne, l'héritier de Domelfe, dans la clairière. Dans mon souvenir, il était un petit garçon d'humeur joyeuse. Or il avait beaucoup grandi et était très maigre, comme ces enfants qui poussent d'un coup.

Lorsqu'il se déplaçait, il le faisait en hésitant, comme s'il ne savait plus utiliser ce corps désormais tout dégingandé. Il devait avoir treize ans. Et il n'avait aucune raison d'être ici, dans mes bois.

Après m'être accroupie au milieu d'un tapis de fougères, je demandai :

– Qu'est-ce que tu veux ?

Il se tourna en direction de ma voix.

– Suren ? m'appela-t-il de nouveau. C'est toi ?

Il portait un gilet bleu avec des brandebourgs argentés à la place des boutons, sur une chemise en lin de qualité. Ses sabots étaient recouverts de capuchons d'argent assortis aux deux boucles en argent accrochées à l'extrémité d'une de ses oreilles pointues. Ses cheveux blond clair qui voletaient autour de son visage étaient mêlés à des mèches dorées plus foncées.

Je fis une critique rapide de ma personne. Non seulement j'avais les pieds nus, mais en plus ils étaient noirs de crasse. Je ne savais plus à quand remontait le dernier lavage de ma robe. Maculée de vert à hauteur des genoux, elle était tachée de sang au niveau de la taille après que je m'étais griffé le bras sur des épines. Je me rappelai que Chêne m'avait trouvée attachée à un piquet, comme un animal, à l'extérieur du campement de la cour des Crocs. L'idée de lui inspirer de la pitié une fois de plus m'était insupportable.

– Oui, c'est moi, lançai-je. Maintenant, va-t'en !

– Mais je viens à peine de te retrouver… Et je veux te parler.

Il avait l'air déterminé. Comme si, même après tout ce temps, il me considérait comme une amie.

– Que me donneras-tu si j'accepte, prince de Domelfe ?

Il tressaillit en m'entendant prononcer son titre.

– Le plaisir de ma compagnie ?

– Pourquoi ?

Ma question n'avait rien de chaleureux. Ma perplexité était réelle.

Il mit du temps à répondre.

– Parce que tu es la seule personne que je connaisse qui fasse partie de la royauté, comme moi.

– Non, pas comme toi, rectifiai-je.

– Tu t'es enfuie, me rappela-t-il. Et je voudrais m'enfuir, moi aussi.

Je m'installai dans une position plus confortable. Je ne m'étais pas « enfuie » à proprement parler. Du bout des doigts, j'arrachai un brin d'herbe. Moi, je n'avais rien. Chêne avait tout, lui.

– Pourquoi ça ? répétai-je.

– Parce que… j'en ai marre que des gens tentent de m'assassiner.

– Je pensais qu'ils auraient préféré te voir *toi* sur le trône plutôt que ta sœur.

Quel était l'intérêt de le tuer ? Il n'était pas irremplaçable. Si Jude voulait un héritier, elle pouvait avoir un bébé. En tant qu'humaine, elle pouvait sûrement donner naissance à des tas de bébés.

Du bout de son sabot, Chêne s'évertuait à déterrer une racine.

– Eh bien, il y a des gens qui veulent protéger Cardan parce qu'ils croient que Jude a l'intention de l'assassiner et que, si je n'étais pas dans les parages, elle changerait d'avis. D'autres pensent que m'éliminer serait un bon début pour l'éliminer, elle.

– Je ne comprends pas la logique, dis-je.

– Tu ne voudrais pas te montrer, qu'on puisse discuter ?

Les sourcils froncés, il me chercha dans les broussailles et entre les arbres.

– Tu n'as pas besoin de me voir pour ça.

– Bon, d'accord, abdiqua-t-il avant de s'asseoir parmi les feuilles et la mousse, sa joue posée sur son genou. Quelqu'un a *encore* essayé de me tuer. *Encore* avec du poison. Quelqu'un d'autre a voulu m'entraîner dans un complot qui visait à tuer ma sœur et Cardan pour que je gouverne à leur place. Quand j'ai refusé, c'est moi qu'on a tenté d'assassiner – avec un couteau, cette fois.

– Un couteau empoisonné ?

Il rit.

– Non, un couteau normal ! Mais ça m'a fait mal.

Je retins mon souffle. Lorsqu'il parlait de tentatives d'assassinat, je pensais qu'elles avaient été déjouées d'une manière ou d'une autre, et non que Chêne y avait *survécu*.

– J'ai donc décidé de m'enfuir de Terrafæ, poursuivit-il. Comme toi.

Une fois de plus, je ne me considérais pas comme une fugitive. J'étais simplement quelqu'un qui n'avait nulle part où aller. Qui attendait de grandir. D'avoir moins peur. Ou d'avoir plus de pouvoir.

– Le prince de Domelfe ne peut pas disparaître d'un coup ! protestai-je.

– Oh, ça leur ferait sûrement plaisir. C'est à cause de moi que mon père a été exilé. À cause de moi que ma mère l'a épousé. Une de mes sœurs et sa petite amie ont dû s'occuper de moi quand j'étais enfant alors qu'elles-mêmes n'étaient encore que des gamines. Une autre de mes sœurs a failli se faire tuer je ne sais combien de fois pour me protéger. Sans moi, leur vie sera plus facile. Elles finiront par se rendre à l'évidence.

– Non, c'est faux, dis-je en m'efforçant d'ignorer l'immense vague de jalousie qui me submergeait, car je savais qu'il leur manquerait.

– Laisse-moi vivre dans les bois avec toi, me supplia-t-il dans un souffle.

Je l'imaginais buvant une infusion avec M. Renard et moi. Je pourrais lui montrer les endroits où cueillir les mûres les plus sucrées. Nous mangerions de la bardane, du trèfle violet et des coulemelles. La nuit, nous discuterions à voix basse, allongés sur le dos. Il me parlerait des constellations, de ses théories sur la magie et des séries télé qu'il avait vues dans le monde des mortels. Moi, je lui confierais tous les secrets de mon cœur.

Un instant, cela me parut plausible.

Mais on finirait par venir le chercher, comme dame Nore et le seigneur Jarel étaient venus m'enlever. Avec un peu de chance, ce seraient les gardes de sa sœur qui le ramèneraient de force à Domelfe. Sinon, il recevrait un coup de couteau d'un ennemi dans la nuit.

Sa place n'était pas ici. Il n'était pas fait pour dormir par terre. Pour survivre en marge de toutes choses.

– Non, m'obligeai-je à répondre. Rentre chez toi.

Je vis qu'il était blessé, réellement décontenancé par cette douleur à laquelle il ne s'attendait pas.

– Pourquoi non ? s'enquit-il, si perdu que j'aurais voulu retirer ce que j'avais dit.

– Quand tu m'as trouvée attachée à ce piquet, j'ai pensé à te faire du mal, répondis-je en me détestant. Tu n'es pas mon ami.

Je ne veux pas de toi ici. Voilà ce que j'aurais dû ajouter, mais je ne le pouvais pas, car c'était un mensonge.

– Ah, dit-il. Bon.

Je soupirai.

– Tu peux rester cette nuit, dis-je tout à coup, incapable de résister à la tentation. Demain, tu rentreras chez toi. Sinon, je t'y obligerai. Ce sera le gage que je n'ai pas eu le temps de te donner la dernière fois qu'on a joué ensemble.

– Et si je rentre mais que je reviens ? m'interrogea-t-il en essayant de masquer sa peine.

– Tu ne le feras pas.

Quand il rentrerait, ses sœurs et sa mère l'attendraient, inquiètes de son absence, et lui feraient promettre de ne jamais recommencer.

– Tu as trop d'honneur, poursuivis-je.

Il ne répondit pas.

– Reste où tu es, je reviens, lui ordonnai-je avant de rebrousser chemin dans l'herbe, à pas de loup.

Après tout, il allait me tenir compagnie une nuit. Je ne le considérais pas comme mon ami, mais je pouvais tout de même être la sienne. Je lui apportai une tasse d'infusion chaude, tout juste préparée. Je la posai sur une pierre plate non loin, avec une poignée de mûres sur quelques feuilles.

– Voudrais-tu une infusion, jeune prince ? proposai-je. C'est par-là.

– D'accord, répondit-il en marchant vers ma voix.

Lorsqu'il trouva la pierre, il s'y installa, posa la tasse sur sa cuisse et tint les mûres dans sa paume.

– Tu en bois une avec moi ?

– Oui, répondis-je.

Il hocha la tête. Cette fois, il n'insista pas pour que je me montre.

– Tu voudrais bien me parler des constellations ? m'enquis-je.

– Je croyais que tu ne m'appréciais pas.

– Je peux faire comme si. Pour une nuit.

Du coup, il me décrivit les constellations et me raconta l'histoire d'un enfant de la noblesse qui pensait avoir découvert une prophétie lui promettant de grandes réussites, avant qu'il se rende compte que sa carte des étoiles était à l'envers.

Je lui racontai un film de mortels que j'avais vu des années auparavant. Il rit aux passages comiques. Lorsqu'il s'allongea sur un lit de joncs et ferma les yeux, je me rapprochai prudemment de lui et le recouvris de feuilles séchées pour qu'il ne prenne pas froid.

À mon réveil, le lendemain après-midi, il était déjà parti.

Chapitre 9

Je suis emmenée de force dans les couloirs, conduite non vers les prisons comme je le croyais, mais dans la chambre où je me suis apprêtée pour la fête. Mon sac à dos est toujours suspendu au crochet où je l'ai laissé. Le peigne que Chêne a utilisé est encore posé sur la commode. Revindra, la chevaleresse aux cheveux rouges, me pousse à l'intérieur avec une telle brusquerie que je me cogne l'épaule en tombant. Après quoi, elle me donne un coup de pied dans le ventre, puis un deuxième.

Manquant d'air, je me recroqueville sous la douleur. Je glisse les doigts dans les plis de ma robe et les referme sur les ciseaux que j'ai volés à Habetrot.

Voilà ce que j'ai appris à la cour des Crocs. Au début, il me semblait que riposter ne ferait qu'engendrer une plus grande douleur. C'est la leçon qu'on a voulu m'enseigner. Mais j'ai vite compris que, de toute façon, j'aurais mal. Mieux valait rendre les coups si j'en avais l'occasion. Mieux valait que mon adversaire hésite, sachant qu'il n'en sortirait pas indemne.

Revindra étant protégée par une armure, quand je la frappe, je lacère la partie de son corps la plus exposée : son visage.

Le bord affûté de la lame lui entaille la joue jusqu'à la commissure des lèvres. Elle écarquille les yeux avant de s'écarter de moi avec un cri sauvage. Elle plaque une main sur sa bouche, l'essuie puis regarde fixement ses doigts, comme si elle jugeait impossible que la sensation de mouillé provienne de son propre sang. Un chevalier m'attrape la gorge et m'immobilise pendant qu'un troisième frappe mon poignet au sol jusqu'à ce que je lâche les ciseaux dans un cri de souffrance.

Ce serait insultant de se faire poignarder avec, avait dit Jack des Lacs. J'espère qu'il a raison.

Quand Revindra me décoche un coup de pied à l'arrière du crâne, je n'essaie pas d'étouffer mon gémissement de douleur. À la cour des Crocs, on aimait m'entendre crier, hurler. Voir mes bleus, mon sang, mes os, leur faisait plaisir. J'ai humilié Revindra à deux reprises. Évidemment qu'elle est fâchée. Je ne gagne rien à lui donner autre chose que ce qu'elle attend.

Du moins jusqu'à ce qu'elle me laisse l'occasion de lui rendre la pareille.

– Quel que soit le châtiment que l'on t'imposera, je demanderai à te l'infliger, gronde-t-elle. Et je le ferai avec soin, en prenant tout mon temps.

Toujours par terre, je feule après elle et recule lorsqu'elle s'approche de nouveau.

– À très bientôt, me lance-t-elle.

Sur ces mots, elle quitte la pièce, imitée par les autres chevaliers.

Je grimpe sur le lit et me roule en boule, pitoyable.

J'aurais dû garder mon sang-froid, je le sais. Si je prends plaisir à faire mal aux autres, cela signifie que je suis plus proche de dame Nore et du seigneur Jarel que je l'imagine.

Pour ne plus penser à mon poignet ni à mon flanc affreusement douloureux ; pour ne plus revoir l'expression de Chêne retrouvant son ancien jouet, et pour éviter de me demander si je vais être exécutée de l'une des effroyables manières qui terrorisaient tant Gwen, je sors mon téléphone de ma poche. L'écran n'est pas cassé. Il s'allume sous mes doigts, mais il n'y a pas de message de Hyacinthe. Les yeux rivés sur le rectangle lumineux, je pense à mon ancien numéro, celui que mes non-parents m'ont fait répéter inlassablement à l'époque où j'étais leur enfant et où Bex s'appelait Rebecca.

Nous sommes si profondément enfoncés sous terre qu'il y a très peu de réseau. Rien qu'une petite barre, parfois deux si je penche l'appareil sous un certain angle. Je tape le numéro, sans m'attendre à entendre sonner.

– Allô ?

La voix de ma non-mère est brouillée, comme si elle était plus loin que jamais.

Je n'aurais pas dû appeler. Je dois faire comme si je ne ressentais plus rien lorsqu'ils reviendront me faire du mal, et entendre ma non-mère, c'est trop. Il vaudrait mieux que je me déconnecte de tout ; que je me détache de mon corps, que je sois réduite à néant dans une nuit infinie de néant.

Mais j'ai envie de l'entendre, au cas où ce serait la dernière fois.

– Maman ? dis-je si bas qu'elle ne doit pas m'entendre – d'autant plus que la liaison est déjà mauvaise.

– Qui est-ce ? s'enquiert-elle sèchement, comme si elle soupçonnait une farce.

Je ne réponds pas. J'ai la nausée. Bien sûr, ça doit ressembler à un faux numéro ou à une blague. Dans sa tête, elle n'a qu'une seule fille. Je reste en ligne encore un peu, sentant dans ma gorge le goût des larmes qui me brûlent aussi les paupières. Je compte ses respirations.

Comme elle ne raccroche pas, je pose le téléphone sur le lit après l'avoir mis sur haut-parleur, puis je m'allonge à côté.

Sa voix tremble légèrement.

– Il y a toujours quelqu'un ? demande-t-elle.

Je chuchote :

– Oui.

– Wren ?

Je raccroche, trop effrayée par ce qu'elle pourrait dire ensuite. Je préfère la garder dans mon cœur en train de prononcer mon nom.

Je plaque ma paume contre le mur de pierre froide pour me recentrer, pour tâcher de me rappeler comment faire pour ne rien ressentir.

J'ignore combien de temps je reste allongée là ; assez longtemps en tout cas pour somnoler et me réveiller désorientée. La peur, griffue et terrible, se faufile dans mon ventre et forme dans mon esprit une nappe de brume que mes pensées ont du mal à traverser.

Pourtant, elles y parviennent. Je suis choquée par le souvenir du baiser que j'ai donné au prince. Chaque fois que j'y repense, je grimace de gêne. Que doit-il penser de moi qui me suis ainsi jetée à son cou ? Et pourquoi m'a-t-il embrassée en retour, si ce n'est pour s'assurer de ma docilité ?

Puis vient le souvenir de Hyacinthe insistant pour que je l'accompagne, m'avertissant du danger.

Enfin, j'entends ma non-mère répéter mon nom, en boucle.

Quand un raclement sur la pierre résonne, suivi du grincement de la porte, je me sens comme un animal acculé, prêt à mordre. Je m'empresse de remettre le téléphone dans ma poche et me lève avant de m'épousseter.

C'est Revindra.

– Je viens te chercher pour l'interrogatoire.

Je ne réponds rien mais, lorsqu'elle fait le geste de vouloir m'attraper par le bras, je feule en guise d'avertissement.

– Avance, m'ordonne-t-elle en me poussant à l'épaule. Si tu désobéis, n'oublie pas le plaisir que tu vas me donner.

Je sors dans le couloir où attendent deux autres chevaliers. Ils m'escortent jusqu'à la salle d'audience où la reine Annet siège sur un trône. Celui-ci est recouvert de papillons de nuit qui battent doucement de leurs ailes d'un blanc poudreux. L'ensemble donne l'impression de former un tapis mouvant. La reine est vêtue d'une tenue noire plus simple que la dernière fois où je l'ai vue, mais Chêne, les mains jointes dans le dos, porte les mêmes habits, comme s'il ne s'était pas couché. Tiernan, le visage de marbre, se tient à ses côtés.

Maintenant que Chêne a perdu son sourire, je me rends compte que je m'y étais habituée. Il a un hématome sous l'œil.

Je le revois chancelant après avoir reçu les coups de poing de l'ogre, le sang sur ses dents, son attitude étrange, comme s'il attendait d'être frappé à nouveau.

– Tu m'as volée, m'accuse Annet.

Ses yeux brûlent d'une rage à peine contenue. Je suppose que perdre une mortelle et un merrow est déjà assez gênant, sans parler de la disparition de Hyacinthe alors qu'elle avait presque harcelé Chêne pour qu'il la laisse s'occuper de son sort. Elle doit être particulièrement contrariée d'avoir été humiliée devant l'héritier de la Haute Cour, même si je lui offre un prétexte pour le retenir encore un peu. Cependant, elle ne peut pas affirmer preuve à l'appui qu'il était complice de mes agissements.

Du moins, je ne crois pas.

Si Revindra est fâchée contre moi, la fureur d'Annet est bien plus grande et bien plus meurtrière.

– Le nies-tu ? m'interroge-t-elle en me regardant avec l'attention d'un faucon prêt à fondre sur un rat.

Je jette un coup d'œil à Chêne. Il m'observe intensément, fiévreusement.

Tremblante, je parviens à articuler :

– Je ne peux pas.

Je me mords l'intérieur de la joue pour m'ancrer dans la souffrance. Attendre le châtiment d'un souverain capricieux. Cette situation m'est bien trop familière.

– Alors, dit la reine unseelie, il semblerait que tu conspires avec les ennemis de Domelfe.

Je ne la laisserai pas me mettre ça sur le dos.

– Non.

– Dans ce cas, dis-moi : peux-tu jurer que tu es loyale envers le prince, en toutes circonstances ?

J'ouvre la bouche pour parler, mais aucun mot ne sort. De nouveau, je regarde Chêne. Je sens le piège se refermer sur moi.

– Personne ne peut le jurer.

– Aaah, réplique Annet. Intéressant.

Il doit y avoir une réponse qui me dédouanera un peu.

– Le prince n'a pas besoin de Hyacinthe puisqu'il m'a, moi.

– Il semblerait que ce soit *moi* qui t'aie, rectifie la reine.

Chêne lui jette un regard de biais.

– Hyacinthe n'a-t-il pas l'intention de rejoindre immédiatement dame Nore pour lui dévoiler notre plan ? demande-t-il, prenant la parole pour la première fois.

Le son de sa voix me fait sursauter.

Je nie de la tête.

– Il m'a prêté allégeance.

La reine Annet regarde le prince.

– Non seulement ta dame d'amour t'enlève ton prisonnier juste sous ton nez, mais en plus elle l'utilise pour constituer sa propre armée.

Mes joues me brûlent. Tout ce que je dis ne fait qu'aggraver mon cas.

– C'était mal d'enfermer Hyacinthe ainsi.

– Qui es-tu pour dire à tes supérieurs ce qui est bien et ce qui est mal ? s'impatiente Annet. Toi, enfant traître, fille d'une mère traîtresse, tu devrais être reconnaissante qu'on ne t'ait pas transformée en poisson pour te manger, après avoir trahi la Haute Cour !

Je me mords la lèvre, mes dents pointues meurtrissant ma peau. Je sens le goût de mon propre sang.

– Est-ce réellement ce qui a motivé ton geste ? s'enquiert Chêne en me scrutant avec une singulière férocité.

J'acquiesce. Il affiche une expression lointaine. Je me demande si ça l'agace que la reine m'ait surnommée sa « dame d'amour ».

– Selon Jack des Lacs, tu comptais t'enfuir avec Hyacinthe, poursuit Annet. Il a tenu absolument à tout nous révéler. Pourtant, tu es toujours là. Y a-t-il eu un imprévu, ou as-tu décidé de rester pour fomenter une autre trahison ?

J'espère que l'étang de Jack des Lacs s'asséchera.

– Ce qu'il a dit est faux, dis-je.

– Tiens donc ? s'étonne la souveraine. Parce que tu ne comptais pas t'enfuir, toi aussi ?

– Non. Ça n'a jamais été mon intention.

Elle se penche en avant sur son trône en papillons de nuit.

– Et pourquoi ?

Je regarde Chêne.

– Car j'ai mes raisons d'entreprendre cette quête.

La reine ricane.

– Brave petite traîtresse…

– Comment t'y es-tu prise pour convaincre Jack de t'aider ? me questionne Chêne d'une voix douce. L'a-t-il vraiment fait en échange de la figurine ? Je lui aurais donné bien plus pour qu'il me fasse part de tes intentions.

– J'ai utilisé sa fierté, dis-je.

Chêne hoche la tête.

– Je réalise à présent toutes mes erreurs…

– Et la fille mortelle ? m'interroge la reine Annet. Pourquoi t'être préoccupée de son sort ? Et le merrow ?

– Sans eau, il était en train de mourir. Quant à Gwen, elle voulait juste sauver son amant.

J'ai peut-être mal agi selon les règles des Fæs mais, en ce qui concerne Gwen, au moins j'ai eu raison, quels que soient les critères.

– Les mortels sont des menteurs, déclare la reine unseelie dans un ricanement.

Je rétorque :

– Ça ne veut pas dire qu'ils mentent chaque fois qu'ils ouvrent la bouche.

Ma voix tremble, mais je m'oblige à poursuivre :

– Avez-vous ici un musicien qui n'est pas retourné dans le monde des mortels depuis des jours, et qui à cause de l'enchantement croit pourtant qu'il s'est écoulé quelques heures à peine ?

– Et si je dis que c'est le cas ? demande Annet.

C'est ce qui ressemble le plus à un aveu.

– Menteuse ou pas, tu prendras sa place, déclare-t-elle. Tu as causé du tort à la cour des Papillons de nuit, et tu le paieras de ta vie.

Un grand frisson me secoue, que je ne peux contrôler.

Chêne regarde la reine, les dents serrées. Pourtant, quand il s'adresse à elle, c'est avec légèreté.

– Je crains de ne pouvoir te laisser disposer ainsi de dame Suren.

– Vraiment ? demande Annet du ton de quelqu'un qui a assassiné la plupart de ses amants et qui serait prêt à tuer de nouveau à la moindre provocation.

Chêne la gratifie d'un large sourire – ce sourire charmeur avec lequel il inciterait des canes à lui apporter leurs œufs pour son petit déjeuner. Celui avec lequel il pourrait faire passer pour un simple jeu de délicates négociations sur le sort d'une prisonnière.

– Aussi contrariée que tu puisses l'être par la disparition de Hyacinthe, c'est moi que cela ennuie le plus. Wren l'a peut-être fait disparaître de tes prisons, mais il était *mon* prisonnier. Cela ne veut pas dire que tu n'as pas été lésée, mais je suis sûr qu'on pourrait te trouver une autre mortelle ou un autre merrow, voire quelque chose de mieux.

Bouche-à-nectar. Je me souviens de la manière dont il s'est adressé à l'ogre dans le tertre. Il aurait pu employer ce ton avec lui, pourtant il ne l'a pas fait. Apparemment, ça fonctionne sur la reine unseelie. Elle a l'air de s'apaiser. Sa bouche perd un peu de sa furieuse raideur.

Quel pouvoir effrayant d'avoir une telle voix…

Elle sourit.

– Organisons un tournoi, propose-t-elle. Si je gagne, je te la rends, avec le kelpie. Si tu perds, je les garde tous les deux, et toi avec, jusqu'à ce que Domelfe paie ta rançon.

– Quel genre de tournoi ? demande Chêne, intrigué.

– Je te laisse le choix. Nous pouvons opter pour un jeu de hasard, ainsi nous aurions chacun une chance égale. Sinon, tu peux combattre en duel le champion que j'aurai désigné et compter sur tes capacités.

Un étrange éclat brille dans les yeux de renard de Chêne.

– Je choisis le duel, déclare-t-il.

– Je combattrai à ta place, intervient Tiernan.

La reine Annet ouvre la bouche pour protester, mais Chêne la devance.

– Non, je m'en charge. C'est ce qu'elle veut.

Je m'avance d'un pas vers lui. Elle a dû entendre parler de ses piètres qualités de combattant la nuit précédente. Le bleu qu'il a au visage est là pour en témoigner.

J'avertis la reine :

– Un duel, ce n'est pas un tournoi. Ce n'est pas un jeu.

– Bien sûr que si, insiste Chêne.

Une fois de plus, son attitude me rappelle qu'il a l'habitude d'être le prince adoré, pour qui tout est facile. À mon avis, il ne réalise pas que le duel proposé ne sera pas du genre poli comme le veut l'usage à Domelfe, où l'on a tout le loisir de déclarer forfait et où les marques de respect abondent. Ici, personne ne fera semblant d'être vaincu.

– Jusqu'à la première goutte de sang ? propose-t-il.

– C'est peu probable, répond la reine en riant, me donnant raison d'avoir peur. En tant qu'unseelies, nous espérons nous amuser un peu plus que ça.

– Jusqu'à la mort, alors ? suggère Chêne, comme si l'idée était ridicule.

– Ta sœur réclamerait ma tête si tu perdais la tienne, répond Annet. Cela dit, je crois qu'on peut se mettre d'accord sur un duel qui prendra fin lorsque l'un de vous déclarera forfait. Quelle arme choisiras-tu ?

Le prince porte la main à la poignée de son épée fine comme une aiguille.

– Une rapière.

– Un bien joli accessoire, commente la reine, comme s'il avait proposé d'utiliser une épingle à cheveux.

– Es-tu sûre de vouloir un combat ? demande Chêne en la regardant attentivement. Nous pourrions jouer à un jeu d'adresse d'un autre genre. Un concours de devinettes, par exemple. Ou de baisers ? Mon père avait coutume de dire qu'une bataille est une chose vivante qui, une fois commencée, échappe à tout contrôle.

Tiernan pince les lèvres, les réduisant à un trait.

– Je propose que ce duel ait lieu demain au crépuscule, suggère Annet, ce qui nous laisse à chacun le temps de changer d'avis.

Le prince secoue la tête, refusant sa proposition.

– Excuse-moi, mais nous sommes pressés d'aller voir la Sorcière-Chardon – plus encore maintenant. J'aimerais qu'on règle cette affaire, que je puisse me remettre en route.

– Tu es si certain de gagner ? s'étonne la reine.

Chêne sourit comme s'ils riaient ensemble d'une plaisanterie alors que c'est de lui qu'on se moque.

– Quelle que soit l'issue, le plus tôt sera le mieux, répond-il.

Elle l'observe comme s'il était idiot.

– Tu ne vas même pas prendre le temps d'endosser ton armure ?

– Tiernan va me l'apporter ici, répond-il en faisant un signe de tête au chevalier. J'aurai tôt fait de la passer.

La reine Annet se lève et fait signe à sa chevaleresse.

– Dans ce cas, nous ne te retiendrons pas davantage. Revindra, va chercher Noglan et dis-lui de prendre son épée la plus petite et la plus fine. Puisque le prince est pressé, nous devons faire avec ce qu'il a.

Tiernan se penche vers moi.

– Tu aurais dû partir avec Hyacinthe, me souffle-t-il pour n'être entendu que de moi.

Je baisse les yeux sur mes pieds chaussés des bottes que la cour des Papillons de nuit m'a données pour faire honneur au prince. Si je portais une main à mes cheveux, je sais que je sentirais encore les tresses qu'il m'a faites. S'il meurt, ce sera ma faute.

La salle ne tarde pas à se remplir de curieux. Voir couler le sang de l'héritier de Domelfe est un plaisir rare.

Pendant que Tiernan l'aide à enfiler sa cotte de mailles, la foule s'ouvre pour laisser passer un ogre que je reconnais immédiatement. C'est celui qui a assené deux coups de poing au prince la nuit précédente. Souriant de toutes ses dents, il entre dans la salle avec une démarche arrogante insupportable. Il domine les spectateurs dans sa cuirasse de cuir et de métal, son pantalon en toile épaisse rentré dans ses bottes. Ses bras sont nus. Ses canines inférieures appuient sur sa lèvre supérieure. Ce doit être celui qu'on nomme Noglan.

Il s'incline devant sa reine. Puis il me voit.

– Salut, micro bouchée, me dit-il.

J'enfonce mes ongles dans ma paume.

Son regard se pose sur le prince.

– À croire que je n'ai pas cogné assez fort la dernière fois. Je peux y remédier.

Annet frappe dans ses mains.

– Faites place au duel !

Ses courtisans forment un large cercle sur le sol de terre battue.

Je chuchote à Chêne :

– Tu peux encore reculer. Laisse-moi. Laisse Jack.

L'air grave, il me coule un regard en biais.

– Impossible.

D'accord. Il a besoin de moi dans cette quête pour sauver son père. Au point qu'il m'a embrassée. Au point qu'il est prêt à verser son sang pour me garder à ses côtés.

Il s'avance à grands pas et se place face à l'ogre, qui plaisante avec quelques membres de la foule impatiente, assoiffée de sang. Je le sais parce qu'ils rient, mais je suis trop loin pour entendre ce que l'ogre dit.

Je songe au père de Chêne, que j'ai vu aux conseils de guerre. Le plus souvent, il me survolait du regard, comme si j'étais un chien de chasse qui paressait sous une table, espérant qu'on lui jette un os. Mais, une nuit, il m'avait vue assise dans un coin froid, triturant mes entraves. Il s'était agenouillé et m'avait donné le gobelet de vin chaud épicé qu'il buvait. Il avait posé sur ma tête sa grosse main chaude avant de se redresser.

J'aimerais dire à Chêne que Madoc ne mérite pas son amour, mais je ne sais pas si je le pourrais.

La dame chatte se fraie un chemin parmi les spectateurs pour être aux premières loges. En offrant à Chêne un mouchoir délicat, elle lui signifie qu'il est son favori. Il l'accepte en s'inclinant et l'autorise à le lui nouer au bras.

La reine Annet tient un papillon de nuit blanc dans sa paume ouverte.

– S'il est blessé… me dit Tiernan sans prendre la peine de formuler une menace.

– Dès que le papillon de nuit s'envolera, le duel commencera, annonce la souveraine.

Chêne acquiesce et dégaine sa lame.

Je suis frappée par le contraste entre sa cotte de mailles dorée, le tranchant de sa rapière, les muscles de son corps, et la douceur de ses lèvres et de ses yeux couleur d'ambre. Il racle la terre battue de son sabot, adopte une posture d'attaque et se place de profil face à son adversaire.

– J'ai emprunté un cure-dents, lance Noglan en montrant une épée bien plus longue que celle du prince et qui paraît minuscule dans sa main.

Chêne est déjà grand mais, en plus d'être trois fois plus large, l'ogre le dépasse d'au moins trente centimètres. Ses muscles tendent ses bras nus comme s'il y avait un amas de pierres sous sa peau.

À cet instant, quelque chose vacille dans le regard du prince. Peut-être comprend-il enfin le danger qu'il encourt.

Le papillon de nuit s'envole.

Le visage de Chêne change. Il n'est ni souriant ni lugubre. Il n'exprime plus rien, comme s'il n'éprouvait plus aucune émotion. Je me demande si c'est la tête qu'il fait quand il a peur.

L'ogre traverse le cercle à grandes enjambées, brandissant son épée comme une batte de baseball.

– Ne sois pas timide, mon garçon, lance-t-il. Montre-nous ce que tu as dans le ventre.

Là-dessus, il essaie de frapper Chêne à la tête.

Celui-ci est rapide. Il esquive le coup et enfonce sa rapière dans l'épaule de l'ogre. Lorsqu'il la retire, Noglan rugit. Du sang coule sur son biceps.

La foule retient son souffle. Je suis abasourdie. Était-ce un coup de chance ?

Je ne peux croire que ça l'était en voyant Chêne pivoter et lacérer l'abdomen de l'ogre, juste sous sa cuirasse. Ses mouvements sont précis, maîtrisés. Je n'ai jamais vu quelqu'un d'aussi véloce dans un combat.

Une chair rose, humide et luisante, apparaît. Puis Noglan s'écroule à terre, renversant d'autres Fæs dans sa chute. Des cris ainsi que des hoquets de stupeur fusent parmi les spectateurs.

Chêne s'éloigne à l'autre bout du cercle.

– Ne bouge pas, suggère-t-il, un tremblement dans la voix. On peut en rester là. Déclare forfait.

Mais Noglan se relève avec un grognement de douleur, ignorant la tache de sang qui s'élargit sur son pantalon.

– Je vais t'arracher les tripes…

– Arrête, l'interrompt le prince.

L'ogre se précipite sur lui en abattant son épée. Chêne bloque l'arme de son adversaire avec le tranchant de sa rapière puis en enfonce la pointe dans son cou.

Noglan porte une main à sa gorge. Le sang coule entre ses doigts. Je vois le moment précis où son regard s'éteint, comme une torche qu'on aurait plongée dans l'eau. Il s'effondre. Incrédule, la foule rugit. L'odeur de la mort pèse lourd dans l'air.

Chêne essuie sa lame ensanglantée avec son gant avant de la rengainer.

On a dû raconter à la reine Annet qu'il ne s'était pas défendu contre Noglan. Elle était parvenue à la même conclusion que moi : il ne savait pas se battre. Son sourire facile ne devait rien cacher de sinistre. Il était le prince choyé de Terrafæ qu'il semblait être, gâté par ses sœurs, adoré par sa mère, épargné par les complots de son père.

Je pensais qu'il ne savait même pas manier l'épée. Il avait joué les idiots pour faire croire à ses ennemis qu'il en était un.

Comment ai-je pu oublier qu'il a été nourri dès la naissance aux stratégies et à la tromperie ? Quand les assassinats pour l'accession au trône ont commencé, il était très jeune, mais pas au point de n'en garder aucun souvenir. Pourquoi n'ai-je pas pensé que son père et sa sœur lui enseigneraient l'art du combat ? Ni qu'étant une cible privilégiée pour les assassins, il avait de bonnes raisons d'apprendre à se défendre ?

Annet affiche une expression sinistre. Elle s'attendait à ce que l'issue de ce duel lui soit favorable. Noglan malmènerait le prince, son honneur serait restauré, et nous serions emprisonnés assez longtemps pour qu'elle puisse recevoir un message de ses contacts à la Haute Cour.

Tiernan me lance un regard dur puis secoue la tête.

– J'espère que tu es contente de toi.

Je ne comprends pas ce qu'il veut dire. Chêne est indemne.

Voyant ma tête, il paraît encore plus fâché.

– Chêne n'a jamais appris à se battre autrement que pour tuer. Il ignore tout des parades élégantes. L'esbroufe, il ne connaît pas. Tout ce qu'il sait faire, c'est donner la mort. Une fois lancé, il ne s'arrête pas. Je ne suis pas certain qu'il le puisse.

Un frisson me remonte dans le dos. Je revois le visage de Chêne soudain complètement neutre, puis son expression horrifiée lorsqu'il a vu Noglan étendu au sol, comme s'il était surpris de ce qu'il venait de faire.

– Longtemps, j'ai souhaité avoir un enfant, déclare la reine Annet.

Elle me regarde avant de se concentrer sur Chêne, semblant peu à peu se remettre du choc subi. Elle comprend que prendre la parole est une nécessité.

– Maintenant que j'en attends un, j'espère qu'il sera aussi dévoué envers moi que tu l'es envers ton père. Cela me fait plaisir de voir un Ronceverte qui sait se défendre.

J'imagine que cette pique s'adresse au Grand Roi, célèbre pour laisser à son épouse le soin de se battre.

– Bien. Dame Suren, reprend-elle, j'ai promis de te rendre au prince, mais je ne me souviens pas d'avoir juré que tu serais en vie lorsque je le ferais.

Il n'y a aucune trace d'humour dans son sourire.

– J'ai cru comprendre que tu aimais les énigmes, puisque tu en as résolu plusieurs dans les prisons, poursuit-elle. Je te propose donc un tournoi d'un autre genre. Réponds à celle-ci ou subis-en les conséquences, et le prince Chêne devra se contenter de récupérer ton cadavre. *Dis-moi un mensonge et je te trancherai la tête. Dis-moi la vérité et je te noierai. Quelle est la réponse qui te sauvera ?*

– Reine Annet, je t'avertis : elle n'est plus un jouet que tu peux manipuler, menace Chêne.

Le sourire de la reine ne faiblit pas. Elle attend. Je n'ai d'autre choix que de me plier à son petit jeu cruel.

Même si j'ai l'esprit complètement vide.

J'inspire en tremblant. Annet affirme qu'il y a une solution à cette énigme, mais il n'y a que deux options : la noyade ou la décapitation. Le mensonge ou la vérité. Deux issues funestes.

Mais, si la vérité débouche sur la noyade, et le mensonge sur la décapitation, je dois trouver le moyen de retourner l'un des deux contre elle.

Je suis fatiguée et mon corps est douloureux. Mes pensées s'emmêlent. Est-ce une question du genre *Qui de la poule ou de l'œuf…* ? Un piège pour sceller mon sort ? Si je choisis la noyade et que c'est la vérité, alors elle devra me noyer, et la décapitation étant le sort de celui qui ment…

– Je dois répondre « Tu me décapiteras », dis-je.

Car, si elle me tranche la tête, c'est que je dis la vérité et, dans ce cas, elle aurait dû me noyer. Conclusion : elle n'a aucun moyen de m'exécuter correctement.

Je pousse un soupir de soulagement. Puisqu'il y a bien une réponse, quel que soit le sort qu'elle aurait voulu me faire subir, elle doit à présent me libérer.

Annet affiche un sourire crispé.

– Chêne, emmène ta traîtresse avec la bénédiction de la cour des Papillons de nuit.

Alors qu'il s'approche de moi, elle poursuit :

– Tu crois peut-être que Domelfe verra d'un mauvais œil mes tentatives de te garder plus longtemps ici, mais je te promets que ta sœur appréciera encore moins d'apprendre que je t'ai laissé partir avec dame Suren, surtout quand elle saura que cette dernière t'a tranché la gorge.

Chêne grimace. La reine le remarque.

– Tu m'as bien comprise, commente-t-elle.

Puis elle pivote en faisant tourner ses longues jupes noires, une main sur son ventre rond.

– Viens, m'ordonne le prince.

Un muscle tressaille sur sa joue, comme s'il serrait les dents trop fort.

Il serait plus prudent que je le déteste. Mais je n'y arrive pas, et ce n'est peut-être pas plus mal que ce soit lui qui me haïsse, à présent.

Jack des Lacs est relâché en dehors du tertre. Le visage contusionné, il avance vers nous d'un pas furtif, ravalant tout bon mot qui lui viendrait à l'esprit. Il s'agenouille devant Chêne, ce qui me met mal à l'aise : il me rappelle Hyacinthe lorsque celui-ci m'a juré fidélité.

Silencieux, Jack se contente d'incliner la tête si bas que son front touche le sabot du prince. Celui-ci porte toujours son armure. Sa cotte de mailles en or scintille, lui donnant un air majestueux et inaccessible.

– Punis-moi à ta guise, dit le kelpie.

Chêne pose sur sa tête une main légère, comme s'il lui accordait sa bénédiction.

– Ma dette envers toi est réglée, réplique-t-il, de même que la tienne envers moi. Dorénavant, nous ne nous devrons rien excepté l'amitié.

Sa clémence m'interpelle. Comment peut-il dire ça alors qu'il était si furieux contre moi ?

Jack des Lacs se relève.

– Par égard pour notre amitié, mon prince, je serais prêt à te porter jusqu'au bout de la terre.

Tiernan ricane.

– Puisque Hyacinthe est parti avec Damoiselle Vole, tu ferais peut-être bien d'accepter sa proposition, conseille-t-il.

– C'est tentant, admet Chêne avec un demi-sourire. Pourtant, je crois qu'à partir d'ici nos chemins vont se séparer.

Je garde les yeux rivés sur mes bottes, prenant soin d'éviter de regarder qui que ce soit.

– Si tu changes d'avis, il te suffit de m'appeler, dit le kelpie. Où que tu sois, je viendrai.

Sur ces mots, il se transforme en cheval, le corps d'un noir moussu et les dents pointues. Tandis qu'il s'éloigne au galop, et en dépit de tout ce qui s'est passé, je regrette de le voir s'en aller.

Chapitre 10

Des nuées de moustiques et de moucherons virevoltent dans l'air chaud et humide des marais où vit la Sorcière-Chardon. Mes bottes collent à la boue. Les arbres sont enveloppés de lourdes plantes grimpantes et de bignone toxique, dont certaines nous empêchent de passer. Dans les eaux brunes, des choses bougent.

– Assieds-toi, m'ordonne Chêne en arrivant à proximité d'une souche.

Ce sont les premiers mots qu'il m'adresse depuis que nous avons quitté la cour de la reine Annet.

De son sac, il sort un pinceau et un petit pot de peinture dorée.

– Donne-moi ton pied.

Tiernan s'éloigne, parcourant le paysage des yeux.

Le prince essuie la semelle de ma botte pour ensuite la marquer du symbole qu'on lui a transmis, puis il fait de même sur l'autre, tenant fermement mon mollet. Je sens une chaleur traîtresse envahir mes joues.

Je commence :

– Je sais que tu es en colère…

– Ah ? demande-t-il en levant les yeux vers moi comme s'il avait un goût amer dans la bouche. Je me réjouis peut-être que tu m'aies donné l'occasion de me montrer sous mon plus mauvais jour.

Toujours assise sur la souche, je réfléchis à ce qu'il vient de dire quand Tiernan revient et m'arrache quelques cheveux.

Je feule et me lève d'un bond, montrant les dents, prête à empoigner un couteau que je n'ai plus.

– Tu sais aussi bien que moi comment fonctionne la bride, murmure le chevalier, si bas que Chêne, occupé à dessiner les symboles sous ses sabots, ne semble pas l'entendre.

Il me montre les trois cheveux bleu clair qu'il vient de me prendre.

– Ne t'avise plus jamais de nous trahir, ajoute-t-il.

Sa menace me fait frissonner. Cette bride est l'œuvre du maître forgeron Grimsen. Comme toutes ses créations, elle a un secret pervers. Il n'est pas nécessaire de la faire porter pour contrôler quelqu'un. On peut aussi la mêler à quelques cheveux appartenant à la personne choisie et prononcer une formule. C'est ainsi que dame Nore et le seigneur Jarel espéraient piéger la Grande Reine, afin qu'elle soit liée à la bride avec le roi serpent.

Voir mes cheveux entre les doigts de Tiernan me rappelle que, même si on ne me passe pas la bride, je ne suis pas en sécurité pour autant. Je devrais m'estimer heureuse qu'elle ne m'entrave pas déjà.

– Si ça ne tenait qu'à moi, poursuit le chevalier, je t'aurais abandonnée et j'aurais pris le risque d'affronter seul dame Nore.

– Il n'est pas trop tard, dis-je.

– Ne me tente pas, gronde-t-il. Sans toi, Hyacinthe serait encore avec nous.

Même si je sais qu'il a des raisons de m'en vouloir, j'éprouve moi aussi une bouffée de colère. Hyacinthe, avec sa malédiction à demi levée, me rappelait trop ce que j'étais. Il me rappelait trop mon désir d'être libérée – que je le mérite ou non.

– Une personne prisonnière ne pourra jamais t'aimer vraiment, dis-je.

Tiernan me jette un regard noir.

– Parce que tu t'y connais, en amour ? Et tu penses que je vais croire ça ?

Cette vérité me frappe comme si j'avais reçu un coup.

Je me détourne et reprends ma marche pénible dans la boue et la végétation pourrissante. Le coassement des grenouilles résonne à mes oreilles. La langue acerbe du chevalier a déjà coûté à Chêne la loyauté de Jack des Lacs. Il lance ses mots comme des couteaux. Imprudemment. Sans respect.

L'exact contraire d'une bouche-à-nectar.

L'ondulation d'un serpent retient mon attention. Il est aussi noir que le Grand Roi lorsqu'il avait été transformé. Dans l'eau, quelque chose ressemblant à une tête de crocodile, si ce n'est une créature plus monstrueuse, fend la surface. Sa peau recouverte de végétation est devenue verte.

J'imagine que les autres l'ont aussi remarquée, même s'ils ne ralentissent pas.

L'air est suffocant et je suis épuisée par les événements de la nuit précédente. J'ai mal aux côtes, là où Revindra m'a rouée de coups. Mais je me mords la joue et continue d'avancer.

Nous marchons longtemps avant de parvenir à une clairière dans laquelle sont installés des fauteuils dépareillés et rouillés venant du monde des mortels. Quelques pas plus loin, nous tombons sur une vieille Fæ racornie, accroupie devant un feu. La Sorcière-Chardon actionne lentement un tournebroche sur lequel est enfilé un rat écorché. Le peu de graisse présent dans la viande grésille.

Ses cheveux mêlés d'herbes et de ronces tressées tombent autour d'elle et lui servent de cape. À travers cet enchevêtrement, elle nous observe de ses grands yeux noirs. Elle porte une robe faite d'écorce et d'un tissu brun clair. Lorsqu'elle se déplace, je remarque qu'elle est pieds nus. Des bagues brillantes ornent plusieurs de ses orteils.

– Des voyageurs, dit-elle d'une voix rauque. Je vois que vous avez réussi à traverser mon marécage. Que cherchez-vous ?

Chêne s'approche et s'incline pour la saluer.

– Honorable dame, trouveuse de choses perdues, nous venons solliciter ton aide.

De son sac, il sort une bouteille d'hydromel, un sachet de donuts recouverts de sucre glace ainsi qu'un pot d'huile pimentée, qu'il pose à terre devant elle.

– Nous t'avons apporté ces présents, ajoute-t-il.

La Sorcière-Chardon nous observe, à l'évidence peu impressionnée. Quand son regard tombe sur moi, elle prend immédiatement un air soupçonneux.

Chêne me jette un coup d'œil et fronce les sourcils, perplexe.

– Voici Wren, me présente-t-il.

La Sorcière-Chardon crache dans le feu.

– Rien. Zéro. Nada. Voilà ce que tu es : *Rien Zéro Nada*.

Là-dessus, elle désigne les offrandes et demande à Chêne :

– Quelle opinion as-tu de moi pour croire que tu peux acheter mes faveurs avec des cadeaux aussi misérables ?

Le prince se racle la gorge. Il ne doit pas aimer la tournure que prend la conversation.

– Nous voudrions en savoir plus sur les ossements de Mab et le cœur de Mellith. Et je cherche quelque chose.

Le cœur de Mellith ? Je songe aux avertissements de Hyacinthe et au message de dame Nore, dont j'ignore le contenu. Est-ce la rançon qu'elle a exigée en échange de Madoc ? C'est la première fois que j'en entends parler.

En observant le visage du prince, sa bouche douce et son regard dur, je me demande s'il est important qu'il se fasse passer pour un courtisan inoffensif, et dans quelle mesure montrer ses aptitudes mettrait sa sœur en péril.

Je me demande combien de personnes il a déjà tuées.

– Aaah, se réjouit la Sorcière-Chardon. Maintenant, tu m'intéresses.

– Les ossements de Mab ont été dérobés dans les catacombes, sous le palais de Domelfe, explique le prince. Dans le reliquaire qui les renfermait.

La vieille Fæ le fixe de ses yeux noirs comme de l'encre.

– Et tu aimerais les récupérer ? C'est ce que tu veux que je retrouve pour toi ?

– Je sais où sont les ossements.

Sous le calme apparent de Chêne, je décèle une sinistre résolution, visible dans le pli de son front, l'inclinaison de sa bouche. Il est déterminé à ramener son père, quel qu'en soit le prix.

– Ce que j'ignore, c'est ce que dame Nore pourrait en faire, et en quoi le cœur de Mellith est important. Baphen, l'astrologue royal, m'a raconté en partie l'histoire. Lorsque j'ai demandé à la mère Moelle de m'en dire davantage, elle m'a envoyé vers toi.

La Sorcière-Chardon s'avance vers un fauteuil en traînant les pieds, son corps caché par sa cape de cheveux mêlés aux plantes grimpantes et aux ronces qui y sont prises. Si j'avais vécu assez longtemps dans les bois, ma chevelure aurait-elle fini par ressembler à ça ?

– Venez vous asseoir près de mon feu. Je vais vous raconter une histoire.

Nous approchons des fauteuils pour nous y installer. À la lueur des flammes, la Sorcière-Chardon a l'air plus vieille que jamais.

– Mab est née alors que le monde était encore jeune, commence-t-elle. En ce temps-là, nous, les gens du Peuple, n'étions pas aussi affaiblis que nous le sommes aujourd'hui, à une époque où le fer est partout. Nos géants étaient aussi imposants que des montagnes, nos trolls aussi grands que des arbres. Et les sorcières avaient le pouvoir de donner vie à toutes sortes de choses.

» Une fois par siècle, les sorcières, dont je fais partie, se réunissent avec des magiciennes, des enchanteurs, des forgerons et des créateurs, pour perfectionner leur art. Les personnes extérieures ne sont pas conviées, mais Mab osa se présenter à nous. Elle implora chacun d'entre nous de lui offrir ce qu'elle convoitait : le pouvoir de créer. Pas un simple enchantement ni des connaissances élémentaires, mais le grand pouvoir magique que nous seuls possédions. La plupart la refoulèrent... mais une vieille sorcière céda.

» Elle donna à Mab le pouvoir de créer à partir de rien. En échange, Mab devait emmener la fille de la sorcière et élever l'enfant-magicienne afin d'en faire son héritière.

» Au début, Mab respecta sa part du marché. Elle s'octroya le titre de Reine Chêne, unifia les petites cours unseelies sous sa bannière et fit le don de la sensibilité aux organismes vivants : les arbres levaient leurs racines à sa demande ; l'herbe détalait devant ses ennemis, provoquant leur perplexité. Des Fæs qui n'avaient jamais existé auparavant lui poussaient dans la main. Et elle fit jaillir de la mer trois des Îles mouvantes de Domelfe.

Chêne regarde le sol, les sourcils froncés.

– Le Grand Roi a-t-il hérité de certains de ses pouvoirs ? Est-ce pour cela qu'il…

– Patience, mon garçon, l'interrompt la Sorcière-Chardon. Prince ou pas, je te raconte toute l'histoire ou rien du tout.

Il lui fait son sourire mutin – son sourire d'excuse.

– Si je suis impatient, c'est seulement parce que l'histoire est fascinante et la conteuse excellente.

À ces mots, elle sourit, dévoilant une dent ébréchée.

– Flagorneur…

Tiernan semble amusé. Accoudé à son fauteuil, il laisse reposer sa tête dans sa main. Lorsqu'il baisse la garde, il devient une autre personne, plus jeune que ce qu'il voudrait faire croire. Une personne vulnérable. Qui, peut-être, éprouve des sentiments plus profonds et plus désespérés qu'elle le laisse paraître.

La Sorcière-Chardon s'éclaircit la voix et reprend son récit.

– Mab a appelé l'enfant Mellith, qui signifie « malédiction d'une mère » – ce qui n'était pas de bon augure. Pourtant, ce ne fut qu'à la naissance de sa propre fille qu'elle réfléchit à un moyen de rompre le marché qu'elle avait passé avec la vieille sorcière.

– Clovis, intervient Chêne. Celle qui régnait avant mon grand-père, Eldred.

La Sorcière-Chardon incline la tête.

– Exact. Finalement, ce ne fut pas difficile. Mab clama partout qu'elle s'était arrangée pour que sa fille Clovis règne, et pas Mellith, jusqu'à ce que la rumeur parvienne aux oreilles de la vieille sorcière. Furieuse, celle-ci jura d'éliminer Clovis. Une nuit, elle s'introduisit à l'endroit où dormait l'enfant et tua la fille qu'elle y trouva – avant de se rendre compte qu'elle venait d'assassiner la sienne. Mab avait gagné.

Je frissonnai. La pauvre petite ! Ou plutôt : *les* pauvres petites. Après tout, si la vieille sorcière avait été un peu plus maligne, il aurait été facile d'assassiner l'autre fille. Ce n'est pas parce qu'un pion est mieux traité qu'il est plus à l'abri sur l'échiquier.

– Toutefois, poursuit la Sorcière-Chardon, la vieille sorcière enchanta le cœur de sa fille lorsqu'il battit pour la dernière fois, car Mellith était une sorcière, elle aussi, et la magie coulait dans ses veines. La vieille sorcière imprégna donc le cœur du pouvoir d'anéantir, de détruire, de défaire. Et elle maudit Mab, de sorte qu'une part de son enfant resta à jamais étroitement liée aux pouvoirs de la reine. Pour que sa magie fonctionne, il lui fallait garder le cœur auprès d'elle. Sinon, le pouvoir de l'organe finirait par défaire tout ce qu'elle avait créé.

» On raconte que Mab a aussi jeté une malédiction sur la vieille sorcière, même si ce n'est pas très clair. Peut-être est-ce vrai, peut-être pas. Nous, les sorcières, nous ne sommes pas faciles à maudire.

Elle hausse les épaules et tâte le rat avec un bâton.

– Quant à Mab, vous connaissez la suite : elle a formé une alliance avec un Fæ solitaire et fondé la lignée des Ronceverte. Une once de son pouvoir a été transmise à son petit-fils, Eldred, lui conférant la fécondité alors que la plupart des Fæs sont stériles, ainsi qu'à Cardan, le Grand Roi actuel, qui a fait surgir des profondeurs une quatrième île. Mais presque tous les pouvoirs de Mab sont piégés dans ses ossements, enfermés dans ce reliquaire.

Chêne fronce les sourcils.

– Dame Nore a donc besoin du cœur…

La Sorcière-Chardon prend un morceau de rat, le met dans sa bouche et le mastique.

– J'imagine, réplique-t-elle.

– Que peut-elle faire sans le cœur ? s'enquiert Tiernan.

– Réduire en poudre les ossements de Mab, répond la Sorcière-Chardon. Cette poudre pourrait générer des sortilèges très puissants. Mais, lorsqu'il n'y aura plus d'os, ce sera la fin des pouvoirs et, sans le cœur de Mellith, tout ce qui a été fait finira par être défait…

Théâtrale, elle laisse planer cette révélation. Chêne, qu'elle a déjà réprimandé une fois pour son impatience, ne la presse pas de poursuivre.

– Bien entendu, reprend-elle, tout défaire pourrait prendre un certain temps.

Je l'interroge :

– Donc dame Nore n'a pas besoin du cœur de Mellith ?

Elle me regarde fixement.

– Le pouvoir de ces ossements est immense. Domelfe n'aurait pas dû se montrer aussi négligent sur ce point. Cela dit, ils seraient bien plus efficaces accompagnés du cœur. Personne ne sait exactement ce qu'on peut faire avec le cœur seul. Lui aussi a un grand pouvoir – un pouvoir à l'opposé de celui de Mab. Si quelqu'un parvenait à l'extraire, votre dame Nore pourrait incarner à la fois la Reine Chêne et la Reine If.

Une perspective épouvantable. Dame Nore convoite avant tout le pouvoir de détruire. Si elle parvenait à obtenir les deux, elle serait plus dangereuse que Mab en personne. Elle anéantirait quiconque lui aurait causé du tort, y compris le Grand Roi. Y compris moi.

Je demande :

– Est-ce vraiment possible ?

– Comment le saurais-je ? rétorque la Sorcière-Chardon. Ouvre donc l'hydromel.

Chêne sort un couteau pour retirer le capuchon d'aluminium, plante la pointe dans le bouchon en liège et le fait pivoter.

– As-tu un verre ?

Je m'attends à moitié à voir la vieille Fæ boire directement au goulot, mais elle se lève et s'éloigne d'un pas lent. Elle revient avec quatre timbales sales, un plateau abîmé et un panier contenant deux melons, un vert et un marron.

Chêne nous sert pendant que la Sorcière-Chardon ôte le rat de la broche et le pose sur le plateau. Ensuite, elle découpe le melon.

– Le cœur de Mellith est censé avoir été enterré avec les ossements de Mab sous le palais de Domelfe, dit le prince. Sauf qu'il n'y est pas. Peux-tu me dire où il se trouve ?

Quand la vieille sorcière est satisfaite de sa présentation, elle pousse le plateau vers nous et prend sa timbale pleine d'alcool. Elle en boit une longue gorgée avant de faire claquer sa langue.

– Vous voulez que je le trouve avec ma baguette de sourcier ? Que je lance des coquilles d'œuf dans la rivière et vous dévoile votre destin ? Et après ?

Tiernan arrache une cuisse au rat et la mord délicatement tandis que Chêne prend une tranche de melon. Moi, je mange un donut.

– Je t'ai repérée, créature surnaturelle, me dit la Sorcière-Chardon.

Je la regarde en plissant les yeux. Elle doit être contrariée que j'aie pris un donut.

– Après, je m'en servirai contre dame Nore pour obtenir la libération de mon père. Que veux-tu que je fasse d'autre ? l'interroge Chêne.

Elle lui adresse un sourire mauvais puis mange la queue du rat, faisant craquer les os.

– Je suis sûre que tu connais la réponse, prince de Domelfe. Tu t'empares du pouvoir. Tu as un peu du sang de Mab en toi. Tu voles ses ossements, tu retrouves le cœur de Mellith et peut-être pourras-tu devenir Roi Chêne et Roi If à la fois.

Sans doute que sa sœur ne lui en voudrait pas. À son retour, il ne serait pas seulement un héros, il serait un dieu.

Une fois que nous sommes rassasiés, la Sorcière-Chardon se lève et époussette ses jupes pour en ôter le sucre glace et les touffes de fourrure calcinée.

– Suis-moi, dit-elle au prince. Je vais te donner ce que tu es venu chercher.

Tiernan s'apprête à se lever aussi mais, d'un geste, elle lui intime l'ordre de rester assis.

– C'est le prince Chêne qui cherche, se justifie-t-elle. C'est lui qui recevra la connaissance, mais il doit aussi accepter mon prix.

– Je le paierai à sa place, propose Tiernan. Quel qu'il soit.

Chêne secoue la tête.

– Non, tu en as assez fait.

– À quoi bon m'avoir emmené pour te protéger si tu ne me laisses prendre aucun risque pour toi ? s'agace le chevalier.

Sa frustration d'avoir été écarté du duel à la cour des Papillons de nuit est évidente.

– Et épargne-moi les réflexions idiotes sur la camaraderie, ajoute-t-il.

– Si je me perds dans les marais et que je ne reviens jamais, je t'autoriserai à être furieux contre moi, dit Chêne.

Tiernan contracte la mâchoire, réprimant son envie de répliquer.

– Alors, quel sera ton prix ? demande le prince à la Sorcière-Chardon.

Elle sourit. Ses yeux noirs brillent.

– Aaaaah, il y a tant de choses que je pourrais réclamer ! Un peu de ta chance, peut-être ? Ou le rêve auquel tu tiens le plus ? Mais j'ai lu ton avenir dans les coquilles d'œuf, et voilà ce que je voudrais : que tu t'engages, quand tu seras roi, à m'accorder ma toute première requête.

Je pense à l'histoire qu'elle nous a racontée. On sait combien il est risqué de passer un marché avec une vieille sorcière.

– C'est d'accord, déclare Chêne. Peu importe, puisque je ne serai jamais roi.

La Sorcière-Chardon affiche un petit sourire discret, me donnant la chair de poule. Puis elle fait signe au prince de la suivre.

Je les regarde s'éloigner. Les sabots de Chêne s'enfoncent dans la boue. Il tend une main vers la sorcière au cas où elle aurait besoin d'aide, mais elle la décline, trottinant avec agilité sur son terrain.

Je reprends un donut sans me préoccuper de Tiernan. Je sais qu'il est toujours fâché pour Hyacinthe, probablement autant qu'il l'est contre Chêne à cet instant. Je préfère ne pas lui donner envie de s'en prendre à moi.

Nous restons assis en silence. J'observe l'espèce de crocodile qui affleure de nouveau à la surface de l'eau. Il a dû nous suivre. Il est plus grand que je le croyais et m'épie de son œil couleur d'algue. Je me demande s'il attendait qu'on nous renvoie dans ce marécage, et ce qui nous serait arrivé si cela avait été le cas.

Après de longues minutes, Chêne et la vieille Fæ reviennent. Elle tient dans une main une baguette de sourcier noueuse qu'elle balance le long de son flanc. Chêne arbore une expression tourmentée.

– Dame Nore ne risque pas de trouver le cœur de Mellith là où il est, annonce-t-il lorsqu'il est suffisamment proche de nous. Inutile de perdre notre temps à chercher quelque chose que nous ne pourrons pas récupérer. Allons-y.

Je lui demande :

– Tu ne comptais pas réellement le lui donner, tout de même ?

Il évite de me regarder en face.

– Mon plan exige que nous le conservions hors de sa portée. C'est tout.

– Mais… proteste Tiernan.

D'un regard, Chêne l'incite à se taire.

Le cœur de Mellith : voilà ce que dame Nore a dû demander en échange de Madoc, dans le message dont parlait Hyacinthe. Si Chêne envisageait d'accéder à sa requête, j'ai toutes les raisons de me réjouir que l'organe soit impossible à récupérer. Toutefois, je dois aussi garder en tête que, même si le prince veut renverser dame Nore, elle détient quelqu'un qui lui est précieux. Si nécessaire, il pourrait choisir de se rallier à son camp plutôt qu'au mien.

En bordure du marécage, le farfadet à la tête de chouette nous attend, perché sur les racines grêles d'un palétuvier. Non loin se trouve un carré de séneçons, dont les fleurs épanouies sont du même jaune que celui du ruban de signalisation « prudence ».

Chêne se tourne vers moi, l'air sévère.

– Nos routes vont se séparer ici, Wren.

Il n'est pas sérieux ? Il a combattu et tué un ogre pour que je puisse rester avec eux, et il me congédie ?

Tiernan le regarde, manifestement surpris lui aussi.

Je proteste d'un ton geignard qui me fait honte :

– Mais vous avez besoin de moi !

Le prince secoue la tête.

– Pas au point de prendre le risque que tu nous accompagnes. Je n'ai pas prévu de me battre en duel durant tout le chemin jusqu'à la côte.

– Elle seule peut avoir une ascendance sur dame Nore, dit Tiernan, prenant ma défense à contrecœur. Sans elle, notre mission est perdue d'avance.

– *Nous n'avons pas besoin d'elle !* hurle Chêne.

C'est la première fois que je le vois perdre ainsi son sang-froid.

– Et je ne veux pas d'elle, poursuit-il.

Ses paroles me blessent, d'autant plus qu'il est incapable de mentir.

– Je t'en supplie, dis-je en m'enveloppant de mes bras. Je n'ai pas tenté de m'enfuir avec Hyacinthe ! Cette quête est aussi la mienne.

Il laisse échapper un long soupir. Je réalise qu'il paraît encore plus épuisé que moi. L'hématome sous son œil a noirci et le contour violet a jauni, s'étendant à la paupière. Il repousse une mèche de cheveux égarée sur son visage.

– J'espère que tu n'as pas l'intention de nous aider de la même manière que tu l'as fait à la cour des Papillons de nuit.

Je rectifie :

– J'ai aidé les prisonniers. Même si ça t'a dérangé.

Nous nous regardons longuement. J'ai l'impression d'avoir piqué un sprint : mon cœur bat la chamade.

– Nous remontons droit vers le nord, déclare-t-il en se détournant. Il y a un marché fæ près de la ville humaine de Portland, dans le Maine. J'y suis déjà allé, ce n'est pas très loin des Îles mouvantes. Tiernan achètera un bateau et nous rassemblerons le reste du matériel nécessaire pour effectuer la traversée jusqu'aux terres de dame Nore.

Tiernan acquiesce.

– C'est le bon endroit pour se mettre en route. Surtout s'il nous faut semer dans la foule quelqu'un qui nous aurait suivis.

– Parfait, approuve le prince. Au marché Nonsec, nous déciderons du sort de Wren.

Je commence :

– Mais…

– Le trajet jusqu'à la côte nous prendra quatre jours, m'interrompt-il. Nous survolerons plusieurs territoires : celui de la cour des Termites, de la cour des Cigales et d'une demi-douzaine d'autres. Cela te laissera tout le temps de me convaincre que je commets une erreur en voulant me séparer de toi.

Il se dirige vers le carré de séneçons, cueille une tige et, grâce à un sortilège, la transforme en bête squelettique à frange. Une fois qu'il en a deux, il nous invite d'un geste à les chevaucher.

– Nous irons bien plus vite en passant par le ciel.

– Je déteste ces bestioles, se plaint Tiernan en enfourchant l'une des montures.

Le farfadet à la face de chouette se pose sur le bras du prince et lui chuchote quelques mots avant de s'envoler pour s'acquitter de je ne sais quelle mission secrète.

Je grimpe sur l'étalon-séneçon derrière Chêne. Quand je pose mes mains sur sa taille, je me sens honteuse d'avoir été rejetée, mais j'éprouve aussi de la colère. Peu importe son habileté au maniement de l'épée, la loyauté de Tiernan ou leur intelligence commune, ils ne sont que deux. Le prince comprendra qu'il est plus avantageux de m'emmener.

Lorsque nous nous élevons dans les airs, je suis aussi perturbée par les étalons-séneçons que l'est Tiernan. À présent, ils ont l'air vivants et, même si ce ne sont pas des illusions, eux non plus ne sont pas tout à fait ce qu'ils semblent être. Ils redeviendront des tiges de séneçon et tomberont à terre, sans avoir davantage conscience de ce qu'ils ont été que n'importe quel brin d'herbe qu'on aurait cueilli. Des créatures à moitié vivantes, comme celles que dame Nore a enchantées.

J'essaie de ne pas m'accrocher trop fermement à Chêne pendant notre vol. Malgré le caractère étrange de la créature que nous chevauchons, l'expérience me ravit. Le ciel noir, parsemé d'étoiles, reflète les lumières du monde des mortels que nous survolons.

Tandis que nous filons dans la nuit, quelques-unes de mes tresses se défont. Tiernan n'a peut-être pas confiance dans les étalons-séneçons, mais Chêne et lui les chevauchent avec une aisance extrême. Dans le clair de lune, les traits du prince sont plus fæs, ses pommettes plus saillantes, ses oreilles plus pointues.

Nous campons sur un tapis d'aiguilles de pin, près d'un ruisseau, dans un bois parfumé à la résine. Chêne réussit à convaincre Tiernan de nous raconter des histoires de joutes. Je m'étonne d'en trouver certaines drôles et de constater que, lorsqu'il est au centre de l'attention, le chevalier est presque timide.

À certains endroits, le cours d'eau est assez profond pour qu'on s'y baigne. Chêne y plonge après avoir retiré son armure et se frotte le corps avec le sable de la berge pendant que Tiernan fait bouillir de l'eau pour nous préparer une infusion d'aiguilles de pin.

J'essaie de ne pas regarder mais, du coin de l'œil, j'aperçois une peau pâle, des cheveux mouillés et un torse couturé.

Lorsque mon tour vient, je lave avec gêne mon visage brûlant et refuse d'ôter ma robe.

Nous volons encore un jour et une nuit. Au campement suivant, nous mangeons une fois de plus du fromage et du pain avant de nous endormir dans un pré, sous la voûte étoilée. Je trouve des œufs de cane que Tiernan fait cuire avec de l'oignon sauvage. Chêne nous parle un peu du monde des mortels et de la première année qu'il y a passée, quand il faisait des bêtises avec la magie, au risque d'attirer de graves ennuis à sa sœur et lui.

La troisième nuit, nous campons dans un bâtiment abandonné. Il fait plus froid. Nous allumons un feu avec du carton et quelques planches de bois.

Chêne s'étend à côté de la flambée et arrondit son dos comme un chat.

– Wren, raconte-nous quelque chose sur ta vie, si tu veux bien.

Tiernan secoue la tête, comme persuadé que je vais m'y refuser.

C'est son attitude qui me décide. Au début, je cherche mes mots, puis je leur parle de la glaistig et de ses victimes – en partie par esprit de contradiction, j'imagine. Histoire de voir s'ils vont me juger pour avoir aidé des mortels aux dépens d'une créature du Peuple afin qu'elle ne perçoive pas son dû. Curieusement, ils m'écoutent et vont jusqu'à rire quand j'évoque mes victoires. Mon récit achevé, je me sens étrangement plus légère.

De l'autre côté du feu, le prince m'observe. Les flammes se reflètent dans son regard insondable.

Pardonne-moi, me dis-je. *Laisse-moi vous accompagner.*

L'après-midi suivant, Tiernan enfile la cotte de mailles en or de Chêne et part seul pour brouiller les pistes. Nous devons nous retrouver non loin du marché Nonsec. Je réalise qu'il ne me reste qu'une seule nuit pour les convaincre de me laisser rester avec eux.

Pendant notre vol, j'essaie de rassembler mes arguments. Je songe à les formuler à l'oreille de Chêne, puisqu'il ne peut pas s'y soustraire, mais le vent emporterait ce que je lui dirais. La bruine trempe nos vêtements et glace notre peau.

Au coucher du soleil, je remarque l'apparition d'une obscurité qui n'est pas celle de la nuit. Des nuages se forment au loin et gonflent à mesure qu'ils s'élèvent, roulant dans le ciel, le teintant d'un gris verdâtre. Des éclairs illuminent par intermittence le cœur de l'amas. Les nuages semblent monter vers la stratosphère. Leur sommet ressemble à une enclume.

En dessous, les vents tourbillonnent. Une tornade se forme.

Je pousse un cri aussitôt envolé. L'air autour de nous s'épaissit. Chêne fait redescendre l'étalon-séneçon. Nous plongeons dans les nuages. La brume lourde et humide emplit mes poumons. Notre monture frissonne sous nos jambes. Puis, sans crier gare, elle s'incline d'un coup et tombe.

Nous chutons vers la terre, à une telle vitesse que je ravale mes cris. Tout ce que je peux faire, c'est m'agrip-per à la masse solide du corps de Chêne. Je l'entoure de mes bras et le serre aussi fort que possible. Le tonnerre gronde à mes oreilles.

Nous plongeons dans un rideau de pluie qui nous mal-mène, trempant nos doigts, nos cheveux. Nous cram-ponner l'un à l'autre devient difficile, car tout glisse. Lâche comme je suis, je ferme les yeux et plaque mon visage contre le dos du prince.

– Wren ! hurle-t-il pour me prévenir.

J'ouvre les yeux juste avant l'impact au sol.

Je suis projetée dans la boue, le souffle coupé. L'étalon-séneçon s'effrite et redevient une tige sèche sous mes paumes meurtries.

Tout me fait mal, mais c'est une douleur diffuse qui ne s'aggrave pas lorsque je remue. Apparemment, je n'ai rien de cassé.

Je me lève, jambes tremblantes, et tends la main vers Chêne pour l'aider à se mettre debout. Il la prend et se lève à son tour. Ses cheveux dorés sont assombris par la pluie, ses cils collés les uns aux autres. Ses vêtements sont complètement trempés. Son genou éraflé saigne lentement.

Il m'effleure la joue du bout des doigts.

– Tu… Je croyais que…

Je le regarde dans les yeux, perplexe devant l'expression de son visage.

– Es-tu blessée ? s'enquiert-il.

Je nie de la tête.

Soudain, il se détourne de moi.

– On doit se rendre au point de rendez-vous, dit-il. Ça ne doit pas être si loin.

– Il faut qu'on s'abrite !

Je dois crier pour qu'il m'entende. Les éclairs qui zèbrent le ciel s'abattent sur les bois juste derrière nous. La foudre crépite ; un filet de fumée s'élève en volutes de l'endroit qu'elle a frappé avant que la pluie éteigne le début d'incendie.

J'ajoute :

– On retrouvera Tiernan quand la tempête se sera calmée !

– Marchons au moins dans cette direction, propose Chêne en prenant son sac, qu'il jette sur son épaule.

Baissant la tête pour se protéger des trombes d'eau, il s'enfonce dans les bois sans regarder en arrière pour s'assurer que je le suis.

Nous avançons ainsi un certain temps avant que je voie un endroit propice pour une halte.

– Là, dis-je en pointant un doigt vers plusieurs grosses pierres, non loin d'un ravin.

Espacés de moins de deux mètres, deux arbres se dressent, leurs branches se touchant presque.

– Nous pouvons construire un abri.

Il lâche un soupir d'épuisement.

– C'est toi la spécialiste, je suppose. Dis-moi ce que je dois faire.

– D'abord, il faut trouver deux grands bâtons, dis-je en écartant les mains pour qu'il ait une idée de leur longueur. Aussi grands que toi, en gros. Ils doivent dépasser des branches.

J'en trouve un à quelques mètres de là, qui semble en partie pourri mais que je traîne quand même. Chêne en a fait ployer un autre avec sa magie. Je commence à arracher des lambeaux de ma jupe sans trop penser au fait que je l'aimais beaucoup.

– Attache-le avec ça, dis-je en m'affairant sur l'autre bout de bois.

Une fois les bâtons en place, j'en assemble de plus petits pour faire une sorte de treillage, puis je les recouvre avec de la mousse et des feuilles pour en faire un toit.

La construction est loin d'être étanche, mais c'est mieux que rien. Chêne frissonne quand nous nous glissons en dessous. Dehors, le vent hurle et le tonnerre gronde. Je traîne une grosse bûche que je commence à écorcer pour atteindre le bois plus sec.

Voyant que je progresse laborieusement, Chêne sort de sa botte un couteau qu'il me tend.

– Ne me fais pas regretter de te l'avoir passé.

– Elle voulait te retarder, dis-je doucement, consciente qu'il n'a sans doute pas envie de m'entendre me justifier.

– Qui, la reine Annet ? Je sais.

– Tu crois qu'elle a failli réussir à cause de moi ?

En effet, l'intérieur de la bûche est plus sec. J'arrange sur des cailloux les éclats de bois que j'ai débités avec le couteau et j'en fais une pyramide, essayant de les protéger de l'eau autant que possible.

Chêne repousse ses cheveux mouillés de ses yeux, qui ont cette étrange couleur de renard. Comme de l'or qui aurait été coupé avec du cuivre.

– Tu aurais dû me dire quelles étaient tes intentions, répond-il.

Je le regarde, totalement incrédule.

– Hyacinthe t'a parlé de moi, n'est-ce pas ? demande-t-il.

Je frissonne, mais ce n'est pas de froid.

– Il a dit que tu avais le pouvoir de te faire aimer des gens.

Il souffle, exaspéré.

– Et c'est ce que tu crois ?

– Quoi, que tu as hérité d'une aptitude à mettre les gens à l'aise, à les convaincre de céder à tes désirs ? Pourquoi n'y croirais-je pas ?

Il hausse les sourcils. Un instant, il ne dit rien. La pluie tombe autour de nous. Le tonnerre semble s'être éloigné.

– Ma mère biologique, Liriope, est morte avant ma naissance, empoisonnée sur ordre du prince Dain. Oriana lui a ouvert le ventre pour me sauver. Oui, on raconte que Liriope était une gancanagh, et qu'avec ses mots elle aurait réussi à séduire le Grand Roi et son fils. Dans ce cas, ce pouvoir ne lui a pas été très profitable. Elle l'a payé de sa vie.

Face à mon silence, il répond aux questions que je ne pose pas.

– C'était de l'amanite rougissante. Tu restes conscient pendant que tes fonctions vitales ralentissent puis s'éteignent. Je suis né avec ça dans le sang – si on peut appeler « naître » le fait d'avoir été arraché du cadavre de sa mère.

– Et Liriope et le prince Dain…

– Étaient mes géniteurs, reconnaît-il.

Je savais qu'il appartenait à la lignée des Ronceverte, mais j'ignorais les détails de l'histoire. Avec un héritage aussi horrible, je peux comprendre pourquoi il considère Madoc comme un père admirable, pourquoi il adore la mère qui l'a sauvé et élevé.

– Quel qu'ait été le pouvoir de Liriope, reprend-il, pour ma part, je n'en fais pas usage.

Je demande :

– Tu en es sûr ? Si ça se trouve, tu ne peux pas t'en empêcher. Tu ne t'en rends peut-être pas compte.

Il esquisse un sourire, comme si je venais de lui faire une confidence.

– Ça t'arrangerait de croire que, si tu m'as embrassé, c'est parce que je t'ai charmée, non ?

Je me détourne, les joues brûlantes de honte.

– J'aurais pu le faire pour détourner ton attention, dis-je.

– Tant que tu admets que c'était ton choix.

Je regarde le sol boueux, les sourcils froncés. Jusqu'où serait-il allé si je ne m'étais pas écartée de lui ? M'aurait-il guidée vers un lit, le cœur plein de haine ? Aurais-je seulement deviné qu'en réalité il me détestait ?

– Tu as aussi… dis-je.

Un bruit de pas m'empêche de poursuivre. Tiernan se plante devant notre abri, clignant des yeux sous l'averse.

– Vous êtes vivants…

Il nous rejoint en chancelant avant de se laisser choir. Sa cape est brûlée par endroits.

– Que s'est-il passé ? l'interroge Chêne en examinant son bras.

Le chevalier a la peau rougie, mais il n'a pas l'air blessé.

– La foudre… Elle est tombée juste à côté de moi, répond-il en frissonnant. Cet orage n'a rien de naturel.

– Effectivement, confirme Chêne.

Je songe aux dernières paroles de Bogdana : *Je reviendrai te chercher. Et, à ce moment-là, je te conseille de ne pas t'enfuir.*

– Si nous parvenons à rallier le marché demain et à trouver un bateau, dit Tiernan à Chêne, nous pourrons demander l'aide des Fonds marins pour qu'ils nous fassent traverser la mer du Labrador rapidement et sans encombre.

Je commence :

– D'après le merrow…

Je m'interromps aussitôt, car le prince et Tiernan me fixent du regard.

– Nous t'écoutons, m'encourage Chêne.

Je tâche de me remémorer ses propos exacts, en vain.

– Il m'a dit qu'il y avait des problèmes dans la mer, avec la reine et sa fille. Il m'a mise en garde contre quelqu'un – un nom que je ne connaissais pas.

Le prince fronce les sourcils puis jette un coup d'œil à son compagnon.

– Peut-être vaut-il mieux tenter notre chance sans l'aide des Fonds marins.

– Pas sûr que l'informateur de Wren soit digne de confiance, tempère Tiernan. Quoi qu'il en soit, une fois la traversée effectuée, nous devrions pouvoir continuer à pied. La Citadelle doit être à une cinquantaine de kilomètres dans les terres.

– Dame Nore aura envoyé ses créatures brindilles patrouiller partout, sauf dans la forêt de Pierre, déclare Chêne.

Le chevalier secoue la tête.

– Traverser cette forêt est une mauvaise idée. Elle est maudite, et le roi troll est fou à lier.

– C'est pourquoi personne ne nous y cherchera, insiste Chêne, comme si nous étions dans un jeu de stratégie et qu'il venait de prendre une excellente décision.

Le chevalier balaie cette conclusion d'un geste exaspéré.

– Soit ! Nous passerons par la forêt de Pierre. Et, quand nous serons tous à l'article de la mort, je serai ravi de t'entendre présenter tes excuses.

Chêne se lève.

– Comme je n'ai pas encore scellé notre destin, je pars chercher de quoi manger. Difficile d'imaginer que je puisse avoir encore plus froid et être encore plus mouillé que je le suis, mais j'ai vu pendant que nous volions que nous étions près d'une ville de mortels.

– Espérons que les vents violents contribueront à t'éclaircir les idées, raille Tiernan en se drapant plus fermement dans sa cape trempée.

Apparemment, il n'a pas l'intention d'accompagner le prince.

Celui-ci s'incline en faisant des moulinets avant de se tourner vers moi.

– Il y a peu de chances qu'il te prête allégeance comme Hyacinthe l'a fait mais, si tu parviens à démarrer ce feu, ce n'est pas non plus impossible.

– C'est malin, gronde Tiernan.

Chêne rit puis s'éloigne d'un pas lourd sur le sol détrempé.

Je dégage un espace pour préparer le feu avant d'y empiler les éclats de bois sec que j'ai récupérés sur la bûche. Dans mes poches, je trouve les allumettes que j'ai prises au motel. J'en gratte une en priant pour qu'elle prenne malgré l'humidité. Lorsqu'elle s'embrase, je protège la flamme de ma main et essaie d'allumer le feu.

Pendant tout ce temps, Tiernan me regarde d'un air bougon.

– Vous êtes amis, dis-je en tournant la tête vers la direction prise par le prince. Toi et lui.

Il observe le feu naissant et les volutes de fumée.

– Oui, on peut dire ça.

– Mais tu es aussi sa garde rapprochée, non?

J'ignore s'il va s'offusquer de ma question, voire du simple fait que je lui adresse la parole, mais je suis curieuse… et lasse de savoir si peu de choses.

Il tend une main pour sentir la chaleur des flammes.

– J'ai eu trois prédécesseurs. Deux sont morts en le protégeant. Le troisième s'est retourné contre lui en échange d'un pot-de-vin. C'est de là que vient sa cicatrice à la gorge. À quatorze ans, il a décrété qu'il ne voulait plus qu'on le protège. Mais ses sœurs n'en ont pas tenu compte et m'ont chargé de cette mission.

» Il a commencé par me traîner dans des fêtes absurdes, comme s'il espérait que la gêne m'inciterait à abandonner. Je pense qu'ensuite il a voulu me faire démissionner en n'allant plus nulle part pendant des semaines pour que je m'ennuie à mourir. Mais j'ai tenu bon. J'étais fier d'avoir été nommé à ce poste. Et, à mes yeux, il n'était qu'un gamin pourri-gâté.

– C'était ce qu'il voulait que tu penses de lui, dis-je, étant moi-même tombée récemment dans le piège.

Il acquiesce.

– Sauf qu'à l'époque je l'ignorais. Je venais d'avoir vingt ans et j'étais plus naïf que je l'aurais voulu. Peu importe, cela dit, car un an plus tard les choses ont mal tourné. Un mortel a tenté de poignarder Chêne. Je l'ai appréhendé, sauf que ce type n'était qu'un leurre. J'ai honte de l'avouer, mais je me suis fait avoir. Une demi-douzaine de bonnets-rouges et de gobelins armés jusqu'aux dents ont envahi la ruelle dans la direction opposée. J'ai dit au prince de fuir.

» Il est resté et s'est battu avec une fougue que je ne lui connaissais pas. Rapide. Efficace. Impitoyable. Il a quand même reçu deux coups de couteau dans le ventre et un dans la cuisse. J'avais échoué à le protéger, ce dont j'avais une conscience aiguë.

» Après ça, il aurait facilement pu me renvoyer. Il lui aurait suffi de raconter ce qui s'était passé cette nuit-là. Il ne l'a pas fait. Il s'est procuré un baume guérisseur au marché Mandrake afin que personne ne se doute de rien. J'ignore depuis quand il me voit comme un ami. Pour ma part, c'est depuis ces événements que je le considère comme tel.

Contemplant les flammes, je pense à Chêne, venu me voir dans les bois un an avant sa rencontre avec Tiernan. Était-ce après que son propre garde du corps s'était retourné contre lui et avait essayé de lui trancher la gorge ? Si j'étais sortie de ma cachette, peut-être aurais-je remarqué que sa cicatrice était récente.

Tiernan secoue la tête.

– Bien sûr, tout ça, c'était avant que je comprenne pourquoi il ne voulait pas d'une garde personnelle... Il s'était découvert un nouveau passe-temps : il avait décidé de jouer le rôle d'appât pour les ambitieux qui tenteraient de s'en prendre à la famille royale. Il a fait tout ce qui était en son pouvoir pour être la cible de ces tentatives.

Je me souviens de Chêne venant dans mes bois. *Quelqu'un a encore essayé de me tuer. Encore avec du poison.* Ces tentatives d'assassinat l'avaient marqué. Pourquoi voulait-il en subir d'autres ?

– Est-ce qu'ils le savent ?

Tiernan ne prend pas la peine de me demander de qui je parle.

– Certainement pas. Mais j'aurais aimé que la famille royale s'en rende compte. C'est épuisant de veiller sur quelqu'un qui fait tout pour être un navire sur lequel les rochers même se brisent.

Chêne a refusé que Tiernan combatte à sa place à la cour des Papillons de nuit, insistant pour que ce soit lui et lui seul qui soit redevable envers la Sorcière-Chardon. Quand je les ai vus pour la première fois tous les deux, je pensais que Tiernan se lasserait de devoir protéger le prince. À présent, je comprends qu'il doit se battre pour en avoir l'occasion.

– Hyacinthe a campé avec la cour des Crocs pendant la bataille, poursuit le chevalier.

Je lui jette un coup d'œil discret, cherchant à comprendre pourquoi il change de sujet.

– Il m'en a touché quelques mots, reprend-il. Ce n'est pas un endroit où il fait bon vivre pour un enfant.

Je garde les yeux rivés sur mes mains, les sourcils froncés, mais je suis obligée de répondre.

– Ce n'est pas un endroit où il fait bon vivre pour qui que ce soit.

– Quel avenir te réservaient-ils, selon toi ?

Je remonte mes jambes contre ma poitrine et hausse les épaules.

– Tu devais épouser le prince et l'assassiner, c'est ça ?

Il n'y a rien d'accusateur dans sa question, seulement de la curiosité.

– Je doute qu'ils envisageaient une longue vie pour nous, dis-je.

Le chevalier ne répond rien.

Les yeux sur le feu crépitant, je reste assise là un moment, à l'alimenter, regardant le bois s'embraser et les braises rougeoyantes s'envoler comme des lucioles dans le ciel.

Ressentant soudain le besoin d'agir, je me lève. Depuis le temps que je vis dans les bois, je devrais être en train de me rendre utile. Je ne peux peut-être pas rattraper le fait d'avoir libéré les prisonniers, mais je peux au moins améliorer notre situation.

– Je vais voir si je trouve quelque chose à manger.

– N'oublie pas que j'ai trois cheveux qui t'appartiennent, me rappelle le chevalier.

Toutefois, je ne décèle aucune menace dans sa voix.

Je lève les yeux au ciel.

Alors que je m'éloigne, il me regarde bizarrement et rassemble sa cape mouillée autour de lui.

La nuit m'enveloppe. Je hume le parfum de cette forêt inconnue. Je n'ai pas à m'aventurer bien loin pour tomber sur un carré d'oxalis et de smilax. Je fourre ma cueillette dans les poches de ma nouvelle robe. Des poches ! Maintenant que j'en ai, je me demande comment j'ai fait pour m'en passer si longtemps.

Machinalement, je sors le téléphone de Gwen. L'écran ne s'allume plus. La batterie est à plat et je n'ai aucun moyen de la recharger, à moins que nous séjournions bientôt dans un logement de mortels.

Je rempoche l'appareil. C'est peut-être mieux qu'il ne fonctionne plus. Ça me permet d'imaginer que Hyacinthe et Gwen sont en sécurité ; que ma non-mère était heureuse que je lui aie fait signe. Qu'elle pourrait même avoir essayé de me rappeler à ce numéro.

M'enfonçant davantage dans les bois, je découvre un néflier du Japon. J'en déguste quelques fruits et en récolte deux ou trois poignées que je glisse dans mon sac. Puis je poursuis mon chemin dans l'espoir de trouver des chanterelles.

J'entends un bruissement. Je lève les yeux, pensant voir Tiernan.

Bogdana se dresse entre les arbres, ses longs doigts accrochés dans les branches à proximité. Elle m'observe de ses petits yeux noirs et brillants et me sourit, laissant voir ses dents pointues, fissurées.

Le sang bat à mes oreilles. Un instant, je n'entends plus que mon pouls affolé.

Je ramasse une branche par terre et la brandis comme une batte de baseball.

La sorcière des tempêtes prend alors la parole.

– Cesse ces bêtises, petite. Je suis venue discuter.

Comment m'a-t-elle retrouvée ? Y avait-il un espion à la cour de la reine Annet ? Est-ce la Sorcière-Chardon qui l'a mise sur ma piste, par respect pour un pouvoir ancestral ?

Mon côté bestial surgissant malgré ma jolie robe, je gronde :

– Qu'est-ce que tu veux ? Tu es venue me tuer sur ordre de dame Nore ? Eh bien vas-y, dis-moi comment je vais mourir !

Bogdana hausse les sourcils.

– Eh bien, eh bien, c'est qu'on prend confiance en soi, à lancer des accusations à tort et à travers…

Je m'oblige à respirer. La branche trempée pèse lourd dans mes mains.

– Je suis venue te chercher, poursuit la sorcière. Tu ne gagneras rien à te battre contre moi, petite. Il est temps de faire le tri entre tes alliés et tes ennemis.

Je recule d'un pas pour mettre davantage de distance entre elle et moi.

– Ah, parce que tu te considères comme mon alliée ?

– Il se peut que je le sois, réplique-t-elle. Crois-moi, mieux vaut ça qu'être mon adversaire…

Je recule encore. Elle essaie de m'attraper, ses ongles fendant l'air.

J'abats la branche sur son épaule avec toute la force dont je dispose avant de décamper. Dans la nuit, je serpente entre les arbres, mes bottes glissant dans la boue. Les buissons épineux me griffent la peau ; ma robe s'accroche dans les branches.

Je dérape dans une flaque et tombe à quatre pattes. Aussitôt, je me relève et reprends ma course.

Bogdana s'abat de tout son poids sur mon dos.

Nous chutons ensemble avant de rouler sur le tapis de feuilles et d'aiguilles de pin mouillées, les cailloux meurtrissant mes hématomes, ses ongles s'enfonçant dans ma chair.

Ses longs doigts sur mon menton, elle plaque l'arrière de mon crâne au sol.

– Voyager en compagnie du prince de Domelfe devrait te donner la nausée, souffle-t-elle, son haleine brûlante, son visage tout près du mien. Tu aurais pu le dominer. Le voir te donner des ordres est un véritable affront. En tout cas, s'il te dégoûte, tu le caches à merveille.

J'essaie de me dégager en la bourrant de coups de pied. Elle me griffe la gorge, y laissant des traces brûlantes.

– Peut-être qu'en fait il ne te dégoûte pas, dit Bogdana en me regardant dans les yeux, comme si elle y voyait autre chose que son reflet. Il paraît qu'il peut inciter les fleurs à déployer leur corolle la nuit, comme si son visage était le soleil. Il volera ton cœur.

M'écartant de ses ongles, je rétorque :

– Je doute qu'il soit intéressé.

Cette fois, elle me libère avant d'attraper une de mes tresses. Elle tire dessus pour me mettre debout, s'en servant comme d'une laisse.

Dans une de mes poches, je trouve le couteau que Chêne m'a prêté pour écorcer le bout de bois et le sors de son étui.

La colère brûle dans les yeux de la sorcière lorsqu'elle voit que je la menace.

– Le prince est ton ennemi, insiste-t-elle.

– Je ne te crois pas !

Là-dessus, je tranche la tresse par laquelle elle me retient avant de reprendre ma course folle à travers les bois.

De nouveau, elle se lance à ma poursuite.

– Arrête-toi ! me lance-t-elle, mais je ne ralentis même pas.

Nous nous enfonçons dans les broussailles. Je suis désorientée, mais j'espère me diriger vers l'abri – et vers la ville des mortels.

– Arrête-toi ! répète-t-elle. Écoute-moi ! Quand j'aurai fini, tu pourras choisir de rester ou de partir !

Par deux fois, elle a failli m'avoir. Je ralentis et me retourne, tenant toujours fermement le couteau.

– Et tu ne nous feras aucun mal, ni à moi ni à mes compagnons ?

Elle m'adresse un sourire mauvais :

– Pas aujourd'hui.

Je hoche la tête, veillant toutefois à rester à bonne distance.

– Tu ferais bien de m'écouter, petite, avant qu'il soit trop tard.

– Je t'écoute.

Son sourire s'élargit.

– Je parie que ton prince ne t'a jamais parlé du marché que lui a proposé dame Nore. Elle est prête à échanger Madoc contre ce qu'il emmène dans le Nord : une petite écervelée. *Toi.*

Je secoue la tête. C'est impossible.

Non, dame Nore a dû exiger le cœur de Mellith. C'est pour cette raison que le prince a demandé à la Sorcière-Chardon où il était. En quoi serais-je utile à dame Nore, alors que j'ai le pouvoir de lui donner des ordres ? Je me souviens alors des propos de Chêne, dans la maison abandonnée : *Tu es son plus gros point faible. Quels que soient ses projets, elle a une bonne raison de vouloir t'éliminer.*

Si dame Nore me veut, elle me veut morte.

Ne m'étais-je pas déjà demandé si c'était moi qu'elle convoitait, lorsque Hyacinthe et moi étions dans les geôles ? Cette idée m'était venue à l'esprit, puis je l'avais chassée. Je ne voulais pas y croire.

Mais plus j'y réfléchis, plus je réalise que Chêne n'a jamais dit explicitement que dame Nore réclamait le cœur de Mellith. Il espérait seulement retourner ce besoin contre elle. Il prévoyait de la piéger.

Si c'est moi que dame Nore veut, cela expliquerait qu'il me dévoile si peu ses intentions, qu'il soit prêt à risquer sa vie pour que je ne reste pas entre les mains de la reine Annet. Voire qu'il se soit mis en quête de retrouver le cœur de Mellith, pensant que dame Nore s'en contenterait.

Il a dû longuement hésiter entre sauver son père et savoir que me livrer à dame Nore était un acte monstrueux.

Au marché Nonsec, nous déciderons du sort de Wren. C'est ce qu'il a dit. À présent, je sais quelle sera sa décision.

– N'oublie pas ton rang, déclare Bogdana en m'enfonçant son index dans les côtes. Tu n'es pas sa servante. Tu es une reine.

– Plus maintenant.

– Pour toujours, me corrige-t-elle.

Mais mes pensées sont tournées vers Chêne, mon ascendance sur dame Nore, ma mort qui pourrait sauver la vie de Madoc.

– Je ne comprends pas, dis-je. Pourquoi a-t-elle lancé ses créatures à notre poursuite, si Chêne allait dans son sens ?

Bogdana sourit.

– Le message a été envoyé à la Grande Reine, pas à Chêne. Le temps qu'il se décide à se lancer dans sa quête, dame Nore a perdu patience. Tu dois te réveiller et prendre conscience du danger que tu cours.

– Tu parles de toi ou d'autre chose ?

– Je vais te raconter une histoire, commence la sorcière, ignorant ma question. J'aimerais pouvoir t'en dire plus, mais certaines contraintes m'en empêchent.

Je la regarde en clignant des yeux. J'ai du mal à me concentrer. Ses accusations envers Chêne alourdissent l'atmosphère.

– C'est une sorte de conte de fées, poursuit-elle. Il était une fois une reine qui souhaitait désespérément un enfant. Elle était la troisième femme d'un roi qui avait assassiné ses deux épouses précédentes parce qu'elles n'avaient pas réussi à être enceintes. Elle savait quel sort l'attendait si elle échouait à lui donner un héritier. Ce qui différenciait le roi de la plupart des monarques des contes de fées, même s'il avait un profond désir de fonder sa propre lignée, c'est qu'il voyait en sa descendance le moyen de trahir la Haute Cour. La reine consulta des alchimistes, des devins, des sorcières… Étant elle-même dotée de pouvoirs magiques, elle en fit usage. Les nuits propices, son mari et elle s'unissaient sur un lit recouvert d'herbes aromatiques. Hélas, le ventre de la reine ne s'arrondissait pas.

C'est la première fois qu'on me parle de l'époque qui a précédé ma naissance et des dangers auxquels dame Nore a été exposée auprès du seigneur Jarel. Tout cela est nouveau. Un pressentiment me picote la peau : la suite ne me plaira pas.

Bogdana tend vers moi un doigt griffu. Derrière elle, un éclair déchire le ciel.

– Finalement, ils allèrent voir une sorcière à qui l'âge avait apporté la sagesse. Elle leur dit qu'elle pourrait leur donner l'enfant qu'ils désiraient à condition qu'ils suivent ses consignes mot pour mot. Ils lui promirent la récompense de son choix. Elle se contenta de sourire, car elle avait une bonne mémoire.

– Qu'as-tu… ? commençai-je.

D'un index levé, elle m'arrête. Je ferme la bouche, ravalant ma question.

– Sur les indications de la vieille sorcière avisée, ils amassèrent de la neige et lui donnèrent la forme d'une fille. L'enfant qu'ils créèrent avait une apparence délicate. Ses yeux étaient en pierre, ses lèvres en pétales de rose gelés. Elle avait les oreilles pointues, comme les gens du Peuple. Leur sculpture achevée, le roi et la reine se regardèrent en souriant, captivés par la beauté de leur œuvre. La vieille sorcière sourit, elle aussi – pour une autre raison.

Cette histoire ressemble à une mauvaise blague. Je ne suis pas faite de neige. Je ne suis pas un être vivant qu'on aurait sculpté pour le bon plaisir du seigneur Jarel et de dame Nore. Ma beauté ne les a jamais captivés.

Pourtant, si Bogdana me raconte cette histoire, elle ne le fait pas pour rien. Une sluagh… Est-ce donc ce que je suis ? Une âme à qui on a donné un corps ; une demi-morte qui hurle devant les maisons ou promet la mort dans les miroirs ?

– « À présent, vous devez lui donner la vie », leur dit la sorcière. « Pour cela, elle aura besoin d'une goutte de votre sang, car elle sera votre enfant. Ensuite, il lui faudra de la magie. » Se procurer le premier élément fut facile. Le roi et la reine se piquèrent le doigt et tachèrent la neige de leur sang. La magie ne fut pas un problème non plus, car je la leur donnai volontiers. Lorsque mon souffle passa sur la fille, l'étincelle de la vie s'alluma en elle. Le roi et la reine virent ses cils frémir et ses tresses frissonner. L'enfant s'anima peu à peu. Ses membres minces étaient d'un bleu presque aussi pâle que le reflet du ciel sur la neige qui avait servi à la modeler. Sa chevelure était d'un bleu plus profond, comme les fleurs qui poussaient non loin. Ses yeux avaient la couleur du lichen qui recouvre la roche. Ses lèvres étaient du même rouge que le sang frais qu'ils avaient versé.

» « Tu seras notre fille, déclarèrent le roi et la reine. Et tu nous donneras Domelfe. »

» Mais, quand la petite ouvrit la bouche pour parler, ils eurent peur de leur création.

Je secoue la tête.

– Ça ne peut pas être vrai. Ce n'est pas comme ça que je suis née.

Je ne veux pas être une créature façonnée de leurs mains, à qui leur sang a donné vie. Je ne veux pas être quelque chose de fabriqué, comme une poupée, avec de la neige et des bouts de bois. Un assemblage, quelque chose de plus étrange encore que les sluaghs.

Essayant de garder un ton neutre, je demande :

– Pourquoi me raconter tout ça maintenant ? Pourquoi me le raconter tout court ?

– Parce que j'ai besoin de toi, répond Bogdana. Dame Nore n'est pas la seule à être capable de s'emparer du pouvoir. Je le peux, moi aussi. C'est à moi que tu dois la vie, bien plus qu'à elle. Renonce à tes compagnons. Viens avec moi, et nous pourrons mettre la main sur tout, pour notre plus grand bien.

Je songe à ce qu'a dit la Sorcière-Chardon sur Mab et le cœur de Mellith. Bogdana est-elle la vieille sorcière qui a tué sa propre fille ? Je fais peut-être ce rapprochement parce que j'ai entendu cette histoire récemment mais, si dame Nore est au courant pour les ossements, c'est grâce à quelqu'un qui devait se souvenir des événements de l'époque et qui connaissait la valeur de ces reliques.

Si Bogdana et la vieille sorcière ne font qu'un, alors sa conviction que je lui dois la vie me fait courir un danger plus grand que jamais. Elle a assassiné sa propre fille. Même si c'était une erreur, je ne peux qu'imaginer le sort qu'elle pourrait me faire subir.

Ma capacité à donner des ordres à dame Nore est plus une malédiction qu'un atout. Toute personne convoitant les ossements de Mab doit voir en moi le plus sûr moyen de se les approprier.

– Tu as parlé de contraintes, dis-je. Quelles sont-elles ?

La sorcière des tempêtes me lance un regard féroce.

– Tout d'abord, je ne peux pas faire de mal au jeune Ronceverte ni à qui que ce soit issu de cette lignée.

Je frissonne. Voilà pourquoi elle a fui en le voyant et a visé uniquement Tiernan avec sa foudre. C'est bien le genre de malédiction que Mab aurait pu jeter à la vieille sorcière pour avoir voulu assassiner sa fille.

Il faut que mes pensées cessent de partir dans tous les sens.

– Quand tu es venue cette nuit-là, sur la pelouse de ma non-famille, c'était pour me raconter l'histoire de mes origines ?

Elle m'adresse un sourire en coin effrayant.

– Je suis venue t'avertir de l'arrivée du prince Chêne, pour que tu puisses le fuir.

– Tu ne voulais pas me mettre en garde contre les créatures brindilles de dame Nore ?

Elle ricane.

– Pour ça, je pensais que tu saurais te débrouiller seule. Grâce à elles, tu aurais peut-être pris conscience de tes capacités.

Je crois plutôt que, si j'avais été seule, elles m'auraient transpercée de flèches ou que les araignées brindilles m'auraient réduite en bouillie.

– Tu m'as raconté ton histoire. Je t'ai écoutée. Maintenant, je m'en vais. C'était notre accord.

– En es-tu certaine ?

Son regard est dur. Sa question est tellement lourde de sous-entendus que ma réponse ne sera pas sans conséquence, j'en suis sûre.

J'acquiesce, pensant qu'il est plus prudent de garder le silence, puis je me retourne.

– La fille m'a vue, tu sais, me dit-elle.

Je me pétrifie avant de demander :

– Quelle fille ?

Elle affiche un sourire sournois.

– La mortelle chez qui tu vas fouiner.

– Bex ?

J'aurais pourtant juré qu'elle était couchée ! Elle a dû être terrifiée de voir un monstre pareil sur sa pelouse.

– Quand le prince a commencé à agiter le cure-dents qui lui sert d'épée, j'ai eu un mouvement de recul. J'ai cru que la fille m'observait à travers les carreaux. En réalité, elle était dehors.

Je peux à peine respirer.

– Elle n'a pas poussé un cri, poursuit la sorcière des tempêtes. C'est une brave petite.

Elle semble prendre plaisir à faire durer le suspense.

– Elle a dit qu'elle te cherchait, précise-t-elle.

– Qu'elle me cherchait ?

– Je lui ai répondu que, la dernière fois que je t'avais vue, tu étais avec un prince et qu'il avait fait de toi sa prisonnière. Elle voulait t'aider, évidemment. Mais les mortels ont l'art de semer le désordre, tu ne trouves pas ?

– Que lui as-tu fait ?

Ma voix est réduite à un souffle.

– Je lui ai donné un conseil, rien de plus, répond Bogdana en émergeant de l'ombre des arbres. Et je vais t'en donner un maintenant. Cesse de traîner avec ce jeune Ronceverte avant qu'il soit trop tard. Lorsque nous nous reverrons, tu ferais mieux de faire ce que je te demande. Sinon, je pourrais supprimer l'étincelle de vie que j'ai allumée. Comme je pourrais supprimer ta petite non-famille – sous tes yeux.

Je tremble de tous mes membres.

– Si jamais tu touches à…

À cet instant, Tiernan apparaît entre les branches.

– Traîtresse ! aboie-t-il. Prise en flagrant délit !

Chapitre 11

À l'autre bout de la clairière, Tiernan m'observe, son épée au clair. Je recule, hésitant à détaler dans la nuit.

Bogdana a disparu dans les bois, ne laissant derrière elle que le bruissement lointain de la pluie.

Je nie farouchement de la tête, les mains levées en signe d'apaisement.

– Tu te trompes ! Bogdana m'a surprise. En la voyant, j'ai voulu m'enfuir, mais elle a insisté pour me parler…

Le chevalier scrute la forêt, comme s'il s'attendait à ce que la sorcière rôde encore dans les parages.

– Il me paraît évident que vous étiez en train de comploter, toutes les deux.

J'ai l'esprit en ébullition en repensant à sa perplexité lorsque Chêne a proposé que nos chemins se séparent. C'était vraiment malin de leur part de me faire croire que je participais à cette quête de mon plein gré.

Je me souviens quand le chevalier m'a entravée, au motel. Il m'adressait à peine la parole. J'en devine maintenant la raison. Il a toujours considéré que je serais un sacrifice ; quelque chose dont il devait se détourner, auquel il ne fallait pas s'attacher. Je secoue la tête. Quelle justification puis-je lui donner, quand dire la vérité reviendrait à révéler leur duplicité ?

– Elle m'a mise en garde contre le danger de continuer à remonter vers le nord, dis-je. Elle pense que je devrais l'aider elle plutôt qu'aider Chêne. Mais j'ai refusé.

Il fronce les sourcils, songeant peut-être à tout ce qu'il serait dans l'impossibilité de nier. Ensemble, nous repartons vers l'abri. Je ramasse du bois en chemin.

J'ai la boule au ventre.

De retour au campement, Tiernan entreprend de déplacer le feu actuellement sous l'abri pour que celui-ci ne s'embrase pas lorsqu'il aura séché. Pour m'occuper les mains, je tresse des branches et les noue avec d'autres lambeaux de ma robe afin de créer un tapis de sol. Tout est encore trempé ; des gouttes tombent des arbres au moindre coup de vent, faisant crachoter et fumer notre feu. J'essaie de ne penser à rien d'autre qu'à ce que je suis en train de faire.

La chaleur finit par assécher suffisamment le tapis pour que Tiernan s'y allonge. Après avoir ôté ses bottes boueuses, il réchauffe ses pieds mouillés auprès du feu.

– Que t'a-t-elle offert en échange de ton aide ? m'interroge-t-il.

Je tends les mains vers les flammes. Puisque j'ai été modelée dans la neige, vais-je fondre ? Je les rapproche suffisamment pour sentir la brûlure de la flambée, mais lorsque je m'empresse de les retirer, je constate que j'ai le bout des doigts rouges et que ça pique.

– Arrête, m'ordonne Tiernan.

Je le regarde.

– Elle m'a proposé de nous épargner, ma non-famille et moi.

– Ça devait être tentant, commente-t-il.

– Je préférerais que tous ceux qui veulent m'utiliser pour mes pouvoirs me traitent avec un minimum d'égards au lieu de me menacer en permanence, dis-je, sachant qu'il veut m'utiliser lui aussi, mais pour autre chose.

Je pense qu'il décèle le sous-entendu dans mon propos. Mais il ne doit pas deviner ce que je cache. Il ne doit pas savoir ce que je suis, ni pourquoi la sorcière des tempêtes croit que je lui suis redevable. Et s'il se demande si elle m'a révélé que je suis la monnaie d'échange pour la libération de Madoc, il essaiera de se convaincre du contraire. S'il n'aimait pas me regarder en face en sachant que j'étais sacrifiée d'avance, qu'est-ce que ça sera s'il doit me regarder alors que je le sais ?

J'ai conscience que le plus sage serait de m'allier à Bogdana. J'imagine trop facilement Bex se retrouver nez à nez avec elle sur la pelouse baignée par le clair de lune. Elle a dû être pétrifiée de terreur, comme je l'étais la première fois que j'ai vu une créature du Peuple.

Pourtant, Bex aura beau être morte de peur, ça ne la protégera pas. Je songe au téléphone dans ma poche. Si seulement je pouvais m'éclipser pour le charger, appeler ma non-sœur, la prévenir…

Je me lève et m'apprête à enlever sa cape à Tiernan. Il me jette un regard soupçonneux.

– Il vaudrait mieux la mettre à sécher, dis-je.

Il en défait l'attache et me laisse la prendre. Je m'éloigne de quelques pas pour la suspendre à une branche avant de la fouiller discrètement, à la recherche des cheveux qu'il m'a volés. Il est facile de cacher quelque chose d'aussi fin. C'est également facile à perdre, j'espère. Hélas, je ne trouve rien.

Le sifflotement de Chêne précède son retour. Il a les cheveux secs et porte des vêtements propres : un jean un peu trop court et un pull torsadé couleur crème. La sangle d'un sac à dos de randonneur est passée à une de ses épaules. Sur l'autre est perché le farfadet à la tête de chouette.

La créature m'observe avec une hostilité manifeste. Elle laisse échapper un cri grave, animal, puis va se poser sur une haute branche.

Chêne laisse tomber le sac près du feu.

– La ville doit être agréable en journée, mais il n'y a pas grand-chose la nuit. J'ai vu un restaurant végétarien appelé *Les Adorateurs de Seitan* et un primeur qui vendait des pêches par cageots entiers. Les deux étaient fermés. Il y a une gare routière où on peut échanger toutes sortes de choses. Malheureusement, on n'y proposait rien de ce que je voulais.

Je lève les yeux vers la lune, réapparue après le passage de l'orage. Notre vol sur les étalons-séneçons ayant commencé au crépuscule, il doit être largement plus de minuit.

Chêne ouvre le sac. Il sort et déplie deux bâches sur lesquelles il dispose ses courses et un tas de vêtements de mortels. Aucun article n'a d'étiquette et une des bâches présente une petite déchirure. Il a ramené un poulet rôti entamé dans une boîte en plastique. Des pêches – même s'il dit que le primeur était fermé. Du pain, des noisettes et des figues, tous fourrés dans un sac plastique provenant d'un magasin d'informatique. Trois litres et demi d'eau fraîche, qu'il propose d'abord à Tiernan. Reconnaissant, ce dernier boit directement au bidon qui à l'origine devait contenir du lait.

Je demande :

– Où as-tu trouvé tout ça ?

Ces marchandises ne viennent certainement pas des rayonnages d'un supermarché. Mon ton est plus sec que je le voudrais.

Chêne m'adresse un sourire malicieux.

– J'ai rencontré la famille du primeur qui s'est montrée d'une grande générosité envers un inconnu pris dans une tempête nocturne. On m'a laissé prendre une douche. On m'a même séché les cheveux au sèche-cheveux.

– Quel prétentieux… dit Tiernan avec un petit rire amusé.

– C'est ce que je suis, réplique le prince.

Il fait passer la bretelle de son propre sac au-dessus de sa tête et le pose également près du feu, mais à l'écart des victuailles. Ce doit être là-dedans qu'il garde la bride.

– J'ai persuadé la famille de me donner quelques provisions piochées dans leur garage et leur réfrigérateur. Ça ne leur manquera pas.

Je frissonne en l'imaginant ensorceler ces gens, les obliger à l'aimer. Je vois une mère, un père et un enfant chez eux, dans leur cuisine, comme prisonniers d'un rêve. Un bébé joufflu pleurant dans sa chaise haute pendant que ses parents apportent au prince de quoi manger et se vêtir, les pleurs du petit venant de très loin.

Je l'interroge :

– Tu leur as fait du mal ?

Il me regarde d'un air étonné.

– Bien sûr que non !

Il se peut toutefois qu'il n'ait qu'une très vague idée de ce que signifie « faire du mal ». Je secoue la tête pour chasser la scène qui hante toujours mon esprit. Ce n'est pas parce qu'il compte me faire quelque chose à moi qu'il leur a forcément fait quelque chose à eux.

Dans le tas de vêtements, il récupère un pull noir, un legging et une paire de chaussettes qu'il pousse vers moi.

– J'espère que ça sera à ta taille. C'est pour le voyage.

Il doit voir la méfiance qui, j'ai l'impression, est peinte sur mon visage.

– Lorsque nous reviendrons du Nord, promet-il, la main sur le cœur – ce qui m'évoque plus une parodie de serment qu'un engagement solennel –, ils trouveront à leur réveil leurs chaussures remplies de gros rubis dont ils pourront se servir pour acheter un nouveau legging et un autre poulet rôti.

– Comment veux-tu qu'ils vendent des rubis ? Pourquoi ne pas leur laisser quelque chose de plus pratique ?

Il lève les yeux au ciel.

– Je suis un prince de Terrafæ. En tant que tel, je refuse d'offrir de l'argent liquide. C'est vulgaire.

Tiernan nous regarde tous les deux en secouant la tête avant de reporter son intérêt sur la nourriture, choisissant une poignée de noisettes.

– Les cartes cadeaux, c'est encore pire, poursuit Chêne en voyant que je ne réponds pas. Je couvrirais de honte la lignée des Ronceverte si j'en laissais une !

Malgré mon cœur lourd, je ne peux m'empêcher d'esquisser un sourire.

– Tu es ridicule, dis-je.

Il y a quelques heures, j'aurais trouvé généreux de sa part de plaisanter avec moi après ce qui s'est passé à la cour des Papillons de nuit. Mais c'était avant que j'apprenne qu'il allait m'échanger contre son père, comme si j'étais moi-même une carte cadeau.

Je prends une aile de poulet dont je mange la peau puis la chair avant d'en croquer l'os. Je me blesse l'intérieur de la joue avec un morceau pointu, mais je ne m'interromps pas. Si j'ai la bouche pleine, je ne parlerai pas.

Lorsque j'ai terminé, je prends les habits que Chêne m'a rapportés et disparais derrière un arbre pour me changer. Ma belle robe est enduite de boue, sans parler du bas tout déchiré. Elle est dans un état pire encore que la précédente. Quand je la retire, un film moite recouvre ma peau.

Cela fait de nombreuses années que je n'ai pas porté une tenue de mortelle comme celle-ci. Enfant, j'étais souvent en tee-shirt et legging, avec des baskets à paillettes aux lacets arc-en-ciel. Mon ancien moi aurait été ravi d'avoir des cheveux naturellement colorés.

Pendant que j'enfile le pull, j'entends Tiernan s'entretenir rapidement avec Chêne à voix basse. Il doit lui raconter qu'il m'a vue avec Bogdana.

Au moment où je rejoins l'abri, mes épaules alourdies par le poids du soupçon, assaillie par les complots que dame Nore, Bogdana et Chêne ourdissent contre moi, je me rends compte que je ne peux pas attendre passivement le sort qui m'est réservé.

C'est maintenant que je dois les quitter, avant qu'ils découvrent ce que je sais. Avant que Chêne reconnaisse qu'il a l'intention de me livrer à dame Nore. Avant qu'il comprenne que tout sera plus simple s'il me passe la bride. Avant que je devienne folle, à attendre que le couperet tombe, immanquablement, et à chercher désespérément comment l'éviter.

Je ferais mieux de rallier le Nord seule dès maintenant et de tuer ma mère, celle qui m'a modelée dans la neige et a empli mon cœur de haine. Alors seulement je ne la craindrais plus, comme je ne craindrais plus tous ceux voudraient tirer profit de mon pouvoir sur elle, quelles que soient leurs motivations. Je suis une créature solitaire, faite pour la solitude et plus forte si je reste seule. Si je suis dans ce pétrin, c'est parce que je l'avais oublié.

Ma décision est prise. Je ne m'étais pas sentie aussi légère depuis l'instant où Bogdana m'a surprise dans les bois. Je peux apprécier le jus sucré et collant de la pêche, le léger goût de plastique de l'eau.

Tiernan soupire.

– Supposons qu'on réussisse à traverser la forêt de Pierre, déclare-t-il. Malgré les fossés profonds menant droit aux oubliettes, les arbres qui se déplacent et vous perdent, les araignées de glace qui vous enveloppent dans leurs fils gelés, le roi fou et la malédiction. Et alors ? Sans Hyacinthe, nous ne pouvons plus pénétrer dans la Citadelle de l'Aiguille de glace !

– Il paraît que c'est un lieu magnifique, commente Chêne. Tu confirmes, Wren ?

À l'entrée du château de glace, la lumière formait des arcs-en-ciel qui dansaient le long des salles froides. Les murs devenaient presque transparents, comme si l'endroit n'était qu'une immense fenêtre au verre trouble. La première fois qu'on m'y a emmenée, j'ai eu l'impression de me trouver dans un diamant étincelant.

– C'est faux, répondis-je. C'est très moche, là-bas.

Tiernan a l'air surpris. Normal, puisque s'il a enlevé Hyacinthe à dame Nore, il sait exactement à quoi ressemble la Citadelle.

Mais quand j'y repense, ce dont je me souviens est grotesque. Forcer les gens à se trahir était le passe-temps favori de dame Nore, dans lequel elle excellait. Elle piégeait les solliciteurs et les prisonniers pour qu'ils sacrifient ce qu'ils avaient de plus cher, les contraignant à briser leurs propres instruments. Leurs propres doigts. Le cou de ceux qu'ils aimaient le plus au monde.

Dans la Citadelle de Glace, tout mourait, à commencer par l'espoir.

Ris, petite, m'avait ordonné dame Nore peu de temps avant notre voyage à Domelfe. Je ne me souviens pas de ce qui était censé me faire rire, mais c'était sans doute quelque chose d'affreux.

À l'époque, je m'étais retirée si loin en moi-même qu'elle avait cru que je ne l'avais pas entendue. Elle m'avait giflée ; je lui avais mordu la main jusqu'au sang. À cet instant, pour la première fois, il m'avait semblé déceler fugacement la peur sur son visage.

Il faut que je retourne là-bas, dans cet endroit froid où rien ne peut m'atteindre. Où je peux tout faire.

– Pour le moment, dit Chêne, occupons-nous de notre trajet jusqu'au marché Nonsec. Je ne crois pas que nous puissions nous y rendre par les airs, même si nous trouvions un autre carré de séneçons. Nous allons devoir y aller à pied.

– Je partirai en éclaireur, propose le chevalier. Et je m'organiserai pour le bateau. Vous deux, vous prendrez un autre chemin pour brouiller les pistes.

Il a mes cheveux quelque part sur lui ou dans son sac. Même si je les retrouvais, comment savoir si Chêne et lui n'en ont pas d'autres ? Comment savoir s'il n'y en a pas sur la cape dont le prince a drapé mes épaules ? S'il ne m'en a pas dérobé en me coiffant ?

Mon regard s'attarde sur son sac. Je n'aurais pas besoin de me soucier de ces cheveux si on ne pouvait pas s'en servir.

Si je m'enfuyais avec la bride, une fois que j'aurais rejoint dame Nore, je pourrais être celle qui l'oblige à la porter.

Assis près du feu, Chêne fredonne une chanson dont je ne saisis que des bribes. Ça parle d'un pendule et d'un tissu qui commence à s'effilocher. À la lueur des flammes, ses cheveux dorés deviennent noirs et les ombres sur son visage plus tranchées.

Sa beauté est du genre à donner envie de tout casser.

C'est décidé : pendant qu'ils dormiront, je volerai la bride. Chêne n'a-t-il pas mentionné une gare routière ? C'est là que j'irai, et je commencerai mon voyage comme le ferait une mortelle. J'ai le téléphone de Gwen. Je peux m'en servir pour avertir ma non-famille de ce qu'elle risque.

Tandis que je peaufine mon plan, Chêne parle à Tiernan d'une sirène de sa connaissance dont les cheveux d'argent scintillent comme le soleil sur les flots. Selon lui, s'il pouvait la voir, elle lui en dirait peut-être plus sur ce qui se passe dans les Fonds marins.

Je finis par me blottir dans ma couverture en regardant le chevalier recouvrir notre abri avec les bâches que Chêne a volées. Puis il grimpe dans un arbre et s'installe entre ses branches comme dans un berceau.

– Je prends le premier tour de garde, propose-t-il d'un ton bourru.

– Titch peut faire le guet quelques heures, lui rappelle Chêne en désignant d'un signe de tête le farfadet à la tête de chouette perché sur sa haute branche.

Celui-ci acquiesce, faisant tourner sa tête bizarrement.

J'essaie de calmer ma panique naissante. Il doit être plus facile d'échapper à la vigilance de Titch qu'à celle de Tiernan. Toutefois, il ne m'était pas venu à l'idée que qui que ce soit monterait la garde. Aurais-je négligé d'autres points aussi évidents ? Quelles autres erreurs stupides y a-t-il à commettre ?

Chêne s'enroule dans sa cape humide. Il m'observe comme s'il voulait dire quelque chose, mais, voyant que j'évite de le regarder, il s'installe pour dormir. Je m'en félicite. Je ne suis pas aussi douée que je l'aurais voulu pour masquer mes émotions.

Je commence par compter les étoiles d'est en ouest. Ce n'est pas facile, car j'en oublie au passage. Du coup, je repars sans cesse à zéro. Mais ça aide à passer le temps.

Enfin, je ferme les yeux et me remets à compter, cette fois jusqu'à mille.

Arrivée à neuf cent quatre-vingt-dix-neuf, je me redresse. D'après leur respiration douce et profonde, les autres dorment. Au-dessus de moi, Titch cligne de ses yeux dorés, regardant fixement la nuit.

Je m'approche discrètement du sac de Chêne, posé à côté de son épée. Le feu n'est plus qu'un tas de braises. La lueur des étoiles éclaire les traits du prince, adoucis par un lourd sommeil.

Agenouillée, je glisse une main dans le sac. Je tâte un livre de poche, des barres de céréales, des bougies, un rouleau de parchemin, quelques couteaux, jusqu'à sentir une lanière lisse. Au contact du cuir, mes doigts tremblent. L'enchantement dont elle est parée semble crépiter.

Je sors la bride du sac aussi lentement que possible.

Non loin, un renard glapit. Dans les fougères, des grenouilles s'interpellent.

Je risque un coup d'œil vers le farfadet à la tête de chouette : il continue à surveiller les abords du campement. Il doit se dire que je suis juste en train de prendre quelque chose à grignoter. Je ne suis pas une menace.

Contrairement à Chêne, je n'ai pas de sac dans lequel cacher la bride, mais j'ai une écharpe. Je l'enroule dedans puis je l'attache à ma taille, comme une ceinture. Mon cœur bat si vite que c'est comme s'il faisait des ricochets.

Je me relève et j'avance d'un pas, si absolument sûre que je vais me faire prendre que j'en ai le tournis.

Deux pas de plus, et la limite des arbres est en vue.

C'est là que, derrière moi, j'entends la voix de Chêne, rendue pâteuse par le sommeil.

– Wren ?

Je me retourne, m'efforçant de ne pas paniquer, de ne pas gronder ni de m'enfuir. Le prince ne doit pas voir à quel point j'ai peur qu'il m'ait surprise.

– Tu es réveillée, constate-t-il en s'asseyant.

– Mes pensées tournent en boucle, dis-je à voix basse.

Jusque-là, c'est la vérité.

Il me fait signe de le rejoindre. À contrecœur, je m'assois à côté de lui. Il se penche en avant pour remuer les braises avec un bâton.

En voyant son visage apaisé par le sommeil, je pense au baiser que je lui ai donné. Quand je me remémore la courbe de sa bouche, je dois m'obliger à revoir aussi son sourire méprisant.

Je ne veux pas d'elle. Voilà ce qu'il a dit. Et si quelque part au fond de lui il pense le contraire, c'est parce que je ne suis qu'une « monnaie d'échange », pour citer Hyacinthe.

Je prends une profonde inspiration.

– Tu ne vas pas vraiment me renvoyer, n'est-ce pas ?

– Je devrais, répond-il. Ce plan est d'une imprudence folle.

Croit-il que c'est la perspective d'être séparée de lui qui m'a tenue éveillée ?

– Ça, je le sais depuis le début.

– Je n'aurais jamais dû t'entraîner là-dedans, regrette-t-il, la voix pleine de haine pour lui-même.

Fatigué comme il l'est, il vaudrait peut-être mieux pour lui qu'il se taise. Je ne vois pas comment il pourrait être content de son plan. Il n'est pas monstrueux à ce point.

Je lui rappelle :

– Je peux empêcher dame Nore d'agir.

Il me sourit. Ses yeux brillent d'une étrange lueur.

– Si nous étions capables de nous faire confiance, toi et moi, nous formerions un duo redoutable.

– Possible. Si on se faisait confiance.

D'une main, il m'effleure le bas du dos, ce qui me fait frissonner.

– Sais-tu ce que j'admire chez toi ? demande-t-il.

Honnêtement, je ne sais pas du tout ce qu'il va dire.

– C'est que la colère t'anime sans cesse. Haïr requiert du courage. Parfois, c'est comme l'espoir.

À la cour des Crocs, je ne me sentais pas courageuse. Ni optimiste. Je n'éprouvais qu'un désespoir atroce, comme si je me noyais dans une mer immense, buvant continuellement la tasse. Puis, juste au moment où j'allais me laisser couler, quelque chose m'incitait à me propulser une dernière fois à la surface des flots. La haine, peut-être. Haïr requiert de la persévérance, même lorsqu'on a cessé de croire à un avenir meilleur. Je suis stupéfaite que Chêne en particulier le sache.

– Tu feras un Grand Roi intéressant, dis-je.

Il affiche un air inquiet.

– Certainement pas ! Le Peuple adore Cardan et est terrifié par ma sœur – ce qui est parfait. J'espère qu'ils régneront mille ans et qu'un des dix enfants qu'ils auront leur succédera. Inutile que j'y sois mêlé.

Je demande, perplexe :

– Tu es sérieux quand tu dis que tu ne veux pas être Grand Roi ?

C'était la position que le seigneur Jarel et dame Nore convoitaient le plus au monde, le but ultime de leur ambition, la raison de ma création. C'est presque une insulte de le voir l'esquiver ainsi, comme si cela revenait à croquer dans une pomme véreuse.

Même s'il se trouve que je pense comme lui.

– Cardan non plus ne voulait pas être Grand Roi, et il avait raison… approuve-t-il. Enfin, c'était avant que je lui flanque la couronne sur la tête.

Sa bouche se déforme à ce souvenir avant de redevenir un trait.

– Le désir de régner sur Domelfe a gâché tant de vies ! Être l'héritier, c'est déjà assez pénible comme ça.

– C'est-à-dire ?

Je l'observe à la lueur du feu : ses boucles dorées décoiffées qui effleurent sa joue ; l'étrange intensité sur son visage. Je suis presque tentée de croire que, s'il se confie ainsi, c'est plus par envie de se lier d'amitié avec moi que par calcul, sachant que j'ai plus de chance de baisser la garde face à sa fragilité apparente.

Il s'étire un peu, comme un chat.

– Certains préféreraient me voir sur le trône, soit parce qu'ils pensent que je serais plus facilement manipulable, soit parce qu'ils pensent que tout vaut mieux que d'être dirigés par un ou une mortelle. Ils n'ont jamais caché qu'il suffirait que je dise un mot de travers pour qu'ils susurrent du venin à mon oreille et en versent dans la gorge des membres de ma famille. Pendant ce temps, je soupçonne ma sœur Jude de ne pas faire d'enfant pour s'assurer que je lui succéderai. Elle dit que non, mais elle ment trop bien pour que j'en sois sûr.

Je revois la Grande Reine dans la bataille finale, son visage maculé de sang. Tranchant la tête du serpent qui était naguère son bien-aimé, même si ce geste condamnait son camp à l'échec. Tout ça pour sauver un royaume qui la méprisait.

Finalement, c'était une sorte de haine qui était aussi de l'espoir.

Chêne rit, ce qui me surprend.

– Je ne suis pas très drôle ce soir, hein ? Je vais te montrer un tour.

Je le regarde avec méfiance, mais il se contente de sortir une pièce de vingt-cinq cents de sa poche, qu'il fait tournoyer au bout de ses doigts.

Je glousse malgré moi.

Il lance la pièce et la rattrape de son autre main avant d'ouvrir ses paumes. La pièce a disparu.

– Sais-tu où elle est ? m'interroge-t-il.

– Tu l'as envoyée à Terrafæ avec ta magie ?

C'est une hypothèse en l'air, mais je souris.

La mine réjouie, Chêne attrape quelque chose derrière mon oreille. Je sens contre mon cou le métal réchauffé par sa peau.

Mon ravissement me consterne, mais je ne peux pas le nier.

– C'est le Cafard qui m'a enseigné ce tour, explique-t-il en rempochant la pièce. Je manque encore de pratique.

– Je me souviens de lui, dis-je. C'est un espion de la cour des Ombres.

Chêne acquiesce.

– Avant, il était à la cour des Crocs. D'ailleurs il n'était pas seul, lorsqu'il était prisonnier là-bas.

La Bombe. Je me souviens d'elle aussi. Dame Nore l'avait appelée Liliver. Vu comment la cour des Crocs pervertit les gens, je ne peux qu'admirer leur loyauté mutuelle.

– Ils ont dû beaucoup souffrir, dis-je.

Chêne me regarde bizarrement.

– Comme toi.

Je m'oblige à répliquer :

– On devrait essayer de dormir.

Si je discute avec lui une minute de plus, je vais finir par lui demander tout de go s'il compte me livrer à dame Nore. Mes intentions risquent alors d'être découvertes et il est fort probable que je sois entravée par la bride.

Il secoue la tête, peut-être pour lui-même.

– Bien sûr, tu as raison.

J'acquiesce. *Oui. Rendors-toi, Chêne. S'il te plaît. Rendors-toi avant que je renonce à partir.*

Même s'il me veut du mal, il va me manquer. Sa manière d'arpenter le monde va me manquer, comme si tout pouvait être prétexte à rire, y compris les choses les plus terribles.

Même le fichu caractère de Tiernan me manquera peut-être.

Je retourne à mes couvertures et patiente, comptant à nouveau jusqu'à mille. Une fois certaine que le prince dort, je me relève et marche d'un pas assuré vers la limite des arbres, sans me retourner pour voir si le farfadet m'observe de ses yeux de chouette. Je dois me comporter normalement, comme si je ne faisais rien de mal.

Sitôt que je me suis éloignée du campement, constatant que Titch n'a pas donné l'alerte, je fais fi de toute prudence et m'élance à travers les bois, puis dans les rues de la ville, jusqu'à la gare routière.

Il me faut trois bonnes minutes pour que mon enchantement soit suffisamment puissant pour me permettre de passer pour une humaine. Je touche mon visage et mes dents pour m'en assurer.

Puis, après avoir inspiré profondément, je m'avance dans l'éclairage cru de la gare. Ça sent le gasoil et le désinfectant. Quelques mortels sont assis sur des bancs métalliques. L'un d'eux a près de lui un sac poubelle apparemment plein de vêtements. Un jeune couple chuchote, une seule valise posée entre eux. Un homme âgé équipé d'une canne s'est endormi et a peut-être raté son car.

D'après les horaires, le prochain car ira vers le nord puis l'ouest, à destination du Michigan. Il n'est pas évident d'acheter un billet avec de l'argent ensorcelé car, contrairement aux humains, les machines savent qu'on leur refourgue des feuilles d'arbre. Je préfère enchanter un reçu récupéré dans la poubelle. Le billet que j'obtiens est approximatif et il me faudra ensorceler le chauffeur pour qu'il m'autorise à monter, mais je serai plus convaincante en ayant quelque chose à la main.

Mes pouvoirs sont trop instables pour que je puisse me passer de tous les artifices dont je peux user.

Je lève les yeux : un homme vêtu d'un pantalon crasseux et affublé d'une barbe en broussaille m'observe. Mon pouls s'accélère. A-t-il juste remarqué que je fouillais la poubelle ? Ai-je la malchance d'être tombée sur un humain doté de la Vraie Vue ? Ou est-il autre chose – plus qu'il paraît ?

Je lui souris. Il tressaille comme s'il voyait mes dents pointues. Après ça, il évite de me regarder.

Je branche le chargeur de Gwen à une prise dans le mur et j'attends.

Une jeune fille donne un coup de pied dans un distributeur automatique. Un garçon fait les cent pas dehors en fumant une cigarette et en parlant tout seul. Un vieil homme ramasse une pièce de monnaie par terre.

À côté de moi, j'entends soudain une vibration. Je réalise que l'écran du téléphone s'est rallumé. Pendant que la batterie était déchargée, j'ai eu dix appels manqués, tous de numéros inconnus.

Il y a trois textos de Gwen. Le premier dit : *C'est trop bizarre d'envoyer un SMS à mon propre numéro, surtout que tout ce qui s'est passé me paraît complètement irréel, mais je suis rentrée chez mes parents. L'elfe mignon était un peu un connard mais il m'a parlé de son ex et du prince, et on dirait que tu as des ennuis. Dis-moi si tout va bien.*

En dessous, il y a une photo d'elle et du violoniste de la cour des Papillons de nuit. Ils sourient, dans les bras l'un de l'autre, à l'avant d'une voiture. Le message suivant dit : MON COPAIN EST LÀ. Il dit qu'il s'est réveillé sur le flanc d'une colline. La dernière chose dont il se souvient, c'est qu'une personne qui ressemblait à un démon lui a versé du sel sur la langue. Je ne sais pas ce que tu as fait, mais MERCI MERCI MERCI.

Enfin : Tu vas bien ? Réponds-moi stp pour que je sache a) si tu vas bien et b) que je n'ai pas rêvé.

Je souris au téléphone. La plupart des gens pour lesquels j'ai brisé un sortilège avaient aussi peur de moi que de la glaistig. C'est étrange de penser que Gwen m'apprécie. D'accord, j'ai été sympa avec elle, mais elle m'a écrit ces textos comme si une amitié était possible entre nous.

Je lui réponds : Difficile de charger un tel à Terrafæ. J'ai réussi à rejoindre une gare routière et je suis seule. Ni prince ni chevalier. Contente que vous alliez bien, ton copain et toi.

Puis mon sourire s'efface, car il faut que j'appelle chez moi. Je dois prévenir Bex.

Je tape le numéro que je connais par cœur.

Une voix d'homme répond. Celle de mon non-père.

– Qui est-ce ?

Je regarde l'horloge et la porte, m'attendant presque à voir Chêne surgir pour me ramener au campement à la pointe de son épée. Je m'efforce de me rappeler que c'est moi qui ai la bride et que, même s'il me cherchait, il n'aurait aucune raison de venir ici.

Je demande d'une voix ferme :

– Pourrais-je parler à Bex, s'il vous plaît ?

Pendant un bon moment, mon non-père ne dit rien. Je suis sûre qu'il va couper la communication. Puis je l'entends appeler ma non-sœur.

Je me ronge les ongles en voyant les secondes défiler sur l'horloge et les autres voyageurs aller et venir dans la gare.

Elle prend le téléphone.

– Oui ?

– Écoute-moi bien, dis-je à mi-voix. Tu es en danger.

Elle prend une grande inspiration et hurle :

– Maman !

La suite me parvient étouffée, comme si elle avait posé sa main sur le micro.

– Elle a rappelé ! poursuit-elle. Non, c'est *elle*.

Je panique à l'idée qu'elle me raccroche au nez.

– S'il te plaît, écoute-moi, dis-je. Avant que ce monstre vienne te chercher.

C'est moi, le monstre que tu dois écouter. Pas l'autre.

– Maman veut te parler, réplique-t-elle.

Cette perspective me donne presque la nausée.

– Non, je ne veux parler qu'à toi – pour l'instant, du moins. S'il te plaît.

Sa voix s'éloigne, comme si elle s'adressait à quelqu'un d'autre.

– Attends. Oui, je vais lui dire.

Je lui demande :

– Pourquoi tu es sortie, l'autre nuit ?

Un silence, des bruits de pas, puis j'entends une porte qui se referme.

– C'est bon, je suis seule, dit-elle.

Je répète ma question. L'angoisse m'incite à me concentrer sur le chewing-gum collé au sol, les odeurs de pot d'échappement, la résine de pin sur mes doigts, ses soupirs.

– Je voulais m'assurer que tu allais bien, répond-elle enfin.

Je demande d'une voix étouffée :

– Tu te souviens de moi ?

– On a vécu *sept ans* ensemble, me rappelle-t-elle.

Je perçois des reproches dans son ton.

– Lorsque tu es retournée dans ta famille biologique, on espérait avoir de tes nouvelles. Maman a pleuré chaque année, à la date anniversaire qu'elle t'avait choisie.

Je gronde :

– Elle m'a ordonné de partir.

Je sais que ce n'était pas sa faute ; que papa, Bex et elle étaient ensorcelés. Mais comment aurais-je pu retourner les voir, les obliger à affronter ma nature monstrueuse, leur donner l'occasion de me rejeter une seconde fois ?

– Papa m'a donné un coup de pied.

Je vérifie l'horloge. Le car va bientôt arriver.

Bex semble contrariée.

– C'est faux.

Je vais devoir raccrocher. Je débranche le chargeur avant de l'enrouler. Bientôt, je serai en route vers le nord.

– Tu as vu la sorcière des tempêtes, dis-je. Quoi qu'elle t'ait raconté, tu n'as pas tous les éléments en main. Tu sais que nos parents m'avaient adoptée, que je n'étais plus une enfant placée. Je n'aurais pas pu aller rendre visite à mes parents biologiques quand ça me chantait, de même qu'ils n'auraient pas eu le droit de venir me reprendre de force. Réfléchis, et tu verras que ça ne tient pas debout. Vous avez été ensorcelés, ce qui explique l'inexplicable.

Il y a un silence à l'autre bout du fil, mais j'entends de l'agitation derrière elle. À mon avis, la porte n'est plus fermée.

– La première fois que j'ai remarqué ta présence, je t'ai prise pour un fantôme, souffle Bex.

Je me sens idiote d'avoir cru que personne ne m'avait vue lors de mes visites furtives. Si on fait quelque chose suffisamment longtemps, un jour, on finit par se faire prendre.

Je demande :

– Quand ça ?

– Il y a six mois environ. Il était tard, je lisais et j'ai vu quelque chose bouger dehors. Quand j'ai regardé, c'était comme voir ton esprit revenu d'entre les morts. Puis j'ai pensé que tu avais des ennuis. Alors j'ai commencé à t'attendre.

– Et le lait, dis-je. Tu laissais du lait…

– Tu n'es pas humaine, hein ? chuchote-t-elle, comme si poser cette question tout haut la gênait.

Je pense à la stupéfaction de ma mère quand elle a entendu ma voix.

– Tu l'as dit à… ?

– Non ! m'interrompt-elle. Que voulais-tu que je dise ? Je n'étais même pas sûre de ce que j'avais vu. Et ils ne sont pas contents après moi, là.

Je regarde l'horloge. Le car devrait être là. Pendant un instant affreux, je crois l'avoir manqué, comme si le temps avait fait un bond en avant pendant que je parlais à Bex. D'un rapide coup d'œil, je réalise avec soulagement que tous les gens qui attendent sont encore assis.

Le car a du retard, me dis-je. *Il arrive, il est juste en retard.* Pourtant, mon cœur continue à s'affoler. Je me ratatine en moi-même, comme si cesser de bouger pouvait empêcher mon angoisse de me ronger de l'intérieur.

Si je suis dans cet état de stress, ce n'est pas uniquement à cause du car, mais c'est déjà une raison suffisante.

– Écoute, dis-je tournée vers la route, guettant l'apparition de phares. Je ne sais pas de combien de temps je dispose mais, si Bogdana sait où tu es, tu es en danger. Remplis tes poches de sel. Les baies de sorbier te protégeront des ensorcellements. Ils détestent le fer froid. Et ils sont incapables de mentir.

Je rectifie :

– *Nous* sommes incapables de mentir.

– Qu'est-ce que... ?

J'entends un bruissement, et la voix de ma non-mère prend le téléphone à Bex.

– Wren, je sais que tu veux parler à ta sœur, dit-elle en insistant sur ce mot, comme si je m'apprêtais à le démentir. Mais écoute-moi, s'il te plaît. Si tu as des ennuis, nous

– Où va-t-il ?

– Au marché Nonsec. Il part devant nous, négocier pour le bateau. Il pense que, si les gobelins me reconnaissent, ils auront des exigences bizarres. De notre côté, nous prendrons un autre chemin et nous verrons ce qui se passe.

Il marque une pause puis s'enquiert :

– Ça ne te dérange pas ?

Je me lève et époussette mes jambes. Quand quelqu'un a déjoué vos tentatives de vol, vous a signifié que vous étiez sa prisonnière et vous pose ensuite une question pareille, ça n'en est pas vraiment une.

Nous marchons quelque temps en silence.

– Tu te souviens quand j'ai dit que nous formerions un duo redoutable, si nous étions capables de nous faire confiance ? m'interroge-t-il.

J'acquiesce à contrecœur.

– Je constate qu'on en est incapables, poursuit-il. Et maintenant, Wren ? Que fait-on ?

Je me sens impuissante, comme s'il avait manœuvré pour me mettre échec et mat.

– Pourquoi me poses-tu cette question ?

Il laisse échapper un soupir de frustration.

– Très bien, je vais être plus clair. Si tu as voulu partir, pourquoi ne recommencerais-tu pas une autre nuit ?

Encore un piège. Je demande :

– Pourquoi devrais-je te confier quoi que ce soit alors que tu n'es fait que de secrets ?

Le prince a revêtu une tenue de mortel par-dessus sa cotte de mailles en or, qu'on aperçoit au niveau du col et des poignets. Tiernan, lui, porte son armure sans rien par-dessus.

Quand Chêne me jette un coup d'œil, son expression ne change pas. Peut-être parce qu'à ses yeux rien n'a changé, qu'il m'a toujours prise pour une adversaire potentielle ou une monnaie d'échange.

Je me mords la langue jusqu'à la faire saigner.

Il sourit, mais je décèle enfin dans son regard l'éclat de la colère. J'éprouve une certaine satisfaction à le voir incapable de le cacher alors qu'il dissimule tant de choses. Il me rejoint et s'assoit à côté de moi.

– Tu savais que j'étais un escroc, déclare-t-il.

Avant que je puisse réagir, il presse l'index sur ses lèvres et coule un regard en biais à Tiernan. Je mets un peu de temps à saisir qu'il ne lui a pas dit que j'ai tenté de voler la bride. Ce que je ne comprends pas, c'est pourquoi.

Le chevalier se lève pour verser de l'eau sur le feu. Un nuage de vapeur s'en élève. Il fait beau en cette fin d'après-midi : après la tempête, le ciel est d'un bleu presque agressif.

Je fourre un petit pain dans ma bouche avant d'emballer les restes de ma robe et de glisser dans ma botte le couteau que Chêne m'a prêté.

Tiernan marmonne quelque chose d'incompréhensible puis s'éloigne dans les bois.

Je demande :

– Où va-t-il ?

– Au marché Nonsec. Il part devant nous, négocier pour le bateau. Il pense que, si les gobelins me reconnaissent, ils auront des exigences bizarres. De notre côté, nous prendrons un autre chemin et nous verrons ce qui se passe.

Il marque une pause puis s'enquiert :

– Ça ne te dérange pas ?

Je me lève et époussette mes jambes. Quand quelqu'un a déjoué vos tentatives de vol, vous a signifié que vous étiez sa prisonnière et vous pose ensuite une question pareille, ça n'en est pas vraiment une.

Nous marchons quelque temps en silence.

– Tu te souviens quand j'ai dit que nous formerions un duo redoutable, si nous étions capables de nous faire confiance ? m'interroge-t-il.

J'acquiesce à contrecœur.

– Je constate qu'on en est incapables, poursuit-il. Et maintenant, Wren ? Que fait-on ?

Je me sens impuissante, comme s'il avait manœuvré pour me mettre échec et mat.

– Pourquoi me poses-tu cette question ?

Il laisse échapper un soupir de frustration.

– Très bien, je vais être plus clair. Si tu as voulu partir, pourquoi ne recommencerais-tu pas une autre nuit ?

Encore un piège. Je demande :

– Pourquoi devrais-je te confier quoi que ce soit alors que tu n'es fait que de secrets ?

– Tout le monde a des secrets, se justifie-t-il, même si je perçois dans sa voix quelque chose qui ressemble à du désespoir.

Pour qu'il n'y ait pas d'ambiguïté, je précise :

– Je parle de secrets à mon sujet.

– Tu m'as trahi. Tu m'as volé. Tu as été trouver la sorcière des tempêtes. Quelques heures plus tard, tu t'empares d'un objet magique puissant et tu t'enfuis avec. Est-ce que je ne mérite pas des réponses à mes questions ?

– Je voulais la bride, dis-je. Pour que tu ne me forces jamais à la porter.

D'un coup de pied, il soulève un tourbillon de feuilles mortes.

– Et qu'est-ce qui te fait croire que j'en avais l'intention ?

L'air maussade, je me détourne.

Il ne dit rien, se contentant d'attendre ma réponse. Le silence se prolonge. Je suis surprise d'être la première à le rompre.

– Tiernan m'a menacée de m'entraver avec la bride si je vous trahissais à nouveau.

Je le fixe d'un œil noir.

Surpris, Chêne cligne des yeux et reste silencieux durant un long moment.

– Il ne comprend pas pourquoi tu as libéré Hyacinthe et les autres prisonniers, déclare-t-il enfin. Il ne croit pas que tu l'aies fait uniquement pour les aider. Là d'où nous venons, le Peuple n'est pas coutumier de ce genre de chose.

Je donne un grand coup de pied dans un caillou.

– Si tu veux partir, je ne te retiens pas, poursuit Chêne en désignant d'un geste large les arbres alentour.

Je regarde les bois. Je ne suis pas idiote au point de prendre sa proposition au pied de la lettre.

– Dans ce cas, pourquoi m'avoir empêchée de le faire la nuit dernière ?

Il me lance un regard empreint de culpabilité.

– Parce que je n'apprécie pas qu'on me prenne pour un idiot. J'aime jouer, mais je déteste perdre.

Étonnée, je le regarde en clignant des yeux.

– Quoi ?

Il hausse les épaules avec impatience.

– Ce n'est pas ma plus grande qualité, répond-il. De plus, il ne me paraissait pas inutile de te demander si Bogdana et toi étiez complices.

– Nous ne le sommes pas.

Puisqu'il m'observe avec insistance, je me sens obligée d'étayer ma réponse.

– Je ne suis pas l'alliée de Bogdana, pas plus que celle de dame Nore. Je veux me rendre dans le Nord et l'empêcher de créer d'autres monstres. Je tiens aussi à ce que ton père soit libéré, figure-toi.

– Dans ce cas, pourquoi avoir voulu partir de ton côté ?

C'est le problème, avec Chêne. Il vous incite à lui faire confiance, vous fait vous sentir bête de douter, et vous finissez dans une gare routière où vous découvrez que vous vous êtes fait avoir sur toute la ligne.

– Je voulais rejoindre le Nord pour affronter ma mère seule.

Je me demande si cette explication lui suffira.

Il me jette un coup d'œil. Ses yeux de renard brillent.

– C'est encore plus insensé que notre plan actuel, décrète-t-il.

Mes tripes se tordent.

– Il y a quelque chose qui m'échappe, reprend-il en passant la main sur son visage. Je devrais être fâché contre toi, pourtant je t'admire pour ce que tu as fait à la cour des Papillons de nuit. Même si ça m'a « dérangé », comme tu l'as dit.

J'affiche une petite grimace en l'entendant me citer, puis je réalise la portée de ses propos.

– Tu… m'admires pour ce que j'ai fait ?

– Ça m'ennuie de l'admettre, mais oui.

Quand il me regarde, c'est avec la même intensité que lorsqu'il se tenait aux côtés de la reine Annet.

– Le sort de la mortelle, du merrow et même de Hyacinthe ne t'a pas laissée indifférente. Tu nous as tous défiés, et sans en tirer aucun avantage – du moins à ma connaissance.

Ignorant quoi répondre, je l'interroge :

– Cela te pesait-il, de garder Hyacinthe prisonnier ?

– Il a tenté d'assassiner le Grand Roi.

– Quoi ?

Dans mon souvenir, Tiernan avait parlé d'un incident. Ma stupeur semble amuser le prince.

– Mon père dit que les conflits naissent de l'opposition des croyances et des désirs. Mais, le plus souvent, nos conflits sont ceux de nos dirigeants. Ceux qui leur ont prêté allégeance peuvent être tout à fait sympathiques. C'est pourquoi deux personnes tout à fait sympathiques peuvent finir par pointer chacune un poignard sur la gorge de l'autre. Hyacinthe et moi aurions pu être amis… si, sur le champ de bataille, nous avions appartenu au même camp.

Je songe longuement à ces propos. Est-ce également ainsi qu'il me voit ? Et s'il apprenait que je suis cousue de magie, simple pantin animé par une vieille sorcière ? Peut-être se sentirait-il moins coupable.

Je pourrais le prendre au mot et m'en aller. Toutefois, il n'a pas promis de ne pas me poursuivre. De même, il n'a pas juré qu'il ne m'obligerait pas à porter la bride.

Je pourrais m'éclipser au marché Nonsec et trouver un endroit où me cacher. Mais je n'ai aucune raison de croire qu'une fois là-bas les gens du Peuple m'aideront moi plutôt que le prince. Il est plus probable qu'ils me dénonceront contre quelques pièces.

Ou bien je pourrais essayer d'arracher la vérité à Chêne.

Je propose :

– Que dirais-tu de jouer, toi qui aimes ça ?

– Que se passera-t-il si tu gagnes ?

– Si je gagne, tu répondras à ma question. Sans l'éluder.

Rien dans la manière dont il m'observe ne suggère qu'il juge l'enjeu important. Malgré tout, il acquiesce.

– Et à quoi veux-tu jouer ? s'enquiert-il.

– Tu as la figurine. Comme quand on était petits, voyons qui de nous deux sera le meilleur lanceur.

Il hoche de nouveau la tête et sort de sa poche le renard, dont les yeux en péridot scintillent.

– Et si c'est moi qui gagne ?

Je demande :

– Qu'est-ce que tu veux ?

Il m'observe attentivement. Je fais de même. À présent, aucun sourire de façade ne peut masquer sa dureté.

– Promets-moi une danse. Ainsi, notre entraînement à la cour des Papillons de nuit n'aura pas été vain.

– C'est absurde, dis-je, les joues brûlantes.

– C'est pourtant ce que je réclame.

Troublée, j'acquiesce brièvement.

– Très bien. À toi l'honneur.

Nous nous arrêtons. Chêne s'accroupit pour dégager les brindilles et les feuilles d'un carré de mousse. J'ai l'impression d'être retombée en enfance, que c'est un vrai jeu. Il me vient à l'esprit qu'il s'est passé bien des choses affreuses dans ma vie avant ce moment, et bien des choses affreuses dans la sienne après. Chêne commence.

La figurine atterrit sur le flanc. Zéro point.

Le prince me regarde et hausse les sourcils.

Je ramasse l'objet et le lance, retenant mon souffle. Il tombe également sur le flanc.

Chêne tend la main vers le renard. Alors que je crois qu'il va le relancer, il le pose sur le dos, les pattes en l'air.

– Tu as gagné, annonce-t-il.

Incrédule, je secoue la tête.

– Tu as gagné, répète-t-il d'un ton plus ferme. Je t'écoute.

Soit. S'il a décidé de me laisser gagner, je serais bête de ne pas en profiter.

– C'est moi que dame Nore a exigé en échange de Madoc, n'est-ce pas ?

Je me prépare à encaisser sa réponse – ou à voir ce qu'il va faire pour l'éviter.

Sa surprise est manifeste.

– C'est ce que Bogdana t'a dit ?

Je confirme d'un signe de tête.

Il soupire.

– Pas étonnant que tu te sois enfuie, ajoute-t-il.

– Est-ce vrai ?

Il fronce les sourcils.

– Qu'a-t-elle dit exactement ? Pour que je puisse te répondre le plus justement possible…

– Que dame Nore avait proposé au prince d'échanger Madoc contre « ce qu'il emmène dans le Nord : une petite écervelée. »

– Eh bien, en vérité, dame Nore m'a proposé d'échanger autre chose que ce que la sorcière des tempêtes *pense* que j'emmène dans le nord, dit Chêne. Le cœur de Mellith. C'est ce qu'elle a demandé. Si Bogdana s'est méprise, tant mieux. Mais en te disant les choses de cette manière, la sorcière a voulu te piéger.

Je songe aux propos détournés de Bogdana et à ce qu'elle n'a pas dit.

J'interroge Chêne :

– Donc, tu n'as pas le cœur de Mellith, ni l'intention de nous livrer – le cœur ou moi – à dame Nore ?

J'ai besoin de l'entendre de sa bouche.

Il sourit.

– Je ne compte pas te livrer à qui que ce soit. Tu n'es pas comprise dans le marché passé avec dame Nore. Quant au cœur de Mellith, je t'en dirai plus sur mon projet quand nous serons au marché. Ta mère sera bien attrapée, je pense.

Le regard plongé dans ses yeux de renard, je me sens tellement soulagée que j'en ai le tournis.

Je lève la tête vers le ciel, vers le bleu intense qui suit la tempête, et m'autorise à croire que je ne suis pas en danger. Pas pour l'instant. Pas avec lui.

Je ramasse la figurine. Puisque Chêne ne semble pas le remarquer et n'exige pas que je la lui rende, je la glisse dans ma poche. Puis nous nous remettons en route.

Peu de temps après, des taches de couleurs apparaissent entre les arbres. Ce doit être le marché Nonsec. Dans le vent, j'entends les bribes d'une chanson.

– Et si, pour gagner du temps, dit Chêne, l'œil brillant d'un éclat malicieux, on faisait comme si on avait rejoué chacun notre tour et que j'avais gagné une fois, de sorte que tu me doives une danse ? Mais, la fois suivante, c'est toi qui as gagné, alors si tu as une autre question, tu peux me la poser.

Il me taquine. Soudain, je suis moi aussi d'humeur joueuse.

– D'accord. Parle-moi de tes amours, dans ce cas.

Il hausse les sourcils.

– De mes amours ?

– D'après Tiernan, il y avait deux dames en particulier que tu tenais à impressionner. Violet, je crois. Et Sibi. À l'entendre, tu es un cœur d'artichaut.

Un rire surpris lui échappe, même s'il ne nie rien.

– On attend certaines choses d'un prince de la cour.

– Tu n'es pas sérieux ! Quoi, tu te sens obligé d'être amoureux ?

– Je te l'ai dit : je suis un courtisan, versé dans tous les arts de la cour, répond-il en souriant, comme s'il reconnaissait l'absurdité de ses propos.

Je secoue la tête, souriant moi aussi. Chêne est ridicule, mais j'ignore à quel point.

– J'avoue avoir une mauvaise habitude, admet-il. Celle de tomber amoureux. Avec une grande régularité et en échouant de manière spectaculaire. Vois-tu, ça ne se passe jamais bien.

Je me demande si cette conversation l'amène à penser à notre baiser mais, dans ce cas précis, j'en suis l'instigatrice. Il n'a fait que me le rendre.

Je m'étonne :

– Comment est-ce possible, charmant comme tu es ?

Il rit de nouveau.

– C'est ce que ma sœur Taryn dit toujours. Selon elle, je lui rappelle son défunt mari – ce qui est logique, puisque je suis son demi-frère, mais également inquiétant, étant donné qu'elle l'a assassiné.

Comme quand il m'a parlé de Madoc, c'est étrange de l'entendre s'attendrir en me racontant un acte horrible commis par un membre de sa famille.

Je demande :

– De qui es-tu tombé amoureux ?

– Eh bien, de toi, répond-il. Quand nous étions petits.

Incrédule, je répète :

– De moi ?

– Tu l'ignorais ?

Ma stupéfaction semble le ravir.

– Je t'assure, poursuit-il. Même si tu avais un an de plus que moi et que c'était sans espoir, j'étais totalement épris de toi. Lorsque tu as quitté la cour, je n'ai rien pu manger pendant un mois, hormis du thé et du pain grillé.

Je ne peux me retenir de ricaner face à une déclaration aussi insensée.

– Ah, et voilà que tu te moques de moi ! s'exclame-t-il en posant une main sur mon cœur. C'est ma malédiction, d'adorer les femmes cruelles.

Il ne s'attend tout de même pas à ce que je le croie sincère.

– Arrête de jouer, dis-je.

– Très bien. Passons à la suivante. Elle s'appelait Lara, c'était une mortelle. Nous fréquentions la même école lorsque j'habitais avec ma sœur aînée et sa petite amie. Parfois, Lara et moi grimpions dans le creux d'un érable pour partager des sandwichs. Mais elle avait une amie infâme qui m'a impliqué dans je ne sais quelle rumeur. Résultat, Lara m'a poignardé avec un crayon de papier, mettant fin à notre relation.

Je commente :

– C'est donc vrai que tu aimes les femmes cruelles…

– Ensuite, il y a eu Violet, une pixie. Je lui ai déclamé dans un poème calamiteux combien je l'adorais. Hélas, ce qu'elle adorait, elle, c'étaient les duels. Elle s'attirait des ennuis rien que pour me voir défendre son honneur. Le plus triste, c'est que ni ma sœur ni mon père n'ont pris la peine de m'enseigner comment me battre à l'épée juste pour impressionner l'adversaire.

Je songe à son regard vide et à sa froideur avant son combat contre l'ogre, ainsi qu'à la colère de Tiernan.

– Résultat, poursuit-il, j'ai tué sans le faire exprès quelqu'un qu'elle me préférait.

– Oh, dis-je. Voilà qui est plus triste encore.

– Puis il y a eu Sibi, qui voulait fuir la cour avec moi. Mais, dès que nous sommes partis, elle n'a pas du tout aimé. Elle a pleuré jusqu'à ce que je la ramène chez elle. Et il y a eu Loana, une sirène qui trouvait intolérable que je n'aie pas de queue de poisson, mais qui a quand même essayé de me noyer, car elle trouvait tout aussi intolérable que je puisse en aimer une autre qu'elle.

Il me raconte ces anecdotes avec la même légèreté que lorsqu'il a évoqué les nombreuses épreuves qu'il a endurées. Il y a des gens qui se rient de la mort. Lui se rit du désespoir.

Je m'enquiers :

– Quel âge avais-tu ?

– Quinze ans, avec la sirène. Et près de trois ans plus tard, l'âge m'a sans doute assagi.

– Sans doute.

Je me demande si c'est le cas. Si c'est ce que je souhaite.

L'entrée du marché Nonsec est annoncée par deux arbres courbés l'un vers l'autre, dont les branches s'entremêlent. Quand nous passons en dessous, ce qui n'étaient que des bribes de chanson et des taches de couleur sont maintenant toutes proches. La clairière est pleine d'échoppes et d'étals. L'air est saturé de parfums, d'odeurs d'hydromel et de fruits grillés. Nous passons devant un espace protégé par une toile de tente où sont exposés des luths et des harpes. Le vendeur essaie de nous attirer en parlant plus fort que l'un de ses instruments relatant la sombre histoire de sa fabrication.

Au fil de notre progression, je remarque que le marché s'étale jusqu'à une zone rocheuse près du rivage, où une jetée s'avance dans l'eau. À son extrémité, un seul bateau ondoie sur les flots. Je me demande si c'est celui-là que Tiernan essaie d'acheter aux gobelins.

Je suis alors distraite par des bruits de marteaux et une chanson que j'entends mal. Nous sommes à proximité d'une forge dont l'entrée est ornée d'une exposition d'épées. À côté se dresse un arbre de mai autour duquel tournent quelques danseurs, enroulant les rubans. Puis je vois un étal où l'on vend des capes de toutes les couleurs du ciel, des premières lueurs rosées de l'aube au noir profond de la nuit étoilée. Une boulangère propose à la criée des pains tressés dont la croûte dorée et luisante est décorée de fleurs et d'herbes aromatiques.

– Vous n'avez pas d'or ? lance un vendeur, la tête auréolée de bois de cerf. Payez donc avec une mèche de cheveux, une année de votre vie, un cauchemar dont vous voulez vous débarrasser…

– Approchez ! appelle un autre. Nous avons les plus belles vestes à cent lieues à la ronde ! Vertes comme le poison ! Rouges comme le sang ! Noires comme le cœur du Roi de Domelfe !

Chêne s'arrête pour acheter du fromage emballé dans du papier ciré, une demi-douzaine de pommes et deux miches de pain. Il prend aussi des vêtements plus chauds, des chapeaux et des gants, une corde, de nouveaux sacs et un grappin dont les crocs sont repliés comme les tentacules d'une pieuvre dans l'eau.

Nous passons devant un fabricant de flèches stockées dans des tonneaux et empennées de plumes variées : corbeau, moineau et même troglodyte. Devant des robes vert scarabée, safran ou rouge grenade. Devant un étal de bouquets d'herbes séchées suspendus, à côté de cosses. Puis devant les étagères d'un libraire, garnies de livres anciens et de recueils vierges à la reliure neuve, ouverts sur des pages couleur crème attendant d'être remplies. Un étal plus loin, un alchimiste a exposé un assortiment de poisons, dont de l'encre toxique. Des crânes aux formes étranges sont alignés juste à côté.

Chêne marque une pause pour acheter des explosifs.

– Juste au cas où, me rassure-t-il.

– Chère dame, m'accoste un Fæ près d'une échoppe qui vend des bijoux.

Il a des yeux de serpent et sa langue bifide apparaît brièvement lorsqu'il parle.

– On dirait que cette épingle à cheveux a été faite pour toi, me flatte-t-il.

Elle est magnifique, tissée d'or et d'argent, en forme d'oiseau tenant une perle verte dans son bec. Si elle avait été exposée parmi d'autres colifichets, mon regard aurait glissé sur elle et je l'aurais classée parmi la dizaine d'objets que je ne pourrai jamais obtenir. Mais, lorsqu'il la tend vers moi, je ne peux m'empêcher d'imaginer qu'elle m'appartient.

– Je n'ai pas d'argent et presque rien à échanger, lui dis-je à regret.

Le regard du vendeur se pose sur Chêne. Il doit le prendre pour mon amant.

Le prince endosse le rôle et tend la main vers l'épingle.

– Combien en veux-tu ? Acceptes-tu des pièces d'argent, ou dois-je te payer avec le dernier souhait de mon cœur ?

– L'argent me convient très bien.

Le vendeur sourit pendant que le prince cherche des pièces dans son sac.

Une part de moi voudrait refuser, mais je le laisse me l'offrir puis me la mettre dans les cheveux. Ses doigts sur ma nuque sont chauds. Ce n'est que lorsqu'il les retire que je frissonne.

Il me regarde fixement.

– Ne me dis pas que tu la trouves horrible et que tu ne faisais qu'être polie.

– Je ne la trouve pas horrible, dis-je doucement. Et je ne suis pas polie.

Ça le fait rire.

– Une qualité charmante !

J'admire l'épingle chaque fois que j'aperçois mon reflet quelque part.

Nous traversons une grande pelouse où se joue un spectacle de marionnettes. Des gens du Peuple rassemblés autour d'une boîte garnie de rideaux regardent un corbeau en papier délicatement découpé voler au-dessus d'un moulin. Je repère quelques enfants humains et me demande si ce sont des changelins.

Le corbeau se pose dans un arbre en papier mâché peint. Le marionnettiste caché actionne une perche qui anime le bec de l'oiseau.

Celui-ci se met à chanter :

Croa, croa,
Ma mère m'a tué,
Mon père m'a mangé,
Ma sœurette Marlène
A pris bien de la peine

Pour recueillir mes os jetés
Dessous la table et les nouer
Dans son foulard de soie
Qu'elle a porté sous le genévrier.
Croa, croa, bel oiseau que je suis !

Je m'arrête pour regarder la suite. Le meunier aime tellement la chanson qu'il demande à l'oiseau de la chanter à nouveau. En échange, le corbeau réclame sa meule. Quand celui-ci rentre chez lui, il laisse tomber la meule sur la tête de sa belle-mère et la tue.

La foule applaudit encore quand je réalise que Chêne est parti chez le forgeron. J'arrive à temps pour voir l'artisan aux sourcils broussailleux revenir du fond de son échoppe avec une boîte en verre et en métal, ornée de pattes dorées. Elle ne contient rien.

Alors que le prince la range avec précaution dans son sac, je demande :

– Qu'est-ce que c'est ?

– Un reliquaire, répond-il. Enchanté. Pour que ce qu'il renferme soit conservé pour toujours. C'est un objet de ce genre qui contenait les ossements de Mab. J'ai envoyé Titch le commander.

– Et c'est pour…

Il me fait signe de m'éloigner de l'échoppe. Ensemble, nous nous dirigeons vers la jetée.

– Le cœur d'une biche, complète-t-il. Car c'est ce que je vais apporter à dame Nore. Dans un joli reliquaire, elle ne verra pas la différence avant longtemps

– suffisamment j'espère pour qu'on atteigne notre but et que tu te rapproches d'elle.

Je répète :

– Le cœur d'une biche ?

– Voilà ce que j'apporte dans le Nord. Un leurre. Un tour de passe-passe, comme la pièce de monnaie.

Je lui souris. Pour une fois, nous sommes dans le même camp.

Arrivés au bord de l'eau, nous tombons sur Tiernan, toujours occupé à marchander avec trois gobelins. Le premier a des cheveux dorés et un menton pointu, le deuxième les cheveux noirs et des sourcils fournis, le troisième de très grandes oreilles et pas un poil sur le crâne. Le chauve tient une outre de vin et m'observe avec le regard fixe de ceux qui sont complètement ivres. Il la passe à un géant roux qui, assis sur la jetée, balance ses énormes pieds dans la mer.

Le gobelin aux cheveux noirs soupèse un couteau au manche argenté.

– Qu'as-tu d'autre ?

Sur un rocher non loin est empilé un petit trésor : une grosse perle nacrée, au moins seize pièces d'or et une pierre précieuse – peut-être une émeraude.

– Vous surestimez la valeur de ce que vous vendez, répond Tiernan.

Le gobelin soûl rit à gorge déployée.

Le bateau amarré à la jetée est sculpté en forme de cormoran. À la proue, il paraît rampant avec son long cou courbé et ses ailes déployées, protégeant ses passagers. C'est du bel ouvrage. En plissant les yeux, je m'aperçois qu'il est aussi magique.

– Ahhhh, dit le gobelin blond à Chêne lorsque nous approchons. Tu dois expliquer à ton ami que ce n'est pas avec quelques babioles que nous accepterons de lui céder une de nos plus belles œuvres.

Manifestement, Tiernan est agacé.

– Nous nous sommes mis d'accord sur un prix, mais je n'y suis pas tout à fait, c'est tout. Maintenant que vous êtes là, nous allons pouvoir régler la différence et partir.

J'ignore pourquoi il s'est cru meilleur négociateur que Chêne, alors qu'il n'est pas dans sa nature d'embellir la vérité ni de tourner autour du pot.

Le gobelin blond nous regarde, attendant la suite.

– Nous souhaiterions recevoir le reste de notre dû, s'il vous plaît, dit-il.

Chêne glisse une main dans son sac et en sort quelques pièces d'or ainsi qu'une poignée de pièces d'argent.

– Cela suffira-t-il ?

– Nous prendrons aussi tes bagues, répond le gobelin blond en désignant les trois qui encerclent les doigts du prince.

Je doute qu'il y tienne puisqu'il se contente de soupirer avant de les retirer. En plus, il se sépare aussi de son bandeau royal. Avec une couronne, le compte devrait être bon.

Le gobelin blond secoue la tête.

Le sourire du prince change. Bouche-à-nectar.

– Il se peut que votre bateau soit trop beau pour nos besoins. Il nous en faut un en état de naviguer, c'est tout.

Deux des gobelins échangent un regard.

– Nos œuvres sont les meilleures qui soient, affirme celui aux cheveux noirs.

– Pourtant, il serait regrettable de voir un vaisseau aussi splendide que celui-ci être malmené par les éléments, réplique Chêne avant de prendre un air pensif. Peut-être auriez-vous quelque chose de plus rustique à nous proposer ?

Là-dessus, le gobelin aux cheveux noirs renifle, offusqué.

– On ne fabrique rien de laid.

– Non, dit Chêne, feignant d'être déçu. Évidemment.

Je comprends son petit jeu et suggère :

– On ferait peut-être mieux d'en chercher un ailleurs.

Tiernan nous fusille du regard. Soit il ne sait pas que le prince a recours à un stratagème, soit la manœuvre le laisse sceptique.

Le gobelin blond observe Chêne.

– Vous n'avez vraiment rien de plus à nous offrir ? J'ai du mal à y croire, beaux voyageurs que vous êtes… Qu'est-ce donc là, dans ses cheveux ?

Chêne fronce les sourcils en me voyant ôter l'épingle de mes tresses. À regret, je la dépose sur la pile avec le reste de notre trésor. Je me convaincs que ça n'a pas d'importance. De toute façon, là où nous allons, je n'en aurai pas l'utilité.

Le gobelin aux sourcils broussailleux ricane. Il récupère l'épingle et la retourne entre ses doigts.

– Très bien. Puisque vous ne pouvez pas nous donner plus que cet assortiment de colifichets, nous avons pitié de vous et acceptons la transaction. Vos bagues, le couteau, la perle, les pièces, l'émeraude qui ne fait même pas la taille d'un œuf de cane, le bandeau et l'épingle à cheveux. Pour tout cela, le bateau est à vous.

Avec un sourire, Chêne s'avance pour conclure l'affaire d'une poignée de main.

Tiernan descend dans la coque puis me fait signe de lui lancer mon sac, visiblement soulagé que les négociations aient enfin abouti et que nous puissions poursuivre notre voyage.

Le géant ivre se lève alors en fixant le prince d'un regard accusateur.

– Regardez un peu ce qu'il cache sous ses vêtements ! Une armure en or, grogne-t-il. On va la prendre aussi. Dis-lui !

– Nous nous sommes mis d'accord sur un prix, objecte Tiernan.

Chêne porte une main à son épée. Son regard luit de férocité.

– Je ne tiens pas à me battre, prévient-il.

– Tu voulais nous rouler ! aboie le géant.

Frénétiquement, je m'agenouille et commence à détacher l'amarre du bateau. En plus d'être raide et bien serrée, la fibre est aussi enveloppée de magie.

– Rangi, dit l'un des gobelins au géant. On a conclu un marché.

Mais le géant est ivre – trop pour se donner la peine de poursuivre les négociations. Il essaie d'empoigner le prince, qui s'écarte d'un bond. Tiernan crie un avertissement, dont j'ignore à qui il est destiné. Chêne affiche désormais une expression neutre, froide.

Enfin, j'arrive à bout du nœud, et le bateau dérive peu à peu.

J'attrape Chêne par l'épaule. Il me regarde avec des yeux vides. Un bref instant, c'est comme s'il ne me reconnaissait pas.

Je demande :

– Tu sais nager ?

Il hoche la tête, comme s'il sortait d'un rêve. Une seconde plus tard, il s'élance. Non pour poignarder le géant, comme je le pensais. Ou moi. Il récupère mon épingle à cheveux, fait demi-tour et plonge dans les flots.

– Voleurs ! s'égosille un des gobelins alors que nous sautons ensemble de la jetée.

Poussant un petit cri, j'atterris dans l'eau avec une gerbe d'éclaboussures. Le bateau est à moins d'un mètre. Je me laisse couler jusqu'à ce que mes pieds touchent le fond vaseux puis je me propulse vers la surface.

Quand ma tête réapparaît entre les vagues, je vois le prince, accroché à l'une des ailes du cormoran, tendre la main vers moi.

Je nage dans sa direction, recrachant l'eau boueuse.

Derrière nous, les gobelins continuent à vociférer. Tiernan les ignore et me hisse sur le pont. Puis il attrape Chêne.

Le géant furieux se jette à l'eau à son tour, pataugeant vers nous.

Le prince avance en vacillant jusqu'au mât et libère une voile. Sitôt celle-ci hissée, le peu de vent qui souffle cet après-midi s'y engouffre et la gonfle. Quelle que soit la magie qui nous entraîne vers le large, elle n'obéit pas à l'appel des gobelins. Rapidement, nous voilà hors d'atteinte du géant.

Je passe ma langue sur ma lèvre supérieure, salée. Tiernan prend la barre et nous éloigne du rivage. Avec un sifflement, Titch vole depuis le marché, décrit un cercle et se pose en haut du mât.

En très peu de temps, la jetée n'est plus visible.

Enveloppé dans sa cape, Chêne se place à la proue, les yeux rivés sur la mer.

Je me souviens du trajet jusqu'aux îles de Domelfe, à bord d'un navire bien plus grand. J'avais passé presque tout le voyage sous le pont, mais on m'avait fait monter une ou deux fois pour respirer l'air marin et écouter le cri des goélands.

Si tu épouses le garçon, m'avait dit dame Nore, *tu ne pourras pas lui arracher le cœur tout de suite. Je sais combien tu as soif de sang, mais il te faudra patienter.* Sur ces mots, elle avait gloussé.

J'avais acquiescé, essayant de me donner l'air d'être assoiffée de sang, voulant montrer que je saurais attendre. Tout pour qu'on me permette de profiter encore un peu du soleil.

Je ne me réjouissais pas de devoir assassiner un garçon que je n'avais jamais vu, mais, à ce moment-là, je n'y avais pas trop réfléchi non plus. Si c'était ce que dame Nore attendait de moi et, si cela m'épargnait des souffrances, alors je le ferais.

Difficile d'imaginer la vitesse à laquelle je me reniais.

Je me demande comment Chêne se voit quand il s'apprête à se battre. Et comment il se voit après.

– Wren, m'appelle Tiernan, m'arrachant à ces pensées. Peux-tu expliquer à Chêne à quoi ressemble l'endroit où nous allons ?

Je m'efforce de plonger plus loin encore dans ce passé flou et douloureux.

– La Citadelle possède trois tours et trois entrées, en comptant celle dans les airs.

Je les dessine d'un doigt mouillé sur le bois de la coque. Le chevalier fronce les sourcils.

Je m'enquiers :

– Quoi ? Je connais l'endroit aussi bien que Hyacinthe !

– Je m'interrogeais juste sur l'entrée du haut, réplique Tiernan d'un ton prudent. Je ne crois pas en avoir jamais entendu parler.

Je hoche la tête.

– Ce n'est pas exactement une porte, plutôt une ouverture cintrée dans l'une des tours. C'est par là qu'entraient les créatures ailées.

– Les oiseaux par exemple, dit-il. Il est possible que Hyacinthe ait mentionné que c'était celle qu'il utilisait.

– Des gardes étaient postés à toutes les portes sauf celle-ci. Surtout des créatures du huldufólk, à l'époque. Peut-être des créatures brindilles, aujourd'hui.

Tiernan m'incite à poursuivre d'un signe de tête.

– Les fondations et le rez-de-chaussée de la Citadelle sont constitués uniquement de roche noire. Plus haut, les murs sont faits de glace, parfois translucide – ou plutôt transparente –, parfois opaque. Il est difficile de trouver une cachette sans être trahi par sa silhouette, dis-je, parlant d'expérience. Les cachots se trouvent dans la partie en roche noire.

Le chevalier sort une mine de sa poche.

– Voyons ce que tu peux dessiner avec ça.

Sur le pont en bois, j'esquisse de quelques traits légers le portail de la garnison et la cour au cœur de la Citadelle.

Je connais parfaitement ce lieu, je sais où dort dame Nore, où se trouvent la salle du trône et la salle des banquets. Hyacinthe aurait peut-être eu une meilleure idée des défenses actuelles, mais je sais combien de marches il faut gravir pour atteindre le sommet de chaque flèche. Je connais tous les recoins dans lesquels un enfant pourrait se cacher ; tous les endroits d'où on pourrait l'en sortir de force.

– Si je parvenais à m'introduire dans ses appartements, je pourrais lui donner des ordres, dis-je. Peu de gardes y seront en faction.

Même avec une défense réduite, avec sa férocité et son ambition, dame Nore n'hésitera pas à faire couler le sang abondamment. Elle et le seigneur Jarel détestaient la faiblesse, comme si c'était une maladie contagieuse.

J'imagine la bride s'enfonçant dans la peau de dame Nore. Ma satisfaction devant son air horrifié. Le moment où elle comprendra que le piège s'est enclenché, alors qu'elle porte encore son arrogance comme une armure. Son visage qui changera sous l'assaut de la panique.

Si cette perspective me plaît, c'est peut-être que je lui ressemble plus que je le voudrais.

Troublée par ces pensées, je me lève et rejoins Chêne, assis à la proue, drapé dans sa cape trempée.

Ses cheveux mouillés sont collés sur ses joues, sa gorge et ses petites cornes. Ses lèvres sont aussi bleues que les miennes.

– Tu devrais enfiler des vêtements secs, me conseille-t-il.

– Ça vaut pour toi aussi.

Il baisse les yeux, comme étonné de se découvrir à demi pétrifié de froid. Puis il se concentre de nouveau sur moi.

– J'ai quelque chose à te donner, dit-il.

Je tends la main, m'attendant à ce qu'il me rende mon épingle à cheveux. À la place, il dépose la bride dans ma paume.

La regardant fixement, je demande :

– Pourquoi ?

– L'un de nous doit la garder en sécurité. Autant que ce soit toi. Accompagne-nous jusqu'à la Citadelle et efforce-toi de croire que, quoi qu'il arrive, quoi que je dise ou fasse, quoi que j'aie fait, j'ai l'intention de nous sortir tous vivants de là. Et vainqueurs.

Je veux le croire. Je le veux tellement.

Je referme la main sur les lanières de cuir.

– Bien sûr que j'irai à la Citadelle.

Ses yeux rencontrent les miens.

– Tant mieux.

Je m'abandonne à cet instant, à l'amitié.

– Et mon épingle à cheveux ?

Il sourit puis me la rend. Je passe mon pouce sur l'oiseau argenté. Au lieu de la remettre dans mes cheveux, je l'utilise pour relever les siens. Quand mes doigts effleurent sa nuque, passant à travers ses mèches soyeuses, il frissonne, et sans doute pas de froid. Soudain, je suis trop consciente de sa réalité physique, de ses longues jambes, de la courbe de ses lèvres, du creux de sa gorge et de ses oreilles dont les pointes étaient naguère ornées de boucles. Des cheveux s'échappent de l'épingle, tombant sur une corne marron clair, pour reposer sur sa pommette.

Quand nous nous regardons, la vivacité du désir fait ployer l'air entre nous. Le temps ralentit. J'ai envie de mordre sa lèvre, de sentir la chaleur de sa peau. De glisser mes mains sous son armure et suivre des doigts la carte de ses cicatrices.

Le farfadet à la tête de chouette nous fait sursauter en descendant du mât. Je me lève trop vite, brusquement ramenée à la réalité. Je dois m'accrocher à l'aile de bois du cormoran pour ne pas tomber à l'eau.

Tiernan a beau être à environ six mètres de nous, les yeux fixés sur l'horizon, je sens mes joues rougir à l'idée qu'il puisse lire dans mes pensées.

– Wren ?

Chêne me regarde bizarrement.

Je me dirige vers le cockpit en baissant la tête pour passer sous la bôme. Même en mettant de la distance entre nous, mon envie de le toucher persiste.

C'est une bonne chose qu'il ne me suive pas. Il descend sous le pont pour passer des vêtements secs. Plus tard, il se dirige vers la poupe et, sans un mot, relaie Tiernan à la barre.

Le bateau fæ file sur les flots, poussé par des vents magiques. Nous apercevons des goélettes et des navires-citernes de mortels, des péniches de plaisance et des canots de pêche. Nous remontons le long de la côte est, le Maine d'un côté et les îles de Domelfe de l'autre. Plus au nord encore, nous traversons le Golfe du Saint-Laurent pour rejoindre la mer du Labrador.

Tout devrait être comme avant, sauf que rien ne l'est. Dès que ma main effleure celle de Chêne lorsqu'il me passe un morceau de pain ou une outre d'eau, je ne peux m'empêcher de le remarquer. Quand nous dormons chacun notre tour, l'un de nous restant éveillé pour naviguer en nous orientant grâce aux étoiles, je me concentre sur son visage, que je scrute attentivement, comme si, à travers ses rêves, j'allais découvrir ses secrets.

Il y a vraiment quelque chose qui ne tourne pas rond chez moi.

Le troisième jour, pendant que nous mangeons, et alors que je me retourne pour jeter un trognon de pomme à l'eau, je réalise que le bateau est entouré de requins. Leurs ailerons fendent la surface dans un mouvement fluide. Ils en sont si proches que même leurs longs corps pâles sont visibles.

Je retiens mon souffle.

Chêne met sa main en visière pour abriter ses yeux de la lumière au moment où une sirène surgit des flots. Ses cheveux sont aussi argentés que les paillettes qui scintillent sur la mer.

– Loana, la salue le prince avec un sourire un peu forcé.

C'est l'une des jeunes filles dont il est tombé amoureux, celle qui a tenté de le noyer.

Je jette un coup d'œil à Tiernan : il serre la poignée de son épée, même s'il ne l'a pas dégainée. À mon avis, dans une telle situation, une lame ne nous sera pas vraiment utile.

– Tu m'as appelée et je suis venue, prince Chêne. C'est une chance que je sois là, car les opposants aux Fonds marins ont profité de l'affaiblissement de la reine Orlagh pour nous encercler, et chacun d'eux cherche à prendre l'avantage. Il se peut que je sois bientôt ton unique alliée sous les flots.

– Le traité signé avec la terre est toujours valable, lui rappelle Chêne.

– Pour le moment, mon joli.

Ses cheveux flottent autour d'elle en un halo argenté. Ses yeux sont du même bleu que celui du verre dépoli par la mer. Derrière elle, sa queue de poisson affleure paresseusement à la surface et frappe l'eau avant de disparaître à nouveau.

– On raconte que Nicasia prévoit d'organiser un tournoi et d'épouser celui des opposants qui en sortira vainqueur.

– Ah, dit Chêne d'un ton prudent. Amusant.

– Ou peut-être qu'elle aura recours au traité.

Un requin passe sous la sirène. Elle lui caresse le flanc. Je l'observe, fascinée. Vu la taille de sa mâchoire, le squale ne ferait qu'une bouchée de la moitié du bateau.

– Une fois tous les participants en place, elle pourrait laisser la terre les anéantir, poursuit la sirène.

– Hélas, déplore Chêne, la terre a ses propres problèmes à régler. C'est pourquoi je t'ai demandé ton aide. Nous aimerions être invisibles pour finir la traversée et ainsi passer inaperçus lorsque nous accosterons.

– Vous seriez plus rapides en voyageant sous les flots, suggère-t-elle d'une voix tentatrice.

– Quand bien même, dit-il.

Elle fait la moue.

– Très bien. Si c'est là tout ce que tu attends de moi, j'accéderai à ta requête en échange d'un baiser.

– Chêne… commence Tiernan pour le mettre en garde.

Je me rapproche du prince, qui s'agenouille au bord de la coque.

– Rien de plus facile, déclare-t-il – même si quelque chose sur son visage indique le contraire. Sans rancune.

Je repère une corde attachée au mât. Pendant que Chêne parle, j'en pousse l'extrémité vers lui avec mon pied.

Il ne baisse pas les yeux lorsqu'il sent la corde toucher sa cuisse. Il la passe discrètement autour de son bras alors qu'il se penche vers Loana.

De ses doigts palmés, la sirène attrape sa nuque et presse ses lèvres contre les siennes. Elles doivent être plus froides que la mer, plus froides que les miennes. Chêne a les yeux mi-clos. La sirène met sa langue dans sa bouche. Et resserre sa prise sur lui.

La scène m'insupporte. Malgré tout, je ne peux pas m'en détourner.

Soudain, Loana attire brusquement Chêne vers elle, frappant l'eau de sa queue de poisson. La corde se tend, ce qui empêche le prince d'être entraîné par le fond.

Il recule sur le pont, haletant, la chemise éclaboussée d'eau de mer, les lèvres rougies d'avoir été embrassées.

– Viens avec moi sous les flots ! lui lance la sirène. Noyons-nous dans le plaisir.

Il émet un rire un peu stressé.

– La proposition est alléchante, mais je dois aller au bout de ma quête.

– Dans ce cas, je vais t'aider à l'accomplir, réplique-t-elle avant de plonger et de disparaître.

Les requins la suivent, s'enfonçant à leur tour dans les profondeurs.

Une brume chatoie en périphérie de mon champ de vision.

– J'espère que ça valait la peine de manquer de te faire entraîner au fond de la mer, ironise Tiernan en secouant la tête.

– Nous serons invisibles aux yeux de Bogdana et de dame Nore, se justifie Chêne en évitant toutefois de nous regarder en face, le chevalier et moi.

À la nuit tombée, nous dépassons des blocs de glace et accostons non loin du détroit d'Hudson, sur une plage balayée par le vent. Chêne tire le bateau sur les rochers noirs. Tiernan l'amarre avec une corde pour qu'il ne dérive pas à marée haute. Ni l'un ni l'autre ne sollicitent mon aide, et je ne la leur propose pas.

Au-dessus de nous, une lune décroissante salue mon retour au pays.

Je me remémore les paroles de la chanson du corbeau, au spectacle de marionnettes. *Croa, croa, bel oiseau que je suis*.

Chapitre 13

Les vents qui griffent les montagnes s'engouffrent dans la vallée avec un sifflement inquiétant. Le soleil de fin d'après-midi se reflète sur la frange dorée de Chêne, presque aussi brillante que la neige.

Nos capes épaisses pèsent lourd sur nos épaules. Titch se blottit contre le cou du prince, dans sa capuche. De temps à autre, la tête du farfadet en émerge et il me jette un regard assassin.

La neige est rarement immobile. Elle tourbillonne, aveuglante. Elle miroite, s'accroche à tout et, sous les rafales, se transforme en un brouillard blanc.

Aussi, elle pique. D'abord comme des aiguilles, puis comme des rasoirs. De minuscules particules de glace nous écorchent les joues et cachent des pièges même une fois à terre. Après que j'ai posé le pied un peu lourdement, ma jambe s'enfonce d'un coup aux trois quarts tandis que l'autre se plie douloureusement sur la plateforme de glace.

Chêne se penche pour m'aider à me relever.

– Ma dame, dit-il, comme s'il m'invitait à monter dans un carrosse.

Je sens la pression de ses doigts à travers nos gants.

– Ça va, je gère, dis-je.

– Je n'en doute pas.

Je reprends ma marche, faisant fi de mon boitillement.

La forêt de Pierre se dresse devant nous, à une trentaine de kilomètres. Elle s'étend à perte de vue, de tous les côtés, si bien que je ne vois pas comment nous pourrions la contourner. D'immenses pins au tronc gris argenté poussent dans la plaine recouverte d'un manteau neigeux, formant comme un mur infranchissable.

Plus loin, nous tombons sur une pique fichée dans le sol, au bout de laquelle est plantée la tête d'un troll. La pique est inclinée comme par la force du vent, et la moitié supérieure est noircie de fluides séchés. Le troll a les yeux ouverts sur le vide. Ses iris laiteux sont comme embrumés, ses cils blanchis par le gel.

Sur la pique, on a écrit ces mots : *Mon sang a été versé pour la gloire des rois de Pierre qui règnent de sous le monde, mais mon corps appartient à la reine de la Neige.*

J'observe la tête, la découpe grossière au niveau du cou, la vertèbre visible qui affleure sous les chairs. Puis je regarde plus loin, vers l'étendue de neige parsemée de formes étrangement semblables. Je comprends à présent que ce ne sont ni des branches tombées au sol ni des arbres frêles. Il y en a au moins une demi-douzaine, dont trois regroupées.

Alors que je m'interroge sur leur signification, la tête ouvre la bouche et se met à parler.

– Au nom de notre reine, bienvenue, coasse-t-elle d'une horrible voix chuintante.

Surprise, je recule en glissant et j'atterris sur les fesses. Pendant que je me relève maladroitement, Tiernan tire son épée au clair et tranche la tête en deux. Une moitié tombe dans la neige, éparpillant des caillots de sang gelés assez gros pour ressembler à des rubis.

Contre toute attente, la chose continue à remuer les lèvres, nous souhaitant en boucle la bienvenue.

Chêne hausse les sourcils.

– On peut supposer que notre présence ici n'est plus un secret, déclare-t-il.

Tiernan regarde la demi-douzaine de formes semblables. Après avoir acquiescé, il essuie sa lame sur son pantalon et rengaine son épée.

– Nous ne sommes plus très loin de la grotte, nous informe-t-il. Nous y trouverons des peaux pour nous tenir chaud et du bois pour faire du feu. Là-bas, nous pourrons réfléchir à la suite.

Je l'interroge :

– Quand y as-tu apporté tout ça ?

– Quand je suis venu chercher Hyacinthe – même si nous n'étions pas les premiers à utiliser cette grotte. Des provisions s'y trouvaient déjà, datant de l'époque où la cour des Crocs et les faucons de Madoc avaient établi leur campement à proximité.

Pendant que nous reprenons notre marche, je songe à ce qu'il vient de dire.

Je n'avais jamais vraiment réfléchi à la date de l'enlèvement de Hyacinthe. Je sais qu'il est resté assez longtemps à Domelfe pour tenter d'assassiner Cardan et se faire entraver par la bride. C'était forcément avant l'enlèvement de Madoc.

Que Hyacinthe ait été à Domelfe au moment de l'enlèvement du général est toutefois une coïncidence troublante. A-t-il aidé dame Nore ? Était-il au courant de ce qui était prévu et n'en avait-il rien dit ? Tiernan a-t-il d'autres raisons de se sentir trahi que celles que je connais ?

La troisième tête devant laquelle nous passons est celle d'un noble. Ses yeux sont des gouttes noires. La tête ayant été vidée de son sang, sa peau est d'une pâleur extrême. Je lis le même message à propos des rois de Pierre que celui inscrit sur la pique du troll.

Chêne touche la joue gelée du Fæ et abaisse ses paupières.

Je demande :

– Tu le connaissais ?

Il hésite avant de répondre :

– Il était général. Lihorn. Un des faucons maudits. Il rendait fréquemment visite à mon père quand j'étais petit, pour boire et parler stratégie.

Heureusement, cette tête-là ne parle pas.

Chêne frissonne sous sa cape. Tiernan n'a pas plus chaud que lui. La laine qui les enveloppe, pourtant épaisse, ne suffit pas à les protéger des températures glaciales.

Alors que nous entamons l'ascension d'un flanc de montagne escarpé, le soleil pare la glace d'or et d'écarlate. Nous nous hissons sur des blocs rocheux en essayant de ne pas glisser. Je trouve le chemin ardu, si bien que je dois rester silencieuse et concentrée. Chêne grimpe derrière moi, ses sabots dérapant sur le verglas. Grâce à son entraînement, Tiernan avance d'un pas leste, mais je devine à sa respiration laborieuse qu'il ne progresse pas sans effort. Plus le ciel s'assombrit, plus la température baisse. Tiernan grelotte. Le souffle du prince forme un nuage de vapeur devant lui. Malgré leurs gants, le froid leur brûle les doigts au point de les raidir et rend leurs gestes maladroits. Pour ma part, ça ne me fait aucun effet si ce n'est que je me sens peut-être un peu plus vivante, un peu plus éveillée.

Des bourrasques soulèvent des aiguilles de glace qui nous fouettent les joues. Nous poursuivons notre chemin, distinguant à peine le sentier entre les arbres rabougris, les affleurements rocheux et les stalactites.

Tout à coup, l'idée me vient que j'ai sous les yeux ce de quoi je suis faite. De la neige et des brindilles. Des brindilles et de la neige. Je ne suis pas une vraie jeune femme. Je suis comme une poupée en carton avec laquelle on joue, avant de la déchirer et de la jeter.

Si l'on m'a créée, c'est uniquement dans le but de piéger la Haute Cour. Je n'étais pas censée vivre après cela. Dame Nore n'a jamais envisagé que je puisse provoquer sa chute. Mon plaisir en sera d'autant plus grand.

Je dois baisser la tête pour entrer dans la grotte, large mais basse. Le plafond constitué d'une plaque de glace est grêlé de trous. Soudain, Titch s'envole de la capuche du prince et disparaît au fond, dans l'obscurité.

Chêne sort de son sac quatre morceaux de bougies qu'il dispose autour de la cavité avant de les allumer. Leurs flammes dansantes projettent des ombres de toutes parts.

Au fond de la grotte, du matériel est entassé en vrac : des peaux d'ours hirsutes, des caisses, un petit coffre, du bois. Le tout est stocké ici depuis assez longtemps pour être recouvert d'une fine couche de givre.

– Intéressant, approuve Chêne en s'approchant du coffre, qu'il touche avec l'un de ses sabots. Tu l'as ouvert, la dernière fois que tu es venu ?

Tiernan nie de la tête.

– Je n'ai pas vraiment eu le temps.

Il devait être pressé, d'autant que Hyacinthe avait l'apparence d'un oiseau, Chêne n'ayant pas encore levé le sortilège. Le soldat était-il enfermé dans une cage ? Avait-il fait le voyage sur l'épaule de Tiernan, certain qu'il était en train d'être sauvé ? Ou s'était-il envolé, sachant qu'il devait aider dame Nore à enlever Madoc ?

Chêne examine le verrou du coffre.

– Un jour, la Bombe m'a raconté l'histoire d'une malle dans laquelle des araignées venimeuses avaient été enfermées. Quand un voleur avait fini par l'ouvrir, il s'était fait mordre sur tout le corps avant de mourir dans d'atroces souffrances. Elle voulait sans doute me dissuader de voler des bonbons.

Pour faire tomber la neige dont ses bottes sont couvertes, Tiernan donne un coup de pied dans le tas de bois. Les bûches qui étaient empilées dégringolent.

– Je vais faire du feu.

Je prends une peau que je mets sur l'envers pour en inspecter les coutures, à la recherche de moisissures et de parasites. Je ne trouve rien. Pas non plus de décoloration qui puisse être due à un poison. La seule odeur que je décèle est celle, à peine perceptible, de la fumée qui a servi à la tanner.

Quelques uniformes appartenant à l'armée dissoute depuis longtemps forment un tas de laine grise. Je les secoue et les passe en revue un par un pendant que Chêne tente de forcer le coffre.

– Il y a peu de chances qu'il contienne des araignées, plaisante-t-il lorsque je regarde dans sa direction.

À l'intérieur, il découvre une meule de fromage recouverte d'une croûte de cire, deux rouleaux de parchemin anciens et une vieille outre de vin. Il a l'air déçu.

Une fois de plus, j'observe son visage avec attention. La courbe de son sourire ; la ligne dure de sa mâchoire. Ce qu'il veut que je voie et ce qu'il veut cacher. Au bout d'un moment, je me détourne pour rejoindre l'entrée de la grotte, où Tiernan frappe un silex contre le tranchant de son épée, espérant faire jaillir une étincelle.

Je me demande dans quelle mesure il est contrarié d'être revenu ici sans Hyacinthe.

Lui tendant ma pochette d'allumettes, même si c'est peut-être inutile, je m'enquiers :

– Combien de temps êtes-vous restés ensemble, Hyacinthe et toi ?

Il soupire.

– On s'est rencontrés l'été qui a précédé l'abdication du roi Eldred, lors d'une fête tardive, mais pas organisée par la cour – plutôt du genre informel. À l'époque, j'espérais encore être fait chevalier.

Je fronce les sourcils, un peu perplexe.

– Parce que tu ne l'es pas ?

Il sourit d'un air amusé que je ne lui ai pas vu jusqu'à présent.

– Moi ? Non. J'ai reçu une formation, mais l'occasion ne s'est jamais présentée.

Encore plus déroutée, je jette un coup d'œil à Chêne. Je n'y connais pas grand-chose, mais j'aurais juré que cela impliquait qu'un membre de la famille royale vous tapote l'épaule avec une épée. Rien que pour récompenser Tiernan de son engagement dans cette mission, il aurait mérité d'être adoubé.

– J'ai rejoint la cour des Ombres, déclare-t-il en réponse à la question que je ne pose pas.

– Tu es espion ?

Il se peut que je sois bouche bée d'étonnement.

– Ma sœur pouvait-elle choisir quelqu'un d'autre qu'un espion pour ma garde rapprochée ? lance Chêne du fond de la grotte. Elle a une affection particulière pour les espions qui souhaitent devenir chevaliers – comme elle à une époque.

– À ce moment-là, je n'étais pas encore espion, nuance Tiernan. J'étais jeune, optimiste et un peu soûl.

Il sourit à cette évocation avant de poursuivre :

– Hyacinthe se tenait à moitié dans l'ombre. Il m'a demandé si je m'y connaissais en prophéties. Je crois que lui était *très* soûl. Alors que nous étions tous les deux perdus dans un labyrinthe végétal, nous avons évoqué les actes de bravoure que nous projetions d'accomplir, comme les chevaliers d'antan. Je trouvais sa quête de vengeance incroyablement romantique.

Sa bouche se tort, comme si c'était douloureux de se remémorer celui qu'il était, ou celui que Hyacinthe était quand son désir de vengeance n'avait pas encore pris le pas sur le reste.

Une petite flamme jaillit.

– Et te voilà, à accomplir un acte de bravoure, dis-je.

Tiernan esquisse un sourire.

– Parfois, la vie nous fait le terrible cadeau de nous offrir ce que l'on souhaite.

Chêne ôte la cire du fromage qui était dans le coffre. Il s'assoit près de nous, mâche un morceau et fait la grimace.

– Il est drôlement affiné, commente-t-il, comme si cela pouvait nous inciter à en manger malgré son goût affreux.

À la place, je fouille dans son sac et j'en sors une barre de céréales.

– Raconte-lui la suite, propose le prince.

Voyant Tiernan froncer les sourcils, il sourit et ajoute :

– Moi, j'ai entendu l'histoire maintes fois. Mais pas Wren.

– Ce que Chêne veut que je te dise, j'imagine, c'est que Hyacinthe et moi avons passé presque deux ans ensemble avant qu'il parte avec l'armée de Madoc. Nous avons échangé le genre de promesses que se font les amants.

Je le sens gêné à ce moment de son récit. Chez certains, plus les émotions sont fortes, plus elles sont difficiles à exprimer. Tiernan semble être de ceux-là… Pourtant, j'ai l'impression qu'il s'est largement confié à Chêne.

– Mais quand Hyacinthe m'a demandé de m'associer à lui pour trahir, reprend-il, je n'ai pas pu m'y résoudre. Il fallait qu'il accomplisse sa vengeance. Le prince Dain était mort. Le Grand Roi avait effectivement un côté précieux, mais pas pire qu'Eldred. Hyacinthe n'était pas de cet avis. Nous nous sommes disputés âprement. Sin m'a traité de lâche, et il s'est passé un an avant que nous nous revoyions.

Sin ? Je réprime un sourire en entendant ce surnom qu'il avait réussi à taire jusqu'à présent.

– Oui, lorsqu'il est revenu pour te tuer, précise Chêne avant de se tourner vers moi. Hyacinthe voyageait avec la cour des Crocs, comme le reste de l'armée de Madoc. Et il a combattu dans la bataille du Serpent. Contre Tiernan.

– On ne s'est pas vus, objecte celui-ci. Et encore moins battus. C'est arrivé plus tard.

Je me revois sous le lit de Chêne. Je me demande si le prince aussi y repense.

Tiernan poursuit son récit :

– Je l'ai revu dans les prisons. À ce moment-là, je faisais partie de la cour des Ombres, et j'avais l'autorisation de lui rendre visite. Nous avons parlé, et je me disais… Eh bien, que le jugement soit clément ou que Hyacinthe soit châtié, je lui ai promis que, s'il devait être exécuté, je le sauverais. Même si, au bout du compte, cela revenait à trahir Domelfe. Finalement, tout ce qu'on lui a demandé, c'était de se repentir. Pourtant, même ça, il a refusé.

Il plonge sa tête entre ses mains.

– Il avait sa fierté, fait remarquer Chêne. Et il était en colère.

– Et moi, je n'avais pas de fierté ? demande Tiernan.

Le prince s'adresse à moi :

– Donc Hyacinthe transformé en faucon va voir Tiernan, qui aurait pu le nourrir pendant un an et le retrouver ensuite, mais…

Tiernan le lui avait refusé.

– Je ne l'ai pas fait et je l'ai regretté, dit-il. Alors, quand j'ai su qu'il était parti à la Citadelle, j'y suis allé et je l'ai récupéré. Je l'ai ramené à Domelfe. J'ai convaincu Chêne de lever la malédiction. Après ça, Hyacinthe m'a remercié en tentant d'assassiner le Grand Roi.

– Ça t'apprendra à être gentil, ironise Chêne en arrachant un autre morceau de l'horrible fromage qu'il a l'intention d'embrocher sur quelque chose pour le faire fondre au-dessus du feu.

– Il s'inquiète pour toi, dis-je à Tiernan. Je parle de Hyacinthe.

Tiernan me regarde avec méfiance.

– Comment ça ?

– Il pense que Chêne t'a ensorcelé.

Il renifle, agacé.

Le prince part d'un rire qui paraît plus forcé que joyeux. Au bout d'un moment, il dit :

– Tu sais, jusqu'à ce voyage, je pensais aimer le froid. L'extravagance est permise quand on ne craint pas de transpirer : on peut porter du brocart, des dorures, des chapeaux… Finalement, j'ai changé d'avis.

Tiernan est soulagé de ne plus être au centre de l'attention. Les paroles frivoles de Chêne, son sourire – tout m'incite à rentrer dans le jeu.

Je lève les yeux au ciel.

Il sourit.

– Alors que toi, avec ton élégance discrète, tu n'as pas à te soucier du temps qu'il fait.

Quand vient l'heure de dormir, Tiernan et Chêne s'enroulent dans des peaux d'ours. Le prince en drape une sur mes épaules. Ne souffrant jamais du froid, je n'en ai pas besoin, mais je m'abstiens de le lui dire. Alors que nous nous allongeons près de la flambée, il m'observe. La lumière danse dans ses yeux.

– Viens là, me propose-t-il avec un signe de la main.

Je ne suis pas sûre de reconnaître celle qui va s'installer à côté de lui et qui pose la tête sur son épaule. Celle qui sent son souffle dans ses cheveux ; la pression de ses doigts sur ses reins. Quand il mêle ses sabots à mes pieds, mes orteils effleurent la fourrure juste au-dessus. Je laisse mes doigts sur son ventre, ne pouvant m'empêcher d'en sentir les méplats durs, les muscles et les cicatrices. Lorsque je bouge la main, il retient son souffle.

Nous nous immobilisons. Tout près du feu, Tiernan se retourne dans son sommeil.

À la lueur des flammes, les iris ambrés du prince sont comme de l'or fondu.

Je n'ai jamais été aussi consciente de ma peau, des légers mouvements de mes bras et jambes, de ma poitrine qui se lève et s'abaisse. J'entends son cœur battre contre ma joue. Dès que je remue, c'est comme si je lui hurlais : *Embrasse-moi*. Mais il ne le fait pas, et je suis trop lâche pour faire autre chose que rester allongée là, frémissante de désir, jusqu'à ce que mes yeux se ferment enfin.

La première chose que je vois à mon réveil, le lendemain après-midi, c'est Tiernan traînant la dépouille d'une biche. Il la découpe d'un geste rapide. Lui et moi petit-déjeunons de gibier grillé.

Chêne vide le cœur de son sang avant de le placer, encore chaud, dans le reliquaire. Puis il referme soigneusement le coffret et enclenche quelque chose à l'intérieur pour que celui-ci ne s'ouvre pas.

Après quoi, nous nous remettons en route, Tiernan et le prince protégés du froid par la peau d'ours qu'ils portent par-dessus leurs capes. Dans la forêt de Pierre devant nous, la lumière se reflète sur les branches d'arbres prises dans la glace.

– On ne peut pas y pénétrer, dis-je. Les trolls sont sûrement alliés avec dame Nore.

– Étant donné ce qu'on a vu hier, je dois reconnaître que ta proposition de contourner cette forêt est le choix le plus raisonnable, admet Chêne à l'intention de son compagnon.

Il regarde les arbres en fronçant les sourcils.

Tiernan lui adresse une ébauche de sourire.

– Félicitations pour cette marque de bon sens, se réjouit-il.

Nous mettons le cap sur l'est et longeons la forêt. Même à cette distance, elle paraît remarquable. Des fruits bleus gros comme des pêches, pris dans une gangue de glace, poussent sur des arbres gelés. En tombant au sol, certains ont éclaté, comme des pommes d'amour, libérant un parfum de miel, d'épices et de sève. Quand l'air souffle dans les branches feuillues, elles émettent un son cristallin troublant qui me rappelle celui des carillons à vent.

Plus nous avançons, plus je me rends compte qu'échapper à la forêt de Pierre est impossible. Parfois, c'est comme si elle bougeait. À deux reprises, je lève les yeux et me retrouve entourée d'arbres. La force d'attraction de la magie m'évoque une baïne sur une plage, une bande d'eau calme et sombre qui paraît inoffensive de prime abord mais qui, une fois qu'on est pris dedans, vous entraîne vers le large.

Nous marchons le reste de la journée, luttant pour rester à la lisière de la forêt. De crainte d'être rattrapés par les bois, nous ne marquons pas de pause et mangeons en chemin. À la tombée de la nuit, notre marche est interrompue par l'apparition de silhouettes se dirigeant vers nous à travers la neige.

Des créatures brindilles, terribles et immenses. Des araignées énormes, faites de ronces et de branches. Des choses monstrueuses à la gueule béante, le corps constitué d'écorces brûlées et noircies, avec des crocs de pierre et de glace. Elles sont aussi faites de bouts de cadavres humains, qui semblent avoir été arrachés comme des morceaux de poupées avant d'avoir été recollés n'importe comment.

– Enfoncez-vous dans la forêt, ordonne Tiernan d'un ton résigné.

Il nous regarde tour à tour, Chêne et moi.

– Tout de suite, insiste-t-il.

– Mais… commence le prince.

– On n'a pas de montures, lui rappelle Tiernan. À pied, on n'a aucune chance à moins de se mettre à couvert. Espérons que ton plan complètement fou soit finalement le bon.

Sur ces mots, nous cessons de nous battre contre la forêt et courons nous y réfugier.

Nous passons à côté d'un gigantesque rocher noir puis sous un arbre dont les stalactites tintent lorsqu'ils sont prêts à tomber. Je jette un coup d'œil en arrière : horrifiée, je vois que les créatures brindilles avancent vers nous d'un pas lourd, plus vite que je le pensais.

– Là ! s'exclame Chêne à côté d'un arbre tombé à demi recouvert de neige. Cachons-nous. Wren, glisse-toi dessous aussi loin que possible. Les créatures passeront peut-être à côté de nous sans nous voir.

Tiernan s'agenouille, pose son épée dans la neige et me fait signe de m'approcher. Je m'accroupis dans le creux sous l'arbre, les yeux levés vers le ciel étoilé, le croissant de lune brillant… et un faucon qui passe juste devant.

– Ils ont des yeux dans les airs, dis-je.

Perplexe, Chêne suit mon regard et comprend.

– Tiernan, chuchote-t-il d'une voix dure.

Tiernan se lève d'un bond et se précipite vers les créatures au moment où le rapace pousse un cri perçant.

– Emmène-la loin d'ici ! lance-t-il au prince.

Un instant plus tard, une pluie de flèches de glace s'abat depuis les arbres.

L'un des traits se plante juste devant mon pied et me fait tituber. Je m'arrête si brusquement que je tombe dans la neige.

Chêne m'aide à me relever. Il lâche une bordée d'injures, certaines dans diverses langues de mortels et d'autres pas.

Les créatures monstrueuses gagnent du terrain. Plus elles se rapprochent, plus je distingue clairement les racines qui s'enchevêtrent dans leurs corps, les lambeaux de peau, leurs paupières fixes, leurs longs crocs de pierre.

– Continue ! Ne te retourne pas ! m'ordonne Chêne avant de me tourner le dos, son épée au clair. On est presque arrivés à la Citadelle. Si quelqu'un peut arrêter dame Nore, c'est toi.

– Je suis incapable de…

Il plante son regard dans le mien.

– Vas-y !

Je pars en courant mais, au bout de quelques mètres à peine, je me réfugie derrière un arbre, mon couteau dégainé. Bien que je n'aie pas le talent de Chêne, je sais être féroce. Je poignarderai tout ce que je pourrai et, en cas de contact direct, je mordrai tout ce qui ressemblera à une gorge.

Mon plan tombe immédiatement à l'eau : je me suis à peine éloignée de l'arbre qu'une flèche m'entaille la jambe. Une créature toute tordue, armée d'un arc, avance pesamment vers moi. Elle encoche un deuxième projectile et me vise à la tête.

Aussitôt, son arc est coupé en deux par Chêne qui l'a attaquée par le côté. Son épée finit sa trajectoire dans le ventre du monstre. Celui-ci ouvre la gueule, mais aucun cri n'en sort. Chêne pivote et le décapite. Notre adversaire s'effondre dans une pluie de terre, de baies et de sang qui s'éparpillent sur la neige.

Le visage de Chêne est impassible, mais la frénésie du combat brûle à nouveau dans ses yeux. Je pense à son père, le bonnet-rouge qu'il prévoit de secourir, et à l'entraînement que le prince a dû recevoir. A-t-il déjà trempé une capuche dans le sang d'un ennemi ?

D'autres créatures brindilles fondent sur lui, avec leurs griffes, leurs crocs et leur chair volée, leurs flèches de glace luisantes et leurs lames tachées de noir.

Chêne a beau être un combattant accompli, je ne vois pas comment il pourrait les repousser seul. Malgré tout, il semble prêt à essayer.

Il me jette un coup d'œil. *Cache-toi*, articule-t-il en silence.

Je me précipite derrière le gros rocher noir, retenant mon souffle. La magie est si présente dans la forêt de Pierre que j'en ai le tournis. Les arbres, les branches, les fougères, la roche… Un puissant enchantement pulse de toutes parts. J'en avais entendu parler, mais c'est autre chose de le vivre, de le sentir partout autour de moi. *C'est toute la forêt qui est maudite.*

Sans pouvoir me maîtriser, je suis attirée par le sortilège. Je sens la pierre, la pression. Mes pensées coulent comme du miel.

Laissez-moi retrouver mon corps de chair. Moi. Moi. Deux voix résonnent, suffisamment sonores pour que je plaque mes mains sur mes oreilles, alors qu'elles sont dans ma tête. Leur pouvoir brutal me fait l'effet d'une décharge électrique. Ce rocher est en réalité un roi troll jadis pétrifié par le soleil, et son jumeau se trouve quelque part ailleurs dans cette forêt. Leur malédiction s'est amplifiée au point d'englober la forêt entière. Je sens son odeur dans les pins et les fruits bleus éclatés, si puissante que je m'étonne de ne pas en avoir pris conscience plus tôt.

Une sorte d'impatience chuchote à travers les arbres, comme une inspiration, m'incitant à continuer.

Je plonge dans les racines de l'enchantement, comme solidement nouées à tout ce qui m'entoure. Ce sortilège a commencé en même temps que la malédiction qui pèse sur les trolls depuis toujours : exposés au soleil, ils se transforment en pierre. Au fil du temps, la magie s'est affaiblie et, à présent, à la nuit tombée, les trolls de Domelfe retrouvent leur corps de chair. Mais cette malédiction-là remonte à l'époque où la magie était plus puissante, quand leur état pétrifié durait éternellement. Elle ne s'est pas affaiblie avec le temps. Au contraire, elle s'est développée, nourrie de la magie des rois trolls. Alimentée par leur fureur d'être piégés éternellement, elle touche maintenant leur peuple et les descendants de leur peuple.

Je sens la magie tenter de se lier à moi, de m'entraîner vers son cœur comme la forêt a essayé de nous envelopper. C'est comme si on m'enterrait vivante. Comme si je creusais la terre, déchirais les racines poilues qui cherchent à s'enrouler autour de mes membres tels des serpents. Mais, même lorsque je m'en libère, la malédiction qui pèse sur la forêt de Pierre demeure intacte, solide comme le fer.

Maintenant que j'ai capté son attention, peut-être puis-je la détourner vers une autre cible.

Visualisant les créatures brindilles aussi clairement que possible, je chuchote en pensée : *Ce sont des envahisseurs. Ils vont vous prendre votre peuple.*

Je sens les vrilles de magie se retirer avec un soupir, puis la terre se fendre avec une telle force que je suis projetée en arrière. Quand j'ouvre les yeux, une crevasse s'est ouverte dans le sol, plus large que la bouche d'un géant.

Quelques minutes plus tard, Chêne apparaît entre deux arbres. Les fougères givrées craquent sous son pas chancelant. Le vent qui souffle à travers les branches, sur sa gauche, fait tomber dans la neige une pluie de glaçons coupants comme des lames. Le prince saigne d'une entaille à l'épaule. Sa peau d'ours et sa cape ont disparu.

Je me relève, les mains écorchées et le genou contusionné. Ma jambe me lance là où la flèche m'a blessée.

Je demande :

– Que s'est-il passé ?

Un mugissement résonne à travers la forêt.

– Cet endroit… répond Chêne en contournant largement la crevasse dans le sol. Certaines des créatures sont tombées dans la faille lorsque la terre s'est fendue. J'en ai découpé quelques-unes en morceaux, mais il y en a d'autres. On doit continuer à avancer.

Je prends la main qu'il me tend. Ensemble, nous courons entre les arbres.

Je l'interroge :

– Tu as vu Tiernan ?

– Pas encore.

J'admire son refus de penser au pire.

Soudain, il s'arrête net. Devant nous, dans la clairière, une énorme créature brindille en forme d'araignée, faite de terre en plus du reste, fond sur nous.

– Viens, dis-je à Chêne.

Mais il lâche ma main.

Affolée, je demande :

– Qu'est-ce que tu fais ?

– Elle est isolée, répond-il en brandissant sa lame fine comme une aiguille.

L'araignée est gigantesque, presque aussi grande qu'un arbre. Même isolée, c'est déjà bien trop.

– Chêne !

Alors qu'il se précipite sur elle, je ne peux m'empêcher de penser à ce que Tiernan a dit : que Chêne aimerait être un navire contre lequel les rochers se briseraient.

L'araignée se rue sur nous, faisant claquer ses chélicères qui semblent faites de deux fémurs brisés. Elle s'attaque au prince, qui roule sous elle et la fend d'un coup d'épée de bas en haut. De la terre pleut sur lui. La créature cherche à le frapper avec une de ses pattes hérissées d'épines.

Mon cœur bat si fort qu'il me fait mal.

Chêne grimpe et s'engouffre dans le corps de l'araignée, entre les branches et les os enchevêtrés, comme si elle était une structure sur une aire de jeux.

L'araignée chute sur le dos et se lacère la poitrine avec ses pattes épineuses. Elle s'arrache les entrailles pour atteindre Chêne qui ne cesse de la frapper avec son épée. Des morceaux tombent. La créature se débat et mord le vide tout en se désagrégeant. Enfin, ce qui reste d'elle s'immobilise.

Chêne s'extirpe de la carcasse, les bras tout griffés. Il sourit, mais avant que j'aie le temps de prononcer un mot, des bruits retentissent derrière moi. Je me retourne : trois grands trolls émergent d'entre les arbres.

Ils ont la peau vert clair et les yeux dorés. Leurs flèches à la pointe de bronze sont pointées droit vers mon cœur.

– C'est vous qui avez envoyé ces monstres de la Citadelle jusqu'à nous ! lance l'un d'eux d'un ton accusateur.

Je bafouille :

– Non, ce sont eux qui nous ont suivis !

Ils portent une armure en toile épaisse brodée d'arabesques rappelant une empreinte digitale ou le plan d'un labyrinthe végétal.

– Venez rencontrer notre émissaire, propose le plus grand des trois trolls. Elle décidera de votre sort.

– C'est fort aimable de votre part d'inviter deux étrangers dans votre village, réplique Chêne en nous rejoignant, faisant semblant de ne pas comprendre leurs intentions sans toutefois mentir. Mais un de nos amis s'est perdu dans la forêt, et nous n'irons nulle part sans lui.

Le plus grand des trolls semble sur le point de prendre un ton moins amène. Puis, dans l'obscurité, un éclat de lune se reflète sur la lame d'un couteau appuyée sur la nuque du plus petit des trolls.

– Pointez donc ces flèches ailleurs, suggère Tiernan.

Le plus grand des trolls plisse les yeux puis abaisse son arc, imité par le deuxième. Le troisième, menacé du couteau, reste immobile.

– On dirait que vous avez retrouvé votre ami, déclare-t-il.

Un sourire naît sur le visage de Chêne.

– Nous sommes par conséquent tout disposés à accepter votre hospitalité.

Les trolls se sont établis dans une vaste clairière, où ils ont construit des abris en pierre et en argile autour d'un grand feu. Des étincelles s'en élèvent avant de retomber en une pluie noire, tachant tout ce qu'elles touchent.

Les logis sont des constructions artistiques bien pensées. Sur les habitations, l'argile marron clair semblable à du stuc a été sculptée en forme de spirales, d'arbres et de visages. Dans les murs, en hauteur, les trolls ont inséré des vitres arrondies aux tons verts et ambrés qui rappellent les fenêtres en vitrail. En m'approchant, je remarque que ce sont des culs de bouteilles assemblés. J'en repère quelques-uns dans des teintes vives, bleu et cramoisi.

Tout ici est démesuré. Chêne est déjà grand, mais les trolls le dépassent de deux bonnes têtes. La plupart d'entre eux mesurent plus de deux mètres cinquante et ont le corps vert ou du même gris que lorsqu'ils passent à l'état de pierre.

Nous sommes accueillis par une troll épaisse, aux membres lourds, du nom de Gorga. Elle se présente comme étant l'émissaire du village. Une hache est fixée dans son dos. Ses tresses sont maintenues par des fermoirs d'argent. Elle porte une jupe en cuir fendue sur les côtés pour faciliter ses mouvements.

– Vous êtes blessés, constate-t-elle en voyant notre allure débraillée. Et vous avez froid. Restez avec nous jusqu'à demain soir. Nous vous donnerons ce qu'il vous manque et, la nuit venue, nous vous mènerons en toute sécurité à votre destination.

Cette proposition me paraît bien trop généreuse pour être honnête.

– Votre sollicitude est apparemment sans limites, réplique Chêne d'un air sincère. Mais peut-être saurai-je vous convaincre de m'en dire plus sur cet endroit – et sur vous.

– Peut-être, répète-t-elle, visiblement satisfaite. Viens donc partager avec moi une bonne tasse d'infusion. Je te donnerai du pain noir et du miel.

Je jette un coup d'œil à Tiernan, qui me sourit discrètement et secoue la tête, amusé par l'attitude de Chêne qui joue les courtisans.

– Allons chercher quelque chose de chaud à manger et asseyons-nous près du feu, me propose-t-il en me donnant une tape sur l'épaule. Le prince n'a pas besoin de nous.

Nous marchons tous les deux. Je boitille légèrement. Quelques jeunes trolls nous apportent des tasses en pierre qui pèsent un poids fou dans nos mains. Elles sont pleines d'un liquide chaud ressemblant à du thé, mais qui a un goût d'écorce bouillie. Je m'assois près du feu, sur un gros caillou. Les flammes sont si vives que la pierre est chaude.

J'en suis à ma deuxième tasse quand Chêne nous rejoint, un sandwich au miel à la main, qu'il partage pour nous en offrir un morceau à chacun.

– D'après Gorga, Hurgriffe, le roi troll, est parti faire sa cour. Elle est restée évasive sur l'identité de la personne qu'il compte épouser, comme elle l'a été pour évoquer ce qui nous arriverait si nous tentions de partir.

Je chuchote :

– Nous sommes donc ses prisonniers ?

Il soupire.

– Comportons-nous comme si nous ne l'étions pas.

Je mords dans le pain noir sucré au miel. J'en prends deux autres bouchées, me retenant de tout avaler d'un coup.

– Pendant combien de temps ? veut savoir Tiernan.

Chêne affiche un sourire contraint.

– Le moins longtemps possible. Ouvrons l'œil. En attendant, Wren, je peux peut-être regarder ta blessure.

– Pas la peine, dis-je.

Il passe outre et retrousse la jambe de mon legging. La plaie saigne, mais ça n'a pas l'air trop grave – ce qui n'empêche pas le prince de réclamer des bandages et de l'eau chaude.

Depuis que j'ai quitté le monde des mortels, enfant, il n'y a que moi qui me suis occupée de panser mes blessures. La douceur de son toucher déclenche trop de sensations chez moi. Je dois détourner la tête, de crainte qu'il s'en aperçoive.

Un vieux troll s'approche avec un seau rempli d'eau qui déborde à chaque pas. Il porte un cache-œil, et ses cheveux blancs sont séparés en deux longues nattes de chaque côté de sa tête. Ses oreilles sont ornées d'une demi-douzaine d'anneaux d'or.

– Laisse-moi te soulager de ce seau, propose Chêne en se levant.

Le troll ricane.

– Toi ? Tu es si petit qu'on pourrait t'y faire tremper, comme un bébé.

– Quand bien même, insiste le prince.

Le vieux troll hausse les épaules et pose le seau, indiquant à Chêne qu'il peut toujours essayer de le porter. Le prince le soulève, au grand étonnement du troll.

– Mets-le à chauffer sur le feu, indique-t-il à Chêne. C'est pour ta dame.

Le prince suspend le seau au crochet du trépied métallique au-dessus des flammes.

Le vieux troll s'assoit pour regarder l'eau chauffer. Il sort de son sac des bandages enroulés, qu'il nous tend.

Le prince s'agenouille à mes pieds. Après avoir trempé une bande dans l'eau, il essuie le sang et nettoie la plaie. Ses doigts sont chauds lorsqu'il l'enveloppe. Je m'efforce de me concentrer sur autre chose que la sensation de ses mains sur ma peau.

– J'avais peur que tu aies été empoisonnée, dans la forêt.

Un enfant troll vient s'asseoir à côté de lui, m'évitant de répondre. Timide, il pose une question, puis une autre. Un deuxième enfant nous rejoint. Chêne rit quand les enfants comparent leurs oreilles pointues avec les siennes, touchent ses petites cornes sur son front et la kératine lisse de ses sabots.

– Grand-père, dit l'un d'eux d'une voix fluette, enfantine, qui contraste avec son apparence massive. Tu veux bien raconter une histoire au prince ?

Je me doutais qu'ils savaient qui était Chêne, mais en avoir la certitude ne me rassure pas pour autant.

– Aimerais-tu entendre une histoire pour passer le temps, jeune prince ? s'enquiert le vieux troll.

– Je reconnais que j'adore les histoires, répond Chêne.

– Celle des rois piégés dans la pierre, peut-être ? dis-je. Et de la malédiction.

Le troll m'observe en plissant les yeux puis se concentre de nouveau sur le prince.

– C'est vraiment ce que tu veux ?

Chêne acquiesce. Les enfants ne gloussent plus. Je crains d'avoir enfreint un tabou.

Malgré tout, le vieux troll se lance dans son récit sans la moindre hésitation.

– Il existe deux versions de cette histoire. Dans la première, les rois se font avoir. C'est celle qu'on racontait dans nos chansons et dans les pièces de théâtre qu'on montait dans ma jeunesse, à l'époque où j'étais prompt à rire. Quand quitter la forêt plus de quelques jours paraissait anodin.

» Dans cette version, les deux rois trolls étaient frères. Pendant de nombreuses années, ils partagèrent pouvoir et richesses dans la paix. Parés de l'or extrait des profondeurs de la terre, ils avaient tout ce qu'ils souhaitaient – jusqu'à ce qu'ils rencontrent un garçon mortel, un chevrier aux gestes agiles, dont le visage semblait avoir été sculpté dans le marbre. Un garçon si amène que les deux rois trolls le désirèrent plus que tout au monde.

» Le joli chevrier n'avait pas inventé l'eau chaude, mais il avait une mère avisée. Elle lui dit que, s'il lui fallait choisir l'un des rois, l'autre aimerait sans doute mieux que le garçon meure plutôt que voir son frère obtenir l'objet de sa convoitise. Si le chevrier voulait vivre, il devait s'assurer de ne jamais avoir à choisir.

» Ainsi, sa mère et lui établirent un plan astucieux. Il annonça qu'il aimerait le roi troll qui saurait lancer le plus gros rocher. Tour à tour, les deux frères lancèrent des rochers de plus en plus gros, jusqu'à être à bout de forces et que désigner le vainqueur se révèle impossible.

» Puis le chevrier leur dit que son cœur irait à celui qui vaincrait l'autre à la lutte. Les frères se battirent toute la nuit et, au lever du soleil, furent pétrifiés l'un et l'autre. Le chevrier était libre d'aimer la personne de son choix.

J'imagine sans peine les pièces de théâtre amusantes que cette histoire pourrait inspirer, et combien les rois maudits seraient furieux s'ils le savaient.

Je demande :

– Et quelle est la version sérieuse ?

Le vieux troll s'éclaircit la voix. Je comprends en voyant la fierté affichée sur son visage que, si la première version le faisait rire dans sa jeunesse, c'est la seconde qu'il préfère.

– Elle ressemble à la première de bien des manières. On parle toujours de deux rois, qui cette fois n'étaient pas frères. Ennemis de toujours, ils étaient engagés dans une guerre depuis des décennies. Après tant de massacres dans les deux camps, ils décidèrent que le vainqueur du tournoi qui les opposerait serait celui qui remporterait la guerre. Ils se retrouvèrent donc sur le champ de bataille et se jetèrent l'un sur l'autre. Ils se tombaient dessus tour à tour, de force si égale que dès que l'un assenait un coup, l'autre était sûr de le lui rendre. Alors que le matin approchait, des cris s'élevèrent dans les deux camps pour que les rois abandonnent. Mais tous deux savaient qu'en déclarant forfait, la défaite serait leur unique récompense. Ils allèrent donc jusqu'au bout et se transformèrent en pierre, enlacés dans l'étreinte du combat.

» Il y a une dernière variante. On raconte qu'avant de se déclarer la guerre, ils avaient été amants, mais que leur passion mutuelle s'était transformée en haine, jusqu'à ce que le désir de surpasser l'autre et de le posséder les dévore.

Le vieux troll me sourit, dévoilant ses crocs tordus.

Je regarde Tiernan. Il contemple le feu comme s'il ne pouvait s'empêcher de songer à son amant, devenu lui aussi son ennemi.

– Tu es un bon conteur, approuve Chêne.

– Normal, je suis *le* conteur, rectifie le vieux troll, comme si le compliment était totalement incongru.

Là-dessus, il se lève et s'éloigne, emmenant les enfants.

Je chuchote à Chêne :

– Cette forêt est maudite.

Il m'observe en fronçant les sourcils, pensant sûrement que je ne fais que répéter ce que tout le monde dit en évoquant la forêt de Pierre.

Tiernan se lève et s'éloigne à son tour, visiblement contrarié par les contes du vieux troll.

Je m'empresse de poursuivre :

– C'est ce qu'il fallait comprendre lorsque le conteur a dit : « Quand quitter la forêt plus de quelques jours paraissait anodin. » Quelque chose les oblige à rester ici.

Dans leur hâte de sortir, les mots se bousculent dans ma bouche.

– Dans ce cas, où se trouve Hurgriffe ? s'enquiert le prince.

– Aucune idée. Tout ce que je sais, c'est que, s'il n'est pas dans la forêt, il doit avoir trouvé le moyen de contourner le sortilège, du moins temporairement. Ça doit être pour ça qu'il veut réveiller les vieux rois. Non pas parce qu'il est fou, mais parce que c'est la seule façon de mettre un terme à la malédiction.

Tiernan revient avec du pain et une soupe à l'orge et à l'oignon. Quelques trolls écorchent des dépouilles de rennes. Je sens des odeurs de viande cuisinée, fraîchement découpée. Une musique bruyante s'élève.

Une sorte d'agitation nouvelle règne dans l'air. Soudain, l'ambiance est à la fête. Les sourires que nous adressent les trolls ont quelque chose de mordant.

– L'émissaire nous offre le gîte pour la nuit, m'informe Chêne d'un ton prudent.

– Voilà une offre sympathique, dis-je.

– C'est joliment dit.

Tiernan mord dans la viande de renne et ronge l'os.

– Partons discrètement aux premières lueurs de l'aube, suggère-t-il à voix basse. À ce moment-là, ils ne pourront pas nous suivre, sous peine d'être pétrifiés.

Nous sommes interrompus par une belle troll qui, en s'approchant du prince, rit de sa petite taille et propose de lui tresser les cheveux. Même s'ils ne sont pas particulièrement longs, il me tend mon épingle, puis laisse faire la troll en me regardant, tout sourire.

Je me souviens de ses mains lorsqu'il a démêlé ma chevelure avant de la natter. Un frisson me descend dans le cou.

Juste avant l'aube, l'émissaire revient.

– Gorga, la salue Chêne en se levant.

Il a trois petites tresses sur l'arrière du crâne, dont une qui se défait.

– Je vais vous guider jusqu'à chez moi, où vous pourrez vous reposer, déclare-t-elle. Demain soir, nous vous mènerons en toute sécurité à votre destination.

– C'est généreux de votre part, commente le prince.

Tiernan jette des coups d'œil alentour, à l'affût d'une issue, pendant que nous traversons le village.

Arrivée devant son logis, Gorga ouvre la porte et nous invite à entrer. Une cuisinière en argile dont la fumée s'évacue par un trou dans le toit rend l'endroit douillet et chaleureux. Des bûches sont entassées à côté. Elle en ajoute quelques-unes dans le foyer, ravivant les braises.

Là-dessus, elle désigne un lit recouvert d'un patchwork de peaux. Je vais devoir sauter pour y grimper.

– Vous pourrez dormir dans mon lit cette nuit, propose Gorga.

– C'est vraiment trop aimable, dit Chêne.

– Trois fois rien, réplique-t-elle.

D'un geste, elle nous invite à table, débouche une bouteille puis remplit quatre petits gobelets.

– Avant tout, trinquons ensemble avant que vous vous reposiez, suggère-t-elle.

Elle lève son gobelet et le vide d'un trait.

Je prends le mien. Il en émane une puissante odeur de plantes qui rappelle presque la réglisse. Il y a un dépôt au fond. Je songe à mes craintes la première nuit où Chêne m'avait proposé du thé. Il serait très facile de mettre du poison directement dans certains gobelets plutôt que dans la bouteille, pour nous faire croire qu'on boit tous la même chose.

Je jette un coup d'œil au prince. Je voudrais le mettre en garde sans que Gorga s'en aperçoive, mais j'ignore comment faire. Tout à coup, Chêne vide son gobelet d'un trait, m'enlève celui que j'ai dans les mains et le bois aussi.

Je m'écrie :

– Non !

Trop tard.

– Délicieux, déclare-t-il avant de récupérer également le gobelet de Tiernan. Ça se boit comme du petit-lait.

Même Gorga semble inquiète. Si elle avait soigneusement dosé le poison, alors le prince vient d'ingérer trois fois ce qu'elle avait calculé.

– Pardon pour ma gourmandise, dit Chêne.

– *Mon prince…* réplique prudemment Tiernan, horrifié.

– Je vous ressers, peut-être ? propose l'émissaire, hésitante, brandissant la bouteille à moitié vide.

– Ce n'est pas de refus, répond le prince, d'autant plus que les autres n'ont pas pu goûter cette merveille.

De nouveau, elle remplit les gobelets. Quand je regarde le fond du mien, il y a toujours un dépôt, mais beaucoup moins. Le poison, quel qu'il soit, était bien dans les récipients. Préparé avant que nous entrions dans cette pièce.

J'incline mon gobelet contre mes dents sans boire. Je déglutis ostensiblement deux fois. Assis en face de moi, Chêne détourne l'attention de Gorga en l'interrogeant sur les fruits pris dans les gangues de glace. J'en profite pour glisser mon gobelet sous la table et verser discrètement son contenu sur ma cape.

Comme j'évite de baisser les yeux, je ne sais pas si la manœuvre a réussi. Je n'ose pas regarder Tiernan non plus pour voir s'il a pu se débarrasser du poison.

– Et si je vous laissais la bouteille ? suggère Gorga. N'hésitez pas si vous avez besoin de quelque chose.

– Que demander de plus ? demande Chêne d'un air songeur.

Avec un petit sourire forcé, la troll se lève et s'en va.

Nous restons assis là un instant, immobiles. Puis le prince se lève, chancèle et tombe à genoux. Il se met à rire.

– Fais-toi vomir ! ordonne Tiernan en lui tapant le dos.

Le prince parvient à rendre deux fois dans un saladier en pierre avant de s'affaler.

– Ne vous en faites pas, nous rassure-t-il, ses yeux ambrés trop brillants.

Malgré le froid, des perles de sueur apparaissent sur son front.

– C'est mon poison, ajoute-t-il.

D'une voix dure, je lui demande :

– Qu'est-ce qui t'a pris ?

Voyant qu'il se contente de sourire d'un air rêveur, je me tourne vers Tiernan.

– Pourquoi est-ce qu'il a fait une chose pareille ?

Le chevalier semble aussi atterré que moi.

– Parce qu'il est encore plus fou que le roi troll !

J'ouvre et je ferme des tiroirs, espérant trouver un antidote. Il n'y a rien qui paraisse vaguement prometteur.

– Qu'est-ce que c'était ? Qu'entend-il par « c'est mon poison » ?

Tiernan récupère un des gobelets, le renifle et secoue la tête.

– Aucune idée.

– Je suis né avec de l'amanite rougissante dans les veines, explique le prince.

Les mots sortent lentement de sa bouche, comme si sa langue n'était plus tout à fait la sienne.

– Il m'en faut une grosse dose pour que ça me rende malade longtemps.

Je me souviens de sa remarque absurde, la nuit où il a été empoisonné à la mort-douce. *Hélas, cette fois, ce n'était pas de l'amanite rougissante.*

M'agenouillant auprès de lui, inquiète parce qu'il a déjà été empoisonné récemment, je le questionne :

– Comment as-tu su ce que c'était ?

– J'étais prêt à tout, se force-t-il à répondre. J'avais tellement peur que l'un de vous… que tu…

Il ne finit pas sa phrase. Son regard devient vitreux. Ses lèvres remuent légèrement, mais pas assez pour former un son.

Je regarde sa poitrine se soulever et s'abaisser lentement. Trop lentement. Je pose une main sur son front moite. Le désespoir me donne l'impression que le temps s'accélère et ralentit à la fois.

Un brouillard de terreur m'empêche de réfléchir. *Il sait ce qu'il fait*, me dis-je. *Il n'est pas idiot. Il n'est pas en train de mourir. Il n'est pas mort.*

Tiernan remarque que les ombres changent sur la bouteille en verre, posée en hauteur. Une douce lueur rosée filtre au travers, révélant l'angoisse sur son visage.

L'aube.

Il essaie d'ouvrir la porte sous laquelle filtre la lumière. Bien qu'il n'y ait pas de serrure visible, elle ne s'ouvre pas. Elle doit être barricadée. Et bien sûr il n'y a aucune fenêtre par laquelle le soleil pourrait frapper Gorga et la pétrifier. Soudain, Tiernan se jette sur la porte de tout son poids. Mais elle ne bouge pas d'un pouce.

Après m'être levée, à moitié hébétée, je passe en revue diverses possibilités :

– Nous sommes chez elle et, en temps normal, ce n'est pas une prison. Ce qui nous empêche de sortir doit avoir été placé là exprès.

Je me rappelle le poids de la porte, l'épaisseur du bois.

– Elle s'ouvre vers l'extérieur, dis-je. Elle a dû mettre quelque chose devant.

– Est-ce important ? intervient sèchement Tiernan.

Je fronce les sourcils.

– Sans doute que non, puisqu'il nous suffit de dégonder cette porte.

Il me fixe du regard avant d'émettre un rire à la fois paniqué et désespéré.

– Je ne suis pas près d'oublier la honte de n'y avoir pas pensé moi-même, avoue-t-il.

Il y a beaucoup de choses que j'ignore, mais je suis experte en évasion.

Armé de son couteau, Tiernan démonte les charnières avec des gestes rapides pendant que j'enveloppe Chêne dans une couverture en laine trop grande. Cédant à la tentation, je repousse une mèche de ses cheveux couleur bronze tombée devant son œil. À mon contact, il frissonne.

Tu vois bien, me dis-je. *Il n'est pas mort*.

Même si c'est une évidence, je préviens Tiernan :

– On n'ira pas loin en le portant.

Maintenant qu'il a retiré la porte, nous voyons qu'un énorme rocher bloque le passage. Cependant, il est plus rond que carré, et on peut se faufiler par les côtés.

– Tu es menue, me dit Tiernan. Sors de là et essaie de trouver de quoi transporter le prince : une charrette, un traîneau, que sais-je. Je vais essayer de le déplacer.

– Je fais vite, dis-je avant de me glisser dans l'espace entre le rocher et le mur extérieur de la maison.

En me collant à la pierre et en progressant lentement, je parviens à sortir.

C'est étrange de voir le village des trolls si silencieux dans cette lumière dorée. Puisque Gorga est leur émissaire, je suppose qu'elle possède plus de biens que les autres et qu'il serait judicieux de commencer par fouiller autour de chez elle. Je contourne furtivement sa maison. Au bord de la clairière se dresse une petite remise de pierre et d'argile. J'ouvre la porte et y découvre une luge ainsi qu'une corde.

Une luge. Voilà exactement ce qu'il me faut.

Ça va aller, il se réveillera à temps pour retrouver son père, pour que Tiernan le réprimande, pour que je…

Le fil de mes pensées est interrompu par une odeur de décomposition que le froid a atténuée jusque-là, mais qui doit forcément venir de par ici. Je passe à côté de la luge pour m'enfoncer davantage dans la petite annexe. Apparemment, ce qui est en train de pourrir se trouve dans une malle, vers le fond de la remise.

Elle n'est pas fermée à clé et le couvercle s'ouvre facilement.

À l'intérieur, je trouve des vêtements, une armure et différents objets. Des épées. Des flèches. Tout est taché de sang, noirci par le temps. Les effets personnels des victimes qui ont traversé la forêt avant nous. Mon cœur s'affole quand j'imagine mes vêtements parmi ceux que j'ai sous les yeux, avec la cotte de mailles dorée de Chêne. Serrant les dents, je fouille le tas jusqu'à en extirper un tabard qui ressemble à ceux des soldats de Madoc. Il a peut-être appartenu à Lihorn, dont nous avons trouvé la tête plantée au bout d'une pique, dans la plaine neigeuse. Je parviens à trouver des tenues qui me rappellent celles que portaient les huldufólk naguère au service de dame Nore. Certaines sont éclaboussées de sang.

Mon cœur bat encore plus vite devant le sort qui a été réservé aux autres voyageurs. J'entasse quelques vêtements sur la luge puis je retourne à la maison. Tiernan est dans la neige, Chêne appuyé contre lui comme s'il avait perdu connaissance après avoir passé la nuit à s'enivrer.

Je chuchote :

– Il faut qu'on parte. Tout de suite.

Nous attachons le prince sur la luge en glissant les habits sous la corde pour le protéger. Tiernan le traîne derrière nous pendant que nous quittons le village des trolls aussi silencieusement que possible.

Alors que nous approchons de la limite des arbres, je sens que la malédiction essaie de me diriger vers le mauvais chemin, d'orienter mes pas vers le cœur de la forêt. Mais, maintenant que j'en suis consciente, la magie a plus de mal à contrôler mes pieds. Je passe devant Tiernan pour qu'il me suive. À chaque pas, c'est comme si je luttais contre le brouillard, jusqu'à ce que nous arrivions à la lisière de la forêt.

Je regarde derrière moi : perplexe, Tiernan hésite.

– Est-ce qu'on est… ?

Derrière lui, sur la luge, Chêne s'agite pour se libérer.

– C'est par ici, dis-je.

Je m'oblige à prendre la main gantée du chevalier et l'incite à me suivre, malgré mes jambes lourdes comme du plomb. Je fais un pas de plus. Puis un autre. Lorsque nous arrivons dans l'étendue neigeuse, je respire plus facilement. Je relâche la main de Tiernan et m'accroupis, aspirant des goulées d'air.

Sur la luge, Chêne a cessé de se tortiller.

– C'était quoi, ça ? s'enquiert Tiernan en frissonnant.

Il regarde en direction des bois puis m'observe, comme s'il avait plus ou moins oublié les minutes précédentes.

– La malédiction, dis-je. Plus nous nous éloignons de la forêt, mieux c'est. Continuons.

Nous nous remettons en route. Nous marchons toute la matinée, dans les reflets du soleil sur la neige.

Une heure plus tard, Chêne se met à marmonner. Nous nous arrêtons pour vérifier son état. Il a l'air désorienté.

– *Ma sœur pense qu'elle est la seule à être immunisée contre le poison, mais moi, je suis le poison*, chuchote-t-il, les paupières mi-closes. *Le poison est dans mon sang. J'empoisonne tout ce que je touche.*

C'est très bizarre de l'entendre dire cela. Tout le monde l'adore. Pourtant, je me souviens qu'il a fugué à treize ans, persuadé que bien des choses étaient sa faute.

Je fronce les sourcils en y repensant pendant que nous reprenons notre pénible marche. Des morceaux de glace se prennent dans mes cheveux et tombent sur ma langue.

– Tu es coriace, tu le sais, ça ? me lance Tiernan, son souffle formant un nuage dans l'air. Et réactive.

C'est peut-être sa manière de me remercier de l'avoir sorti de la forêt.

Je le provoque :

– Je ne suis donc pas qu'un animal enragé, indigne de vous accompagner dans votre quête ?

Je lui en veux toujours de m'avoir attaché la cheville au lit, au motel.

Il ne proteste pas.

– Et tu n'es pas hideuse non plus – au cas où mon avis t'importerait, bien que j'en doute.

Je demande à voix basse :

– Pourquoi est-ce que tu me dis tout ça ? En quoi mon apparence t'intéresse-t-elle ?

Je jette un coup d'œil à Chêne derrière nous. Les yeux rivés au ciel, il glousse tout seul.

– Il a parlé de toi, répond Tiernan.

Finalement, je me sens comme un animal qu'on aurait appâté pour le faire sortir de sa tanière. Je redoute la suite autant que je désire l'entendre.

– Et qu'est-ce qu'il a dit ?

– Que tu ne l'aimais pas.

Il me jauge du regard avant de poursuivre :

– Je pensais que vous vous étiez peut-être brouillés quand vous étiez plus jeunes. Mais, en réalité, je crois qu'il te plaît. Tu veux juste qu'il ne le sache pas.

Cette vérité me blesse. Je fais grincer mes dents pointues.

– Le prince est flatteur. Charmeur. Et il a l'art de se tirer des mauvais pas, m'informe Tiernan.

Je sais déjà tout ça.

– Par conséquent, poursuit le chevalier, on a plus de mal à le croire quand il s'exprime avec sincérité. Cela dit, personne ne pourra m'accuser d'être flatteur, et il…

Il n'en dit pas davantage. Au loin, la Citadelle de l'Aiguille de glace jaillit de la neige.

L'une des tours s'est effondrée. Le château de glace opaque, tel un énorme morceau de quartz, était naguère hérissé de flèches et de pointes, mais nombre d'entre elles sont cassées. Les blocs de glace dentelés qui l'ornaient alors sont devenus des structures éléphantesques qui vont jusqu'à recouvrir les fenêtres et retomber en cascade sur les côtés. J'ai le souffle coupé. J'ai vu cet endroit tant de fois dans mes nuits de terreur que, même s'il est à moitié démoli, je ne peux m'empêcher de me croire dans un affreux cauchemar.

Chapitre 14

Les rais de soleil sur la neige font fondre une couche de glace qui chaque jour gèle et se reforme. Quand j'avance d'un pas, je sens cette pellicule se briser. Une fente part de sous mes pieds. Mais cette fois, je ne tombe pas.

Dans cette blancheur éclatante, il sera difficile de se cacher.

Durant notre laborieux cheminement jusqu'à la Citadelle, Chêne est descendu de la luge après s'être détaché, s'estimant suffisamment en forme. Par la suite, il nous a montré que, chez lui, « suffisamment en forme » et « en forme » ne sont pas synonymes puisque, tout le reste du trajet, il a chancelé comme un ivrogne.

Puis Titch nous a retrouvés et s'est posé sur l'épaule de Tiernan. Ce dernier l'a renvoyé en éclaireur.

– Arrêtons-nous là, propose-t-il au bout d'un moment. Wren suggère que nous nous changions.

– J'apprécie que tu tiennes à ce que nous fassions bonne impression, me dit Chêne en se laissant choir dans la neige avec soulagement.

Le connaissant mieux, je suis habituée à son humour et ne doute pas qu'il a compris le plan. Je sors les vêtements que j'ai volés à Gorga. Avec ma peau bleutée, j'ai choisi pour moi la robe réglementaire des servantes du château. Comme dame Nore, les huldufólk ont la peau grise et une queue en bas du dos. Mon teint n'est pas exactement le même que le leur et je n'ai pas d'appendice caudal, mais personne ne le remarquera grâce à mes longues jupes.

J'emballe la bride dans une bande de tissu que je noue autour de ma taille et passe sous ma robe, comme une gaine, puis je glisse mon couteau dans ma poche.

Me changer me prend peu de temps. Chêne aussi fait vite : il frissonne en enfilant un pantalon de grosse laine par-dessus celui qu'il porte, en lin, suffisamment long pour que ses sabots à moitié couverts de neige ressemblent à peu près à des bottes. Tiernan ne cesse de trembler en passant son nouvel uniforme.

– Il y a toujours un risque qu'on te reconnaisse en te voyant de près, dis-je à Chêne.

Après tout, il fait partie de la famille royale, et ses sabots rappellent ceux du prince Dain.

– C'est justement pour ça que c'est à moi d'y aller et pas à toi, insiste Tiernan pour la énième fois.

– Ne dis pas de bêtises, proteste Chêne. S'ils m'attrapent, ils ne mettront pas tout de suite ma tête sur une pique.

Il n'a peut-être pas tort. Mais quand même.

– Certes. Malgré tout, il est plus probable que tu te fasses prendre plutôt que nous, dis-je.

– Tu devrais être de mon côté, se plaint-il, l'air vexé. J'ai été empoisonné.

– Raison de plus pour me laisser y aller à ta place, rétorque Tiernan.

– Pragmatique, lâche Chêne, comme si c'était une injure.

Nous nous approchons autant que nous l'osons et creusons la neige pour former une cavité dans laquelle nous nous abriterons jusqu'à la tombée de la nuit. Chêne et Tiernan tentent de réchauffer leurs mains et leurs pieds en les collant à leurs corps, mais les lèvres du prince restent bleues de froid.

Je détache la cape que je porte et la lui passe.

– Garde-la, dit-il en secouant la tête. Tu vas geler.

Je la pousse vers lui.

– Je n'ai jamais froid.

Il me regarde bizarrement, songeant peut-être au moment où je me suis allongée à ses côtés près du feu. Mais il doit être trop glacé pour lancer un débat.

Alors qu'ils passent en revue une dernière fois les détails de notre plan, je commence à croire que nous avons une chance. Nous nous introduirons dans la Citadelle, volerons les ossements de Mab et repartirons avec le général. Si ça se passe mal, j'imagine qu'on pourra utiliser le cœur de biche mais, puisque Chêne a des difficultés à bluffer, j'espère qu'on n'aura pas à le faire. Je préfère me concentrer sur le fait que j'ai toujours le pouvoir de commander dame Nore.

Pourtant, maintenant que la Citadelle est toute proche, je ne peux m'empêcher de revivre le moment où mes larmes gelaient sur mes joues lorsque j'errais dans la neige. Le simple fait d'être revenue ici me donne l'impression d'être à nouveau cette enfant monstrueuse, aimée de personne et que personne, en vérité, ne pouvait aimer.

À la nuit tombée, Tiernan s'extirpe de notre abri de fortune.

– Si tu y vas, lance-t-il à Chêne, laisse-moi au moins vérifier que tout est conforme à ce que nous avons prévu.

– Inutile de… commence le prince, mais Tiernan l'interrompt d'un regard noir.

– Wren devrait rester là avec le cœur, propose le chevalier. Si tu n'as pas l'intention d'affronter directement dame Nore, peu importe que Wren ait ou non un pouvoir sur elle, et Wren ne te servira à rien si tu dois te battre.

Je lui rappelle :

– Ma présence pourrait lui éviter d'avoir à se battre.

Chêne ne semble pas ébranlé par le raisonnement de son compagnon.

– Si elle veut venir, elle vient.

Tiernan lève les bras au ciel. Furieux contre nous deux, il s'éloigne dans la neige.

– Je pense vraiment que je pourrais avoir besoin de toi dans la Citadelle, me dit Chêne. Même si je préférerais qu'il en soit autrement.

Je suis contente qu'il souhaite ma présence, même si je ne suis ni chevaleresse ni espionne.

Je hasarde :

– Et si on y allait tous les trois ?

– Tiernan doit rester ici, au cas où on se ferait prendre, répond Chêne. Il gardera le cœur qui lui servira de monnaie d'échange pour nous libérer si c'est nécessaire.

Un instant plus tard, le chevalier revient, le farfadet à la tête de chouette posé sur son épaule.

– Vous pouvez passer par l'entrée des oiseaux, nous informe-t-il. Titch a observé le déplacement des patrouilles, un peu aléatoire. Par conséquent, il est difficile de prévoir leur prochain passage mais, entre chaque, ça laisse une marge de manœuvre.

Chêne acquiesce avant de se lever.

– Très bien. C'est le moment d'agir.

– Une dernière chose, dit Tiernan. Il y a des trolls sur les remparts, ainsi que des créatures brindilles et des soldats faucons.

Je commence :

– Mais je croyais que les trolls ne pouvaient pas quitter la…

Je n'achève pas ma phrase, car plusieurs hypothèses sont possibles. Ce sont peut-être des trolls qui ne viennent pas de la forêt de Pierre et qui, par conséquent, ne sont pas touchés par la malédiction. Mais, quand je pense aux tas de vêtements, aux têtes sur les piques, je me demande si ce que nous avons vu n'était pas des sacrifices destinés à amadouer les anciens rois trolls pour qu'ils les autorisent à sortir de la forêt.

Mon sang a été versé pour la gloire des rois de Pierre qui règnent de sous le monde, mais mon corps appartient à la reine de la Neige.

Sur cette idée troublante, je suis Tiernan et Chêne hors de notre tunnel de neige pour regagner l'air glacial.

Nous restons aussi près du sol que possible. Dans le noir, il est plus facile de s'approcher de la Citadelle sans trop attirer l'attention sur nous. Soudain, nous voyons un horrible assemblage de glace, pierre, chair et brindilles en forme d'araignée, d'une taille démesurée, traverser l'obscurité d'un pas lourd.

Un cri perçant résonne. Je remarque que l'araignée tient une femme huldu dans ses chélicères. Nous sommes trop loin pour lui venir en aide. Un instant plus tard, ses hurlements s'éteignent et l'araignée brindille attaque son festin.

– Si cette chose peut se nourrir, ça signifie qu'elle est vivante, déduit Chêne. Pas comme les créations ornementales de Grimsen avec leurs petites ailes qui s'agitent comme des jouets mécaniques. Pas comme cette tête sur sa pique, qui répétait en boucle le même message. Cette chose-là a faim, a soif, et a des désirs.

Comme moi.

Oh, comme je préférerais être ailleurs ! Je déteste cet endroit. Je hais tout ce qui s'y rattache et tout ce qui pourrait me révéler des choses sur moi-même.

D'immenses brasiers flambent de part et d'autre des portes de la Citadelle. Nous attendons dans la neige de déceler du mouvement sur les remparts.

Tiernan fait tourner un couteau dans sa main.

– Je vais faire diversion pendant que le prince et toi escaladez ce mur.

C'est ma dernière chance de renoncer à retourner sur le lieu de mes cauchemars. Il me suffit de dire à Chêne que j'ai changé d'avis. Tiernan s'en réjouirait.

Je pense à ce que Bogdana m'a dit dans les bois. *Le prince est ton ennemi*. Au souffle de Chêne sur ma nuque ; à ses yeux de renard avec ses pupilles noires, dilatées. À quel point il doit vouloir sauver son père pour avoir parcouru tout ce chemin, ingéré du poison, risqué sa vie dans un plan hasardeux.

Je pense à la bride enveloppée autour de ma taille, celle que j'ai tenté de voler. Celle qu'il m'a remise.

Je dois lui faire confiance. Il n'y a que moi qui puisse avoir l'ascendant sur dame Nore.

– On devrait aller directement dans les geôles, suggère Chêne. Chercher Madoc et partir de là.

– Il ne vaut mieux pas, dis-je. Il est peut-être grièvement blessé, et dans ce cas il risque de nous retarder. Si on trouve les restes de Mab, alors on pourra le libérer et le mettre directement sur la luge.

Il hésite, partagé entre avoir ce qu'il est venu chercher et tout avoir.

– Bon, d'accord, finit-il par céder.

– Si vous n'êtes pas revenus à l'aube, prévient Tiernan, vous saurez où je suis avec le reliquaire.

Sur ces mots, il repart dans la neige.

Je demande :

– Comment compte-t-il s'y prendre exactement pour faire diversion ?

Je garde la tête basse, à l'instar d'une servante de la Citadelle qui reviendrait d'une corvée ennuyeuse comme ramasser des baies de camarine noire, et comme si Chêne était un soldat qui me raccompagnait à l'intérieur.

– Mieux vaut éviter de se poser la question, répond-il avec un mince sourire.

De près, l'extérieur de la Citadelle n'est pas constitué d'un seul bloc de glace trouble, mais de plusieurs qui ont fusionné en fondant. Chêne enfonce une main dans son sac et en sort le grappin et la corde qu'il s'est procurés au marché Nonsec.

Il passe en revue les flèches de l'édifice, cherchant la bonne.

Un doigt pointé, je chuchote :

– Là !

L'entrée, deux étages plus haut, n'est pas visible quand on se trouve juste en dessous comme nous le sommes. Elle ressemble à une arche semblable à celles qui la flanquent.

– Prête ? me demande le prince.

Je ne le suis pas. Quand je pense à dame Nore, c'est comme si mon esprit était plein de gribouillages, de taches et de circonvolutions qui se mêlaient au reste de mes pensées. En guise de réponse, je hoche la tête. N'étant pas capable de dire autre chose que la vérité, je crains que ma voix me trahisse.

Chêne lance le grappin. Conçu pour la glace, les crocs s'agrippent solidement.

– Si je tombe, dit-il, tu dois promettre de ne pas te moquer. Il est possible que j'aie encore un petit peu de poison dans l'organisme.

Tiernan serait exaspéré de l'entendre parler ainsi. Qu'entend-il précisément par « un petit peu » ?

Je propose :

– Il vaudrait peut-être mieux que je monte la première ?

– Ne dis pas de sottises. Si tu n'es pas derrière moi, qui amortira ma chute ?

Là-dessus, il empoigne la corde, plaque ses sabots sur le flanc de la Citadelle et commence son ascension en marchant à la verticale.

Je lève les yeux au ciel, attrape la corde à mon tour et imite le prince – en progressant beaucoup plus lentement.

Nous nous arrêtons à l'entrée de la tour qui donne sur le vide. Chêne enroule la corde et ôte le grappin pendant que je regarde par l'ouverture. J'entends une musique lointaine qui doit venir de la salle du trône. Pour le plus grand plaisir de la cour, on y joue sur des instruments incrustés d'os de mortels, dont les cordes sont faites avec leurs boyaux séchés. Mais ce n'est pas l'orchestre habituel : on dirait que le musicien est seul.

Tout en bas, une servante marche d'un pas pressé, tenant un plateau plein de coupes vides qui s'entrechoquent. Heureusement, elle ne regarde pas en l'air.

Je plaque la main sur mon cœur, soulagée qu'on ne soit pas descendus à ce moment-là.

– Cette fois, tu y vas en premier, indique Chêne en enfonçant à nouveau son grappin dans la glace. Je te couvre.

Je dois comprendre que, si on me remarque, qu'il s'agisse d'un domestique ou d'un garde, le prince lui réglera son compte.

– Ta famille t'en a appris, des choses, dis-je.

Les tours de passe-passe, l'escalade, le maniement de l'épée...

– Ne pas mourir, réplique-t-il. Voilà ce qu'on a voulu m'enseigner. Comment ne pas mourir.

Vu le nombre de fois où il s'est précipité au-devant du danger, je pense que l'objectif n'est pas atteint à cent pour cent.

Je l'interroge :

– Combien de fois a-t-on tenté de t'assassiner ?

Il hausse une épaule, son attention focalisée sur ce qui se trouve plus bas.

– Difficile à dire, mais il a dû y avoir une vingtaine de tentatives depuis que ma sœur est au pouvoir.

Cela fait une moyenne de deux tentatives par an depuis notre rencontre. Et la cicatrice sur son cou prouve que quelqu'un a failli réussir.

Je le revois à treize ans, dans les bois, quand il voulait fuguer. Furieux et apeuré. Je le revois allongé sur la luge ce matin.

J'empoisonne tout ce que je touche.

Chaque fois que j'ai l'impression de le connaître, on dirait que je découvre un autre Chêne.

Je descends en me laissant glisser le long de la corde et saute quand je suis presque en bas. En touchant le sol, mes pieds font un petit bruit qui résonne. Je suis aussitôt frappée par la familiarité des lieux, qui me donne la nausée. Je n'ai même pas passé deux ans ici, mais rien que l'odeur me soulève le cœur.

Un énorme lustre est suspendu au milieu de la salle. En gouttant, la cire brûlante des bougies laisse des marques dans le sol de glace.

Tandis qu'à l'extérieur la Citadelle est formée de gigantesques blocs de glace brillants et translucides, les murs intérieurs sont parfois rehaussés de décorations prises dans la glace, créant un effet de papier peint. Des cailloux en suspension, comme figés en pleine chute. Des os blanchis assemblés par endroits pour former des sculptures. Des roses épanouies conservées pour l'éternité. Dans cette salle, les murs de glace renferment deux Fæs de sexe féminin, préservées de façon à ne jamais devenir pierre et mousse en se décomposant, comme les autres créatures du Peuple. Deux Fæs au front couronné, vêtues de toilettes raffinées.

La salle des Reines.

Jusqu'à récemment, j'ignorais que, sans moi, dame Nore aurait pu les rejoindre. Une horreur de plus, à ajouter aux nombreuses autres.

Malgré moi, je me sens redevenue enfant, comme si le temps se dilatait autour de moi. À l'époque, chaque heure, chaque jour me paraissait sans fin, comme si on pouvait les allonger comme un télescope. Dans ma mémoire, l'espace était déformé, les salles plus petites, les plafonds moins hauts.

Mes poignets sont encore marqués par les perforations infligées par le seigneur Jarel lorsqu'il me passait les minces chaînes d'argent qui me servaient de laisse. Si je touche mes joues, je sens encore, juste sous l'os, les cicatrices laissées par la bride.

Je ne sais pas combien de temps mon regard s'est perdu dans le vague quand Chêne atterrit à son tour, moins discret avec ses sabots que moi avec mes pieds chaussés. Il scrute la salle, puis m'observe.

– Tu sais te repérer à partir d'ici ? demande-t-il.

J'acquiesce brièvement avant de me remettre en route.

L'un des dangers de la Citadelle, c'est que la glace y est plus ou moins translucide, de sorte que le mouvement est plus ou moins visible d'une salle à l'autre, voire à travers le sol et les plafonds. Nous pourrions pratiquement être tout le temps à découvert. Par conséquent, nous ne devons ni nous baisser ni tenter de nous cacher. Au contraire, il nous faut nous déplacer de manière naturelle, pour que nos silhouettes ne nous trahissent pas.

J'emmène Chêne dans une salle, puis une autre. Nous passons devant une étroite fenêtre de glace donnant sur la cour intérieure. Je regarde à travers, mais le prince m'attire dans l'ombre. Un instant plus tard, je comprends pourquoi.

Dame Nore est dehors, devant des sculptures de neige et de bouts de bois. Il y en a dix. Certaines ont forme humaine, d'autres ressemblent à des animaux ou à des créatures qui ne sont ni l'un ni l'autre. Toutes ont la gueule bordée de crocs pointus formés de glace. Toutes ont des pierres à la place des yeux, enfoncées dans des orbites de chair chez quelques-unes. Je frémis d'horreur en remarquant çà et là un pied, des doigts, des mèches de cheveux.

Dame Nore sort d'un sac un petit couteau en demi-lune avec lequel elle incise sa paume. Puis, dans une bourse fixée à sa taille, elle prend une poignée d'os concassés qu'elle étale sur sa main ouverte, ensanglantée. Enfin, elle s'approche des sculptures de glace et, une à une, introduit dans leur gueule les éclats d'os, brillants de sang.

Une à une, les créatures s'éveillent.

Elles sont comme moi. Quelles qu'elles soient, elles sont *comme moi*.

Pourtant, elles ressemblent à des pantins animés, rien de plus. Elles restent sagement en rang et, lorsque dame Nore leur ordonne de rentrer, elles obéissent, comme si elles ne pensaient à rien. Si la magie des ossements de Mab a le pouvoir de donner vie à ces créatures, je ne comprends pas pourquoi elles ne sont pas conscientes comme je le suis.

Même si, comme elles, je suis faite de neige, de sang et de bois, il y a une différence qui me permet de me comporter en fille fæ désobéissante, alors que ces créatures semblent n'avoir aucun libre-arbitre.

Soudain, je me rappelle l'araignée qui pourchassait la servante. Je ne sais qu'en déduire.

Seul un bruit de pas nous prévient de l'apparition de deux gardes, au détour d'un angle du mur.

Chêne pose ses mains sur mes épaules et plaque mon dos contre le mur.

– Joue le jeu, me chuchote-t-il.

Et là, il colle sa bouche sur la mienne.

Un soldat embrassant une jeune servante. Un ex-faucon désœuvré qui cherche à prendre du bon temps. Chêne dissimule nos visages pour que les gardes passent à côté de nous en nous ignorant. Je comprends la manœuvre.

Ce n'est pas une manifestation de son désir. Pourtant, je suis clouée sur place par la douceur et la chaleur surprenante de ses lèvres ; par la manière dont il s'appuie d'une main sur le mur de glace, l'autre reposant d'abord sur ma taille puis, à l'approche des gardes, sur la poignée de mon couteau.

Il n'a pas envie de moi. Cela ne veut pas dire qu'il a envie de moi. Je me le répète en boucle, y compris lorsqu'il m'écarte les lèvres avec sa langue. Je glisse mes mains dans son dos, sous sa chemise, et laisse mes ongles traîner sur sa peau.

On m'a enseigné tous les arts de la cour. La danse et le duel. Les baisers et la ruse.

Malgré tout, je suis satisfaite de le sentir frissonner, de voir la main avec laquelle il s'appuyait sur la glace caresser mes cheveux et se poser sur l'arrière de ma tête. Je laisse glisser ma bouche le long de sa mâchoire, sur sa gorge, puis sur son épaule, où je pose la pointe de mes dents. Son corps se raidit, ses doigts se resserrent sur moi et m'attirent davantage contre lui. Quand je le mords, il laisse échapper un hoquet de surprise.

– Vous, là-bas, nous interpelle l'un des soldats – un troll. Rejoignez votre poste. Si dame Nore en a vent…

Quand Chêne s'écarte de moi, ses lèvres ont rougi. Ses yeux sont noirs et ses cils dorés. Il a la marque de mes dents sur son épaule. Il se retourne et, avec le couteau, poignarde le troll dans le ventre. Ce dernier s'effondre sans un bruit pendant que Chêne pivote et tranche la gorge de l'autre garde.

Une giclée de sang chaud éclabousse la glace et y forme des petits trous. De la vapeur s'en élève.

– Y a-t-il une cache quelque part par ici ? s'enquiert le prince d'une voix à peine tremblante. Pour y mettre les corps.

Un instant, je le regarde, hébétée. Je suis encore étourdie par notre baiser, par ce prompt accès de violence. Je ne m'habitue pas à ce que Chêne tue sans hésiter et semble ensuite être gêné par ce qu'il a fait, comme s'il avait commis une légère faute de goût. Comme s'il avait renversé un vin d'une cuvée ancienne et précieuse, peut-être, ou mal assorti son pantalon et sa chemise.

Même si je ne peux que me réjouir qu'il ait exécuté les gardes avec rapidité et en silence.

Je lui fais traverser la salle et le guide vers une réserve dans laquelle sont conservés le matériel de nettoyage et de quoi répondre aux besoins de la noblesse dans cette partie du château.

À l'intérieur, la carcasse d'un élan dont on a découpé des morceaux est accrochée dans un coin. Sur le mur d'en face, du linge, des gobelets, des verres et des plateaux sont rangés sur des étagères en bois. Des bouquets d'herbes séchées pendent au plafond. Deux barriques de vin reposent au sol, dont une ouverte, une louche accrochée sur le bord.

Chêne traîne les deux gardes dans la pièce. Je prends une de leurs capes ainsi qu'une nappe sur une étagère et retourne essuyer le sang.

Pendant ce temps, je regarde si quelqu'un pourrait nous avoir vus à travers la glace translucide. Dans ce cas, la scène a dû ressembler à une violente pièce de théâtre en ombres chinoises, ce qui n'est pas complètement inhabituel à la Citadelle. Malgré tout, si nous étions recherchés, cela pourrait poser un problème.

Ne remarquant aucun signe que notre présence ait été découverte, je remets les tissus souillés dans la réserve. Chêne a poussé les corps dans un coin avant de les recouvrir d'un linge.

– Y a-t-il du sang sur moi ? demande-t-il en tapotant le devant de sa chemise en laine.

Les gouttelettes étaient très fines. Même s'il en a reçu, elles sont presque invisibles sur ses vêtements foncés. J'en trouve une infime quantité dans ses cheveux, que j'essuie. Je fais de même sur sa joue et au-dessus de la commissure de ses lèvres.

Il m'adresse un sourire coupable, comme s'il s'attendait à ce que je lui reproche soit le baiser, soit les meurtres.

– On n'est plus très loin de l'escalier, dis-je.

Sur le palier, nous repérons deux autres gardes au bout d'un long couloir. Ils sont bien trop éloignés pour distinguer nos visages et, je l'espère, soupçonner quelque chose malgré nos tenues. Je m'efforce de regarder droit devant moi. Chêne salue d'un signe de tête l'un des gardes qui lui rend la pareille.

Je marmonne dans un souffle :

– Culotté.

Le prince sourit.

J'ai les mains qui tremblent.

Nous passons devant la bibliothèque et la salle du conseil de guerre avant d'emprunter un autre escalier, en colimaçon. Nous montons deux niveaux avant d'arriver à la chambre de dame Nore, au sommet de la tour la plus à gauche.

La porte haute, en ogive, est d'un métal noir recouvert de givre. Un sabot de cerf fait office de poignée.

Je le tourne. Le battant s'ouvre.

La chambre de dame Nore semble avoir été entièrement refaite. La pièce est baignée de rouge. Il me faut un moment pour comprendre d'où vient cette couleur. De viscères. Les cadavres écorchés et ouverts des victimes de dame Nore nous entourent, pris dans la glace, de sorte que la lumière filtre à travers et donne à la pièce cette étrange teinte rougeâtre.

Chêne ouvre de grands yeux face à cet affreux spectacle.

– J'imagine qu'un reliquaire plein d'ossements a sa place parmi des œuvres d'art aussi grotesques.

Je lui jette un coup d'œil reconnaissant. Il a raison. Nous n'avons plus qu'à trouver les restes de Mab. Ensuite, nous pourrons fuir avec son père. Et peut-être que je ne me sentirai plus prise au piège par la Citadelle, que je ne serai plus figée dans le passé, comme si j'étais une de ces dépouilles conservées dans les murs.

Un grand lit trône au milieu de la chambre. La tête et le pied en onyx sont sculptés en forme de lances. Sur les coussins repose un couvre-lit en hermine. Dans un coin, un brasero réchauffe l'air.

En face, il y a un miroir dont le cadre noir représente deux serpents enchevêtrés, accroché au-dessus d'une coiffeuse sur laquelle sont posés des bijoux et des épingles à cheveux. Dans les tiroirs, je trouve un encrier et un peigne en or.

Je m'attends à ce que tout soit parfaitement rangé, comme dans mes souvenirs d'enfance mais, lorsque je me tourne vers la vaste penderie de dame Nore, taillée dans l'ébène et marquetée de nombreux crocs, je remarque que plusieurs de ses robes gisent à terre. Ce sont des toilettes extravagantes, écarlates, d'argent scintillant, ornées de gouttes ressemblant à des larmes gelées. D'autres sont entièrement recouvertes de plumes de cygne noir. Mais, à mieux y regarder, je remarque des taches, des accrocs. Ces toilettes sont aussi anciennes que les tours brisées du château.

Ce désordre m'incite à penser que dame Nore s'est hâtée d'enfiler quelque chose, sans l'aide de servantes. J'y vois une sorte de désespoir qui me paraît contredire l'idée qu'elle soit sur le point d'obtenir la toute-puissance.

En posant une main sur mon bras, Chêne me fait sursauter.

– Ça va ? me demande-t-il.

– Au début, quand le seigneur Jarel et dame Nore sont venus me chercher dans le monde des mortels pour m'emmener à la cour des Crocs, ils ont essayé d'être gentils avec moi. Ils me donnaient de bonnes choses à manger, m'habillaient de belles robes, me disaient que j'étais leur princesse et que je serais une reine magnifique et vénérée.

Les mots s'échappent de mes lèvres sans que je puisse les rattraper. Je fouille le fond de la penderie pour éviter le regard du prince pendant ces confidences.

– Je pleurais continuellement. J'ai pleuré pendant une semaine entière, jusqu'à ce qu'ils ne le supportent plus.

Chêne ne dit rien. Même s'il m'a connue enfant, lui et moi ne nous étions pas encore rencontrés à cette époque, quand je croyais encore que le monde pouvait être bienveillant.

Mais ses sœurs ayant été elles-mêmes kidnappées, peut-être ont-elles pleuré, elles aussi.

– Le seigneur Jarel et dame Nore ont exigé de leurs domestiques qu'ils m'ensorcellent pour que je dorme. C'est ce qu'ils ont fait, mais ça ne durait jamais longtemps. Je continuais à pleurer.

Il acquiesce légèrement, comme si un mouvement plus ample risquait de rompre le charme qui m'incite à parler.

Je poursuis :

– Le seigneur Jarel est venu me voir avec un magnifique plat en verre dans lequel il y avait de la glace parfumée. J'en ai pris une bouchée. C'était un délice indescriptible, comme si je mangeais du rêve.

» « Tu en auras tous les jours si tu cesses de pleurer », m'a-t-il promis.

» Mais je ne pouvais pas m'en empêcher.

» Une autre fois, il est venu me voir avec un collier de diamants, aussi beau et froid que la glace. Lorsque je le mettais, mes yeux brillaient, mes cheveux scintillaient et ma peau chatoyait, comme couverte de paillettes. J'étais merveilleusement belle. Mais, lorsqu'il m'a ordonné de cesser de pleurer, c'était impossible.

» Alors il s'est fâché. Il m'a dit que, si je n'arrêtais pas, il me jetterait un sort pour que je pleure des larmes de verre qui m'entailleraient les joues. Et il a mis sa menace à exécution.

» Malgré tout, j'ai pleuré jusqu'à ce qu'il soit difficile de distinguer mes larmes de mon sang. Après ça, j'ai appris toute seule à briser leurs enchantements. Ça ne leur a pas plu.

» Alors ils m'ont dit que, dans un an, je pourrais aller rendre visite aux humains – c'est comme ça qu'ils les appelaient, « les humains » –, à condition que je sois sage.

» J'ai essayé. Je retenais mes sanglots. Sur le mur près de mon lit, je gravais le décompte des jours dans la glace.

» Une nuit, quand je suis retournée dans ma chambre, j'ai remarqué que les marques n'étaient pas comme dans mon souvenir. J'étais certaine que cinq mois étaient passés, mais les traces laissaient penser que ça faisait à peine un peu plus de trois mois.

» C'est là que j'ai compris que jamais je ne rentrerais chez moi. À ce moment-là, j'ai eu beau le vouloir, les larmes ne sont pas venues. Depuis, je n'ai plus jamais pleuré.

Horrifié, Chêne a les yeux brillants.

– Je n'aurais pas dû te demander de revenir à la Citadelle.

– Tout ce que je veux, c'est que tu ne m'abandonnes pas ici, dis-je, me sentant immensément vulnérable. C'est ce que je réclame pour avoir gagné la partie contre toi au jeu des figurines, il y a des années.

– Je te le promets. Si c'est en mon pouvoir, nous partirons ensemble.

J'acquiesce.

– On va trouver le reliquaire et provoquer la ruine de dame Nore, dis-je. Ensuite, plus jamais je ne remettrai les pieds ici.

Hélas, nous avons beau fouiller ses tiroirs et ses effets personnels, nous ne trouvons ni ossements ni magie.

– Je doute que le reliquaire soit ici, conclut Chêne en levant les yeux d'un coffret dont il vérifiait le contenu.

Je hasarde :

– Elle le conserve peut-être dans la salle du trône…

Même si ça implique de redescendre l'escalier et de ne pas se faire prendre par les gardes, je serai contente de quitter cette affreuse chambre.

– Mon père sait peut-être où il est, suggère le prince. Je sais que tu préfères…

À contrecœur, je capitule :

– Oui, on peut essayer les geôles.

Alors que je jette un coup d'œil en arrière pour regarder une dernière fois la chambre, je remarque une bizarrerie au niveau du lit. Sa base est en glace ; pourtant je suis sûre que quelque chose est pris dedans. Ce n'est pas rouge, mais ivoire et marron.

– Chêne ?

Il se retourne vers moi.

– Tu as trouvé quelque chose ?

– Je ne sais pas.

Je vais jusqu'au lit et retire les couvertures. Trois corps sont piégés dans la glace. Ils sont intacts, contrairement à ceux pris dans les murs. Je ne saurais même pas dire comment ces gens sont morts.

Alors que je les fixe du regard, et bien que ce soit impossible, l'un d'eux ouvre les yeux.

J'ai un mouvement de recul. Il ouvre la bouche. Le son qui en sort est entre le gémissement et le chant. À côté de lui, les deux autres se réveillent et émettent le même son, jusqu'à ce que s'élève un chœur spectral.

Une alarme.

Chêne m'attrape l'épaule et me pousse vers la porte.

– Un piège, constate-t-il. Allons-nous-en !

Je descends l'escalier en courant aussi vite que possible, manquant de tomber, me retenant au mur d'une main. Le martèlement des sabots de Chêne résonne juste derrière moi.

Nous atteignons le deuxième palier avant que dix gardes surgissent : d'anciens faucons, des huldufólk, des nisses et des trolls. Ils se déploient autour de nous, leurs armes au clair. Le prince presse son dos contre le mien. J'entends le chuintement de sa rapière qu'il tire de son fourreau.

Chapitre 15

Chêne tue deux trolls et un nisse avant qu'un autre troll me plaque un couteau sur la gorge.

– Halte ! lance ce dernier en appuyant sur la lame, dont je ressens la morsure. Ou la fille mourra !

Un instant, les yeux du prince n'expriment rien. Je ne suis même pas sûre qu'il l'ait entendu. Puis il se ressaisit et abaisse son épée. Apparemment, il a du mal à reprendre ses esprits.

Il est redevenu lui-même, mais les gardes survivants préfèrent rester à distance : du sang goutte encore de sa lame fine comme une aiguille. Il leur faudrait enjamber les corps de leurs camarades.

– Jette ton épée, lui ordonne un autre soldat.

– Jurez-moi qu'aucun mal ne lui sera fait, ordonne Chêne, haletant. Ni à moi.

– Si tu ne lâches pas cette épée, je trancherai sa gorge et la tienne ensuite, menace le troll qui me retient. Ça te va, comme promesse ?

Il est si près de moi que je sens l'odeur de son armure, de l'huile avec laquelle il a graissé sa lame, et celle, écœurante, du sang séché. Son souffle est chaud sur ma peau. Le bras qu'il a passé autour de mon cou est dur comme de la pierre.

Je pourrais le mordre. Avec mes dents pointues, je n'aurais aucun mal à déchirer sa chair. Sous le coup de la douleur, il pourrait soit m'égorger, soit me relâcher. Toutefois, même si j'avais de la chance, même si je pouvais profiter de l'occasion pour lui échapper et m'élancer vers Chêne, que se passerait-il ensuite ? Il nous serait impossible de quitter la Citadelle. Il est d'ailleurs fort probable que nous ne quittions jamais ce palier.

Le prince laisse pendre son épée au bout de ses doigts, sans toutefois la lâcher.

– Votre dame m'a invité ici et m'a demandé de lui apporter le cœur de Mellith. Elle serait sûrement très déçue d'apprendre que vous l'avez privée de son dû. Mort, je pourrais difficilement le lui donner.

Je frissonne à l'idée que dame Nore obtienne ce qu'elle veut, même si je sais que tout cela n'est qu'une ruse. Chêne n'est pas réellement en possession du cœur de Mellith. Nous serons en plus grand danger encore si dame Nore se rend compte de la supercherie.

Peu importe que cela me mène à la salle du trône. Tout ce dont j'ai besoin, c'est de pouvoir parler.

– Vous nous avez presque attrapés, poursuit Chêne. Il vous suffit de faire une petite concession et je vous suivrai, doux comme un agneau.

– Jette ton arme, prince, répète l'un des anciens faucons, et aucun mal ne vous sera fait de notre main pendant que nous vous escorterons à la salle du trône. Tu pourras implorer dame Nore et lui expliquer pourquoi, si vous étiez invités à la Citadelle, nous vous avons surpris sortant précipitamment de sa chambre.

Chêne lâche sa rapière, qui tombe au sol dans un fracas métallique.

Un garde m'arrache le couteau que j'ai à la main tandis qu'un autre prend une cordelette, la glisse entre mes lèvres comme un bâillon et la noue à l'arrière de mon crâne. J'essaie de la mordiller pour m'en défaire pendant qu'on me pousse en direction de la salle du trône. Malgré mes dents tranchantes, je suis tellement bien entravée que la cordelette est toujours dans ma bouche lorsque nous approchons de la salle.

Le prince n'a pas été ligoté, mais il marche entouré d'épées dégainées. Je ne saurais dire si c'est une marque de respect envers lui ou si les gardes préfèrent se tenir à distance.

Tout ce que je sais, c'est qu'il me faut trouver le moyen de parler. Il me suffira de prononcer quelques mots, et dame Nore sera à ma merci.

Les trolls me poussent devant elle, si bien que je tombe à quatre pattes.

Elle se lève derrière la longue table chargée de mets. Nous avons interrompu son banquet.

Ses cheveux blancs sont relevés sur sa tête en un ensemble de tresses compliquées, même si quelques-unes sont détachées. Sa robe opulente est faite de plumes noires et d'un tissu argenté dégradé vers le noir au plus près du sol. D'anciens faucons se rassemblent autour d'elle – des soldats naguère loyaux envers le grand général de Domelfe, désormais sous son commandement.

Quand mon regard se pose sur elle, j'éprouve les mêmes sentiments de haine et de peur qui m'ont paralysée toute mon enfance.

Je décèle pourtant une folie nouvelle dans ses yeux jaunes. Elle n'est plus la même qu'autrefois. Le plus troublant est que je me retrouve en elle. Prise au piège, pleine de ressentiment, de désirs contrariés. Les pires traits de ma personnalité, et mon pire potentiel.

Ce qui est nouveau, aussi, ce sont les deux mains grises qu'elle porte en collier. Horrifiée, je m'aperçois que les doigts remuent, comme s'ils étaient vivants, et qu'ils caressent le creux de sa gorge. Plus terrible encore, je les soupçonne d'avoir appartenu au seigneur Jarel.

Derrière elle, sur un pilier de glace, se trouve un reliquaire fendu qui doit contenir les ossements et autres restes de Mab. D'étranges vrilles semblables à des racines sortent du reliquaire. Il y a même un bourgeon sur l'une d'elles, comme prêt à fleurir.

À la gauche de dame Nore, un troll est assis, le front ceint d'une couronne d'or martelé. Il porte un manteau de velours bleu brodé d'écailles d'argent sur des vêtements en cuir richement ouvragé, dont les motifs me rappellent ceux que nous avons vus dans la forêt de Pierre.

Hurgriffe qui, j'ignore comment, a réussi à échapper à la malédiction de la forêt. Hurgriffe, venu avec son peuple pour aider à défendre la Citadelle. Mais pourquoi s'est-il allié à dame Nore ? Si Chêne a bien compris Gorga, Hurgriffe est ici pour la courtiser. Si c'est le cas, le pouvoir de dame Nore doit constituer une dot enviable.

Ses trolls et lui forment la majorité des convives. Il y a aussi deux dames huldufólk et Bogdana. Cette dernière est vêtue de son habituelle robe noire en lambeaux et sa chevelure est comme toujours indomptée. Lorsqu'elle me voit, ses yeux brillent d'une étrange lueur.

Devant eux sont posés des plats en argent et des coupes remplies d'un vin noir issu des fruits nocturnes des duergars. Il y a du radis noir à la chair pâle trempé dans le vinaigre et finement tranché. Des plateaux couverts de neige sont arrosés de miel, de sorte qu'une fois glacé il peut être dégusté comme un biscuit fin. La viande en gelée me met mal à l'aise, car elle me rappelle les choses prisonnières des murs translucides de la Citadelle.

Une musicienne solitaire pince les cordes d'une harpe.

Malgré le festin et la présence des gardes et des soldats brindilles en position le long d'un mur, les lieux me paraissent vides en comparaison de ce qu'ils étaient du vivant du seigneur Jarel. La salle aurait dû être pleine de tables, d'invités portant des toasts, d'échansons, de saltimbanques. Une cour à l'image de ce qu'aime dame Nore. Ont-ils tous pris la fuite ?

Son regard passe au-dessus de moi et se pose sur Chêne, plus loin.

– Héritier de Domelfe, venons-en tout de suite au fait, déclare-t-elle. M'as-tu apporté le cœur de Mellith ?

Ses gardes restent vigilants, craignant un nouvel accès de violence du prince.

– Je ne serais évidemment pas venu ici les mains vides, sachant que la vie de mon père est en jeu, répond-il.

Il observe les mains tranchées autour de la gorge de dame Nore puis se concentre sur le roi troll.

Sentant la pression monter, je ronge la cordelette. D'une seconde à l'autre, dame Nore va lui poser une question à laquelle Chêne ne pourra répondre. Il faut que je parle. Si je le peux, nous avons encore une chance de nous en sortir.

Mais la présence des soldats d'Hurgriffe complique fortement la situation. Si le roi troll devine que je peux contrôler dame Nore, il ordonnera qu'on m'exécute.

– Tu l'as donc en ta possession, dit dame Nore. À moins que tu aies échoué dans ta quête, petit prince.

Mon cœur s'affole. Je cisaille la cordelette, mais jamais je n'arriverai à la trancher à temps pour empêcher Chêne de répondre. Ce plan me semblait déjà risqué. À présent, il me paraît voué à l'échec.

– Je vais l'énoncer clairement pour que tu n'aies pas à t'inquiéter d'avoir été trompée, répond le prince. J'ai apporté le cœur de Mellith.

Je suis si stupéfaite que je cesse de mâcher mon bâillon. Chêne ne peut pas dire ça. Ces mots ne devraient pas pouvoir sortir de sa bouche. Il fait partie du Peuple. Il est incapable de mentir, comme tous les autres.

Pourtant, j'ai vu la carcasse béante de la biche ; j'ai vu le prince acheter le reliquaire chez le forgeron. Je sais que le cœur qu'il a apporté à la Citadelle n'a rien d'ancien.

Efforce-toi de croire que, quoi qu'il arrive, quoi que je dise ou fasse, quoi que j'aie fait, j'ai l'intention de nous sortir tous vivants de là. C'est ce qu'il m'a dit sur le bateau. S'agissait-il de cela ? Était-il prêt à donner à dame Nore le cœur de Mellith pour nous permettre de vivre ?

Dans ce cas, si le cœur de biche était destiné à me tromper, moi, Chêne s'apprête à confier à dame Nore un terrible et immense pouvoir. Un pouvoir qui constituerait une menace pour Domelfe. Un pouvoir avec lequel il lui serait possible d'anéantir le monde des mortels, qu'elle méprise tant.

Et je n'ai aucun moyen d'empêcher cela.

– Où est-il, dans ce cas ? demande dame Nore, un grondement dans la voix.

Chêne ne bronche pas.

– Je l'ai, mais je ne suis pas stupide au point de l'avoir sur moi.

Elle le regarde d'un air mécontent.

– Tu l'as caché ? À quoi bon, si tu dois me le remettre pour obtenir la libération de ton père ?

Il secoue la tête.

– Avant de te donner quoi que ce soit, je veux le voir partir, ainsi que Wren.

Elle fronce les sourcils et l'étudie avec attention. Puis elle me regarde et se met à rire.

– Je pourrais ergoter, mais je sais me montrer magnanime dans la victoire. Et si je faisais sortir Madoc des geôles pour le relâcher dans la neige dès maintenant ? J'espère qu'il supporte le froid, car je crains que ses vêtements soient très fins. Sans compter que, malheureusement, certaines de mes créatures sont en train de chasser autour de la Citadelle.

– Ce serait effectivement malheureux – pour nous tous, confirme Chêne.

Il a beau garder un ton ferme, il paraît si jeune devant elle et Hurgriffe. J'ai peur qu'il ne puisse jamais remporter cette joute.

– J'ai cependant une alternative à te proposer, poursuit-il. Demain soir, mon émissaire nous retrouvera à trois lieues d'ici, près du gros rocher. Tu viendras avec Madoc, Wren et moi. Là-bas, nous procéderons à l'échange.

– Dont tu ne feras pas partie, jeune Ronceverte. L'as-tu compris ? Tu resteras ici, à la Citadelle, jusqu'à ce que j'en aie terminé avec toi.

– Et que comptes-tu faire exactement ? Me garder en otage, pour faire chanter ma sœur ?

– Et pas le Grand Roi ? le questionne dame Nore.

Elle contourne la table et se dirige vers nous. À l'évidence perplexe, Chêne lui jette un regard noir.

– Si tu veux. L'un ou l'autre, répond-il.

– On raconte que ta sœur l'a piégé dans un marché.

Elle parle d'un ton léger, mais je vois bien que, sous son apparente décontraction, rien ne doit l'ulcérer davantage que d'avoir été dominée par une mortelle. Si autre chose que la mort du seigneur Jarel l'a plongée dans une colère noire, c'est bien cela.

– Sinon, pourquoi l'aurait-il épousée ? Pourquoi ferait-il ce qu'elle veut ? l'interroge-t-elle.

– Ce qu'elle voudra, c'est se faire un chapeau avec ton crâne, l'avertit Chêne.

Les anciens faucons remuent, mal à l'aise. Peut-être se remémorent-ils leur refus de lui prêter allégeance et la punition qui a suivi.

– Et, lorsqu'elle le fera, poursuit le prince, Cardan ne s'arrêtera plus de rire.

Dame Nore retrousse ses lèvres.

– J'ai besoin de trois choses : les ossements de Mab, le cœur de Mellith et le sang d'un Ronceverte. Je possède deux d'entre elles. La troisième est si proche que je peux la sentir. Ne me déçois pas, prince de Domelfe, sinon ton père mourra, et j'atteindrai mon objectif de toute façon.

Chêne hausse les sourcils. J'ignore ce qu'il éprouve, mais sa capacité à faire croire qu'il n'est pas impressionné me satisfait grandement.

Comme si dame Nore était ravie d'avoir quelqu'un à qui délivrer son discours, elle reprend :

– Sans la faiblesse de ton père, nous aurions pu gagner la guerre contre Domelfe. Mais j'ai désormais un allié plus fidèle, et je suis dotée d'un grand pouvoir. Me voilà prête pour la vengeance.

– Roi Hurgriffe, dit Chêne en regardant le troll. J'espère que dame Nore ne t'a pas promis plus que ce qu'elle peut t'offrir.

Un léger sourire tord le coin de la bouche du troll.

– Je l'espère aussi, réplique-t-il d'une voix grave.

L'œil mauvais, dame Nore s'avance vers moi. Chêne crispe la mâchoire et serre les poings le long de ses flancs.

– J'imagine que le prince croyait que tu pourrais m'empêcher d'agir, me dit-elle.

Un sourire terrible étire ses lèvres pendant qu'elle effleure la cordelette effilochée que j'ai entre les dents, comme un mors.

– C'est dire s'il ignorait quelle petite pleurnicheuse tu es, ajoute-t-elle.

Un grondement me sort de la gorge.

À mon grand étonnement, elle dénoue la cordelette. Dès que je suis libérée de mon bâillon, j'ouvre la bouche, bêtement pressée de lui crier un vague *Je t'ordonne de te rendre*. Hélas, avant que j'aie le temps de le faire, elle me fourre un pétale dans la bouche. Je sens quelque chose se tortiller sur ma langue, quelque chose qui bouge tout seul. Je serre les dents. La chose gigote encore une ou deux secondes, puis s'immobilise.

Dame Nore laisse tomber la cordelette avec un sourire malveillant.

Je frissonne. Je peux enfin parler. Sauf que ma langue, animée d'une volonté propre, ne m'obéit pas.

– Je renonce à…

Aussitôt, je l'emprisonne entre mes dents, la pinçant douloureusement.

Le sourire de dame Nore s'élargit.

– Tu disais, ma chère ?

Elle a réussi à intégrer un sortilège de contrôle dans le pétale, sans aucun doute cueilli sur la plante qui, j'ignore comment, a poussé à partir des ossements du reliquaire. Si j'essaie de dire quelque chose, je renoncerai à mon autorité sur elle.

Ma langue s'agite dans ma bouche comme un petit animal. Je la mords plus fort encore pour l'immobiliser.

– Bogdana m'a raconté quelle vie tu menais, poursuit dame Nore. Dans ta misérable hutte, en marge du monde des mortels, fouillant les poubelles comme un vulgaire rat.

Je ne peux pas répondre, donc je ne dis rien.

Dans ses yeux brille un éclat qui trahit son malaise. Elle jette un coup d'œil à Bogdana, mais la sorcière des tempêtes m'observe depuis la table, le visage impassible.

– Espèce de petite chose sans intérêt, ouvre donc la bouche ! m'ordonne sèchement dame Nore. Je peux t'offrir ce que tu désires le plus au monde.

C'est-à-dire ? Voilà la question que je lui poserais si je pouvais relâcher ma langue sans risque. Au lieu de quoi, je la garde prisonnière entre mes dents.

– Je ne peux pas faire de toi une humaine, reprend dame Nore. Mais je peux m'en approcher de très près.

Je pense à l'appel téléphonique. Il serait tellement plus facile de me glisser à nouveau dans mon ancienne vie, quand je n'étais pas obligée de me cacher ou de recourir à des subterfuges ; de ne pas avoir à m'inquiéter que ma non-famille se mette à hurler en me voyant.

Elle sourit toujours en posant un doigt sur mon menton.

– Je pourrais t'entourer d'un sortilège si puissant que même le roi de Domelfe ne saurait voir au travers. J'ai les moyens de le faire dès maintenant. J'en ai le pouvoir. Je peux te faire oublier ces neuf dernières années. Tu retourneras dans le monde des mortels comme une coquille vide. Ainsi, ils te verront comme une humaine. Ils décideront que tu as été enlevée et que les épreuves que tu as endurées étaient si épouvantables que tu les as effacées de ta mémoire. Ils n'insisteront pas. De toute façon, quelle importance ? Toi-même, tu croiras tout ce que tu leur diras.

Je m'écarte d'elle en tressaillant.

C'est mon souhait le plus cher. Ce que je désire le plus au monde. Cela me rend folle de rage qu'elle me connaisse si bien. Et qu'elle refuse de m'accorder le plus petit réconfort dont j'ai désespérément besoin.

Elle m'observe attentivement de ses yeux jaunes, comme pour évaluer si je suis enfin à elle.

– C'est au prince que tu penses ? m'interroge-t-elle. Oh, ne va pas t'imaginer que j'ignore où tu étais le jour où tes proches ont trouvé la mort dans la bataille du Serpent. Tu te cachais sous le lit de ce garçon.

Mes yeux n'expriment rien. Je n'étais qu'une enfant et j'ai réussi à lui échapper. Je refuse que cela m'inspire autre chose que du contentement. *Il voulait que je sois là*, aurais-je dit si j'avais pu parler. *Nous étions amis. Nous sommes amis.*

Toutefois, je ne peux m'empêcher de songer au cœur de Mellith, à ce que Chêne m'a dit sur le bateau.

... quoi que je dise, ou fasse, quoi que j'aie fait...

– Crois-tu qu'il te protégera, à présent ? Tu ne sers à rien. L'héritier de Domelfe n'a aucune raison de passer une minute de plus avec la sauvageonne ignare que tu es. Mais penses-y : tu pourrais l'oublier. Comme tu pourrais oublier qui tu es.

– Je n'ai pas autant de bon sens que tu le laisses entendre, intervient Chêne. Il y a plein de choses inutiles que j'aime bien. On m'a déjà dit moi-même que je ne servais à rien.

Dame Nore continue à me fixer du regard, même lorsqu'un petit rire inattendu m'échappe, si bien que je manque de libérer ma langue. Les mains du seigneur Jarel se resserrent sur ses épaules, comme en réaction à son humeur.

– Sa gentillesse s'envolera dès que tu en auras besoin, m'avertit-elle. Maintenant, petite, vas-tu accepter ce marché et cesser de m'ennuyer ? Ou bien m'obligeras-tu à te traiter plus durement ?

Je m'imagine céder. Je n'aurais plus à espionner ma non-famille par la fenêtre, à pleurer la perte d'une vie qui ne sera plus jamais la mienne. À nourrir un désir sans espoir. À m'inquiéter de l'avenir. À être terrorisée. Qu'on donne à dame Nore le cœur de Mellith et les ossements de Mab. Que Domelfe pourrisse et le prince de Domelfe avec. Qu'elle anéantisse tout ce qu'elle veut chez les mortels. Qu'est-ce que ça peut me faire, si je n'en garde aucun souvenir ?

Je pense aux paroles de la Sorcière-Chardon. *Rien. Zéro. Nada. Voilà ce que tu es*. Voilà ce que je serais, si je cède. Je ramènerais tout ce que je suis, tout ce que j'ai appris et tout ce que j'ai fait à quelque chose de vide de sens. J'accepterais de n'être rien, de ne pas compter.

Je crache au visage de dame Nore. Le crachat brille de mon sang sur sa peau grise.

Sa lèvre s'ourle. Elle lève la main comme pour me frapper, mais elle s'abstient. Elle reste plantée là, tremblante de fureur.

– Tu te mords la langue pour me provoquer ? Dans ce cas, je vais te donner une leçon. Gardes, tranchez-lui la langue !

L'un des huldufólk s'approche et m'immobilise les bras. Je cherche à griffer et à distribuer des coups de pied, me débattant plus fougueusement que jamais.

– Non ! hurle Chêne.

Mais deux anciens faucons l'empoignent.

– Si tu lui fais du mal, poursuit-il, ne t'attends pas à ce que je te remette…

Dame Nore se retourne, un index pointé sur lui, et l'interrompt :

– Dis-moi tout de suite où est le cœur de Mellith, et elle gardera sa langue.

Trois autres gardes viennent en renfort pour me maîtriser. J'essaie de me libérer de leur emprise.

Chêne plonge sur la troll la plus proche de lui, saisit la poignée de son épée et la dégaine. Il est toujours cerné, mais à présent il est armé. Quelques huldufólk et nisses bandent leurs arcs.

Hurgriffe agite la main.

– Montrez à ce garçon qu'il se fatigue pour rien, ordonne-t-il.

– Approchez, mes créatures, déclare dame Nore.

Les soldats de bois, de boue et de chair traversent la grande salle. Les gardes reculent, laissant les créatures prendre leur place.

– Saisissez-le, ordonne dame Nore.

Sans l'ombre d'une hésitation, les soldats brindilles se précipitent sur Chêne. Il en coupe un en deux et pivote pour en poignarder un autre. Son épée s'enfonce profondément dans le corps de la chose qui continue pourtant d'avancer avant de se contorsionner pour essayer de désarmer Chêne, même si le mouvement lui déchire les entrailles.

Le prince retire son épée, mais trois autres soldats se jettent sur lui de sorte qu'un quatrième peut l'attraper à la gorge.

Cette fois, les gardes lui attachent les mains dans le dos avec une corde d'argent.

Quand ses yeux rencontrent les miens, je n'y vois que de l'angoisse. Il ne peut pas m'aider.

Je me débats toujours quand les gardes me plaquent au sol. Je les mords lorsqu'ils m'ouvrent la bouche de force.

Hélas, mes efforts sont vains. Deux soldats me maintiennent les poignets et un troisième me transperce le bout de la langue avec un instrument pointu avant de tirer dessus.

Un quatrième entreprend ensuite de la trancher avec un poignard à la lame courbe.

La douleur brutale et atroce me donne envie de hurler, mais je ne peux pas avec ma langue ainsi maintenue. Ma bouche qui était sèche à force d'être ouverte se remplit de sang. Elle en est inondée. C'est comme si je me noyais. Quand ils me relâchent, je m'étouffe. Le cri que je voulais pousser meurt dans ma gorge.

Mon menton est couvert d'écarlate. Dès que je bouge, des gouttelettes rouges sont projetées.

La douleur m'avale tout entière, si bien que c'est à peine si j'arrive à penser. J'ai tout de même conscience que je saigne trop. Le sang se déverse entre mes lèvres, coule dans mon cou, macule le col de ma robe. Cette mutilation va me tuer. Je vais mourir, ici, sur le sol de glace de la Citadelle.

Dame Nore contourne lentement mon corps recroquevillé à terre. Elle prend dans sa bourse un autre petit fragment d'os qu'elle enfonce dans ma bouche. Je sens la plaie se refermer.

– Tu n'es peut-être pas de cet avis, mais ça vaut mieux ainsi, déclare-t-elle. Je suis ta mère et je t'ai prêté allégeance. Par conséquent, en l'absence d'ordres directs, je dois faire confiance à mon propre jugement.

L'hémorragie m'a donné le tournis. Prise de vertige, je parviens à me lever avant de songer aussitôt à me rasseoir. À m'effondrer.

Puisque dame Nore ne peut pas mentir, elle doit être convaincue que mes désirs doivent correspondre aux siens.

Malgré tout, une langue ne m'est pas utile pour lui montrer la rage qui me consume, visible dans mes yeux.

Elle esquisse un petit sourire. Je comprends qu'elle n'a pas tant changé que cela. Elle ne veut pas que je meure car, une fois morte, je ne pourrais plus souffrir.

– Le prince ne sait même pas ce que tu es, dit-elle en jetant un coup d'œil à Chêne. C'est à peine si l'on peut dire que tu fais partie du Peuple. Tu n'es qu'un pantin. Tu ne vaux guère mieux que le bétail qu'on laisse en échange d'un changelin ; une chose destinée à se flétrir et à mourir.

Malgré moi, je regarde Chêne pour voir s'il comprend. Sur son visage, je ne lis que de la pitié.

Je ne suis peut-être constituée que de morceaux de bois, de neige et de la magie d'une sorcière. Mais, au moins, je ne suis pas issue de dame Nore.

Je ne suis l'enfant de personne.

Cette idée fait naître sur mes lèvres un sourire qui dévoile mes dents rougies.

– Ma dame, intervient le roi Hurgriffe, plus tôt le père du prince Chêne sera libéré, plus vite nous aurons ce que nous voulons.

Dame Nore le regarde en plissant les yeux. Je me demande si le roi troll réalise à quel point elle peut être cruelle et, s'il fait preuve d'imprudence, à quel point elle le sera avec lui.

Pour le moment, elle se montre docile en interpellant ses gardes d'un geste.

– Que l'un de vous emmène cette vilaine fille dans les cachots, où elle pourra réfléchir à ses choix. Le prince Chêne et moi devons nous entretenir sur de nombreux points. Peut-être se joindra-t-il à nous à table.

L'un des anciens faucons vient se placer derrière moi.

– Avance.

Je me dirige vers les portes en vacillant. Bien que la sensation de ma langue qui palpite soit affreuse, je ne saigne plus. La salive que j'avale a encore un goût de fer, mais je n'ai plus l'impression de me noyer.

– Je suis tentée de dire que tu t'es perdue en chemin, mais tu t'es perdue bien avant, me dit la sorcière des tempêtes quand je passe devant elle. Réveille-toi, petit oiseau.

J'ouvre la bouche pour lui rappeler que c'est ma langue que j'ai perdue – et peut-être aussi l'espoir.

Bogdana tressaille. Un instant, je suis saisie de peur et j'ai à nouveau le tournis. Je dois vraiment être horrible à voir pour arriver à arracher une grimace de dégoût à une sorcière des tempêtes.

– Avance ! me répète le garde en me poussant dans le dos.

Ce n'est qu'une fois dans le couloir que je jette un coup d'œil en arrière. Et que je vois les yeux violets de Hyacinthe.

Chapitre 16

Pendant quelques secondes, nous ne nous quittons pas du regard.

– Je t'avais dit qu'il serait judicieux de m'envoyer ici. Puisque tu ne m'as pas ordonné le contraire, je suis venu, déclare Hyacinthe à voix basse pour n'être entendu que de moi.

Légèrement chancelante, je m'appuie contre le mur. J'ai du mal à réfléchir tant la douleur est forte. De plus, j'ignore si le soldat est vraiment de mon côté.

– Réjouis-toi de ma présence, poursuit-il en me menaçant avec sa lance dont la pointe n'est qu'à quelques centimètres de ma gorge. On nous regarde. Avance.

Je lui tourne le dos et me remets en marche. Il me pousse exagérément pour m'inciter à accélérer le pas, si bien que je n'ai même pas à feindre de trébucher.

À plusieurs reprises, j'essaie de me retourner, de capter son regard pour tenter d'y lire ses intentions mais, chaque fois, il me pousse et je dois poursuivre mon chemin.

– Tiernan est-il là aussi ? me demande-t-il lorsque nous arrivons devant la porte des geôles.

Loyal, voilà comment il s'est décrit. Loyal envers le père de Chêne. Loyal envers moi, je l'espère. Peut-être aussi loyal envers Tiernan, quelque part. Il n'a pas confiance en Chêne à cause de sa nature de charmeur. Peut-être veut-il sauver Tiernan de la bouche-à-nectar qu'est le prince.

J'acquiesce.

Ensemble, nous empruntons une galerie glacée pour rejoindre les cachots creusés dans la roche gelée, dont il émane une odeur désagréable de fer et de pierre humide.

– C'est lui qui a le cœur de Mellith ? s'enquiert Hyacinthe.

Question dangereuse. En dépit de son hostilité envers Chêne, je ne suis pas sûre qu'il aimerait que dame Nore obtienne ce qu'elle désire. Et puis, j'ignore ce que Tiernan a en sa possession exactement. J'ai beaucoup de mal à me concentrer tant j'ai mal dans la bouche.

Comme je ne trouve pas comment lui expliquer tout cela, je hausse les épaules et désigne mes lèvres.

Frustré, il fronce les sourcils.

La plupart des cellules sont vides. Quand je vivais à la Citadelle, elles débordaient de prisonniers qui avaient eu le tort de déplaire au seigneur Jarel et à dame Nore : bardes dont les ballades étaient jugées offensantes, courtisans présomptueux, domestiques coupables d'erreur, grave ou anodine. Mais à présent, le personnel du château étant très réduit, il n'y a plus qu'un seul prisonnier.

Madoc est assis sur un banc en bois, appuyé contre le mur de pierre, à distance des barreaux qui puent le fer. Ses jambes sont bandées en deux endroits avec des pansements mal faits, à la hâte, comme s'il s'en était chargé lui-même. Un de ses yeux est caché par un linge dans lequel a coulé un peu de sang. À la lueur vacillante des lampes, sa peau est d'un vert trop pâle, et il frissonne. Il doit souffrir du froid depuis des semaines.

Hyacinthe ouvre la cellule voisine de celle du général et m'y fait entrer. En franchissant la porte, je prends garde à ne pas toucher la grille en fer.

– Je vais te sortir de là, me chuchote le soldat lorsque je passe devant lui. Dès que tout sera prêt, je te ferai parvenir une clé. Retrouve-moi dans l'alcôve en face de la grande salle. J'ai une monture.

Je l'interroge du regard.

Il soupire.

– Oui, je parle de cette créature, Damoiselle Vol. Elle n'a pas qu'un joli nom : elle est vraiment rapide et fiable.

Là-dessus, il referme la porte de ma cellule et la verrouille. Je suis soulagée que, n'ayant pas pris la peine de me fouiller, il n'ait pas trouvé la bride cachée à ma taille, sous mon uniforme de servante. Je ne sais pas ce qu'il en aurait fait.

Je me dirige vers un banc. Soudain prise de vertige, je crains de ne pas avoir le temps de l'atteindre. Même si l'hémorragie a été stoppée, j'ai perdu beaucoup de sang.

Hyacinthe jette un coup d'œil à Madoc et affiche un air compatissant.

– Est-ce que ça va ?

– On fait aller, répond le bonnet-rouge. Que lui est-il arrivé ? On dirait qu'elle a arraché un gros morceau à quelqu'un.

Je suis surprise que ça me fasse rire. Le bruit que j'émets est très bizarre.

– Sa langue, explique Hyacinthe.

Madoc hoche la tête, comme s'il avait déjà vu ça.

Je savais que Hyacinthe faisait partie de l'armée de Madoc. Cependant, je n'avais pas réalisé que cela impliquait qu'ils se connaissaient peut-être. C'est étrange de les entendre bavarder comme des camarades, surtout quand l'un est geôlier et l'autre prisonnier.

Alors que Hyacinthe s'apprête à partir, le bonnet-rouge regarde dans ma direction.

– Petite reine, m'interpelle-t-il avec un sourire en coin.

Chêne et lui ont beau ne pas être du même sang, son expression malicieuse m'est familière.

– Maintenant que tu as grandi, tu es venue dévorer ta créatrice. Je ne peux pas te jeter la pierre.

Je suis à peu près sûre qu'il a perdu un œil. Je me souviens d'avoir vu le vieux général lors d'interminables fêtes et réunions durant lesquelles je restais assise à même le sol ou bien tenue en laisse. Je me rappelle ses manières apaisantes et le vin chaud qu'il m'avait donné, ainsi que le reflet brillant sur ses crocs dès qu'il y avait du sang.

Comme maintenant, quand je crache par terre plutôt qu'avaler ce que j'ai dans la bouche.

Hyacinthe continue à parler avec Madoc. Sur le banc, je m'allonge sur le ventre et pose ma tête sur mes bras. Un nouveau vertige m'assaille. Je ferme les yeux en attendant que ça passe. En attendant de pouvoir m'asseoir. Au lieu de quoi, je suis happée par les ténèbres.

Quand je reprends conscience, c'est la voix de Chêne que j'entends.

– Sa respiration est régulière.

Le temps que je me souvienne où je suis, c'est Madoc qui parle d'une voix grave et rocailleuse.

– Il vaudrait mieux pour toi qu'elle ne se réveille pas. Que se passera-t-il quand elle apprendra que tu l'as dupée ? Lorsqu'elle saura quel rôle elle a joué dans ton plan ?

J'essaie de ne pas bouger, d'éviter le moindre mouvement involontaire ou la plus petite crispation qui pourrait leur montrer que je suis réveillée et que je les écoute.

– Ce sera à elle de décider à quel point elle me hait, répond Chêne d'un ton résigné.

– Tue-la pendant que tu le peux, conseille doucement le vieux général.

Il semble plein de regrets, mais fataliste, lui aussi.

– C'est ta réponse à tout, bougonne Chêne.

– Et la tienne, c'est de te jeter dans la gueule du loup en espérant que ton goût ne lui plaise pas.

Le prince reste longtemps silencieux. Je le revois me rassurer d'un sourire alors qu'il avait une flèche dans le corps, ingérer du poison en grande quantité. À Domelfe, il offrait une cible de choix aux assassins. Madoc n'a pas tort de dire que Chêne est une tête brûlée. En fait, je ne suis pas sûre qu'il sache à quel point c'est vrai.

– Tu me désespères, soupire enfin le bonnet-rouge. Tu n'as vraiment aucune ambition, même quand le pouvoir est là, à portée de main.

– Ça suffit, tranche Chêne, comme si ce n'était pas la première fois qu'ils avaient cette discussion. Ça – tout ça –, c'est ta faute. Pourquoi n'as-tu pas eu la patience de rester en exil ? D'accepter ton sort ?

– Ce n'est pas dans ma nature, répond doucement le vieux général, comme si Chêne aurait dû le savoir. De plus, je ne pensais pas que ce serait toi qui viendrais.

Le prince soupire en tremblant. J'entends un bruissement.

– Laisse-moi jeter un coup d'œil à ces bandages.

– Inutile de te préoccuper de mes blessures, le rabroue Madoc. Si la douleur me posait problème, j'aurais choisi une autre voie.

De nouveau, un long silence s'ensuit. Je me demande si je dois faire semblant de bâiller ou de remuer pour leur signifier que je me réveille.

– Il est hors de question que je la tue, déclare Chêne d'une voix à peine audible.

– Dans ce cas, tu n'as plus qu'à espérer qu'elle t'épargne, réplique le général.

Je reste allongée sans bouger. Je finis par entendre le pas traînant d'un domestique et le tintement des bols sur un plateau. Je prends ce prétexte pour gémir et me retourner. Je constate que Chêne est enfermé, lui aussi. Il est dans la cellule de Madoc.

Les sabots de Chêne martèlent le sol. Je le retrouve agenouillé non loin de moi, avec ses cheveux dorés, ses yeux de renard et son air inquiet.

– Wren, souffle-t-il en tendant le bras à travers les barreaux, même s'ils lui brûlent la peau.

Il caresse mes cheveux du bout des doigts.

Que se passera-t-il quand elle apprendra que tu l'as dupée ? Lorsqu'elle saura quel rôle elle a joué dans ton plan ?

Si je n'avais pas entendu leur conversation, je ne l'aurais jamais soupçonné de porter un secret si terrible que je ne pourrais que le haïr pour cela.

La jeune servante pose des bols par terre, devant nos cellules. C'est cruel, étant donné qu'ils sont trop larges pour passer à travers les barreaux. Les poignets des prisonniers doivent être en contact avec le fer à chaque gorgée. Notre dîner semble composé d'une soupe âcre et huileuse à l'orge et sans doute à la viande d'oiseau de mer.

Je me redresse pour m'asseoir.

– On va sortir d'ici, me promet Chêne. Je peux essayer de crocheter la serrure si tu me prêtes ton épingle à cheveux.

Je hoche la tête pour montrer que j'ai compris puis j'ôte mon épingle.

Son expression s'assombrit.

– Wren…

– Ne te préoccupe pas non plus de ses blessures à elle, l'interrompt Madoc. Elle ne peut même pas s'en plaindre !

Il me sourit, comme s'il m'invitait à me moquer de son fils avec lui.

Son fils, à qui il a conseillé de me tuer.

Le prince retire sa main d'entre les barreaux et se détourne. Il ne semble pas remarquer la brûlure sur son bras lorsqu'il se relève.

Qu'a-t-il bien pu faire de si horrible ? Tout ce qui me vient à l'esprit, c'est que le cœur de Mellith est en sa possession et qu'il compte vraiment le remettre à dame Nore.

– Hurgriffe est un problème, déclare Madoc en regardant son fils tordre l'épingle pointue et la glisser dans la serrure. Sans ses troupes, j'aurais pu m'échapper d'ici, voire prendre la Citadelle. Mais dame Nore lui a promis qu'elle pourrait bientôt briser la malédiction qui pèse sur la forêt de Pierre.

– Prendre la Citadelle ? Rien que ça ? raille Chêne en faisant pivoter l'épingle, les sourcils froncés.

Le bonnet-rouge ricane avant de se tourner vers moi.

– Je suis sûr que Wren ne serait pas contre s'emparer du château et des terres de dame Nore.

Je secoue la tête devant une telle absurdité.

Il hausse les sourcils.

– Ah, non ? s'étonne-t-il. Tu en es encore à attendre la permission de manger quand tu es à table ?

Même si ça ne me plaît pas, c'est une bonne manière de décrire la vie que j'ai menée jusqu'à présent.

– Moi aussi, j'étais comme ça autrefois, poursuit-il, ses canines inférieures apparentes lorsqu'il parle.

Je sais que cette conversation a pour but de m'évaluer et de me déstabiliser. Malgré tout, l'idée que Madoc ait déjà attendu la permission de quiconque est ridicule. Il est l'ancien grand général de Domelfe ; un bonnet-rouge qui se repaît de bains de sang. Il a probablement déjà dévoré des gens. C'est même sûr.

De nouveau, je secoue la tête. Chêne nous regarde en fronçant les sourcils, comme si voir son père me parler le rendait nerveux.

Madoc sourit.

– Non ? En vérité, j'ai moi-même du mal à le croire. J'ai passé une grande partie de ma vie en campagnes, à guerroyer au nom d'Eldred. Est-ce que j'appréciais ma mission ? Certainement, mais j'obéissais également à des ordres. J'acceptais les récompenses que l'on m'accordait et j'en étais reconnaissant. Qu'ai-je obtenu en échange ? Ma femme est tombée amoureuse d'un autre, quelqu'un qui était présent quand j'étais absent.

Son ex-épouse, celle qu'il a assassinée. La mère de ses trois filles. Au fond de moi, j'ai toujours cru qu'elle l'avait quitté parce qu'elle avait peur de lui, et non parce qu'elle se sentait seule.

Madoc jette un autre coup d'œil à Chêne avant de revenir à moi.

– J'ai juré d'employer à mon avantage les stratégies que j'avais étudiées. Je trouverais le moyen de m'emparer de tout ce que je désirais, pour ma famille et moi. Quelle pensée libératrice ce fut de cesser de croire que je devais mériter quelque chose pour l'obtenir !

Ça, je n'en doute pas une seconde.

– N'attends plus, me dit-il. Plante tes jolies dents dans quelque chose.

Je le regarde d'un air méfiant, me demandant s'il se moque de moi. Je me penche pour écrire dans la terre maculée de mon sang séché : *Ce sont les monstres qui ont des dents comme les miennes.*

Il sourit, comme si j'avais enfin compris où il voulait en venir.

– C'est bien vrai.

Frustré, Chêne se détourne de la serrure.

– Père, que fais-tu, exactement ?

– On discute, elle et moi, se justifie Madoc.

– Ne l'écoute pas, me dit le prince avant de regarder son père, l'air exaspéré. Ce vieux croûton n'est pas de bon conseil.

– Ce n'est pas parce que je suis mauvais que mes conseils le sont forcément, grogne le bonnet-rouge.

Chêne lève les yeux au ciel. Il a un nouvel hématome au coin de la bouche, et une plaie sur son front a laissé une croûte de sang dans ses cheveux. Je le revois se battant dans la salle du trône ; je repense à ma douleur quand on m'a tranché la langue. À lui qui regardait.

Je me dirige vers le bol de soupe, même si je ne supporte pas l'idée de mettre quoi que ce soit dans ma bouche. Malgré tout, si je parviens à faire entrer le bol dans la cellule, et même si j'en renverse la moitié, je pourrai toujours donner le reste à Chêne et Madoc.

Alors que je commence à incliner le récipient, j'aperçois quelque chose de métallique dans la soupe. Après avoir reposé le bol, je plonge les doigts dans le liquide gras pour tâter le fond. Je tombe sur une grosse clé et me souviens que Hyacinthe s'est engagé à me faire sortir de la Citadelle.

M'obligeant à ne regarder ni le prince ni Madoc, je récupère discrètement l'objet et le glisse dans ma poche. Puis je retourne vers le banc. Chêne ne parvient pas à crocheter la serrure. Son père et lui ne semblent pas avoir envie de se nourrir.

Je les écoute parler encore un peu d'Hurgriffe qui s'est disputé avec dame Nore au sujet de sacrifices auxquels Madoc n'a pas tout compris, et de ce qu'il adviendrait des corps. Chêne regarde plusieurs fois dans ma direction, comme s'il avait envie de me parler, mais il s'abstient.

Enfin, Madoc suggère que nous nous reposions, car demain sera l'occasion de « tester nos capacités d'adaptation face à un plan en pleine évolution » – ce qui me laisse perplexe. Je sais que Tiernan se présentera au lieu de rendez-vous fixé, avec le reliquaire, peu importe la nature de ce qu'il contient.

Le vieux général est étendu sur le banc pendant que son fils s'étire par terre, sur le sol froid.

J'attends qu'ils se soient endormis. Me rappelant comment Chêne m'a surprise dans les bois, je patiente très longtemps. Comme il est épuisé, il ne se réveille pas lorsque j'insère la clé dans la serrure.

Je pousse la lourde porte qui s'ouvre sans difficulté. Le fer me pique la main. Après m'être glissée hors de ma cellule, je laisse la clé dans un coin de la leur pour qu'ils la trouvent au cas où je ne reviendrais pas.

Dans le couloir, je retire mes grosses bottes pour marcher pieds nus, sans un bruit, sur le sol glacé. Le garde à la porte dort, avachi sur une chaise. Il doit être habitué à n'avoir que Madoc à surveiller.

En haut des marches, un rai de lumière matinale transforme le château en prisme. Chaque fois que les ombres tournent, je crains d'être repérée.

Par chance, personne ne vient. Personne ne m'arrête. Je comprends alors que, dès le début, les choses devaient se passer ainsi. Ce n'était pas Chêne qui devait stopper dame Nore. C'était moi.

Je ne vais pas retrouver Hyacinthe. Je me dirige vers la salle du trône. Alors que, sur la pointe des pieds, je remonte le couloir menant aux doubles portes de la grande salle, je constate qu'elles sont barrées et que deux soldats brindilles sont postés devant, au garde-à-vous. Je ne vois pas comment entrer. Ils ne dorment pas et ne me paraissent pas assez vivants pour être trompés.

Cela dit, personne ne connaît la Citadelle aussi bien que moi.

Il y a un autre moyen d'accéder à la grande salle ; un petit passage vers les cuisines où les domestiques entreposent les rebuts : gobelets vides, plateaux, déchets de toutes sortes. Les cuisiniers et le personnel de cuisine les récupèrent plus tard pour les nettoyer. Le passage est assez large pour qu'un enfant s'y cache, et je l'ai souvent fait.

Je prends la direction des cuisines. Quand je repère des gardes en mouvement, je me fonds dans l'ombre pour me rendre invisible. Même si de longues années se sont écoulées depuis, j'ai de l'entraînement pour passer inaperçue – surtout ici.

Pendant que je me déplace, des souvenirs étrangement dissonants me reviennent. J'arpente ces couloirs enfant. Je déambule dans la maison de mes non-parents la nuit, comme un fantôme. C'est ce que je suis depuis des années. Une non-sœur. Une non-fille. Une non-personne. Une jeune fille avec un trou béant en guise de vie.

M'avoir tranché la langue est pour le moins approprié, quand le silence a toujours été mon refuge, ma cage.

Je descends vers les cuisines, au rez-de-chaussée de la Citadelle. C'est grâce à la chaleur qu'elles dégagent qu'il fait juste assez chaud dans les prisons pour qu'on y survive. J'aurais cru que les feux qui y brûlent en permanence auraient fait fondre tout le château, or ce n'est pas le cas. Les fondations sont en pierre, et ce qui fond gèle à nouveau, formant une nouvelle couche de glace encore plus solide.

Un jeune nisse dort dans les cendres devant la flambée, blotti dans une couverture de peaux cousues entre elles. Je passe discrètement devant lui, puis devant les barriques de vin, les paniers de baies de camarine noire et les piles de poisson séché. Les bocaux d'aliments salés et vinaigrés ; les saladiers recouverts de torchons humides dans lesquels lèvent des pâtons.

Je me fais toute petite pour m'introduire dans le passage et me mets à ramper. Même si j'ai grandi, je peux encore m'y faufiler. Je passe par-dessus des coupes de vin renversées où la lie a séché, quelques os qui ont dû tomber d'une assiette… puis j'émerge à l'autre bout, dans la salle du trône déserte.

Au moment où je me relève, je réalise que, une fois de plus, j'ai échoué : le reliquaire a disparu.

Le cœur battant, la panique m'empêchant de respirer, j'avance vers le pilier sur lequel le coffret reposait. J'ai été bête de venir seule dans cette salle. J'ai été bête de venir à la Citadelle tout court.

Par terre, je trouve une feuille flétrie et, à côté, quelque chose ressemblant à un caillou. Je le prends entre mes doigts, palpant ses arêtes tranchantes. C'est ce que j'espérais : un fragment d'os.

D'après la Sorcière-Chardon, avec les ossements de Mab, on peut jeter de puissants sortilèges, car Mab avait en elle une force créatrice. Même si je n'ai jamais été adepte de la magie, si avec les pouvoirs de Mab dame Nore a pu créer des êtres vivants à partir de pierres et de bouts de bois, si elle a réussi à contrôler ma langue pour me faire dire ce qu'elle voulait entendre, alors ce fragment d'os doit contenir assez de pouvoir pour la faire repousser.

Je pose d'abord la feuille flétrie dans ma bouche et place ensuite l'os à la base de ce qui était ma langue. Puis je ferme les yeux et me concentre. Aussitôt, j'ai l'impression qu'un étau me comprime la poitrine, comme si ma cage thoracique allait craquer.

Il y a un problème. J'ai un problème.

Je tombe à genoux, les paumes plaquées contre le sol de glace. Dans ma poitrine, quelque chose semble se tordre puis se fendre, comme une fissure dans un glacier. Le nœud bien serré de ma magie ; la part de moi qui a toujours craint de se défaire quand je surpasse mes capacités, se scinde en deux.

Je pousse un hoquet de souffrance.

J'ai si mal que ma bouche s'ouvre, bien qu'aucun cri n'en sorte. J'ai si mal que je m'évanouis.

Pour la seconde fois en moins d'une journée, je me réveille sur le sol froid. Je suis allongée là depuis assez longtemps pour que le givre ait raidi ma robe, se soit déposé sur ma peau et scintille le long de mes bras.

Je me remets à quatre pattes. Des restes de soldats brindilles sont éparpillés autour de moi, parmi les baies, les branches et les paquets de neige qui naguère étaient enfoncés dans leur poitrine.

Qu'a-t-il bien pu se passer ? Mes souvenirs sont enchevêtrés, comme les tiges qui poussaient sur les ossements de Mab.

Agenouillée, tremblante – mais pas de froid –, je pose une main sur la glace sous moi et remarque un motif en forme de toile d'araignée, comme un impact sur un pare-brise. Une fois debout, je traverse la salle du trône d'un pas chancelant et vais me cacher dans le passage en rampant.

Une fois à l'intérieur, je ferme les yeux. Lorsque je les rouvre, j'ignore combien de temps a passé. Je me sens lourde, apathique.

Stupéfaite, je me rends compte que j'ai une langue. Ça me fait tout drôle de la sentir. Pesante et épaisse. Je ne sais pas si elle est enflée ou si j'ai juste bizarrement conscience de sa présence.

Je me chuchote à moi-même :

– J'ai peur.

C'est la vérité. Car j'ai besoin de savoir si cette langue m'appartient ; si les mots que je prononcerai seront ceux que j'ai l'intention de dire.

– Je suis si fatiguée. Si fatiguée d'avoir peur.

Je me remémore le conseil de Madoc : planter mes dents dans quelque chose. M'emparer de ce château et des terres de dame Nore. Ne plus attendre la permission de quiconque. Cesser de me soucier de ce que les autres pensent, ressentent ou désirent.

Distraitement, je m'imagine à la tête de la Citadelle de l'Aiguille de glace. Dame Nore ne serait pas simplement vaincue ; elle aurait disparu. Domelfe se féliciterait du service que je lui aurais rendu, au point que je serais nommée reine de cette région. Et si je possédais les restes de Mab ? Si je pouvais exploiter le pouvoir de dame Nore ? Peut-être qu'avec une dot pareille je deviendrais, aux yeux des sœurs de Chêne, une épouse de choix.

Le rêve de me rendre acceptable pour ses sœurs devrait m'inspirer de l'amertume. Au lieu de quoi, il m'emplit de satisfaction. Que Vivienne, l'aînée, qui frissonnait à l'idée que je sois liée à son précieux frère, puisse souhaiter que je siège à leur table... Qu'elle puisse voir mon sourire dévoilant mes dents pointues et qu'elle me sourie en retour...

Et Chêne...

Il penserait que...

Je m'arrête avant de pousser le rêve trop loin.

Un rêve dans lequel, une fois de plus, j'attends qu'on me donne la permission d'agir. De plus, je n'ai pas le contrôle de la Citadelle – pas plus que de dame Nore.

Du moins pas encore.

Je retourne dans la salle du trône et sors par les doubles portes. Puis je grimpe l'escalier de glace en colimaçon pour rejoindre l'étage. Dans un virage, j'entends des voix.

Une patrouille composée de deux anciens faucons et d'un troll me repère. Pendant un long moment, nous nous regardons.

– Comment as-tu fait pour t'échapper des cachots ? m'interroge l'un d'eux, oubliant que je ne peux pas parler.

Je m'enfuis, mais ils me rattrapent. La course-poursuite s'achève très vite. Ce n'est pas comme si je cherchais réellement à m'échapper.

Dame Nore est dans sa chambre lorsqu'on me conduit à elle. Trois faucons – de vrais oiseaux, dont la malédiction n'a pas été encore levée – sont perchés sur le miroir orné de serpents au-dessus de la coiffeuse et sur le dossier de son fauteuil.

J'observe leur bec crochu et leurs yeux noirs. Tout ce que dame Nore a pu faire pour eux, c'est les nourrir et attendre. Moi, j'ai réussi à lever le sortilège de Hyacinthe, alors je me demande si je serais capable de rompre le leur. Si oui, se montreraient-ils loyaux envers moi, comme ils le sont envers dame Nore ?

Quel effet cela me ferait-il, de ne plus jamais être seule ?

– Petite fourbe, me dit dame Nore avec indulgence.

Elle tend la main et enroule mes cheveux autour de son index.

– C'est ainsi que je te revois, poursuit-elle. En train de te faufiler dans mon château, comme une voleuse.

J'espère que l'expression que j'affiche lui inspire de la pitié.

Pauvre Wren. Si triste. Avec sa bouche qui la fait tant souffrir.

Dame Nore me voit simplement comme sa fille, sculptée dans la neige. Une déception à bien des égards.

Maintenant que ma langue a repoussé grâce à l'étrange magie des ossements de Mab, je pourrais ouvrir la bouche et faire d'elle ma marionnette ; l'obliger à danser pendant que je tire les fils.

Pourtant, je choisis de baisser la tête, sachant qu'elle appréciera ce geste de soumission. Je gagne du temps. Lorsque j'attaquerai, tout doit être exactement comme il faut.

– Et silencieuse, ajoute-t-elle en souriant de son propre trait d'esprit. C'est aussi ça dont je me souviens.

Ce dont je me souviens, moi, c'est de ma terreur absolue, au point que j'avais l'impression qu'elle m'éloignait de moi-même. J'espère arriver à feindre ce sentiment et lui cacher ce que j'éprouve réellement : une rage aussi épaisse, collante et délicieuse que du miel.

Je suis fatiguée d'avoir peur.

Enfin, je prends la parole :

– Ne dis plus rien tant que je ne t'en aurai pas donné l'ordre.

Ma voix sonne étrangement rauque à mes oreilles. Comme lorsque j'ai parlé à Chêne pour la première fois.

Dame Nore écarquille les yeux. Elle ouvre la bouche mais ne peut me désobéir : le serment qu'elle a prêté devant la Grande Reine mortelle le lui interdit.

Je poursuis :

– Tu ne donneras d'ordre à personne sans que je t'y aie expressément autorisée. Quand je te poserai une question, tu y répondras de manière exhaustive, sans rien me cacher d'intéressant ou d'utile, en prenant garde d'effacer toute tentative de déguiser les éléments que je pourrais juger intéressants ou utiles.

Ses yeux brillent de colère, mais elle ne peut toujours rien dire. Un cruel ravissement me transporte face à son impuissance.

– Tu ne me frapperas pas ni ne chercheras à me faire du mal. Tu ne feras plus souffrir personne, toi y compris.

Je me demande si on l'a déjà forcée à ravaler ses paroles. On dirait qu'elle va s'étouffer avec.

– Maintenant, tu peux parler, dis-je.

– Je suppose que tous les enfants grandissent. Même ceux qui sont faits de neige et de glace, soupire-t-elle, comme s'il n'y avait pas de quoi s'affoler que j'aie désormais l'ascendant sur elle.

Mais je vois bien qu'elle essaie de dissimuler sa panique.

Mon cœur bat fort et ma poitrine est encore oppressée. Ma langue me fait toujours un drôle d'effet, comme le reste de ma personne. Dame Nore n'est pas la seule à paniquer.

Je lui ordonne :

– Appelle les deux gardes devant ta porte. Ordonne-leur de faire venir Chêne ici.

Ma voix tremble légèrement. Je parais peu sûre de moi, ce qui pourrait m'être fatal.

J'ajoute :

– Ne leur dis rien de plus, et ne montre aucun signe de détresse.

Elle arbore une expression étrange, lointaine.

– Très bien. Gardes !

Les deux soldats en faction devant sa porte sont d'anciens faucons. Je ne reconnais ni l'un ni l'autre.

– Allez aux cachots et amenez-moi le prince.

Ils s'inclinent avant de s'en aller.

J'erre depuis si longtemps en marge du monde que j'ai des difficultés à m'y retrouver maintenant que j'y suis. Mais cette expérience a aussi fait de moi une excellente observatrice.

Je fixe dame Nore du regard, cherchant comment la manœuvrer.

– Tu peux parler si tu le souhaites, dis-je, mais n'élève pas la voix et, si jamais quelqu'un entre dans la chambre, tais-toi.

Je vois qu'elle envisage de rester muette par pur esprit de contradiction. Finalement, c'est plus fort qu'elle.

– Que comptes-tu faire de moi ? s'enquiert-elle.

Autour de son cou, les doigts du seigneur Jarel s'agitent.

– Je n'ai pas encore décidé.

Elle part d'un rire qui me semble forcé.

– Ça ne me surprend pas. Tu n'es pas du genre prévoyant, n'est-ce pas ? Tu fonctionnes plutôt à l'instinct. Une créature sans cervelle. Irréfléchie. Un brin rusée, peut-être, à la manière d'un animal dont l'intelligence bestiale vous surprend parfois.

– Comment peux-tu me détester autant ?

La question m'a échappé avant que je puisse la retenir.

– Tu aurais dû être comme nous, répond dame Nore, hautaine.

Elle s'exprime facilement, comme si elle avait longuement réfléchi à cette question.

– Au lieu de quoi, poursuit-elle, tu es comme eux. Te regarder, c'est voir quelque chose qui a tant de défauts qu'il faudrait l'abattre pour abréger ses souffrances. Mieux vaudrait être morte, petite, que vivre comme tu le fais. Mieux vaudrait te noyer comme l'avorton d'une portée.

Je sens le goût des larmes au fond de ma gorge. Non parce que je voudrais être aimée d'elle, mais parce qu'au fond de moi ses mots font écho à mes pires pensées.

J'ai envie de briser le miroir et d'obliger dame Nore à s'entailler la peau avec. J'ai envie de faire quelque chose de si affreux qu'elle regrettera d'avoir souhaité que je lui ressemble.

– Si je suis méprisable, dis-je d'une voix grondante, qui es-tu, toi qui es ma vassale, plus méprisable encore ?

La porte s'ouvre. Je me retourne, l'air sans doute furieuse.

Chêne paraît perplexe. Vu son allure chiffonnée, il devait être en train de dormir lorsqu'ils sont allés le chercher. Un des anciens faucons le fait entrer dans la chambre, les poings liés.

– Wren ? dit le prince.

À cet instant, je réalise que j'ai déjà commis une grave erreur. Le garde attend de recevoir un ordre, mais dame Nore ne peut pas le lui donner. Si c'est moi qui le lui souffle, mon pouvoir sur elle sera évident – sans parler de la réapparition de ma langue –, et le soldat donnera l'alerte. Mais, si je ne fais rien et que dame Nore s'abstient d'ordonner quoi que ce soit, il comprendra vite qu'il y a un problème.

Le silence se prolonge pendant que j'essaie de trouver une solution.

– Tu peux t'en aller, déclare Chêne. Ça ira.

L'ancien faucon s'incline légèrement et quitte la pièce, refermant la porte derrière lui.

Dame Nore pousse un hoquet de stupeur. Sa surprise n'a d'égal que sa fureur.

Je suis aussi déstabilisée qu'elle.

Le prince me regarde d'un air coupable.

– Je sais ce que tu penses, déclare-t-il en bougeant ses poignets pour se débarrasser de ses liens d'argent, mais j'ignorai totalement les intentions de mon père. Je ne savais même pas qu'il avait un plan ! Et il s'avère qu'il fallait être plusieurs pour réussir.

Je me souviens de ce qu'il a dit à Madoc dans les cachots. *Ça – tout ça –, c'est ta faute. Pourquoi n'as-tu pas eu la patience de rester en exil ? D'accepter ton sort* ?

Ainsi, le vieux général savait que son enlèvement était programmé – peut-être l'a-t-il appris par Tiernan, qui lui-même le savait par Hyacinthe, ou peut-être Hyacinthe le lui a-t-il dit directement. Et Madoc a laissé faire. Tout ça pour pouvoir contacter ses anciens soldats, les faire revenir dans son camp, s'emparer de la Citadelle de dame Nore et se faire apprécier de Domelfe pour qu'on l'autorise à y revenir.

Les faucons lui étaient fidèles autrefois. Il lui paraissait donc logique – bien que présomptueux – de croire que passer quelques semaines au cœur de la Citadelle lui laisserait le temps de les convaincre de se rallier à lui.

Hurgriffe est un problème. Sans ses troupes, j'aurais pu m'échapper d'ici, voire prendre la Citadelle.

Madoc n'avait pas prévu la présence des trolls d'Hurgriffe, et les anciens faucons se sont retrouvés surpassés en nombre. Sans parler des huldufólk, des nisses…

… et des monstres en brindilles et cailloux.

Je demande à Chêne :

– Et maintenant ?

J'ai plaisir à le voir ouvrir de grands yeux au son de ma voix.

– Comment se fait-il que tu puisses parler ?

– Grâce à un fragment d'os de Mab.

Si je frissonne légèrement à cette évocation, le prince ne peut en deviner la raison.

– Tu veux dire que, pendant que mon père et moi dormions, tu as trouvé le reliquaire, puis que tu as soumis dame Nore à ta volonté – toute seule ?

Il rit avant de reprendre :

– Tu aurais dû me réveiller. J'aurais pu me rendre utile. Applaudir au bon moment, par exemple. Ou tenir ton sac.

Ses flatteries m'arrachent un petit sourire.

– Alors, quel ordre dois-je donner aux gardes, maintenant que c'est toi qui commandes ? demande-t-il.

Dame Nore, crispée, s'assoit le dos droit et écoute. Peut-être réalise-t-elle que je n'ai pas besoin d'être plus rusée qu'une bête. Tout ce qu'il me faut, c'est un allié un peu ambitieux, qui fera preuve envers moi d'une once de gentillesse.

Ou peut-être se rend-elle compte pour la première fois qu'elle ne me connaît pas aussi bien qu'elle le croyait.

Je demande :

– Tiernan prévoit toujours de nous retrouver, c'est bien ça ?

Chêne acquiesce.

– Ça pourrait être un moyen de rassembler les soldats d'Hurgriffe quelque part pour les encercler. Nous aurions l'avantage de la surprise, en plus de l'appui des créatures brindilles.

Je hoche la tête.

– Il faut penser aussi à Bogdana, dis-je.

Je chasse de mon esprit la conversation que j'ai entendue entre Madoc et lui afin d'élaborer un plan. Nous le passons en revue plusieurs fois. J'ordonne à dame Nore d'envoyer les gardes chercher les affaires de Chêne et de faire parvenir un message à Hyacinthe ; de demander aux domestiques de m'apporter la glace parfumée que le seigneur Jarel me donnait il y a longtemps, et de faire porter à Madoc du vin et des tourtes à la viande.

Puis je demande à ce qu'on fasse venir les servantes de dame Nore pour qu'elles m'aident à me préparer.

Peu de temps après, la porte s'ouvre pour laisser entrer deux huldufólk, Biche et Frêlefougère. Elles fouettent l'air de la queue qu'elles ont en bas du dos. Elles étaient déjà là à l'époque où je vivais ici, deux sœurs venues se mettre au service de dame Nore en récompense d'une action de leurs parents.

Elles étaient gentilles, en un sens. Contrairement à d'autres, elles ne me piquaient pas avec des épingles pour le plaisir de me voir saigner. Je suis surprise par leurs yeux profondément enfoncés dans leurs orbites. L'extrémité de leur jupe est élimée, ainsi que leurs manches. Je songe aux araignées de ronces et de brindilles qui chassent dans l'étendue neigeuse ondoyante. À quel point la vie à la Citadelle est-elle encore plus pénible aujourd'hui qu'autrefois ?

Après avoir choisi une toilette dans le placard de dame Nore, je m'assois sur un tabouret recouvert de fourrure pendant que Biche m'enfile la robe par la tête. Frêlefougère me coiffe avec un peigne en os décoré d'onyx. Puis Biche rougit mes lèvres et mes joues avec du jus de baie. Tout se déroule dans une sorte de flou.

Tue-la tant que tu le peux.

Chêne et moi jouons depuis longtemps. Cette fois, je dois absolument gagner.

Dehors, nous retrouvons d'autres gardes ainsi que Madoc, qu'on a remonté des geôles. Je cherche Hyacinthe dans la nuit, mais il n'est pas là. Je ne peux qu'espérer qu'il a bien reçu mon message. Un ancien faucon tend à l'ancien grand général une béquille fabriquée à la hâte avec une branche fourchue. Madoc la cale sous son bras avec reconnaissance.

Montée sur un renne, dame Nore a le reliquaire dans les bras. Le vent soulève ses cheveux couleur de neige sale. Ses yeux jaunes luisent d'avidité et les mains d'un gris sombre du seigneur Jarel se resserrent sur sa gorge.

Enfant, j'ai vécu ici constamment terrifiée. Je ne céderai pas à la terreur maintenant.

Nous nous mettons en route à travers les congères. Chêne se rapproche de moi.

– Une fois que tout sera terminé, déclare-t-il, il y a des choses que je voudrais te dire. Des explications que je te dois.

À voix basse, je demande :

– Par exemple ?

Il se détourne et regarde vers l'orée de la pinède.

– Je t'ai laissée croire quelque chose qui n'est pas vrai.

Je songe à son haleine dans mon cou, à ses yeux de renard aux pupilles dilatées, toutes noires, à mon envie de lui mordre l'épaule suffisamment fort pour transpercer sa peau.

– Alors je t'écoute.

Il secoue la tête, l'air peiné, mais il arbore si souvent des expressions de façade que je ne sais plus ce qui est réel et ce qui ne l'est pas.

– Si je t'en parle, ça ne servira qu'à soulager ma conscience et à te mettre en danger.

J'insiste :

– Dis-le-moi quand même.

Mais il se contente de refuser de la tête à nouveau.

– Dans ce cas, moi, je vais te dire quelque chose. Je sais pourquoi tu souris, tu plaisantes et tu flattes, même quand c'est inutile. Au début, je pensais que c'était pour te faire aimer, puis je me suis dit que c'était pour déstabiliser les gens. Mais c'est plus que ça. Tu t'inquiètes qu'ils aient peur de toi.

Il me regarde avec méfiance.

– Pourquoi les gens auraient-ils peur de moi ?

– Parce que tu te terrifies toi-même. Une fois que tu commences à tuer, tu ne veux pas t'arrêter. Ça te plaît. Ta sœur a peut-être hérité du talent de ton père pour la stratégie, mais toi, tu as hérité de sa soif de sang.

Un muscle se contracte sur sa mâchoire.

– Et toi, je te terrifie ? s'enquiert-il.

– Pas à cause de ça.

Son regard est si intense que j'ai l'impression qu'il me brûle.

Peu importe. Ça fait du bien de le percer à jour – même si ça ne change rien.

Depuis toujours, ma plus grande faiblesse est mon désir d'être aimée. C'est comme un gouffre béant en moi. Plus j'essaie d'atteindre l'amour, plus je suis facile à tromper. Je suis un hématome vivant, une plaie ouverte. Si Chêne avance masqué, moi, j'avance avec la peau du visage écorchée. Je n'ai cessé de me répéter que je devais me protéger de l'ardeur de mes désirs, en vain.

Je dois procéder autrement.

Tandis que nous progressons dans la neige, je m'efforce d'avancer avec légèreté pour rester sur la croûte de glace. Mais chaque pas est risqué. Ma robe se gonfle autour de moi, soulevée par le vent froid. Je me rends compte que je suis toujours pieds nus.

Une autre fille que moi aurait été gelée, mais, en ce qui me concerne, le froid m'habite entièrement.

Chapitre 17

Devant nous, montée sur son renne au poil hirsute, dame Nore porte une robe écarlate sous une cape d'un rouge plus profond, suffisamment longue pour recouvrir la croupe du cervidé. Le reliquaire repose sur ses genoux.

Le roi troll est monté sur un wapiti dont l'impressionnante ramure forme une couronne de branches au-dessus de sa tête. Sa bride est vert et or. Le roi a revêtu une armure de cuivre martelée, ornée des mêmes étranges arabesques que celles que j'ai vues sur l'un des trolls dans la forêt de Pierre, comme si chacune d'elles formait un labyrinthe.

Je me demande comment Tiernan a vécu l'attente de ces deux derniers jours. Au début, il devait espérer nous voir revenir, puis, à mesure que les heures passaient, la panique a dû prendre le dessus. Passé un certain temps, il devait savoir qu'il lui fallait se présenter avec le cœur et suivre le plan de Chêne. Si jamais il a modifié le plan pendant qu'il patientait assis dans le froid, à la fois en colère contre le prince et mort de peur pour lui, il n'a eu aucun moyen de nous prévenir.

De notre côté, nous n'avions aucune possibilité de l'avertir que Madoc avait rallié autant d'anciens faucons à sa cause.

Dame Nore descend de son renne, sa longue cape rouge traînant dans la neige comme une flaque de sang mouvante.

– Arrêtez la sorcière des tempêtes, ordonne-t-elle exactement comme prévu.

Exactement comme nous l'avons exigé d'elle.

Des soldats brindilles saisissent Bogdana. La vieille Fæ enfonce ses ongles dans l'un d'eux. Des éclairs apparaissent au loin, mais elle n'a pas le temps de les faire s'abattre plus près. D'autres créatures brindilles empoignent ses mains. Elle en taille une en pièces, mais elles sont trop nombreuses et toutes armées de fer. Bientôt, Bogdana est plaquée dans la neige, des menottes en fer lui brûlant les poignets.

– Pourquoi cette trahison ? crie-t-elle à dame Nore.

Cette dernière me jette un coup d'œil mais ne répond pas.

– N'ai-je pas fait ce que tu attendais de moi ? lui demande la sorcière d'une voix rauque. N'ai-je pas créé une fille à partir de rien ? N'ai-je pas contribué à ta grandeur ?

– Et quelle fille tu as créée ! rétorque dame Nore avec mépris.

Bogdana m'observe, un éclat différent dans le regard. Je crois qu'elle voit quelque chose en moi, sans que je sache quoi.

– Et maintenant, prince, enchaîne dame Nore en déroulant le plan prévu, où est le cœur de Mellith ?

Chêne n'est pas armé, même si l'ancien faucon qui l'escorte porte son épée et qu'il peut facilement la récupérer. Ses poignets paraissent attachés, mais ses liens sont en réalité si lâches qu'il peut se libérer à tout moment. Il lève les yeux vers la lune.

– Mon compagnon est censé arriver d'un instant à l'autre.

J'observe les gens du Peuple réunis. Une part de moi a envie de donner le signal maintenant, de prendre le commandement des créatures brindilles et d'obliger les trolls à se rendre. Mais il vaut mieux que Tiernan soit en vue, pour être sûre qu'il n'apparaisse pas au mauvais moment et se jette dans la mêlée, incapable de distinguer nos alliés de nos ennemis.

Je m'agite nerveusement, fixant dame Nore du regard. Les mains du seigneur Jarel autour de son cou me rappellent que, si elle trouve du réconfort dans quelque chose d'aussi macabre, je suis incapable d'anticiper ses actions. Je me concentre alors sur le roi Hurgriffe, impressionnant par sa stature et son allure féroce. Il a beau avoir la réputation d'être fou, je comprends ses motivations bien mieux que celles de dame Nore – ce qui ne m'empêche pas d'être terrifiée par les trente trolls qui le suivent.

– Peut-être as-tu l'habitude que tes sujets attendent ton bon vouloir, héritier de Domelfe, grommelle Hurgriffe, mais, en ce qui nous concerne, nous commençons à perdre patience.

– Vous n'êtes pas les seuls à devoir patienter. Moi aussi, j'attends, lui rappelle Chêne.

Vingt minutes s'écoulent avant que Tiernan apparaisse enfin. Il marche dans la neige, Titch perché sur son épaule. Cela m'a paru beaucoup plus long, avec dame Nore qui ne cesse de me jeter des regards hostiles et Hurgriffe qui bougonne. Appuyé lourdement sur sa béquille, Madoc ne se plaint pas, mais j'ai peur qu'il s'effondre à tout moment. À une demi-lieue de nous, Titch prend son envol, battant de ses grandes ailes.

Le farfadet à la tête de chouette décrit un cercle avant de se poser sur le bras de Chêne pour lui chuchoter quelque chose à l'oreille.

– Eh bien ? demande Hurgriffe.

Le prince se tourne vers dame Nore, comme si c'était vraiment elle qui décidait.

– Tiernan, mon émissaire, suggère que Madoc commence à marcher vers lui escorté par un soldat, comme preuve de sa bonne foi. Tiernan ira à leur rencontre.

– Et le cœur ? s'enquiert dame Nore.

Je serre les dents. Mes ordres devaient être plus ouverts pour qu'elle donne le change devant Hurgriffe. Mais elle est maligne et cherche la faille. J'ai exigé qu'elle se comporte comme d'habitude, sans rien dire qui révèle le contrôle que j'ai sur elle. À ce petit jeu d'énigmes et de contre-attaques, je crains d'avoir manqué de prudence.

– Il le transporte dans un reliquaire, précise Chêne. Il le remettra à ton soldat. Ensuite, Suren et moi le rejoindrons.

Dame Nore acquiesce.

– Dans ce cas, hâtons-nous. Procédons à l'échange.

Auparavant, elle disait vouloir garder Chêne prisonnier. À présent, elle semble projeter de le libérer. Hurgriffe trouvera-t-il cela étrange ? Le remarquera-t-il seulement ? Je l'observe du coin de l'œil, mais il m'est impossible de savoir ce qu'il pense.

Le farfadet reprend son envol, survolant l'étendue neigeuse pour rejoindre Tiernan.

– J'ai informé Tiernan que sa proposition était acceptée, indique Chêne.

– Avec ce cœur, peux-tu ressusciter les rois trolls ? demande Hurgriffe à dame Nore en plissant les yeux pour mieux voir Tiernan tenant le reliquaire. Peux-tu lever la malédiction qui accable les miens ?

– C'est ce que Bogdana m'a affirmé un jour, il y a longtemps, répond dame Nore en jetant un coup d'œil à la sorcière des tempêtes, que les soldats brindilles ont remise debout. Cependant, je me demande si elle ne voulait pas le cœur pour son intérêt personnel. Elle m'avait raconté que les ossements et le cœur devaient être enterrés près du palais de Domelfe. Comme le cœur n'y était pas, j'en ai déduit que seul un membre de la famille royale pouvait pénétrer dans les galeries et y mener des fouilles suffisamment approfondies pour le retrouver – ou pour confirmer que l'organe avait été déplacé délibérément. C'est pour les inciter à chercher le cœur que j'ai enlevé Madoc.

Elle adresse un signe de tête à l'un des anciens faucons. Celui-ci aide Madoc à marcher dans la neige. Le général se penche pour lui dire quelque chose. Ils ralentissent le pas. Nous attendons quelques minutes, le vent sifflant autour de nous. Une fois au niveau du général, Tiernan s'immobilise et donne au soldat le reliquaire contenant le cœur de biche.

Ce dernier revient vers nous. Madoc et Tiernan restent en retrait, comme s'ils attendaient que Chêne et moi les rejoignions définitivement d'un instant à l'autre.

Malgré ses entraves, Bogdana esquisse un sourire, manifestement amusée.

– Quel plaisir j'aurais eu, dit dame Nore d'un ton dissimulant à peine sa malveillance, de posséder un si grand pouvoir en sachant que c'est le fils de Madoc qui me l'aurait octroyé…

Le roi troll la regarde et je comprends mon erreur. J'ai donné pour consigne à dame Nore de ne rien dire qui révèle le contrôle que j'ai sur elle, mais j'ai omis de prendre en compte les déclarations légères, pleines de sous-entendus, par lesquelles on peut faire passer bien des choses.

– Que veux-tu dire ? l'interroge Hurgriffe.

– Tu devrais poser la question à ma fille, répond-elle avec une sorte de douceur censée cacher la pourriture qu'elle est réellement.

Le troll pose son regard sur moi.

– Je croyais qu'elle avait perdu sa langue…

Dame Nore se contente de sourire. Hurgriffe fait un signe de tête à l'un de ses soldats.

Ce dernier bande son arc. J'ai juste le temps de lever la main en un geste de défense lorsqu'il décoche sa flèche.

Le trait me transperce le gras du pouce et se fiche dans mes côtes. Déséquilibrée par l'impact, je tombe à genoux dans la neige. L'air me manque ; je suffoque douloureusement en essayant de respirer. J'ai sans doute un poumon perforé.

Mon flanc est taché d'écarlate. Une fleur rouge s'épanouit dans la neige.

Chêne s'élance vers moi, mais les archers trolls le mettent en joue et Hurgriffe lui aboie l'ordre de s'arrêter. Le prince s'exécute. Je remarque qu'il a son épée et s'est défait de ses liens.

Les anciens faucons se déploient. Hyacinthe se faufile entre eux et vient vers moi.

Rien ne va.

– Prince ! appelle Hurgriffe d'une voix tonitruante. Apporte-moi ce cœur, ou je vous crible de flèches tous les deux !

Je voudrais crier, dire à dame Nore qu'elle donne l'ordre à ses troupes de me défendre, mais je ne peux pas prononcer un mot. Ça fait tellement mal…

Ça me fait mal comme lorsque…

L'éclat d'os dans ma bouche…

Ma poitrine…

Les formes en toile d'araignée sur la glace, sous mes doigts, lorsque je me déplaçais…

Chêne me jette un coup d'œil. Je décèle de la panique dans ses yeux d'escroc. Puis il penche la tête vers le roi troll, marche en direction de l'ancien faucon, prend le reliquaire qui contient le cœur.

Et chuchote quelque chose au soldat.

Hurgriffe descend de sa monture.

Chêne le rejoint. Ils sont proches, désormais, trop pour que les archers visant le prince ne frappent pas leur roi.

Hurgriffe soulève le fermoir de reliquaire d'un doigt griffu. Presque immédiatement, il recule en chancelant et porte les mains à sa gorge, où s'est fichée une fléchette aussi fine qu'une aiguille. Le cœur, noirci et racorni, tombe dans la neige. Un cœur de biche, rien de plus.

C'était le reliquaire qui importait. Celui que Chêne a commandé spécialement au forgeron, au marché Nonsec.

Un jour, la Bombe m'a raconté l'histoire d'une malle dans laquelle des araignées venimeuses avaient été enfermées. Quand un voleur avait fini par l'ouvrir, il s'était fait mordre sur tout le corps avant de mourir dans d'atroces souffrances.

Le piège était contenu dans le reliquaire.

Je me rappelle le soin que Chêne a pris à bloquer le fermoir, dans la grotte. C'est à ce moment-là qu'il a dû y insérer la fléchette empoisonnée, prête à frapper dame Nore si nos autres plans échouaient.

– À l'attaque ! hurle le soldat à qui Chêne avait chuchoté un ordre.

Les trolls se retrouvent cernés par les faucons. Au signal, les soldats de Madoc dégainent leurs armes et se ruent sur eux.

Autour de moi, les combats font rage. Flèches et lames. Cris.

Je me redresse pour me mettre à genoux.

– Mère, dis-je au prix d'un gros effort.

C'est le mot censé mettre fin au simulacre.

– À tous ceux qui m'obéissent, lance dame Nore, à partir de maintenant et pour toujours, vous exécuterez les ordres de Suren.

Elle fait exactement ce que je lui ai dit de faire – jusqu'à ce qu'elle ajoute plus discrètement :

– Si elle est en état d'en donner.

Je hurle en me relevant :

– Arrêtez les trolls !

Quand je tousse, mes doigts se tachent de sang.

– C'est toi qui as ordonné ma capture, petite ? me lance Bogdana. Toi ?

Je casse l'extrémité de la flèche en serrant les dents pour contenir la douleur. Pour libérer ma main.

Hurgriffe est secoué de tremblements. Quel que soit le poison, son effet est rapide.

– Tu nous as trahis, se lamente-t-il. Tu n'as jamais été en possession du cœur de Mellith, n'est-ce pas ?

– Il ne peut pas mentir, lui rappelle dame Nore, debout au milieu du carnage, comme si elle observait le spectacle de loin. Il nous a assuré qu'il l'avait apporté dans le Nord. Il l'a avec lui.

Que se passera-t-il quand elle apprendra que tu l'as dupée ? Lorsqu'elle saura quel rôle elle a joué dans ton plan ?

– Rappelle tes soldats, ordonne Chêne à Hurgriffe. Rappelle-les, et je te donnerai l'antidote.

– Non !

Le roi troll plonge sur lui. Ils basculent tous les deux dans la neige. Chêne a beau être agile, il est bien moins fort que son adversaire.

Ce sera à elle de décider à quel point elle me hait.

Chêne, qui a cessé de chercher le cœur après sa visite à la Sorcière-Chardon. Chêne, qui a essayé de me renvoyer, affirmant qu'il aurait aimé n'avoir pas besoin de moi.

Il volera ton cœur. N'est-ce pas ce que Bogdana m'a dit, dans les bois ?

La tête me tourne quand je me remémore la sensation que quelque chose se défaisait en moi. Quand j'étais allongée sur le sol de glace de la salle du trône.

Les souvenirs affluent jusqu'à ce que j'aie l'impression de me trouver à deux endroits différents en même temps.

Je suis une autre fillette, non désirée, terrifiée.

Enfant de sorcière, dit une voix de femme. *Cette nuit, tu prendras la place de Clovis dans son lit.*

Le poids des lourdes couvertures sur moi, brodées de cerfs et de forêts. Douces et chaudes. Puis la douleur atroce qui m'arrache au sommeil, l'impossibilité de respirer. Ma mère au-dessus de moi, menaçante, un couteau ensanglanté dans la main. La joie, le soulagement que j'éprouve avant d'être envahie par un sentiment de trahison si profond qu'il me consume entièrement.

Ma vraie mère. Ma magnifique mère. Bogdana.

J'entends sa voix. Ce n'est plus à moi qu'elle s'adresse, mais à quelqu'un d'autre, il y a très longtemps. *Je veillerai à ce que ton cœur batte dans un nouveau corps.*

Je suis terrorisée. Ses ongles s'enfoncent douloureusement dans ma poitrine.

Je cligne des yeux. C'est comme si je voyais double, toujours à moitié dans ces souvenirs et à moitié dans la neige alors que l'aube approche.

Le cœur de Mellith, c'est le mien.

J'aurais dû le comprendre quand je suis revenue à moi dans la salle du trône. Quand j'ai fait ces rêves qui me paraissaient trop réels. Quand le pouvoir a chanté dans mes veines, attendant simplement que je puise dedans.

J'ai eu peur de la magie dès l'instant où dame Nore et le seigneur Jarel sont entrés dans ma chambre, dans le monde des mortels. Depuis, je n'ai cessé d'avoir peur de moi-même. Peur du monstre que je voyais en croisant mon reflet à la surface des étangs, sur les vitres des fenêtres.

Mais la magie est tout ce que je suis. Ou plutôt la non-magie.

Je ne suis pas « rien ». Je suis au-delà du rien. Je suis l'annihilation.

Je suis celle qui défait. Capable de dissoudre la magie par la simple pensée.

Un projectile vole, lancé par quelqu'un proche de moi. J'ai juste le temps de voir qu'il est en bronze et fermé par un bouchon avant qu'il explose.

Des flammes se répandent au sol. Les soldats brindilles s'embrasent. Dame Nore hurle.

Je tombe de nouveau. La chaleur me brûle le visage. Le bas de mes jupes est en feu.

Tiernan court dans la neige vers Chêne.

Alors que j'essaie de me relever, je vois que, même si certaines des créatures brindilles sont en feu, cela ne les ralentit pas. Elles continuent à se battre. Une chose monstrueuse, pourvue de nombreuses pattes, est en train de découper un troll, un membre après l'autre, comme un enfant qui casserait un jouet.

Le corps d'Hurgriffe gît dans la neige. Il ne bouge plus du tout.

Avec son bras, Chêne essuie la terre qui macule sa bouche, regarde vers moi et se lève. C'est comme si je le voyais de très loin. Un rugissement m'emplit les oreilles. Maintenant que la magie en moi est libérée, je ne pense pas pouvoir la brider.

Et Chêne savait. *Il savait*. Il a toujours su.

Il s'est servi de moi comme de la pièce de monnaie pour son tour de passe-passe. Il s'est servi de moi pour pouvoir dire qu'il avait apporté le cœur de Mellith dans le Nord, car ce n'était pas un mensonge.

J'inspire profondément, attirant le pouvoir à moi. Le feu qui dévorait le bas de mes jupes s'éteint.

Je ferme les yeux pour me concentrer. Quand je les ouvre, je laisse mon pouvoir trancher les sortilèges. Les créatures brindilles se désagrègent, formant autour de moi un cercle de branches calcinées. Il règne dans l'air une forte odeur de fumée.

– Qu'as-tu fait ? panique dame Nore d'une voix aiguë.

Les faucons et les trolls cessent le combat. Parmi ces derniers, deux s'élancent vers leur roi et tentent de le faire revenir à lui.

Bogdana part d'un rire qui ressemble à un caquètement.

– Chêne, dit Tiernan. Qu'arrive-t-il à Wren ?

Tous me fixent du regard.

Rien. Zéro. Nada. Voilà ce que tu es. Rien Zéro Nada.

Je demande au prince :

– Tu veux leur dire, ou tu préfères que je le fasse ?

– Depuis quand est-ce que tu… ? s'étonne Tiernan, mais je l'interromps avant qu'il puisse terminer.

– Lorsque Dame Nore et le seigneur Jarel ont souhaité avoir un enfant pour les aider dans leurs complots, Bogdana les a piégés.

Cette fois, c'est à mon tour de raconter une histoire.

– Elle leur a fabriqué un enfant de neige, de brindilles et d'un peu de sang, comme elle s'y était engagée. Mais elle l'a animé avec un cœur très ancien.

Me remémorant le récit de la Sorcière-Chardon, je jette un coup d'œil à Bogdana et lui demande :

– Mab t'a maudite, n'est-ce pas ?

La sorcière des tempêtes acquiesce.

– Sur le sang de ma fille, je ne devais jamais faire de mal à la descendance de Mab, explique-t-elle. Seule Mellith pouvait briser ma malédiction, mais je ne pouvais pas la ressusciter sans qu'on me le demande, ni en parler sans que cela génère des questions.

– Tu n'as pas pu… Ce n'est pas…

Dame Nore ne peut se résoudre à admettre à quel point elle a été dupée.

Je lui réponds :

– Si. Je suis ce qui reste de Mellith. Moi, que tu as méprisée et torturée. Moi, qui possède plus de pouvoir que tu n'en as jamais eu. Tout ça à portée de ta main. Et tu n'as jamais pris la peine de chercher.

– Mellith. La malédiction d'une mère, crache dame Nore. C'est le nom que tu aurais dû porter dès l'instant où tu as été créée.

– En effet, dis-je. Je crois que tu as raison.

Tiernan tire Chêne par l'épaule, l'incitant à s'éloigner. À quelques dizaines de mètres de là, dans la neige, Madoc l'appelle. Mais le prince, immobile, continue à m'observer fixement.

Maintenant, je sais à quoi il jouait, et qui était le pion. À travers moi, je sens déferler le pouvoir infini du néant, de la négation.

– Échangeras-tu le sang des Ronceverte contre le tien ? m'interroge dame Nore. Tu aurais pu mettre Domelfe à genoux ! Mais j'imagine que c'est moi que tu veux voir à terre.

Je rugis :

– Non ! Toi, je veux te voir *morte* !

La force de ce désir suffit pour que dame Nore se disloque et se répande dans la neige. Elle s'est désagrégée, aussi sûrement et facilement qu'un homme brindille.

J'observe la tache rouge. Puis la sorcière des tempêtes, dont les yeux noirs brillent de joie.

L'horreur me saisit. Je ne voulais pas… Je ne pensais pas que… Je ne savais pas que dame Nore mourrait juste parce que je l'ai souhaité. J'ignorais que j'étais capable d'une telle chose.

Le besoin impérieux de me replier sur moi-même, de me cacher à cause de ce que j'ai fait, m'accable. Mes épaules se voûtent, mon corps s'enroule sur lui-même. Si j'avais peur de ma colère avant, elle est désormais quelque chose de terrible, au-delà de toute mesure. Maintenant que je peux faire éprouver aux autres la douleur que j'ai ressentie toute ma vie, je ne sais pas comment m'arrêter.

Hurgriffe se met à bouger. Soit le poison n'est pas mortel, soit la dose destinée à dame Nore ne suffit pas pour tuer quelqu'un de beaucoup plus imposant.

J'ordonne à Hyacinthe :

– Libère Bogdana.

Il s'exécute et lui ôte les fers qu'elle a aux poignets. Il affiche toutefois un air méfiant. Je me demande s'il regrette de m'avoir juré fidélité. Ce n'est pas faute de l'avoir mis en garde.

J'ajoute :

– Maintenant, prends l'antidote à Chêne et donne-le au roi troll.

Hyacinthe avance à pas lourds dans la neige. Sans protester, me fixant toujours du regard, le prince lui tend une fiole sortie de sa poche.

Il faut quelques secondes à Hyacinthe pour administrer le liquide à Hurgriffe, et quelques autres pour que celui-ci parvienne à s'asseoir.

Je me tourne vers le roi troll lorsqu'il se relève en chancelant avec l'aide d'un de ses soldats.

– Ce qu'elle n'a pas pu te donner, moi, je le peux, lui dis-je. J'ai le pouvoir de briser le sortilège de la forêt de Pierre.

D'un grognement, il marque son accord.

Je poursuis :

– En échange, tu accepteras de me jurer fidélité.

Voyant le carnage autour de lui, Hurgriffe hoche la tête.

– Je suis à tes ordres, ma dame.

– Quant à vous trois… dis-je en regardant Tiernan, Madoc et Chêne.

Il est trop tard pour qu'ils s'enfuient, nous le savons tous. Personne ne peut plus m'échapper.

Pars, pourrais-je dire à Chêne. Je pourrais le renvoyer en toute sécurité sur les îles de Domelfe où, adoré de tous, il reprendrait son numéro de charme. Il serait même accueilli en héros en revenant avec son père et la nouvelle du décès de dame Nore. Il se targuerait d'avoir vécu une grande aventure.

Ou bien je pourrais le garder ici en otage, pour obliger Domelfe à rester à distance.

Il serait à moi.

Il serait à moi de la seule manière qui soit sûre pour moi, qui m'inspirerait confiance.

– Héritier de Domelfe, dis-je. Agenouille-toi.

Chêne s'exécute d'un mouvement leste, ses longues jambes dans la neige, et incline sa tête cornue. Il croit que je joue un rôle. Il ne me craint pas. Il pense que ma vengeance se limitera à un peu d'humiliation. Il croit que, d'ici peu, tout redeviendra comme avant.

Je poursuis :

– Les autres, vous pouvez partir. Le général, Tiernan, tous les faucons qui le souhaitent. Dites au Grand Roi et à la Grande Reine que j'ai pris la Citadelle en leur nom et que Chêne reste ici.

– Tu ne peux pas le retenir, m'avertit Madoc.

Plante tes jolies dents dans quelque chose.

Je prends la bride que j'avais ôtée de ma taille en m'habillant afin de l'avoir à portée de main. Le cuir est lisse entre mes doigts.

– Wren, m'interpelle Chêne avec un soupçon de peur dans la voix.

– Il n'y aura plus de trahisons, prince, dis-je.

Au début, il se débat, puis lorsque je murmure la formule secrète, il renonce. Les lanières se déposent sur sa peau.

Madoc me regarde comme s'il mourait d'envie de me découper en morceaux.

– Tu n'as pas besoin de faire ça, souffle Chêne d'une voix séductrice.

Bogdana sourit, à côté de la tache rouge des restes de dame Nore.

– Et pourquoi pas ? demande-t-elle. N'es-tu pas l'héritier des Ronceverte, celui qui lui a volé son héritage ?

– Ne sois pas stupide, me sermonne Tiernan, faisant mine de n'avoir pas entendu la sorcière.

Il jette un coup d'œil aux soldats rassemblés, aux trolls, à tous ceux contre qui il lui faudrait se battre s'il voulait tenter de m'arrêter, puis il plisse les yeux.

– Jude n'a peut-être pas secouru son père, reprend-il, mais pour son frère, elle viendra avec toutes les armées qu'elle peut rassembler. Ce n'est sans doute pas ce que tu veux.

Je l'observe longuement.

– Va-t'en, dis-je. Avant que je change d'avis.

– Mieux vaut lui obéir, conseille Chêne.

Après avoir pesé le pour et le contre, il se rabat sur le seul choix qu'il lui reste.

– Ramène mon père à Domelfe, ajoute-t-il, ou, si Jude ne lève pas son exil, dans un endroit où il pourra récupérer. J'ai dit à Wren que je ne partirais pas sans elle.

Tiernan nous regarde tous les trois, Chêne, moi, puis Hyacinthe. Enfin, il hoche la tête, l'air lugubre, et se détourne.

Quelques soldats et chevaliers le suivent. Hyacinthe me rejoint.

– Tu peux partir avec Madoc et Tiernan si tu le souhaites, lui dis-je.

Il regarde son ancien amant aider le vieux général à progresser dans la neige.

– Jusqu'à ce que j'aie remboursé ma dette, ma place est ici, décrète-t-il.

– Wren ! m'appelle Chêne, m'incitant à me tourner vers lui. Je ne suis pas ton ennemi.

J'esquisse un sourire en coin. Je passe ma langue sur le tranchant de mes dents. Pour la première fois, la sensation ne me déplaît pas.

Chapitre 18

Bogdana prend la tête du groupe en rentrant à la Citadelle. Hyacinthe marche à mes côtés. Quand les domestiques s'inclinent devant moi, ce n'est pas seulement par politesse, mais aussi par peur – celle-là même qui les incitait à obéir à dame Nore et au seigneur Jarel.

La peur n'est pas l'amour, mais elle peut grandement y ressembler.

Il en va de même pour le pouvoir.

– Écris à la Haute Cour, me presse Bogdana. En tant que loyal sujet, tu as récupéré les restes de Mab, mis fin à la menace que représentait dame Nore et libéré Madoc. Demande une récompense : qu'on t'accorde le droit de rester ici, dans son ancien château, et de fonder ta propre cour. Ce sera la première étape. Si ton message précède l'arrivée de Tiernan, la Haute Cour accédera à ta requête avant d'être informée de ce qui s'est passé.

» Précise que le prince est avec toi, mais qu'il est blessé. Tu le renverras à Domelfe lorsqu'il sera sur pied.

Hyacinthe me coule un regard comme pour vérifier que je suis cette même personne qui détestait la captivité au point de l'avoir aidé à s'échapper.

Je ne suis pas sûre de l'être.

– Je ne te permets pas de me donner des ordres, dis-je à la sorcière. Je te dois peut-être la vie, mais je te dois aussi ma mort.

Elle recule, humiliée.

Je ne commettrai pas les mêmes erreurs que Mellith.

– Dès que Tiernan et Madoc auront rejoint Domelfe, déclare Hyacinthe, ils informeront la Haute Cour que Chêne est retenu prisonnier. Quelle que soit la récompense que le Grand Roi et la Grande Reine t'auront accordée, ils exigeront la libération du prince.

Avec un signe de tête vers Bogdana, je suggère :

– Peut-être qu'une tempête les retardera dans leur trajet. Peut-être que les blessures de Madoc nécessiteront des soins. Bien des choses peuvent arriver.

Des oiseaux sont encore perchés aux quatre coins de la salle. Des soldats condamnés à dépendre de la pitié pour leur nourriture, qui n'ont pas le droit de tuer sous peine de conserver pour toujours leur apparence actuelle. Je ferme les yeux. Je vois la magie qui les entrave. Elle est étroitement enchevêtrée dans leur frêle silhouette ailée, tirant sur leur minuscule cœur. Il me faut un moment pour en trouver les nœuds mais, une fois que c'est fait, les sortilèges se défont comme des fils de toile d'araignée.

Avec des soupirs de soulagement et des cris de joie, les faucons découvrent qu'ils ont retrouvé leur apparence initiale.

– Ma reine, ne cesse de répéter l'un d'eux. Ma reine…

Il est assurément plus facile de prêter allégeance à moi qu'à dame Nore.

Je hoche la tête, incapable de sourire. J'ai beau être satisfaite de ce que j'ai accompli, ça ne me touche pas. Comme si mon cœur était enfermé dans un coffret et que celui-ci était toujours enterré.

Je me retrouve irrésistiblement attirée par les geôles. Là, dans sa cage de fer, Chêne est allongé sur les peaux que je lui ai fait porter. Les yeux rivés au plafond, sa cape sous sa tête en guise d'oreiller, il siffle une mélodie.

Je la reconnais : c'est celle sur laquelle nous avons dansé à la cour de la reine Annet.

Je reste cachée dans l'ombre, mais peut-être qu'un léger mouvement a trahi ma présence, car le prince se tourne vers l'endroit où je me dissimule.

Il plisse les yeux comme pour mieux voir ma silhouette.

– Wren ? Dis-moi quelque chose.

Je ne réponds pas. À quoi bon ? Je sais qu'avec ses belles paroles il me mènera par le bout du nez. Je sais qu'il saisira la moindre occasion pour séduire la créature assoiffée d'amour que je suis. Avec lui, je suis pour toujours une fleur qui s'épanouit la nuit, à la fois attirée et repoussée par la chaleur du soleil.

– Laisse-moi t'expliquer, supplie-t-il. Laisse-moi me racheter…

Je me mords la langue pour ne pas le rembarrer. Il a tout fait pour me laisser dans l'ignorance. Il m'a piégée. Chacun de ses sourires était calculé. Chacun de ses baisers. Chaque fois que dans ses yeux brillait une chaleur qu'il n'aurait pas dû pouvoir feindre.

Je savais pourtant de quoi il était capable. À maintes reprises, il me l'a montré. Et, à maintes reprises, j'ai cru qu'il en avait fini avec ses tours de passe-passe. Avec ses secrets.

Je ne le crois plus.

– Tu as de bonnes raisons d'être furieuse, poursuit-il. Mais tu n'aurais pas pu mentir, si tu avais su la vérité. Je craignais que tu sois obligée de tout révéler.

Il attend. Face à mon silence, il roule sur le côté pour s'asseoir.

– Wren ?

Je vois sa joue barrée par les lanières de cuir. S'il porte la bride suffisamment longtemps, il en gardera des cicatrices.

– Parle-moi ! exige-t-il en se levant pour s'approcher des barreaux.

Je vois l'or de ses cheveux, le dessin de ses pommettes ciselées, l'éclat dans ses yeux de renard.

– Wren ! *Wren !*

Lâche comme je suis, je préfère fuir. Le cœur battant, les mains tremblantes. Cela dit, je ne peux pas faire semblant de ne pas adorer l'entendre hurler mon nom.

Remerciements

J'ai la chance que moult conseils et encouragements m'aient été prodigués pendant l'écriture de ce livre.

Toute ma gratitude à celles et ceux qui m'ont soutenue pendant le voyage qui m'a menée au roman que vous avez entre les mains, en particulier à Dhonielle Clayton, Zoraida Córdova, Marie Rutkoski et Kiersten White qui, à l'automne, m'ont aidée à esquisser les grandes lignes de cette histoire alors que nous barbotions dans une piscine. Je suis encore plus redevable à Kelly Link, Cassandra Clare, Joshua Lewis et Steve Berman qui, en hiver (mais pas que), m'ont aidée à déchirer le manuscrit avant d'en recoller les morceaux. Et à Leigh Bardugo, Sarah Rees Brennan, Robin Wasserman et Roshani Chokshi qui, l'été suivant, m'ont aidée à le redéchirer.

Merci à tous ceux, nombreux, qui m'ont glissé un mot gentil ou un conseil avisé, et que j'ai oublié de citer ici – ce dont je m'en veux beaucoup.

Un immense merci à toute l'équipe de Little, Brown Books For Young Readers d'être retournée à Domelfe avec moi. Un merci spécial à ma formidable éditrice Alvina Ling et à Ruqayyah Daud pour leur éclairage précieux. Merci à Nina Montoya, qui m'a donné un point de vue différent. Merci également à Marisa Finkelstein, Virginia Lawther, Emilie Polster, Savannah Kennelly, Bill Grace, Karina Granda, Cassie Malmo, Megan Tingley, Jackie Engel, Shawn Foster, Danielle Cantarella et Victoria Stapleton – parmi d'autres. Et chez Hot Key Books au Royaume-Uni, je remercie en particulier Jane Harris et Emma Matthewson.

Merci à Joanna Volpe, Jordan Hill, Emily Berge-Thielmann, Pouya Shahbazian, Hilary Pecheone et à toute l'équipe de New Leaf Literary pour avoir facilité ce qui était difficile. Et à Joanna, Jordan et Emily pour avoir été au top et même au-delà en ayant relu ce livre et en m'ayant prodigué moult critiques (positives et négatives).

Merci à Kathleen Jennings pour ses merveilleuses illustrations, si évocatrices.

Et, comme toujours, un éternel merci à Theo et Sebastian Black de veiller sur mon cœur.

Note de l'éditeur

Dans l'univers de Domelfe et de Terrafæ, Holly Black reprend nombre d'éléments du folklore anglo-saxon, qu'elle réinterprète en leur donnant une nouvelle réalité. Outre les gobelins et autres sirènes, voici quelques éclaircissements sur des créatures légendaires peut-être inconnues du public français.

Banshee : Créature féminine surnaturelle du folklore et de la mythologie celtique irlandaise qui annonce la mort par un cri ou un hurlement terrifiant, à glacer le sang.

Barghest : Dans les mythologies anglaise et germanique, monstre légendaire qui prend la forme d'un chien noir aux crocs et aux griffes impitoyables, et parfois capable de changer de forme.

Bauchan : Créature du folklore écossais proche du farfadet. Du genre espiègle, le bauchan est parfois dangereux, mais il peut aussi se montrer très utile.

Boggart : Créature des landes ressemblant à un nain très laid, poilu et souvent doté de mauvaises intentions.

Bonnet-rouge : Dans le folklore britannique, créature meurtrière. Son surnom est issu de la couleur de son bonnet qu'elle trempe dans le sang de ses victimes.

Brownie : Dans le folklore écossais, génie de la maison qui effectue des tâches ménagères à la place de la famille chez qui il loge. Synonyme de chance, il peut prendre l'apparence d'une sorte de lutin ou de singe de moins d'un mètre.

Changelin : Dans les folklores irlandais, écossais et scandinave, un changelin est un leurre que les fées, les trolls ou les elfes (ou autres créatures du Petit Peuple) laissent à la place du nouveau-né qu'ils ont enlevé.

Cirein-Cròin : Dans le folklore écossais gaélique, ce gros monstre marin devait se nourrir de sept baleines et pouvait prendre la taille d'un petit poisson d'argent lorsqu'il était en contact avec les pêcheurs. Trompés, ceux-ci finissaient par être dévorés lorsque Cirein-Cròin reprenait sa forme d'origine.

Cluricaune : Dans le folklore irlandais, esprit affilié aux riches leprechauns, souvent dépeint comme un petit être, spécialisé dans la création de fausse monnaie.

Duergar : Dans la mythologie nordique et le folklore du nord de l'Angleterre, nain trapu et costaud à la peau sombre.

Fetch : Dans le folklore irlandais, double surnaturel d'une personne vivante. Voir un fetch le soir est considéré comme un mauvais présage puisque cela annoncerait la mort prochaine de celui ou celle dont il a pris l'apparence.

Fir darrig : Lutin du folklore irlandais, il peut être soit immense soit minuscule. Il a tendance à jouer des tours aux habitants des maisons qu'il investit.

Gancanagh : Dans la mythologie d'Irlande du Nord, fée de sexe masculin connue pour séduire les femmes.

Glaistig : Dans le folklore écossais, fantôme ambivalent, bienveillant ou malfaisant, qui apparaît sous la forme d'une belle femme ou d'un être mi-femme mi-chèvre, semblable au satyre.

Grig : Petite fée joyeuse vêtue de vert, coiffée d'un chapeau et portant des bas rouges.

Gwyllion : Mot ayant de nombreuses acceptions en gallois (« esprit », « marcheur de la Nuit », « fantôme »). Dans la tradition la plus commune, un gwyllion est une fée de sexe féminin, d'apparence effrayante, qui s'amuse à perdre les voyageurs sur les routes peu fréquentées.

Huldre : Être surnaturel issu du folklore norvégien.

Huldufólk : Mot islandais signifiant « peuple caché », regroupant des créatures des légendes et du folklore islandais : elfes, trolls, nains, fées, êtres invisibles...

Kelpie : Créature métamorphe des folklores écossais et irlandais. Réputé dangereux, le kelpie est souvent représenté sous la forme d'un cheval. Il peut aussi se transformer en humain et a des caractéristiques aquatiques.

Merrow : Dans les traditions écossaise et irlandaise, le merrow est une sorte de sirène. C'est un cousin de la nixe.

Nisse : Dans le folklore scandinave, cette petite créature humanoïde légendaire comparable au lutin est un gardien domestique, bienveillant envers les humains.

Nixe : Dans les folklores germanique et nordique, peuple qui s'apparente aux ondines ou aux sirènes, et dont les membres sont tantôt masculins tantôt féminins, en fonction de leur origine géographique.

Pixie : Créature de la mythologie britannique, particulièrement présente en Cornouailles. C'est une sorte de petit lutin ayant élu domicile sur les sites antiques (cercles de pierres, dolmens...).

Puck : Créature féerique proche du pixie. Ce nom a été rendu célèbre par le personnage du *Songe d'une nuit d'été* de William Shakespeare.

Seelie : Peuple des « gentilles fées » dans le folklore britannique : elles appellent à l'aide les humains ou au contraire les mettent en garde ou leur portent assistance. Si ce peuple aime jouer des tours aux mortels, les créatures qui le constituent restent globalement généreuses et positives. Parmi elles, on trouve les lutins, les brownies, les selkies et les leprechauns.

Selkie : Dans la tradition des îles des Shetland (Écosse), belle jeune fille ou beau jeune homme capable de se transformer en phoque.

Shagfoal : Créature du Lincolnshire qui ressemble à un gobelin aux intentions néfastes. À la tombée de la nuit, il se cache sur le bas-côté de la route, attendant les voyageurs pour agacer les chevaux et provoquer des accidents.

Sluagh : Dans les traditions irlandaise et écossaise, esprit d'un mort sans repos rejeté à la fois de l'enfer et du paradis.

Trow : Comme les trolls, les trows sont des créatures de la nuit. Issus du folklore des îles Orcades et Shetland, ils sont souvent représentés comme de petits êtres laids et timides. Ils sont très friands de musique et aiment capturer les humains dotés de ce talent.

Unseelie : Au contraire des Seelie, le peuple unseelie regroupe des créatures qui aiment piéger les mortels pour les faire souffrir. Ils attaquent les voyageurs la nuit, forcent les soldats à entrer en guerre… Parmi eux, on compte les boggarts et les bonnets-rouges.

Dans le même univers :

Dans le même univers :

Dans le même univers :

Dans le même univers :

Et aussi…

COMMENT LE
PRINCE
CARDAN
EN EST VENU À DÉTESTER
LES HISTOIRES
Il était une fois
un prince cruel…
HOLLY BLACK
Illustré par Rovina Cai
RAGEOT

PAPIER À BASE DE FIBRES CERTIFIÉES

RAGEOT s'engage pour l'environnement en réduisant l'empreinte carbone de ses livres. Celle de cet exemplaire est de :
450 g éq. CO_2
Rendez-vous sur www.rageot-durable.fr

Cet ouvrage a été composé par IGS-CP
à L'Isle-d'Espagnac (16)

Achevé d'imprimer en Allemagne en juillet 2023
chez CPI Books GmbH (Leck)
Dépôt légal : octobre 2023
Numéro d'édition : 8011-01